A transformação de Celia Fairchild

MARIE BOSTWICK

A transformação de Celia Fairchild

Tradução
Flora Pinheiro

Rio de Janeiro, 2024

Copyright © 2021 by Marie Bostwick
Título original: The Restoration of Celia Fairchild

Todos os direitos desta publicação são reservados à Editora HR Ltda. Nenhuma parte desta obra pode ser apropriada e estocada em sistema de banco de dados ou processo similar, em qualquer forma ou meio, seja eletrônico, de fotocópia, gravação etc., sem a permissão dos detentores do copyright.

Direitos exclusivos de publicação em língua portuguesa cedidos pela Harlequin Enterprises II B.V./S.À.R.L para Editora HR Ltda.

A Harlequin é um selo da HarperCollins Brasil.

Edição: *Julia Barreto e Cristhiane Ruiz*
Copidesque: *Marina Góes*
Revisão: *Pedro Staite e Rachel Rimas*
Design de capa: *Osmane Garcia*
Diagramação: *Abreu's System*

Publisher: *Samuel Coto*
Editora-executiva: *Alice Mello*

Contatos: Rua da Quitanda, 86, sala 601A — Centro — 20091-005
Rio de Janeiro — RJ
Tel.: (21) 3175-1030
www.harlequin.com.br

CIP-Brasil. Catalogação na Publicação
Sindicato Nacional dos Editores de Livros, RJ

B757t

Bostwick, Marie
    A transformação de Celia Fairchild / Marie Bostwick ; tradução Flora Pinheiro. - 1. ed. – Rio de Janeiro : Harlequin, 2024.
    368 p. ; 23 cm.

    Tradução de: The restoration of Celia Fairchild
    ISBN 978-65-5970-376-0

    1. Romance americano. I. Pinheiro, Flora. II. Título.

24-88038
    CDD: 813
    CDU: 82-31(73)

Gabriela Faray Ferreira Lopes – Bibliotecária – CRB-7/6643

Os pontos de vista desta obra são de responsabilidade de sua autora, não refletindo necessariamente a posição da HarperCollins Brasil, da HarperCollins Publishers, da Editora HR Ltda ou de sua equipe editorial. Todos os personagens neste livro são fictícios. Qualquer semelhança com pessoas vivas ou mortas é mera coincidência.

Para Mark Lipinski,
meu melhor amigo para sempre.
E sempre.
E sempre.

Capítulo Um

As luzes do palco eram ofuscantes, e não de um jeito metafórico.

Quando o mestre de cerimônias me apresentou e a plateia começou a aplaudir, saí de trás das cortinas, os dentes à mostra em um sorriso cuja intenção era ser amigável mas que acabou parecendo uma careta. Semicerrei os olhos, piscando como uma marmota emergindo da hibernação. Eu não conseguia ver nada, incluindo o cabo elétrico preto que serpenteava da frente do palco até o púlpito.

Quando tropecei e cambaleei para a frente, me debati em movimentos frenéticos, como um gato que julgou mal a distância da sacada até o chão. Se o mestre de cerimônias não tivesse agido rápido e me segurado pelos braços, eu teria caído de cara no chão diante de setecentas pessoas que pagaram sessenta dólares para comer frango à marsala e me ouvir falar.

Bem... eles não tinham vindo *me* ouvir. Tinham vindo ouvir Calpurnia, o que não é bem a mesma coisa.

Contrariando o bom senso, eu havia escolhido sapatos de salto treze na esperança de evitar os inevitáveis comentários do tipo: "Nossa, por algum motivo, achei que você seria mais alta", que sempre se seguiam aos encontros com fãs em minhas raras aparições. Embora acontecesse com frequência, eu nunca sabia o que responder. Quer dizer, o que a gente diz num caso desses? "Desculpe te decepcionar"?

"Vou me esforçar mais"? "Eu bebia café quando criança e isso prejudicou meu crescimento"?

Eu tenho um metro e sessenta e dois: nem alta nem baixa. Na verdade, é a altura média das mulheres nos Estados Unidos. Mas isso não é o suficiente para os leitores de Calpurnia. Eles esperam que ela seja acima da média em todos os aspectos. E é por isso (além do fato de que não sou tão famosa assim e, portanto, não muito requisitada) que quase nunca apareço: depois de me conhecerem, as pessoas acabam decepcionadas.

Mas como dizer não a um programa de atividade extracurricular muito bom que está passando por sérias dificuldades financeiras e que atende crianças em situação de risco vindas de famílias monoparentais? Impossível. Além disso, minha terapeuta disse que estava na hora de eu voltar à ativa, e provavelmente ela tem razão. Então, me espremi na minha única cinta modeladora e no vestido vermelho brilhoso que não estava tão justo apenas algumas semanas atrás, calcei meus saltos altíssimos e voltei à ativa.

Em algum momento entre tropeçar e quase cair, um dos saltos quebrou. Depois que o mestre de cerimônias me ajudou a recuperar o equilíbrio, fui mancando em direção ao púlpito como o Corcunda de Notre-Dame.

Um murmúrio de risadas percorreu a multidão. Como minha prece para o chão se abrir e me engolir não foi atendida, fiz o que Calpurnia faria: encarei a situação.

Agarrando as laterais do púlpito, me inclinei para a frente de modo que minha boca pairasse bem perto do microfone e falei:

— Bem. O que posso dizer? Eu gosto de chegar em grande estilo.

A multidão riu de novo, mas dessa vez riu *comigo*, em vez de rir de mim. Sorri.

— E acho que não preciso mais disso, não é mesmo? — Eu me curvei, tirei um pé do sapato e depois o outro, e os joguei para um homem de uns 50 e poucos anos na primeira fila, que, graças ao colete verde brilhante que usava sob o smoking, era a única pessoa que eu conseguia ver. — Para você, meu bem. São do seu número certinho.

A multidão foi à loucura, gargalhando e aplaudindo por pelo menos um minuto inteiro. Acho que muitos pensaram que eu tinha planejado aquilo tudo, que era apenas parte do show. E acho que era, de certa forma.

Mas é por isso que odeio esses eventos, porque é tudo um espetáculo. É também por isso que, só às vezes e só um pouquinho, eu meio que odeio meus fãs. Porque eles não são realmente *meus*, não é mesmo? Eles não querem a mim, eles querem o espetáculo. Querem Calpurnia.

Depois de alguns breves comentários sobre a importante missão do programa e sobre como o dinheiro arrecadado naquela noite mudaria a vida de muitas crianças em toda a cidade, alguém finalmente diminuiu as luzes do palco para que eu pudesse enxergar a plateia e responder a perguntas. O homem do colete brilhante, ainda segurando meu salto quebrado, foi o primeiro a chegar ao microfone.

— É mais um comentário do que uma pergunta — disse ele. — Eu sou muito seu fã. Sinto como se a conhecesse e só queria dizer que... bem, eu simplesmente te amo.

Entendem o que eu quero dizer?

Como esse cara pode me amar? Ele nem me conhece. E já estou de saco cheio disso!

Desculpa. Respirando fundo.

Olha, eu entendo que se trata de uma hipérbole nesse caso e que *amo* talvez seja a palavra mais usada na língua inglesa, com *odeio* vindo em segundo. O Homem do Colete Brilhante não me ama. Ele gosta de mim ou, para ser mais exata, gosta das coisas que eu escrevo. É um elogio. Eu entendo. O Homem do Colete Brilhante não me ama e eu não o odeio. Mas eu o acho irritante, mais agora do que há alguns meses.

Foram necessários apenas cinco mil dólares e quatro meses de consulta com uma terapeuta um pouco cruel para eu entender que o motivo de eu sempre acabar de coração partido é porque eu estou muito, muito desesperada para recuperar o que foi tirado de mim tantos anos atrás. O desespero nos leva a fazer coisas idiotas, como ignorar maus sinais e os avisos de amigos sinceros demais.

Mas nada disso era culpa do Homem do Colete Brilhante, então sorri e dei a única resposta possível — "eu também te amo, meu bem" —, e depois respondi à pergunta seguinte e à seguinte, e à seguinte.

A plateia fez perguntas sobre finanças e noivos, ex-esposas, carreiras desejadas e sonhos frustrados. Mas, na verdade, todos estavam em busca da mesma coisa: esperança e um caminho a seguir. À medida que se aproximavam do microfone para contar suas histórias, a irritação que eu sentia foi dando lugar à ternura e, em seguida, à admiração. A vulnerabilidade daquelas pessoas era comovente e, se eu parar para pensar, bem corajosa.

Se eu fosse tão corajosa assim, talvez tivesse levantado a mão, interrompido a pergunta e contado o quão caótica é a minha vida, o quão caótica eu sou. Mas não sou tão corajosa assim. E, mesmo que fosse, em que isso os ajudaria?

Fiz o meu melhor. Ouvi o que estavam dizendo — e o que não estavam dizendo — e tentei ser a Calpurnia com a qual estavam contando para lhes apontar a direção certa. É uma loucura pensar que falar possa ser tão cansativo, mas é. Fiquei grata quando o mestre de cerimônias disse que o tempo tinha acabado. A plateia começou a aplaudir outra vez. Sorri, acenei e caminhei para a lateral do palco descalça, a barra do vestido vermelho arrastando atrás de mim, deixando um rastro na poeira do chão escuro.

Nos bastidores, o diretor executivo do programa encontrou um par de chinelos para mim, daqueles finos e frágeis que oferecem quando vamos fazer as unhas do pé, e então me colocou em um táxi de volta para casa. O motorista era meio falante, mas me esquivei das perguntas e fechei os olhos, deixando claro que não estava a fim de conversar. Eu só queria chegar em casa, tirar o vestido brilhante com a barra suja, me libertar do aperto mortal da cinta modeladora e ir para a cama.

Estava tão cansada que cogitei deixar a ligação cair na caixa postal. Contudo, por mais que eu tente, mesmo quando a tela mostra "NÚMERO DESCONHECIDO" ou até mesmo "REPORTADO COMO SPAM", não consigo ignorar um telefone tocando. Existe uma parte de mim que sempre pensa, ou talvez apenas espera, que seja uma boa notícia. Ou uma má?

De qualquer forma, não consigo me impedir de querer saber.

Meses se passariam até sair o veredicto de Boa ou Má notícia. Mas a partir do momento que atendi aquela ligação e uma voz disse "Sra. Fairchild? Aqui é Anne Dowling. Sou advogada de adoção", minha vida nunca mais seria a mesma.

Capítulo Dois

Os croissants de amêndoa pareciam tentadores. Os de chocolate também. Mas eu estava decidida. Pediria um croissant *simples*. Por quê? Porque Anne Dowling havia telefonado e era um novo dia, com possibilidades até então inimagináveis. E porque, como minha terapeuta um pouco cruel não parava de lembrar, já bastava.

Quando se trata de comida e luto, em geral existem dois tipos de pessoas: aquelas que estão tão abaladas que mal conseguem se forçar a comer migalhas e aquelas que vão na direção oposta.

Eu sou do segundo tipo.

Nos três meses desde o divórcio, ganhei quatro quilos.

Bem, três quilos e oitocentos gramas depois de subir na balança uma segunda vez, sem meias e roupa íntima, na manhã seguinte ao evento beneficente. Mas duzentos gramas não mudavam o fato de que precisei sair com a calça de yoga porque não consegui fechar uma calça normal.

Não é que eu estivesse de luto pelo fim do meu casamento em si. No meu longo histórico de relacionamentos ruins, Steve representava um novo ponto baixo — cinco amantes em três anos de casamento, a primeira sendo a juíza de paz que celebrou a cerimônia.

Sério, quem faz uma coisa dessas?

Steve Beckley é a resposta. Meu marido. Agora ex-marido.

Se eu estivesse aconselhando a mim mesma, diria que esse desfecho era óbvio. Meu namoro-relâmpago com Steve foi uma sucessão de bandeiras vermelhas, uma mais explícita que a outra. Mas "faça o que eu digo e não o que eu faço" é um tema recorrente na minha vida, e a ironia não passa batida por ninguém que me conheça. Casar com Steve parecia minha última chance de ter a vida que eu desejava mais do que tudo. Desesperadamente.

Olha, eu entendo que os acontecimentos da minha infância sem dúvida tiveram influência nas minhas decisões não tão sábias em relação a Steve, mas não importa o que minha terapeuta diga: nem *tudo* sobre meu desejo de ser mãe está ligado aos meus problemas familiares. Existe esse troço chamado biologia, sabe? O desejo de procriar é um impulso normal, natural e poderoso. Quer dizer, não sou a única mulher solteira na casa dos 30 em Nova York que quer se casar e ter filhos, certo?

A questão é que eu segui o caminho profissional. Até segui o da fama também, ainda que pequena — sou uma celebridade de quarta categoria, talvez até quinta —, e tudo bem. Sou grata pelas oportunidades que surgiram no meu caminho. Mas... não é suficiente.

Ser conhecida por muita gente que admira a pessoa que acha que você é, que admira o papel que você desempenha, não é a mesma coisa que ser importante para algumas pessoas que realmente te conhecem e te amam mesmo assim, embora você não seja perfeita, ou nem sempre saiba o que fazer, ou faça o que faz e não o que diz. Família é isto: são pessoas que amam você não importa o que aconteça. É tão ruim assim querer isso para mim?

Quando foi embora, Steve levou consigo minha última chance de ter essa vida. Ou pelo menos foi o que imaginei, até Anne Dowling ligar.

Eu parei de escrever cartas para "Cara Mãe Biológica" quase um ano atrás. Àquela altura, estava óbvio que o casamento não ia durar, e até eu sabia que trazer um bebê para uma família à beira do colapso não era uma boa ideia. Também sabia que tentar adotar como mãe solo seria ainda mais difícil, então desisti da maternidade por completo.

Mas algumas delas ainda deviam estar circulando por aí, porque, depois de ler um monte das cartas de "Cara Mãe Biológica", a cliente de Anne Dowling, uma mãe solo da Pensilvânia, reduziu o número de candidatos a pais adotivos de seu bebê a três casais. Steve e eu estávamos no topo da lista.

Um bebê! Depois de tantos anos, depois das decepções e esperanças frustradas, alguém estava realmente pensando em me deixar adotar um bebê! Naquele momento, tudo sobre o que minha terapeuta e eu havíamos concordado — que meu desejo de ser mãe vinha de uma compulsão profundamente enraizada e nada saudável de recriar a família que eu havia perdido — tinha ido por água abaixo. Havia um bebê e eu o queria. A terapeuta que se danasse.

Mas quando expliquei a mudança de estado civil, Anne Dowling disse:

— Ah, entendi. Bem, sinto muito, sra. Fairchild, mas minha cliente prefere que o bebê vá para um lar com dois pais.

Meu coração despencou e se espatifou no chão. Eu estava *completamente* desesperada. Ter quase ao meu alcance o que eu mais queria no mundo, só para ver isso ser arrancado de mim porque Steve era um adúltero patológico e um babaca de carteirinha, era insuportável. Então fiz o que havia prometido a mim mesma que jamais faria: usei o trunfo Calpurnia.

— Você está brincando — disse Anne Dowling, rindo. — Você é a Calpurnia? Minha mãe te adora. Ela me manda sua coluna pelo menos uma vez por mês.

Não era a primeira vez que eu ouvia isso. Eu digo as coisas que as pessoas gostariam de dizer aos filhos adultos, mas não conseguem.

— É mesmo? Espero que você não guarde rancor de mim.

Anne Dowling riu de novo, parecendo quase eufórica, o que não me surpreendeu. Encontros inesperados com celebridades, mesmo quando a celebridade em questão é tão insignificante quanto eu, enchem as pessoas de uma alegria estranha. Eu estava contando com essa reação, na esperança de que isso ajudasse a pender a balança a meu favor.

— Não parece justo excluir você só porque seu marido te deixou — disse ela após parar de rir. — Depois de ler suas colunas, sei que você seria uma ótima mãe, solteira ou não. Bem, eu vou falar com a minha cliente e dou um retorno, ok?

Na manhã seguinte, o retorno veio. Mesmo sem Steve, eu ainda estava no páreo. Não havia garantias, explicou Anne Dowling: outras duas famílias também seriam avaliadas, e ainda restavam verificações de antecedentes criminais e outros requisitos a atender, o maior deles sendo a visita domiciliar em meados de agosto.

Ainda assim, eu tinha uma chance em três, e um pouco mais de três meses para me recompor. E foi por isso que, mesmo que o croissant de chocolate estivesse chamando por mim, eu pediria o simples. Um pequeno passo, talvez, mas importante.

Na manhã seguinte eu abriria mão dos croissants. Dali em diante só legumes, frutas, verduras e matrícula na academia. Eu perderia aqueles quase quatro quilos e mais três. Alimentação saudável, é isso. Eu começaria a seguir meus próprios conselhos. Alcançaria meu potencial. Evitaria homens cruéis e egoístas e prestaria atenção aos sinais de alerta sempre tão óbvios. Praticaria o amor-próprio, viveria o momento, cheiraria as flores e aproveitaria o dia.

Encontraria um apartamento maior. Dizem que é preciso uma aldeia para criar uma criança, então eu precisava encontrar uma, e rápido. Também era hora de entrar para uma igreja e passar a frequentar a associação de pais e professores e um clube do livro. Compraria um berço e um carrinho de bebê, e aquelas coisas de plástico que a gente enfia nas tomadas para que as crianças não morram eletrocutadas. Contrataria um seguro de vida e faria a contribuição máxima para meu plano de aposentadoria.

Faria *tudo* isso. E mais! Nos próximos três meses e meio, eu me transformaria na candidata a mãe ideal e em uma pessoa completamente diferente.

Mas, para fazer isso acontecer, eu precisava de mais dinheiro.

Como se meu mundo já não tivesse sido abalado o suficiente, Steve ganhou o direito a uma pensão alimentícia significativa no acordo de divórcio. Precisei sair do nosso apartamento no Upper West Side, com porteiro e uma vista lateral para o Central Park, e me mudar para um estúdio em Washington Heights com uma lavanderia compartilhada e vista para um beco. Se fosse só para mim, tudo bem, mas seria impossível morar ali com uma criança. Eu teria que encontrar um bom apartamento de dois quartos em um bairro seguro, com boas escolas, de preferência perto de uma estação de metrô e a uma curta distância do parque. Apartamentos assim não são baratos em Nova York, então naquele dia mesmo eu pediria um aumento.

E era por *isso* que eu comeria um croissant, mesmo que simples. Porque, apesar de tudo o que escrevi sobre saber o seu valor e não se contentar com menos, eu estava com medo dessa conversa. (Faça o que eu digo, não faça o que eu faço.) A ansiedade consome ainda mais calorias que o luto, então eu precisava mesmo de um croissant. E de um *latte* com leite integral.

Ramona, que trabalha na The Good Drop, uma padaria e cafeteria a quatro quarteirões do meu escritório, me viu examinando o croissant.

— Oi, Celia. Vamos de quê hoje?

— Um *latte* grande e um croissant simples.

— Simples? Tem certeza? — Ela estava com o pegador a postos, mas não se mexeu para fisgar o croissant que eu tinha escolhido. — Guillermo está testando um recheio novo hoje, pistache com um toque de cardamomo. Todo mundo que provou disse que é maravilhoso.

— Não, obrigada, senhora. Eu tenho…

Ramona riu, e eu revirei os olhos. Por que as pessoas achavam isso tão engraçado?

— Celia, há quanto tempo você está em Nova York? Quinze anos? Você não tem mais sotaque sulista, mas, depois de todo esse tempo, ainda chama as pessoas de senhora?

— É hábito. Fui criada assim.

Ramona mexeu no pegador outra vez. Meus olhos foram atraídos por uma bandeja de massa folhada e amanteigada, polvilhada com açúcar de confeiteiro e salpicada de um pó de pistache verde-claro. Pensei na reunião com meu chefe, me imaginei sentada diante dele naquela cadeira de escritório, aquela que sempre balança um pouco, dizendo: "Dan, preciso de um aumento".

Minhas mãos começaram a suar.

— Pensando melhor… Eu vou querer o de pistache, sim. E um de chocolate. — Fiz uma pausa, pensando na quantidade de gordura dos pistaches. — E o *latte* pode ser com leite desnatado.

— Como você está? — perguntou Ramona depois de gritar meu pedido para a garota que estava operando a máquina de *espresso*. — Calvin me contou sobre o Steve. Ele realmente te trocou pela celebrante do casamento de vocês? Que babaca.

— Não. Ele me trocou pela ortodontista dele.

De alguma maneira, pensei que meu marido me trocar pela ortodontista dele (cuja conta pelos aparelhos invisíveis de Steve eu ainda estava pagando) em vez de uma juíza de paz soaria menos patético, mas, assim que as palavras saíram da minha boca, percebi que não era o caso.

— Antes que eu me esqueça — disse Ramona, seu rosto se iluminando com aquele tipo de ansiedade que as pessoas sentem quando estão prestes a compartilhar uma boa fofoca —, sabe aquela carta que você recebeu do cara que acumulou um monte de dívidas no cartão de crédito e teve que devolver o carro, o Paul Pobretão? — Ela fez um muxoxo e colocou os croissants em um saco. — Aquele cara era um verdadeiro desastre. Amei sua resposta para ele.

— Ah. Obrigada.

Embora já devesse estar acostumada a essa altura, sempre fico pouco à vontade com esse tipo de elogio. Eu penso na minha coluna como uma correspondência particular entre mim e a pessoa que me escreve, então, às vezes, esqueço que milhares de outras pessoas, ou melhor, dezenas de milhares, estão espiando essa conversa, lendo as cartas de *Cara Calpurnia* em busca de entretenimento ou autoafirmação. Bem, a vida dessas pessoas pode ser mesmo uma droga, mas pelo menos não tão desastrosa quanto a do tal Paul Pobretão.

— Não, é sério, Celia. Como você pode ser tão jovem e tão sábia?

Eu odeio quando as pessoas dizem isso. Calpurnia é quem tem todas as respostas. Às vezes, parece que sou apenas sua escriba. Além disso...

— Eu tenho 37, prestes a fazer 38. Me sinto velha.

— Mas você é jovem — disse Ramona, gesticulando. — E inteligente. Se o tal Paul tivesse escrito para mim pedindo conselhos, eu teria dito para ele parar de reclamar e arranjar um segundo emprego.

— Bem, mas foi mais ou menos o que eu disse. Isso e também para ele encontrar uma boa empresa de consultoria de crédito. Só falei com um pouco mais de compaixão.

Ramona balançou a cabeça. Ela não estava realmente ouvindo.

— Eu trabalhei duro a vida toda. Nunca aceitei nada de ninguém. Mas esses millennials? São todos que nem o Paul. Esse pessoal espera que tudo seja entregue de bandeja. Não assumem a responsabilidade por suas escolhas erradas, acham que devem ganhar um troféu só por existirem. — Ramona se virou para a jovem de 20 e poucos que operava a máquina de *espresso*. — Já terminou esse *latte*? Então dá uma olhadinha aqui no caixa um segundo? Eu preciso fumar.

A The Good Drop estava lotada. Estiquei o pescoço, tentando encontrar Calvin. No momento em que me convenci de que ele não tinha aparecido, ouvi um assobio familiar. Calvin LaGuardia.

Calvin e eu nos conhecemos neste exato lugar cerca de seis anos antes. Depois de me sentar ao balcão, puxei papo com o homem muito alto e grande, com uma roupa impecável, no banco ao lado. Quando perguntei sobre a origem de seu nome incomum, ele disse:

— Eu inventei um dia, assim como toda a minha persona.

Amei a resposta. É uma história tão nova-iorquina. Metade das pessoas na cidade se mudou para cá na esperança de se tornar outra pessoa, incluindo eu. No momento em que ele disse isso, eu soube no fundo do meu ser que Calvin LaGuardia e eu estávamos destinados a nos tornarmos amigos. E nós fomos, por quase três anos. Mas as coisas mudaram depois que me casei com Steve. Não é que eu tivesse sumido da vida de Calvin ou algo assim. Ainda nos falávamos, mas não com tanta frequência, e nossas conversas eram mais superficiais. Havia coisas que eu sentia que não podia compartilhar com ele, principalmente sobre Steve. Para início de conversa, Steve tinha ciúme dele, o que era uma estupidez.

"Como você pode ter ciúmes dele, Steve? Calvin é o gay mais gay de Manhattan. Se eu deitasse nua na cama com ele, o máximo que ele faria seria pedir para eu apagar a luz. O que já é um indício melhor sobre a índole dele do que a dos seus próprios amigos. Durante nossa última festa, Joey me encurralou em um canto e tentou enfiar a língua na minha boca."

"Ele estava bêbado", disse Steve, com um gesto de desdém, sem entender o que eu estava querendo dizer. Como sempre.

"Seus amigos estão sempre bêbados. Sério, como você pode ter ciúme do Calvin?"

"Porque você passa horas ao telefone com ele! Sobre o que vocês tanto conversam?"

"Coisas. Receitas. Política. A vida. Trabalho. Quem vestiu o que no Oscar. O que aconteceu em *Real Housewives*. E é por isso que eu gosto dele: *ele* conversa comigo."

Steve aumentou o volume do jogo de basquete.

"Sim, eu sei. Por horas."

Tirando o casamento em si, um dos meus maiores arrependimentos nessa história toda foi deixar minha amizade com Calvin de lado. Quando Steve foi embora, uma das primeiras coisas que fiz foi ligar para Calvin e pedi desculpas.

"Não sei o que dizer. Eu fui uma idiota. Você sempre soube que não ia dar certo."

"Todo mundo sabia", respondeu Calvin. "Não era só eu."

"Sim, muitos disseram isso na minha cara. Quase todo mundo, menos você. Por quê? Porque você sabia que eu não ia ouvir?"

"Porque eu torcia para estar errado. Eu só quero que você seja feliz, docinho."

"Eu também."

"Ei, quer vir aqui em casa? Acabei de fazer um montão de pierogi. Podemos comer e maratonar episódios antigos de *Dance Moms*."

"Pode ser. Mas depois a gente pode ver *A felicidade não se compra*?"

"*De novo?*"

"Filmes de Natal renovam minha fé na humanidade."

"Eles renovam sua *fantasia* sobre a humanidade. Docinho, Bedford Falls não é o mundo real."

"E por acaso *The Bachelor* é?"

"Ok, ok", concedeu ele, soltando o gemido dos derrotados. "Vamos lá, George Bailey."

Sinceramente, quase valeu a pena perder Steve só para ter Calvin de volta.

Quem eu quero enganar? Valeu a pena *completamente*. Calvin é meu melhor amigo.

Eu me esparramei na cadeira diante dele, parti o croissant de pistache ao meio e lhe ofereci metade. Calvin ergueu a mão.

— Já comi um brioche, um mocha grande e três madeleines.

— Pensei que você ia começar uma dieta esta semana.

— Cala a boca — disse ele em um tom alegre que me fez sorrir, depois estendeu a mão por cima da mesa e pegou um pedaço do meu croissant mesmo assim, como eu sabia que faria. — Ai, meu Deus — gemeu ele. — Que delícia. Guillermo se superou.

Formado em gastronomia, Calvin tinha trabalhado em alguns dos melhores restaurantes da cidade, mas saiu do ramo quando se casou com Simon, o médico que é quase um santo. Simon viaja pelo mundo com o Médicos Sem Fronteiras. A qualquer momento, pode ser chamado para trabalhar em alguma zona de conflito e passar semanas longe.

As longas horas de trabalho no restaurante tornavam difícil para eles passarem tempo juntos quando Simon estava em casa, então Calvin pendurou o dólmã e se tornou editor de livros de receitas. Ele diz que não sente falta alguma da rotina frenética de um restaurante, mas eu não tenho tanta certeza disso.

Eu queria gostar mais de Simon. Quer dizer, eu *gosto* dele, é claro. Mas no fundo *não* gosto. Simon é meio cheio de si e tem tendência a dar lição de moral. Talvez ele até tenha esse direito, porque, bem, o cara literalmente passa a vida salvando a humanidade. Mas sinto que ele se acha superior a pessoas com carreiras menos significativas, o que, verdade seja dita, é quase todo mundo. Além disso, ele tem o hábito de cutucar o próprio nariz, o que me dá calafrios. Um médico não deveria saber que isso é falta de higiene? Por sorte não o vejo com muita frequência, já que quase sempre ele está ocupado salvando o mundo. Quando o vejo, evito apertar sua mão, então tudo bem. Ele faz Calvin feliz, e é isso que importa.

— Então, docinho — disse Calvin depois de dar a última mordida —, o que você vai fazer hoje? Quer dizer, além de ir ao escritório escrever cartas para um bando de gente triste e autocentrada...

— Ei, meus leitores *não são* tristes e autocentrados.

Calvin me encarou.

— Ok, ok — admiti. — Alguns são. Mas a maioria só está confusa. Ou solitária. Essas pessoas só precisam de alguém com quem conversar. Isso é tão ruim assim? *Alguém* tem que se importar com os fracassados.

Calvin não os chamou de fracassados, mas entendi o que ele quis dizer. Sinto que essa é a opinião de muita gente, na verdade, e isso sempre me deixa chateada. Porque, embora eu não conheça a maioria das pessoas que escreve para mim e tenha um relacionamento de amor e ódio com muitas delas, também me sinto muito protetora em relação aos meus leitores. Não consigo evitar.

— Ei, brincadeira, ok? Sou a última pessoa no planeta que tem o direito de criticar a profissão de outra pessoa. Sabe o que eu vou fazer hoje? A mesma coisa que tenho feito nas últimas seis semanas — disse ele. — Testar receitas para meu projeto interminável, *A enciclopédia definitiva da confeitaria*. Celia, eu juro, esse livro vai acabar comigo. Olha só para mim.

Ele se afastou da mesa e abriu os braços, exibindo toda a largura de sua camisa oxford feita sob medida, tamanho 3XL, com listras coral e um monograma azul, perfeitamente passada, como sempre.

— Estou imenso. Estou do tamanho do mundo.

— Ah, não está nada.

— Estou, sim. Sou o *Hindenburg*. O próximo livro de receitas que eu editar vai ser sobre culinária fitness. *Folhas frescas: O livro da alface*. *A culinária criativa da couve*. Algo do tipo.

— Você odeia couve.

— Todo mundo odeia couve — rebate ele. — As pessoas só não admitem.

— Tá, ok, você ganhou um pouco de peso — falei, dando de ombros. — E daí? Você vai perder assim que terminar o projeto. Quanto ainda falta?

— Eu ainda estou na letra *M*. Esta semana estou testando macarons. Ei — disse ele em tom animado —, posso levar alguns para você depois? Senão vou acabar comendo todos.

— Não. De jeito nenhum. Por que você não morde um só para ter certeza de que está bom e depois joga o resto fora?

— Porque eu não consigo — respondeu ele, com um gemido. — Você sabe que não. Porque meus avós passaram pela Grande Depressão e nunca me deixaram esquecer isso. Você adorou a *linzertorte* que eu levei semana passada. Anda, Celia. Me ajuda. Por favor?

— Não — falei com firmeza. — Desculpe, mas não posso.

Calvin se aproximou e deixou de lado o tom suplicante, seu rosto ligeiramente inexpressivo, mas também mais aberto e honesto. Calvin é um ator nato: ele sente a obrigação de entreter quase todas as pessoas que conhece. Mas comigo ele sabe que não precisa atuar, e é por isso que somos amigos.

— Ganhei quase quinze quilos desde o Natal — declarou ele.

Fiz uma careta, sentindo sua dor. Eu sabia que ele havia engordado um pouco por causa do livro, afinal, quem não engordaria? Mas Calvin é tão grande, pelo menos uns trinta centímetros mais alto, que eu não tinha notado de verdade.

— Bem — continuou ele, recostando-se na cadeira após completar sua confissão. — Esse é o meu refém. E o seu?

Há anos, Calvin e eu jogamos um jogo que ele chama de "troca de reféns". Um conta algo sobre si mesmo que não gostaria que mais ninguém soubesse, e o outro faz o mesmo. No começo, eu não sabia muito bem se gostava dessa ideia, mas Calvin disse que era uma boa maneira de conhecer alguém muito bem, muito rápido, e ele estava certo. A essa altura, Calvin sabe tudo sobre mim. Bem, quase tudo. Algumas coisas a respeito da minha infância são complicadas demais para explicar até para mim mesma, que dirá para Calvin. Em geral, a troca de "reféns" é para compartilhar informações ruins, até constrangedoras. Mas hoje, pela primeira vez em muito tempo, eu tinha *boas* notícias para contar.

— Eu tomei uma decisão, Calvin. Vou me transformar em uma pessoa nova, uma pessoa melhor.

Calvin franziu a testa, confuso.

— Por quê? Qual o problema com a pessoa que você é agora?
Eu sorri, respirei fundo e dei a notícia.
— Um bebê? Sério? Ah, querida! Um bebê! Estou tão feliz por você! Calvin pulou da cadeira, me tirou da minha e me envolveu em seus braços, me levantando do chão.
— Calma, calma — falei, rindo. — Não tem nada certo ainda. A mãe biológica está considerando outras duas famílias.
— Ela vai escolher você — disse Calvin. — Eu sei que vai. Quem melhor para criar um bebê do que a Cara Calpurnia?
— Bem, não vamos colocar o carro na frente dos bois. Não quero criar expectativas — falei, embora já fosse tarde demais para isso. — Eu tenho que encontrar um novo apartamento antes da visita domiciliar.
— Vem morar no nosso prédio! Um apartamento de dois quartos vai vagar no fim do mês. Você já teria babás no local, tio Calvin e tio Simon!
— Eu não tenho como pagar um aluguel no seu prédio, a menos que eu consiga um aumento. Vou pedir ao Dan hoje.
Lembrar minha missão deixou minha garganta seca. Eu tomei um gole de café e enxuguei as palmas das mãos suadas no guardanapo.
— Ele vai te dar o aumento — disse Calvin, com confiança. — Como poderia não dar? Você é a colunista mais popular desde a Cara Abby.
— É, bem. Vamos ver.
Peguei o croissant de chocolate do saco e dei uma mordida enorme.
— Achei que era um novo dia — disse ele. — Achei que você ia se transformar.
— Shhhh — falei, brincalhona.
Calvin riu.

Capítulo Três

Depois de terminar meu café e ouvir um discurso motivacional de Calvin, segui até a "cova do leão" para exigir um aumento — a "cova" sendo os escritórios da McKee Media e o "leão" sendo Dan McKee, o dono da empresa e meu chefe.

Dan começou seu jornal on-line, *The Daily McKee*, com alguns jornalistas amadores dispostos a trabalhar por rosquinhas e seus nomes abaixo dos títulos das matérias, e o transformou em uma das publicações on-line mais bem-sucedidas do país, não muito atrás do *HuffPost* e *BuzzFeed*. Ele me "descobriu" há doze anos.

Fiz jornalismo na faculdade e escrevi vários artigos inovadores para o jornal universitário. Talvez você se lembre da minha reportagem sobre o número real de horas trabalhadas pelos professores com cargos vitalícios? Ou da minha série sobre as práticas de trote na semana de calouros que resultaram na suspensão dos Kappa Sigs por um ano inteiro?

Não? Os editores-chefes em Nova York também não.

Comecei a trabalhar como garçonete para pagar o aluguel e fiz um blog para ajudar a assimilar minha transição para a vida na cidade grande. O título "Georgia Peach na Big Apple" era um pouco enganoso, mas achei que o fato de eu ter estudado na Universidade da Geórgia o tornava verdadeiro o suficiente. Além disso, eu nem achava que alguém fosse de fato ler.

Mas, por algum motivo, as pessoas liam. O *Georgia Peach* não era tão popular quanto muitos blogs famosos — nunca fui convidada para participar de um programa de TV, para um filme ou para escrever um livro —, mas consegui alguns seguidores cults, principalmente por causa dos comentários.

Se você cresceu no Sul, certas coisas estão enraizadas em você desde o berço. Você diz "sim, senhor" e "sim, senhora". Você respeita os mais velhos. Naquela época, quando alguém escrevia para você, você escrevia de volta, em papel de carta e com sua letra mais bonita, a menos que você fosse Calpurnia, que tinha uma caligrafia surpreendentemente feia para uma mulher da sua época e se safava da obrigação digitando suas correspondências em sua confiável máquina de escrever Olivetti com o "y" defeituoso. O restante de nós tinha que escrever nossos agradecimentos à mão. Essa e muitas outras regras de etiqueta foram marteladas em mim desde a mais tenra idade. Recebi meu primeiro papel de carta monogramado no meu quarto aniversário, muito antes de eu *sonhar* em saber escrever. Portanto, é claro que li e respondi a todos aqueles comentários. Teria sido rude não fazê-lo, ainda mais em se tratando de uma blogueira que se apropriava da origem sulista.

Em pouco tempo, as pessoas começaram a postar perguntas e não apenas comentários, muitas vezes pedindo meu conselho. Por que elas acharam que eu teria um ponto de vista especial a oferecer ainda é um mistério para mim, mas eu sempre respondia.

Foi quando comecei a usar o pseudônimo Calpurnia e desenvolvi minha despedida de sempre, "Que sua vida seja doce". Nada poderia ser mais "sulista" do que isso.

Quando Dan McKee me encontrou, o blog já estava gerando algum dinheiro, então rejeitei sua primeira proposta (rosquinhas e meu nome debaixo do título).

Fiquei surpresa quando ele voltou com uma oferta de trinta e cinco mil dólares por ano. Na época, parecia uma quantia enorme. Recebi alguns aumentos desde então, todos a duras penas. Da última vez, ameacei levar a coluna para outro veículo. Foi um blefe que deu certo. Dan me fez assinar um contrato de três anos que incluía uma cláusula de não concorrência e um aumento considerável.

Foi uma negociação difícil. Eu não estava ansiosa para repetir a experiência. Então, quando cheguei ao escritório e descobri que Dan não estava lá, fiquei decepcionada, mas também um pouco aliviada.

Depois de me acomodar na minha mesa, abri meu e-mail. Dezenas de mensagens para a Cara Calpurnia. Você pode achar que escrever uma coluna de conselhos deveria ser o trabalho mais fácil para um jornalista, mas não é, e quando se faz isso há tanto tempo quanto eu, é difícil não se repetir. Nos últimos tempos, sinto que tenho reciclado muita coisa. Depois de doze anos como Calpurnia, que novos pontos de vista eu realmente tenho a oferecer?

Embora apenas alguns dos e-mails sejam de fato publicados, eu respondo a todos que escrevem para mim. Isso não é um requisito do trabalho, é algo pessoal. Como falei, alguém tem que se importar com essas pessoas. A maioria das minhas respostas se resume a três conselhos: ninguém é perfeito, nem você, então não seja tão duro com os outros; ninguém é perfeito, e tudo bem, então não seja tão duro consigo mesmo; e ninguém é perfeito, muito menos você, então por que você não se olha no espelho e para de ser imbecil?

Eu só digo isso com uma dose de compaixão.

Ler nas entrelinhas, descobrir o que as pessoas *não* estão dizendo e talvez nem saibam sobre si mesmas é a parte complicada do trabalho. Mas é preciso ser sempre gentil. As pessoas não conseguem ouvir se estiverem se sentindo atacadas ou julgadas. É por isso que polvilho minhas cartas com vocativos afetuosos, como "querida", "meu bem" e coisas do tipo. Isso ajuda as pessoas a saber que ainda gosto delas, mesmo quando estou dando um sermão muito necessário. Além disso, é o meu jeitinho.

Depois de ler as correspondências do dia, decidi publicar a carta de uma viúva que havia se mudado para a casa do filho, da nora e de três netos adolescentes e estava muito, *muito* infeliz. Era uma velha rabugenta, do tipo que passa o dia espiando pela fresta das cortinas da sala e depois sai correndo para a varanda a fim de gritar com qualquer criança atrevida que ouse pisar em seu gramado. Mas, lendo melhor a carta, pude perceber que esse comportamento era apenas sintoma de um problema mais profundo e universal.

Essas cartas são meio que minha especialidade.

Querida Vovó de Vermont,
Aos 22 anos, saí de casa e me mudei para a cidade de Nova York, um dos endereços mais populosos do planeta. Em todos os lugares aonde eu ia, estava cercada de gente, mas nunca me senti tão sozinha.
Esse é o pior tipo de solidão, não é? A que vem desse sentimento de ser desconhecida e ignorada, mesmo quando você está no meio de uma multidão. Todo mundo se sente assim em algum momento: invisível, irrelevante, obsoleto, sozinho e assustado.
Soa familiar?
Não é só você, Vovó de Vermont. É todo mundo. Eu tenho provas.
Há algumas semanas, peguei um táxi com um motorista que tinha ligado o rádio em uma estação cristã e gostava de ouvir música bem alto. Eu poderia ter pedido a ele para baixar o volume, mas, embora more na cidade grande há muitos anos, Calpurnia até hoje não se acostumou a criar conflitos, ainda mais quando está chovendo e ela pode não conseguir encontrar outro carro se o motorista irritado expulsá-la do táxi. Sendo assim, segurei a língua.
Mas dali a poucos quarteirões, a letra de uma das músicas chamou minha atenção. A cantora fez uma oração para ser libertada das coisas que a faziam sentir mais medo e solidão... a necessidade de ser compreendida, a necessidade de ser aceita, o medo de que nenhuma das duas coisas acontecesse e ela acabasse humilhada no processo, o medo da morte, do julgamento e de não ter nada, de ser nada.
As necessidades e os medos sobre os quais aquela mulher estava cantando são as mesmas necessidades e os mesmos medos que costumavam fazer eu me sentir uma náufraga solitária em uma ilha com um milhão e meio de pessoas. São as mesmas necessidades e os mesmos medos que estão fazendo você se sentir tão sozinha e infeliz agora, aqueles que todo mundo enfrenta em algum momento da vida, quando tudo o que era familiar é arrancado de

nós e somos lançados, voluntariamente ou não, na próxima fase da nossa vida. Não é só você. É todo mundo.

Como eu sei disso?

Porque alguém escreveu uma música sobre o tema. Porque outra pessoa a gravou. Porque o motorista do táxi aumentou o volume quando a música começou a tocar no rádio. Porque meus olhos ficaram marejados ouvindo aquilo, e porque, mesmo depois de tanto tempo, eu ainda me lembro de como é se sentir tão sozinha, sentir tanto medo. Às vezes ainda me sinto assim.

Se estivesse no táxi e ouvisse aquela música, você se sentiria do mesmo jeito, com vontade de chorar. Mas você não choraria, não é? Em algum momento, você aprendeu que não é aceitável chorar. Ou talvez que não seja seguro. Se fosse você naquele táxi, você engoliria as lágrimas e gritaria com o motorista para abaixar o maldito volume, e talvez até deixasse de lhe dar uma gorjeta. Eu não tenho certeza dos detalhes, mas você reagiria de alguma maneira. Porque admitir que está com medo é muito assustador. Eu entendo.

Não é só você, Vovó de Vermont. Não sou só eu. É assim com todo mundo.

É assim com o seu filho e sua nora também. É assim com o seu neto, sem dúvida. Você disse que ele vai para a faculdade daqui a alguns meses, uma que está longe de ser sua primeira escolha e que também fica distante dos amigos e da família. Não é de se admirar que ele esteja tão irritadiço, sarcástico e até rude. Assim como você, ele também está com medo do desconhecido, e com tanto medo de ficar sozinho que já está se isolando. Assim como você, ele está reagindo.

Exatamente como você.

(A maçã não cai longe da árvore, não é mesmo, Vovó de Vermont?)

Converse com ele, meu bem. Inicie um diálogo. Uma troca, não um sermão. Diga a ele que você sabe como é se sentir perdido, com medo, sozinho. Seja honesta com ele.

Se fizer isso, há uma grande chance de seu neto fazer o mesmo. Quando isso acontecer, escute. Escute o máximo que conseguir. Em *seguida, repita o processo com o restante de sua família. E com os vizinhos. E com o caixa que passa suas compras no supermercado. E com a moça que busca seus livros na biblioteca.*

Acho que você ficará surpresa com a quantidade de coisas que tem em comum com todas essas pessoas, mas ficará ainda mais surpresa com a rapidez com que a amargura e o isolamento serão substituídos por aceitação e até amor. Amor por sua família, amor por seus amigos, amor pela sua nova vida.

A solidão é difícil, Vovó. Muito difícil. Mas o antídoto é fácil: conecte-se com as pessoas que já estão ao seu redor.

Elas precisam de você tanto quanto você precisa delas, talvez até mais.

Que sua vida seja doce,
Calpurnia

— Celia?

Levei um susto. Dan McKee estava parado na frente da minha mesa. Isso era incomum. Quando Dan quer falar com alguém, ele grita da porta da sala dele: "Vem cá! Agora!" (Embora ele nunca acrescente um nome à ordem, a pessoa que está prestes a levar uma bronca sempre sabe a quem ele se refere.) Ainda mais estranho do que Dan aparecer na minha mesa era a expressão em seu rosto.

Ele estava *sorrindo*. Isso me deixou nervosa.

— Desculpe. Você estava bem concentrada aí, hein? — Ele riu.

O que estava acontecendo? Dan McKee, rindo? Em voz alta? E pedindo desculpas?

— Chego em boa hora? — perguntou ele. — Jerome disse que você estava me procurando.

— Hã... sim. Em boa hora, sim.

— Ótimo. Eu também queria falar com você. Que tal irmos até a minha sala?

Dan me convidou a sentar na temida cadeira bamba. Quando ele fechou a porta, eu respirei fundo e comecei minha apresentação.

— Então, Dan. A gente sabe que, tirando as notícias de mais destaque, minha coluna gera mais tráfego do que qualquer outra matéria do

The Daily. As visualizações de página para Cara Calpurnia aumentaram dezessete por cento, o que significa que a receita publicitária que estou gerando...

— ... é uma grande contribuição para o nosso resultado final — Dan terminou minha frase.

Eu parei e tentei me reorientar. Calvin e eu não tínhamos ensaiado um cenário em que Dan concordasse comigo. O jeito natural com que a coisa deveria transcorrer seria Dan discutindo comigo, minimizando meu valor para o jornal, e eu retrucando ao dizer que meu trabalho contribuía muito para o resultado final e que eu deveria ser compensada de maneira justa por essa contribuição. E aí entraria o pedido de aumento.

O fato de Dan concordar com meu ponto principal me deixou sem norte. Eu me senti como uma atriz diante de outro ator que pula algumas páginas do diálogo. Fiquei tão confusa que comecei a gaguejar, tentando descobrir qual deveria ser minha próxima fala.

Dan abriu uma gaveta, pegou uma caixa azul com uma fita branca e me entregou.

— O que é isso?

— Um presente. Para você saber o quanto eu a aprecio. Abra.

Quando hesitei, ele disse:

— É uma pulseira. Ou um bracelete. Foi assim que a vendedora chamou. Ouro rosa com dois diamantes. Pequenos. — Ele sorriu. — Comprei na Tiffany.

— Uau. — Fiquei sem reação. — Nossa, Dan. Eu não sei o que dizer. Obrigada.

— Por nada. Então, Celia. Eu não ia dizer nada a ninguém até amanhã, mas... — Ele se inclinou para a frente na cadeira, os olhos brilhando com o segredo que estava morrendo de vontade de contar. — Vendi a empresa hoje.

— Espera. O quê? Calma. Você vendeu *esta* empresa aqui? Você vendeu o *The Daily McKee*?

Dan assentiu.

— Ah. Uau. Bem... parabéns.

Era *mesmo* motivo para parabéns? O sorriso de Dan indicava que sim, ao menos para ele. Eu não estava tão certa sobre o restante de nós, funcionários.

— Quem nos comprou? Quer dizer... a empresa. Quem a comprou?

— Tate Universal.

Minha boca ficou seca. Como o nome indicava, a Tate Universal era um gigante da mídia, um império composto por jornais, uma rede de televisão a cabo, centenas de emissoras de televisão de pequeno e médio porte, um estúdio de cinema e um parque temático. Como qualquer bom império, eles ganhavam dinheiro devorando mídias menores e espremendo cada centavo de lucro, produtividade e vida dos pobres conquistados, meras peças nas ambições de pessoas mais poderosas e mais cruéis.

Os funcionários não veriam motivo para comemorar.

Dan começou a rir, não uma risadinha, mas uma risada cheia, estranhamente aguda. Ele parecia quase eufórico, como uma adolescente ansiosa que arranjou um par na véspera do baile da escola.

— Eu consegui — disse ele, levantando-se da cadeira e pressionando as têmporas como se estivesse tentando evitar que a cabeça explodisse. — Eu realmente consegui. Quando comecei isso aqui, eu disse a mim mesmo que ganharia o suficiente para me aposentar aos 40. Agora eu posso. E seis semanas antes do prazo.

— Quanto eles pagaram?

A quantia que ele mencionou quase fez o *meu* cérebro explodir. Com uma cifra daquelas, o meu prédio inteiro poderia se aposentar com luxo.

— *Até que enfim*. Depois de todos esses anos, posso ter uma vida! Posso viajar, arranjar uma namorada. Dormir até tarde! Sabe quando foi a última vez que dormi mais do que cinco horas, Celia? Catorze anos atrás, um dia antes da inauguração do jornal.

Ele se apoiou na beirada da mesa, os ombros curvados enquanto soltava um enorme suspiro de alívio.

— Você foi incansável, mesmo. Eu estou feliz por você, Dan. Mas... como vai ser de agora em diante?

— Não tenho cem por cento de certeza. — Ele riu de novo. — Estive tão ocupado fechando o acordo que não pensei nisso direito. Mas daqui a uma semana recebo um novo veleiro. Três camarotes, quatro deques solares, dezenove metros de comprimento.

— Eu quis dizer como vai ser de agora em diante para a gente. O que vai ser do jornal?

— Ah. Bem. Vai continuar tudo como sempre — disse Dan. — Apenas sob o comando da Tate Universal. Duvido que os leitores percebam. Tate quer manter o nome.

— E a equipe? Vão manter? Ou haverá cortes?

— Alguns, imagino. — Ele deu de ombros. — Mas isso não é mais problema meu.

Não, realmente não. É problema nosso. E meu.

— E a minha coluna? Eles vão continuar com ela?

— Vão. — Ele se levantou e foi até mim. — Querem que apareça em todas as suas publicações. Sem Cara Calpurnia, não tenho certeza de que teria conseguido fechar o acordo. Por isso o presente — disse ele, indicando a caixa ainda fechada no meu colo quando voltou para sua cadeira.

Meu estômago relaxou um pouco. Eu ainda estava preocupada por meus colegas de trabalho, mas foi um alívio saber que meu emprego estava a salvo. E, talvez, minhas esperanças de um aumento? E um bebê? Se a Tate queria publicar minha coluna em suas muitas publicações, teriam que aumentar meu salário, certo? Talvez eu devesse contratar um agente.

Negociar com uma grande corporação seria diferente de lidar com Dan. Mas será que eu conseguiria fazer um acordo rápido o suficiente para conseguir um apartamento maior antes da visita domiciliar? Duvido. Talvez Dan intercedesse em meu nome? Afinal, o acordo nunca teria acontecido sem mim. Ele mesmo reconheceu isso.

— Escuta, Dan. Aconteceu uma coisa, uma coisa ótima. E eu preciso de um...

Mas Dan não estava ouvindo.

— Tate vai continuar com a Cara Calpurnia — disse ele, me interrompendo. — Mas não vão continuar com você.

— Oi?

Eu pisquei, chocada, certa de que ele devia estar brincando. Mas Dan não estava mais sorrindo.

— Isso é loucura. Eles não podem publicar a coluna sem mim. Eu sou a Calpurnia.

— Você é Celia Fairchild. Calpurnia é uma persona, um pseudônimo. Outra pessoa pode assumi-lo e escrever tão bem quanto você, mas recebendo menos.

Ele pegou uma folha de papel na mesma gaveta onde havia guardado a caixa da Tiffany's e a colocou na mesa à minha frente.

— O que é isso?

— É uma carta de rescisão e desligamento, com uma indenização de um ano em anexo. Assine e você receberá um cheque hoje.

— O quê?!

— Não me olhe assim, Celia. Sabe o quanto eu tive que lutar com Tate para conseguir isso para você? Eu briguei por você, ok? Os outros não vão receber nem metade disso. Um ano inteiro. Você vai sair com grana e não vai demorar muito para encontrar outro emprego.

— Se eu quiser um que pague perto do que eu ganho escrevendo a coluna, vai demorar, sim — falei, sabendo que era verdade. — E não quero outro emprego, Dan. Calpurnia pode ser uma persona, mas ela é *minha* persona. Se a Tate Universal não está disposta a pagar por ela, outra empresa vai.

— Você não pode fazer isso.

— Nosso contrato era de três anos, o que significa que minha cláusula de não concorrência termina no fim do mês que vem. Depois disso, posso escrever para quem eu quiser. Não importa quanto dinheiro a Tate me ofereça, não vou abrir mão dos direitos da Calpurnia.

— Celia. Você já abriu. — Dan me encarou. — Seu último contrato diz que o nome Cara Calpurnia em todas as suas formas pertence à McKee Media e que, no caso de venda da empresa durante a vigência do contrato, os direitos são transferidos para o novo proprietário.

— Não. — Eu neguei com a cabeça. — Não. Eu nunca teria concordado com isso.

— Mas você concordou. Está tudo aí, cláusula dezesseis, parágrafo nove B.

Ele abriu a gaveta de novo, desta vez para pegar uma cópia do meu contrato de trabalho, que por acaso estava aberto na cláusula dezesseis, parágrafo nove B e destacado em marcador amarelo. De fato, Dan vinha se preparando para essa reunião havia cerca de três anos, eu diria, começando no dia em que ele me viu assinar um contrato cujo conteúdo integral ele sabia que eu desconhecia.

Eu fiquei catatônica, esmagada pela constatação da minha própria estupidez e da trapaça de Dan. Como ele poderia ter feito algo tão... tão vil? Então pensei na advogada de adoção e no apartamento maior de que eu precisava para convencê-la de que eu e minha casa éramos adequadas. Mas será que eu seria mesmo uma mãe adequada? Sem marido, sem emprego, sem um futuro em vista? Como eu sustentaria um bebê se eu nem sequer tinha meios de *me* sustentar?

Talvez eu devesse assinar a rescisão. A indenização não me colocaria em um apartamento melhor — todos os prédios da cidade exigiriam contracheque —, mas um salário de um ano não era pouca coisa. Será que eu poderia abrir mão de tanto dinheiro? Por outro lado, como abrir mão de Calpurnia? Sem ela, eu nem estaria na disputa por esse bebê. Sem Calpurnia, eu não era nada nem ninguém.

Considerei minhas opções, que eram nulas. Dan detinha todas as cartas. Talvez se eu contasse sobre o bebê? Apelasse para o senso de decência dele?

Então eu me lembrei: Dan não tinha nenhum senso de decência.

Como pude confiar nele? E por quê, depois de aconselhar tantos dos meus leitores a pedir para um advogado revisar qualquer contrato antes de assinarem, eu não tinha feito o mesmo? Resposta: porque eu *tinha* confiado nele.

O que foi estúpido. Muito, muito estúpido.

Eu baixei a cabeça e vi a caixa da Tiffany's no meu colo.

Então ele comprou uma joia para mim porque gostava de mim? E ele brigou para conseguir um ano de indenização porque eu estava com ele desde o início?

Que papinho. Não era eu quem deveria sentir vergonha aqui.

Eu me levantei e deixei a caixa azul cair na mesa de Dan. Ela aterrissou com um baque.

— Não tem saída, Celia — disse ele enquanto eu saía da sala. — Já está feito.

Abri a porta.

— Ei, Dan. Sabe o seu barco? Tomara que ele afunde.

Vinte minutos depois, escoltada por um segurança que assistiu enquanto eu empacotava o conteúdo da minha mesa em uma caixa de papelão, saí dos escritórios da McKee Media. Eu tinha começado o dia decidida a me transformar por completo, não tinha? Bem, agora isso tinha acontecido.

Entrei na cova como Cara Calpurnia.

E saí como Celia Fairchild, uma mulher que eu costumava conhecer, mas com a qual tinha perdido contato havia muito, muito tempo.

Capítulo Quatro

Todos os advogados em Manhattan devem usar o mesmo decorador. Nos seis dias desde que fui escoltada sem cerimônias para fora dos escritórios da McKee Media, tive reuniões em oito escritórios de advocacia diferentes. Todos tinham mesas de centro de vidro e pinturas exibindo os sócios fundadores no saguão, salas de conferência com paredes de vidro e estantes de livros de direito em capa dura que, tenho certeza, estavam ali só para decoração (sério, o trabalho de pesquisa hoje em dia não é todo feito na internet por associados mal remunerados e sobrecarregados?), além de tapetes vermelhos caros e felpudos com franjas nas bordas. Não estou inventando: era quase o mesmo tapete em todos os escritórios! E os advogados pareciam igualmente genéricos, até mesmo Carlotta Avilla.

Eu tinha esperanças de que uma advogada mulher fosse um pouco mais simpática à minha causa ou um pouco mais disposta a se arriscar. Mas acho que não dá para comprar tapetes de dez mil dólares, paredes de livros que ninguém nunca lê ou escritórios em andares altos pegando casos que não garantam muita grana, especialmente quando a cliente é uma colunista de conselhos desempregada com uma grande pensão alimentícia a pagar e quase sem economias.

Mas pelo menos o café era bom. Em geral, um excelente café é algo que se pode pagar quando você só aposta nos casos certos.

— O problema — disse a sra. Avilla, colocando uma xícara de café *espresso* azul na mesa de conferências de vidro quando terminei minha história — é que você *assinou* o contrato. Ninguém a obrigou a assinar.

Eu concordei. Já tinha ouvido essa resposta antes.

— Mas eu jamais teria assinado se tivesse visto aquela parte sobre eles ficarem com os direitos do meu pseudônimo. Dan nunca mencionou nada sobre isso durante nossas negociações, e a primeira versão do contrato não incluía essa cláusula. — Eu tinha confirmado isso. No contrato original que Dan me enviara por e-mail para analisar, a cláusula dezesseis não tinha um parágrafo 9B. — Ele acrescentou isso mais tarde de propósito, sabendo que eu não leria o contrato inteiro de novo antes de assinar.

— Mas você deveria. — A sra. Avilla parecia quase pedir desculpas, como se realmente sentisse muito por dar más notícias. Ela sem dúvida tinha mais compaixão do que os advogados homens com quem eu tinha falado, mas não estava mais disposta a me ajudar do que eles. — Você deveria ter contratado um advogado para revisar o contrato antes de assinar.

— Eu sei, eu sei. Mas... antes tarde do que nunca?

Eu sorri, torcendo para conquistá-la. Por um momento, achei que poderia ter conseguido. Ela riu, depois uniu as pontas dos dedos e aproximou as mãos dos lábios. Ela estava pensando, o que já era mais do que os outros tinham feito. Fiquei tensa, mas não disse nada, esperando pelo veredicto.

— Srta. Fairchild, está óbvio que você foi explorada. Mas a McKee Media é uma grande empresa com muito dinheiro. Agora que foi adquirida pela Tate Universal, esses recursos são quase infinitos. Essas grandes corporações têm equipes de advogados em tempo integral e odeiam perder. Farão tudo o que puderem, gastarão qualquer quantia lutando contra você. Mesmo que eu aceitasse o caso, o escritório exigiria um adiantamento de cem mil dólares — disse ela, com certeza notando a palidez do meu rosto.

Os outros advogados me descartaram com tanta rapidez que nem chegamos a falar sobre valores. Mas... cem mil dólares?

— E isso é apenas o começo — disse ela. — Acredite em mim, se você decidir processar uma empresa como a Tate Universal, gastaríamos o adiantamento inteiro e muito mais antes de chegarmos ao tribunal. E as chances de você ganhar são mínimas, na melhor das hipóteses. Sinto muito, srta. Fairchild. Eu gostaria de poder aceitar o seu caso, mas, se fizesse isso, estaria apenas pegando o seu dinheiro. Eu sei que uma indenização de um ano está longe de te compensar por tudo o que perdeu, mas a coisa mais inteligente a fazer é aceitar esse dinheiro e usá-lo para começar uma nova carreira, uma nova vida.

Todos os outros advogados me dispensaram como se eu fosse um contratempo indesejado, burra demais para ler um contrato, o que me deixou com raiva e ainda mais determinada. O sentimento de pena de Carlotta Avilla fez com que eu me sentisse derrotada. Relaxei os punhos e olhei para minhas mãos e para o esmalte lascado nas unhas.

— É claro que não sou a única advogada em Nova York — disse ela, sorrindo de uma maneira que eu sabia que era para me dar esperanças. — Gostaria que eu recomendasse algumas outras empresas?

Levantei a cabeça.

— Faz algum sentido?

Seu sorriso derreteu.

— Na verdade, não.

Eu poderia ter ido para a casa do Calvin. Ele teria preparado um jantar para mim, aberto uma garrafa de vinho e tentado me convencer de que ainda havia esperança. Mas não havia. Além disso, ele precisava cumprir o prazo do livro. Eu não podia incomodá-lo. E, embora conversar com ele talvez fizesse eu me sentir um pouco menos infeliz, não mudaria nada.

Eu poderia ter ligado para minha terapeuta, mas a verdade é que eu não gostava dela. Sempre tão sincera e, ao mesmo tempo, tão distante, além de ser bastante vaga. As pessoas me escrevem em busca de conselhos e recebem uma resposta de graça (nem sempre certa, mas ao menos objetiva); já minha terapeuta ganha duzentos e oitenta dólares por hora para assentir e murmurar "E como isso fez você se sentir?". Eu não precisava saber como eu me sentia, precisava saber o que *fazer*.

Eu poderia ter ido para casa, mas suspeitei que isso acabaria comigo deitada na cama com um pote de Ben & Jerry's, ouvindo "I Know It's Over" dos Smiths em loop infinito, contemplando o fato de que os melhores anos da minha vida já tinham passado e que nem haviam sido tão bons assim. Não parecia uma decisão muito promissora, e em diversos aspectos.

Então, fui para o parque.

Talvez uma caminhada me ajudasse a ter uma ideia do que fazer. Mas quem eu estava tentando enganar? Carlotta Avilla estava certa, a única opção que me restava era aceitar a indenização e tentar recomeçar do zero.

Engraçado como apenas uma semana atrás eu estava em um palco sob um feixe de luz ofuscante, irritada com o Homem do Colete Brilhante e com todos os outros que tinham ido até lá não para me ver, mas ver Calpurnia. E, se antes eu me ressentia por ter que performar aquele espetáculo, aquele papel, agora eu percebia que aquilo era tudo o que eu tinha.

Eu não era esposa, filha ou mãe de ninguém. E agora eu nem sequer era Calpurnia. O que acontece quando a coisa na qual você baseou sua vida e sua identidade é tirada de você? O que você faz? Para onde vai?

Para o meio do pântano? Uma cidade distante?

Peguei uma pedrinha da trilha e arremessei no lago, observando as ondulações se espalharem pela água. Pensei em jogar batatinhas do píer de Daytona e ficar observando as gaivotas mergulharem para pegá-las no ar, então lembrei que alguns problemas são grandes demais para ignorar.

Uma vez, li uma matéria que dizia que precisamos esvaziar a mente das perguntas se quisermos abrir espaço para as respostas, então dei duas voltas ao redor do lago, um total de quase cinco quilômetros, tentando manter a mente o mais vazia possível, e não consegui nada além de uma bolha no dedinho por causa da costura do sapato. Baita progresso, hum? Ao virar em uma esquina, ouvi risadas e gritos felizes.

Minha relação com parquinhos tem fases. Houve épocas em que eu os frequentava com regularidade, admirando as criancinhas de perninhas roliças cavando na caixa de areia e os bebês rosados que dormiam em seus carrinhos, sonhando com o dia em que teria um filho. E houve épocas em que evitei parquinhos a todo custo, deprimida porque esse sonho parecia morto e enterrado.

Mas, à medida que a bolha começou a incomodar, a ponto de eu andar mancando, não tive escolha a não ser me sentar. O único lugar disponível era justamente no parquinho, na ponta vazia de um banco ocupado por uma mulher de 20 e poucos com cachos loiros bagunçados, olheiras e um bebê nos braços. Eu me sentei e me inclinei para tirar o sapato. A mulher, que devia ter me observado, arfou de surpresa quando puxei o pé para fora do calçado, como se pudesse sentir o quanto doía só de olhar. E ela estava certa.

— Ui — disse ela, fazendo careta ao ver o sangue. — Espera, devo ter um band-aid aqui em algum lugar.

Eu lhe disse que não precisava, que estava tudo bem, mas ela não deu ouvidos e colocou o bebê, que dormia profundamente, em um carrinho grande que já vira dias melhores. Em seguida, começou a fuçar em uma bolsa de fraldas, tirando de suas profundezas chupetas, absorventes para os seios, bolsas de zíper cheias de cereal, bonequinhos de plástico, caixinhas de uva-passa e, finalmente, um band-aid.

— Aqui — disse ela, me entregando o curativo. — Espero que não se incomode com os Minions. Meus gêmeos são loucos por eles.

— Obrigada — falei, depois arranquei o plástico e enrolei o band-aid em volta do dedinho dilacerado. Sangue vazou pelas laterais, fazendo os alegres Minions amarelos parecerem impiedosos e diabólicos.

— Você tem gêmeos? — perguntei. — E um bebê?

— Sim, dois meninos — disse ela, balançando a cabeça. — Marcus e Miles têm 5 anos, Geoffrey tem 4 e Walt fará 3 no mês que vem. — Ela inclinou o queixo em direção ao escorregador e acenou para um menininho de cabelo loiro que subia a escada com dificuldade. — E *esta* é a Julia — disse ela, estendendo os braços para o carrinho e pegando a bebê adormecida nos braços.

Fiquei boquiaberta.

— Você tem cinco filhos?

Cinco? Como era possível? Apesar das olheiras, inevitáveis quando se tinha cinco filhos, a mulher não parecia ter mais do que 24 ou 25 anos, 26 no máximo.

— Aham — respondeu ela, cansada. — Eu uso a escova de dente do meu marido e engravido. Mas queríamos muito uma menina, e finalmente aconteceu. — Ela sorriu para a bebê, cujo ronco suave fazia uma pequena bolha de muco em sua narina inflar e desinflar a cada respiração. — Eu não sei o que teria feito se tivéssemos tido outro menino — disse ela, olhando para mim com uma expressão sincera. — Eles são uns terrorzinhos. Bem, pelo menos os *meus* são.

Nesse momento, como se para provar o ponto da mãe, os gêmeos — Marcus e Miles — vieram correndo pelo parquinho, pulando por cima de um balanço, bradando um grito de guerra, como um par de invasores celtas entrando no castelo, vindo direto para o nosso banco. O ataque surpresa veio do nada, uma verdadeira operação de "choque e pavor". Antes que soubéssemos o que estava acontecendo, os dois terrorzinhos pegaram o carrinho e o empurraram na direção oposta, levando embora seu prêmio, uivando em triunfo enquanto corriam pelo terreno acidentado, provavelmente destruindo o que restava das molas desgastadas do carrinho. A mãe pulou do banco, a bebê ainda nos braços.

— Marcus! Miles! Voltem aqui agora mesmo!

Eles a ignoraram, soltaram outro grito de batalha e fizeram uma curva brusca à esquerda, indo na direção de um menininho de cabelo castanho usando o mesmo tipo de galocha que eles (verdes com olhos de sapo na parte dos dedos). Ao ver os saqueadores maníacos se aproximando, o menininho mais novo gritou e saiu correndo.

— Marcus! Miles! Deixem o Geoffrey em paz! Eu *não* estou brincando!

Eles continuaram a ignorá-la. Geoffrey, aterrorizado, correu em direção ao lago e contornou um arbusto com os Gêmeos do Mal em seu encalço. Antes que eu entendesse o que estava acontecendo, a Mãe dos Dragões colocou o bebê em meus braços.

— Você se incomoda de ficar com ela só um segundinho? E fique de olho no Walt. Eu já volto.

E assim, sem me dar tempo de responder ou sequer questionar se eu poderia ser uma criminosa ou ter alguma doença contagiosa, a mulher saiu correndo e me deixou, uma completa estranha, encarregada de dois dos seus cinco filhos.

Ela sumiu por cerca de dez minutos, os dez minutos mais maravilhosos e desoladores da minha vida. Passei cerca de cinco deles apenas olhando para a bebê, admirando seus cílios pequenos e perfeitos, sorrindo para a bolha de muco e para a maneira como sua boca, um botãozinho cor-de-rosa, tremia e se mexia quando eu passava o dedo pela pele macia e rosada de sua bochecha de porcelana.

Era um bebê lindo e do tamanho perfeito, como se tivesse sido feita sob medida para os meus braços. Eu estava no paraíso, poderia tê-la segurado para sempre.

Ouvi um som de pés se arrastando e olhei para cima para ver Walt, o menininho loiro que tinha acenado do escorregador, também vestido com botas de sapo verdes, em pé na minha frente.

— Estou com fome — disse ele, piscando para mim com olhos azuis.

— Ah. Bem... que tal uvas-passas?

Ele não respondeu, apenas subiu no banco e se sentou ao meu lado. Interpretei isso como um sim e comecei a fuçar na bolsa de fraldas — se ela não se importou de me deixar com seus filhos, imaginei que não se importaria se eu mexesse em sua bolsa — até encontrar uma pequena caixa vermelha um pouco amassada.

— Aqui está.

Walt abriu a caixa, pegou três uvas-passas com os dedinhos rechonchudos e colocou na boca.

— Estão boas?

Ele mastigou e assentiu, se balançando para a frente e para trás em uma dança feliz no banco.

— Quer brincar de "Eu espio"? — perguntou ele depois de pegar mais algumas passas na caixa.

— Claro — falei. — Você começa.

Walt franziu a testa, mastigou e virou a cabeça de um lado para o outro, procurando um objeto.

— Eu espio... algo verde.

— Algo verde. Hum... É uma árvore?

— Sim! — exclamou Walt, escancarando a boca de espanto, como se eu tivesse acabado de fazer algum tipo de truque de mágica. — Como você sabia?

Brincamos mais algumas rodadas. Walt só espiava coisas verdes — um arbusto, um banco, suas botas, talvez fosse a única cor que ele sabia — e ficava espantado toda vez que eu acertava.

Ele era um menininho muito fofo, doce o suficiente para espalhar em uma torrada, como Calpurnia costumava dizer. E durante aqueles dez minutos, fiquei ali vivendo a minha fantasia. Eu era apenas uma mãe no parque, encarregada de cuidar de dois seres humanos lindos e perfeitos. Ninguém que passasse por nós teria imaginado que não eram meus. Meu coração estava feliz e pleno. Foi maravilhoso.

Será que aquela Mãe dos Dragões exausta sabia a sorte que tinha? Por ter tanta abundância? Um marido e um lar, mais filhos do que seus braços eram capazes de segurar? Será que tinha ideia do que outras mulheres — aquelas que gastavam tempo, dinheiro e se angustiavam com tratamentos vãos de fertilidade, que escreviam cartas desesperadas à "Cara Mãe Biológica" nunca respondidas — sentiam quando ela por acaso comentava que engravidava só de usar a escova de dente do marido?

Inveja, sim. Mas muito mais do que isso. Inveja, desejo, medo de que, de algum modo, fôssemos indignas ou inadequadas. Raiva por nos ser negado algo tão simples e natural, um presente que as outras abriam repetidas vezes sem esforço ou preocupação. Eu daria qualquer coisa para trocar de lugar com aquela mulher.

Esses dez minutos foram preciosos, mas, é claro, não duraram. A jovem mãe voltou logo, o perseguido Geoffrey sentado de pernas cruzadas no carrinho surrado, chupando um pirulito em triunfo enquanto os saqueadores desonrados vinham atrás, arrastando suas galochas de sapo e fazendo cara feia, tramando vingança. Que Deus ajudasse o pobre Geoffrey. Ele deveria ter se deixado atropelar pelos irmãos.

Ela sorriu, me agradeceu e disse que eles precisavam ir. Engoli em seco e disse que tinha sido um prazer e entreguei a bebê de volta. Não foi fácil, confesso. Quando eles se afastaram, seguindo a mãe sobrecarregada como uma fila de patinhos de pés verdes, o pequeno Walt deu meia-volta, sorriu e acenou… e eu perdi o controle.

Quando entrei no metrô, me sentei com o rosto virado para a janela e deixei as lágrimas caírem o caminho todo, desde a West 86th até a West 168th Street, enxugando o nariz na manga quando saí da estação. Eu estava tão mal que, quando uma chamada de um número desconhecido com um código de área um pouco familiar apareceu na tela, ignorei.

Do jeito que as coisas estavam indo, só poderiam ser más notícias. E no dia seguinte, quando ouvi a mensagem deixada pelo homem com a voz profunda e arrastada, descobri que meus instintos estavam certos. Era más notícias, notícias terríveis que fizeram minhas lágrimas caírem outra vez.

Quando me acalmei o suficiente para ouvir a mensagem de novo, dessa vez até o fim, e retornar a ligação, descobri que o recado de Trey Holcomb continha mais do que apenas más notícias. Quando desliguei, estava me sentindo triste, culpada, esperançosa e confusa. Uma ligação havia virado minha vida de cabeça para baixo.

Vinte e quatro horas depois, eu estava na frente de um lugar que não queria ou esperava ver de novo.

Capítulo Cinco

Quinze anos se passaram desde a última vez que estive naquele lugar. Era tudo estranhamente familiar e reconfortante. A atmosfera de lugar parado no tempo dava a esperança de que talvez, quem sabe, algo pudesse ser eterno, afinal de contas.

Talvez seja esse o propósito dos cemitérios.

Os nativos de Charleston sempre foram muito interessados em geografia. Não em uma escala ampla, apenas no tocante à sua amada cidade. Diga a outro charlestoniano que você mora ao sul de Broad, ou no bairro francês, ou em Harleston Village, ou em Radcliffeborough, e você estará a meio caminho de contar sua história de vida. O mesmo vale para cemitérios. Para um charlestoniano, o local onde alguém é enterrado diz tanto sobre a pessoa quanto seu endereço dizia em vida, fornecendo pistas sobre a história da família, suas preferências religiosas e o status social. Quando se trata de cemitérios, a Igreja de São Felipe é um dos endereços mais desejáveis. Pelo menos era o que Sterling sempre me dizia.

— É um cemitério interessante — costumava dizer meu pai sempre que íamos colocar flores nas sepulturas. — Tem personalidade. Por que alguém compraria um lote em um daqueles "jardins de monumento" horríveis, onde todas as lápides são iguais, quando pelo mesmo dinheiro você pode passar a eternidade entre essas belas árvores, na companhia das melhores pessoas?

Quando Calvin me viu sorrindo, contei a ele sobre meu pai e "as melhores pessoas".

— As melhores pessoas? E quem seriam elas?

— Membros da Igreja de São Felipe e nativos de Charleston. Não necessariamente nessa ordem.

Calvin soltou uma gargalhada. Considerando o local, pareceu meio inapropriado. Mas essa é uma das coisas que amo em Calvin. Um cara que, sim, precisou se reinventar, mas uma vez tendo descoberto quem é, ele é cem por cento Calvin, cem por cento do tempo, não importa o ambiente.

Eu me agachei diante da lápide dos meus pais, uma de granito baixa e larga, gravada com um crucifixo ao estilo grego. Tinha chovido, e meus saltos deixaram dois buracos na grama úmida. A lápide da minha avó, Beebee, localizada a poucos metros, exibia sua data de morte, apenas quatro dias após a da minha mãe.

— Você está bem? — perguntou Calvin.

— Sempre que Sterling e eu vínhamos aqui colocar flores para a minha mãe, ele apontava para aquele ponto, bem na frente de onde você está, e me lembrava que acabaria lá um dia, enterrado ao lado dela. Isso me parecia estranho quando criança, mas acho que entendo agora. Deve ser reconfortante saber onde você vai acabar e que vai estar ao lado de alguém que você ama.

Calvin leu a inscrição na lápide.

— "Até os tempos da restauração de todas as coisas, dos quais Deus falou..."

— Atos 3:21. O versículo favorito do meu pai, provavelmente por ser tão hermético. Sterling passou a vida com medo de ser considerado um cara comum.

— Bem, eu gosto. Pelo menos é um pensamento agradável. Você acha que vai acontecer?

— Como você disse, é um pensamento agradável. — Coloquei a mão na lápide e me levantei. — Pronto para ir?

— Você não quer visitar a sepultura da sua tia?

Eu deveria, mas não queria. Talvez daqui a alguns dias, eu disse a mim mesma, antes de voltarmos para Nova York. Mas naquele momento era demais para mim.

Tinha tentado tanto esquecer este lugar. Talvez tenha sido um erro. Depois de ver as sepulturas, sombreadas pelos galhos amplos dos carvalhos perenes antigos e resedás enfeitados com barbas-de-velho, escondidas atrás das paredes de tijolos cobertas de hera que absorviam o barulho do trânsito e das carruagens carregadas de turistas com câmeras, eu quase podia acreditar que as pessoas ali estavam mesmo descansando em paz.

Seria diferente diante da sepultura de tia Calpurnia. Não haveria lápide, pelo menos não ainda. A grama ainda não teria começado a crescer, e o solo, mexido, estaria instável. Era cedo demais. Eu estava sensível demais.

— Talvez mais tarde. Estou meio cansada.

— Quer ir para casa?

— Vamos só voltar para o hotel.

— Claro, mas não se esqueça de que temos uma reserva às sete no Fig — disse Calvin.

Passaríamos apenas quatro dias na cidade, tempo suficiente para eu cuidar das pendências com o advogado e colocar a casa à venda. Eu não estava na cidade para passear, mas Calvin tinha uma lista de vinte e sete restaurantes que queria experimentar durante nossa estadia.

— Posso furar? Não estou com muita fome.

Calvin arqueou as sobrancelhas, olhando para mim como se eu estivesse falando em uma língua estrangeira.

— Você entendeu que estou falando do Fig, certo? Sopa de abóbora com *crème fraîche*? Ensopado de peixe à provençal com camarões, lulas, mexilhões e feijão-manteiga? O Fig está no topo de todas as listas dos dez melhores restaurantes em Charleston. Foi difícil conseguir uma reserva. Eu tive que citar nomes conhecidos, Celia. Pedi favores.

— Não precisa deixar de ir por minha causa — falei. — É só que... desculpa, Calvin. Acho que preciso ficar sozinha essa noite.

Ele movimentou os lábios por um momento, como se estivesse pensando em argumentar, depois suspirou.

— Tudo bem. Eu entendo. Acho.

— De amanhã em diante estou dentro. Prometo.

— Vou trazer sobremesa para você — disse ele, deixando claro que isso era inegociável. — Você quer *tarte tatin* de pera asiática ou *pot de crème* de caramelo?

Calvin tinha usado seus antigos contatos em restaurantes para conseguir um desconto no Zero George, um dos melhores hotéis boutique de Charleston. Meu quarto era espaçoso e elegante, a cama arrumada com lençóis limpos passados a ferro e uma pilha de almofadas fofas como nuvens. Se a ocasião fosse de férias em vez de um confronto, se estivesse ali a lazer em vez de atacada por lembranças que eu havia me esforçado tanto para esquecer, eu poderia ter aproveitado.

Acho que essa é a parte da história em que a heroína revela sua infância traumática. Mas a minha não foi, pelo menos não no começo. Éramos felizes.

Ou talvez só eu fosse.

Éramos três gerações em uma casa. A vovó Beebee era uma presença gentil e benevolente, fofinha e redonda como uma massa de pão, que tricotava suéteres quentes demais e tocava hinos de louvor no piano todas as manhãs, parecendo nunca se importar que a umidade de Charleston deixasse o instrumento sempre desafinado. Sua nora, minha mãe, Genevieve, chamada de Jenna por todos menos meu pai, também era benevolente, mas por razões diferentes. Ela sofria de lúpus, uma doença autoimune debilitante. Com todos os seus problemas de saúde, minha mãe não tinha energia para ser mãe, e a pouca que tinha era gasta quase que apenas com meu pai. Ela o idolatrava. Todos nós o idolatrávamos, à nossa maneira.

Após o nascimento de uma filha, seguido por uma década de abortos espontâneos quase anuais, Beebee deu à luz um filho aos 43 anos, e a família comemorou. Infelizmente, meu avô não viveu o suficiente para ver a maior conquista de seu único filho.

Na tenra idade de 22 anos, Sterling escreveu *Fragrância de glinícia*, uma peça moral muito bem escrita e tragicamente evocativa, embora não inovadora, sobre um Romeu e Julieta inter-racial durante a Guerra do Vietnã. Ela foi encenada off-Broadway por três meses em 1981, rendendo um pouco de dinheiro e críticas mais do que respeitáveis, uma das quais se referiu a Sterling como "uma estrela em ascensão entre os dramaturgos do Sul, um jovem DuBose Heyward em formação." E Sterling passou o resto de sua vida tentando cumprir essa profecia.

Dar aulas de inglês na faculdade pagava as contas, mas todos na família entendiam que a verdadeira missão de vida do meu pai era escrever outra peça, ainda mais perspicaz e bem-sucedida. A missão de todos nós era apoiá-lo nessa empreitada. Sei que à primeira vista pode parecer meio triste, mas sentíamos muito orgulho dele. Naquela época, Sterling tinha uma personalidade muito alegre e extravagante.

Mesmo no verão, ele usava coletes sob um paletó de linho amassado com a corrente do relógio de ouro herdada do pai pendurada no bolso. Sua voz bradava "Que Deus abençoe a todos aqui!" toda vez que ele chegava em casa da faculdade e distribuía selinhos nos lábios das mulheres que o adoravam e esperavam por ele antes que desaparecesse no escritório para trabalhar até o jantar. Era um homem que comia com gosto, de riso fácil, que gesticulava muito e se deleitava com a fama que eu não sabia se estender apenas até os limites do estado até eu ir para Nova York e descobrir que ninguém, exceto alguns acadêmicos antigos e múmias viciadas em teatro, se lembrava de *Fragrância de glinícia* ou do meu pai.

Quando eu era criança, Sterling era o sol e nós éramos planetas orgulhosos em sua órbita. Mas era tia Calpurnia que fazia os planetas girarem. Ela garantia que tudo em casa transcorresse sem problemas e que as refeições fossem servidas no horário, que Beebee tomasse o remédio para a pressão, que mamãe fosse às consultas médicas, que Sterling não fosse incomodado e que todos fossem felizes e tivessem tudo de que precisavam para continuarem assim, inclusive eu.

Calpurnia foi minha mãe em todos os sentidos, exceto biologicamente. Abençoada com uma energia infinita e a risada mais alta e fácil do mundo, ela estava sempre pronta para ouvir, nunca fazia pouco-caso dos meus problemas nem ignorava os meus sentimentos. Mas também era muito prática e sempre me encorajava a resolvê-los em vez de remoê-los.

"Isso é péssimo. É péssimo mesmo, querida, e você tem toda a razão de estar chateada", dizia ela com sinceridade, estalando a língua quando eu vinha com um problema. "Mas e aí, o que você vai fazer?"

E aí, o que você vai fazer?

Não é uma filosofia complicada, eu sei, mas quase sempre funciona. Eu nem sempre sou boa em identificar os buracos antes de cair neles, mas, graças a Calpurnia, em geral consigo encontrar uma maneira de sair. Quando as pessoas começaram a me escrever pedindo conselhos, tentei imaginar o que e como Calpurnia teria respondido, na época em que ela ainda estava bem e éramos uma família. Antes do acidente.

Eu tinha 12 anos e estava em um acampamento de verão quando aconteceu. Tia Calpurnia estava levando minha mãe para uma de suas muitas consultas médicas quando um motorista vindo na direção oposta atravessou a faixa e as atingiu de frente. Minha mãe morreu na hora, e tia Calpurnia acabou no hospital com hemorragia interna e um traumatismo craniano. Foi demais para Beebee, que teve um ataque cardíaco no enterro da minha mãe e morreu no dia seguinte.

Levaria anos para que todas as baixas terminassem de acontecer. Calpurnia sobreviveu, mas nunca mais foi a mesma. Nem Sterling. Antes do acidente, tudo girava em função do trabalho dele. Depois, tudo girava em função de seu luto. O momento em que o outro motorista decidiu desembrulhar um cheeseburger em vez de prestar atenção no tráfego forçou os sobreviventes a seguir por um caminho diferente, uma estrada rumo ao sul levando ao fim do continente e ao fim da minha família. Eu ainda não tinha ficado órfã, mas teria dado no mesmo.

Foi péssimo. Foi horrível. Foi trágico. Porém, mais do que qualquer outra coisa, foi o que foi, e ficar me lamentando não mudaria isso. E aí, o que eu ia fazer? A única opção era seguir em frente da melhor maneira possível. Os ensinamentos de Calpurnia estavam enraizados em mim, mesmo depois de ela tê-los esquecido. Mesmo depois de ela ter *me* esquecido.

Eu não falava com minha tia desde os 12 anos, nem sequer tinha visto seu rosto desde os 21. Mas ela sempre estava lá no fundo da minha mente, como um livro na estante que você mal pode esperar para ler um dia, quando as coisas estiverem mais calmas.

Quando retornei a ligação do estranho que me disse ter notícias de tia Calpurnia, descobri que ela havia sofrido um derrame e morrido duas semanas antes. Foi aterrador. Apesar de tudo, uma parte de mim sempre pensou que a veria outra vez. Agora eu jamais a veria de novo.

O advogado, o sr. Holcomb, não me disse para me acalmar ou que talvez fosse melhor conversarmos depois. Ele apenas continuou na linha, esperando, deixando que eu chorasse tudo o que tinha para chorar. Olhando agora, percebo que foi meio estranho, mas fez com que eu me sentisse um pouco menos sozinha.

Quando enfim me recompus, ele me contou o resto da história.

Tia Calpurnia morreu sem deixar testamento. De acordo com as leis da Carolina do Sul, quando isso acontecia, a herança ia para o parente mais próximo, neste caso, a única parente viva, então a casa e tudo dentro agora pertenciam a mim.

Foi difícil assimilar a ideia a princípio, mas então me lembrei de Calpurnia, que conseguia enxergar sabedoria até nos clichês mais batidos, dizendo: "Sempre há um lado positivo, querida. Sempre".

Será mesmo?

O mercado imobiliário no centro de Charleston estava aquecido. Será que vender a casa de Calpurnia renderia o suficiente para comprar um apartamento, ou até mesmo uma casa? Talvez em Nova Jersey? Uma criança deveria ter um quintal. Quando eu era criança, o jardim de Calpurnia, fresco e sombreado, era o meu lugar favorito, o centro do meu mundo imaginário.

Era uma medida desesperada, eu sabia. Tantas coisas poderiam dar errado. Para começar, quem sabia se a mãe biológica me escolheria? Três famílias queriam criar o bebê, e ser a única mãe solo na disputa com certeza não aumentava minhas chances. Mas e se a mãe biológica me escolhesse? Mesmo sem a Cara Calpurnia, se eu fosse dona de uma casa quitada, com certeza poderia encontrar um emprego que nos sustentasse, não é? Ainda assim... Vender uma casa, comprar outra e me mudar em dois meses e meio exigiria um milagre.

Mas, considerando o sincronismo dos últimos acontecimentos, não posso ser culpada por me perguntar se Calpurnia não estaria lá em cima em algum lugar, mexendo os pauzinhos para dar um jeito nas coisas.

Depois de horas me revirando na cama, finalmente consegui dormir. Acordei três vezes durante a madrugada, com os resquícios de uma teia de sonho grudada em mim. O terceiro foi o mais vívido.

Havia um homem de barba, parado a alguns passos de tia Calpurnia, um pouco atrás dela. Isso me pareceu estranho, porque eu não conhecia ninguém com uma barba daquela, e, mesmo estando tão perto, seu rosto permanecia nas sombras, ou seja, eu não conseguia discernir seus traços ou aparência. O homem não disse nada, mas Calpurnia também não. Ela estava parada bem na minha frente, segurando um bebê enrolado nos braços. Ela olhou para o rosto do bebê e depois para mim com uma expressão que irradiava amor, então estendeu a criança, me convidando a pegá-la. Isso foi tudo.

É claro que poderia ser só uma reprodução inconsciente do meu desejo. Mas... e se não fosse?

Quando acordei pela terceira vez, os primeiros raios da aurora atravessavam as frestas das persianas de madeira. Eu me sentei na cama e abracei os joelhos, convencida de que tinha a bênção de Calpurnia.

Capítulo Seis

Era de manhã cedo e ainda estávamos em meados de maio, mas o ar já estava denso e carregado de lembranças, especialmente das minhas. Embora fosse meu amigo mais próximo e soubesse de quase todos os meus segredos, Calvin não sabia muito sobre minha vida em Charleston. Nunca contei nada porque parecia uma história muito antiga, um mundo diferente. E de fato era.

— Oi? — perguntou Calvin enquanto passávamos por uma loja que costumava abrigar uma papelaria, o cenário da minha primeira transgressão consciente. Quando eu tinha 5 anos, peguei um punhado de borrachas cor-de-rosa e saí correndo. Eu sabia direitinho o que estava fazendo, mas isso não significa que fez sentido. — Quem rouba borrachas? — perguntou ele. — Essas borrachas eram especialmente fofas? Cobertas de glitter ou com formatos de animais?

— Não. Eram só borrachas comuns daquelas de colocar na ponta do lápis. Sempre tive uma queda por itens de papelaria. Cadernos e lápis novos sempre foram o máximo pra mim. Eu era louca por borrachas quando criança. Então, quando vi a cesta perto da porta da loja, enfiei um monte no bolso e saí correndo.

— Hum… — murmurou Calvin. — Sem dúvida você teve uma premonição sobre sua futura carreira como jornalista e a necessidade de fazer inúmeras correções.

— Jornalista fracassada — lembrei a ele.

Enfiei na boca o último pedaço delicioso de um *biscuit* de salsicha, ovo e queijo *pimento*. Eu não comprava a justificativa de Calvin de que caminhar da Upper King Street até Harleston Village para o nosso compromisso era um exercício válido, mas os *biscuits* eram irresistíveis, assim como a cidade que eu havia deixado há tanto tempo.

O centro de Charleston é compacto e vagas de estacionamento são escassas, então os moradores tendem a fazer tudo a pé, como também é costume em Nova York. Mas aqui há uma atmosfera diferente. Por exemplo, palmeiras não são comuns em Manhattan. Mas Charleston fica ao sul o suficiente para que quase todas as espécies de árvores, arbustos ou flores conhecidas pelo homem floresçam. A cidade tem orgulho de seus jardins, assim como de sua arquitetura. Os prédios são mais antigos e mais baixos, com uma escala mais humana, com estilos mais interessantes do que a maioria das construções de Manhattan — pelo menos para mim. Tendo praticamente inventado o movimento de preservação histórica nos Estados Unidos, Charleston continua na vanguarda urbanística, garantindo que seu visual único permaneça intacto. Há muita coisa para ver, e acho que talvez seja por isso que as pessoas andam mais devagar. Embora eu suponha que a umidade também contribua.

— Todo mundo em Charleston se conhecia naquela época — contei, lambendo os últimos restos de queijo *pimento* dos dedos antes de continuar minha história —, então o dono da loja ligou para a Calpurnia e me dedurou assim que fugi. Quando cheguei, ela estava me esperando na escada na frente de casa e me levou de volta à loja para devolver as borrachas e pedir desculpas. Foi muito humilhante, e também a última vez que peguei algo que não era meu.

Fiz uma pausa, e quando estávamos chegando a uma esquina, confessei:

— Bem, tirando o pen drive com cópias de todas as minhas colunas que enfiei no bolso quando o segurança do jornal estava olhando para o outro lado. Mas sinto que isso era meu, de toda forma, né?

— É bom saber que você não perdeu o jeito — disse Calvin. — Então a Calpurnia salvou você de uma vida de crimes?

— Dentre outras coisas — falei. — Se uma criança tem pelo menos uma pessoa que sabe que é louca por ela, em geral ela acaba se saindo razoavelmente bem. Calpurnia era essa pessoa para mim. Ela era a única adulta que eu conhecia que ainda se lembrava de como era ser criança. Uma vez, minha professora de ciências passou um trabalho em que eu devia encontrar cem insetos diferentes, e Calpurnia ficou muito animada em ajudar. Eu nunca vou esquecer da cena, ela rastejando pelo jardim no escuro depois de uma chuva, iluminando as moitas com uma lanterna atrás de centopeias. — Sorri, lembrando-me das manchas de grama em sua calça. — Ela não só fazia com que eu me sentisse amada, mas também fazia eu me sentir importante.

— Você se parece com ela? — perguntou Calvin.

Eu neguei com a cabeça.

— Ah, não. Ela era linda. Muito linda. Especialmente na juventude. Tinha cabelo castanho-claro longo e um pouco ondulado, maçãs do rosto incríveis, lábios carnudos, olhos azuis com os cílios mais longos do mundo e sobrancelhas *maravilhosas*. Todo mundo dizia que ela parecia Lauren Bacall quando jovem.

— Bem, você é linda.

Eu não sou.

Não me entenda mal, tirando o meu queixo pontudo, até gosto da minha aparência, em geral. Meu cabelo é castanho médio, reto e com fios grossos. Meu corte de cabelo é reto, até o maxilar, em uma tentativa de desviar a atenção do queixo pontudo demais. Meus olhos também são castanhos. Minha pele é clara e, até agora, sem rugas significativas. Meu nariz tem algumas sardas, o que eu gosto. Eu diria que sou atraente o suficiente para o padrão geral. Talvez até bonitinha. Mas não sou linda e jamais fui. No entanto, deixei o comentário de Calvin passar.

— Quando foi a última vez que você viu Calpurnia? — perguntou ele.

— Não muito tempo depois da morte do meu pai, por insuficiência hepática — expliquei. — Sterling era um alcoólatra funcional, capaz de se conter durante o dia, o suficiente para dar suas aulas, mas nas noites e aos fins de semana... — Eu suspirei. — Ele era muito amargurado, culpava Calpurnia pelo acidente.

— Mas eu achei que a culpa fosse do cara que resolveu desembrulhar um cheeseburguer, não?

— Sim, foi, mas Sterling não se importava. E não foi só isso. Quando eu tinha 12 anos, ele decidiu que deveríamos nos mudar. Calpurnia ficou arrasada, transtornada e... — Eu parei. A odisseia era terrível, maravilhosa e complicada demais para explicar a Calvin, e às vezes até para mim mesma. Pulei para o futuro. — Enfim, é uma longa história. Depois que Sterling morreu, pensei que as coisas seriam diferentes, então fui até a casa dela e toquei a campainha. Eu sabia que tia Calpurnia estava em casa porque vi as cortinas se mexerem. Fiquei parada na porta por uns vinte minutos, toquei a campainha várias vezes, mas ela não atendeu. Foi nesse dia que decidi ir para Nova York.

Calvin parou de andar e olhou para mim.

— Isso é muito triste.

Era mesmo.

Caminhamos em silêncio por um tempo. Tentei não pensar naquele dia, na maneira como a cortina se moveu, apenas alguns centímetros, o tempo que passei lá em pé, o som oco e desolado dos meus passos ao descer os degraus e me afastar. Em vez disso, olhei para as palmeiras e as pessoas, as fachadas das quais eu me lembrava, agora com outros nomes e ofertas, casas de família que haviam sido reformadas, pintadas com cores diferentes ou permanecido absolutamente iguais. Quando passamos pela faculdade e por um prédio de tijolos, olhei para a janela do que costumava ser o escritório de Sterling, no quarto andar, e as lembranças vieram com tanta força que precisei de todo o meu autocontrole para não levar a mão ao rosto.

Viramos à esquerda na Coming Street, passamos pelas fraternidades e sororidades em ruínas e começamos a andar um atrás do outro para não esbarrarmos nos grupos de estudantes. Depois, atravessamos a rua e seguimos para o coração de Harleston Village, o último e único lugar que já chamei de lar.

Harleston Village é um bom bairro com uma localização conveniente, perto das lojas e restaurantes da King Street, com uma energia que falta às mansões majestosas e às ruas respeitáveis ao sul da Broad. Mesmo muitos anos atrás, o lugar já era uma mistura de estilos arquitetônicos. Casas geminadas, chalés, mansões e casas típicas de

Charleston de quase todas as épocas, até algumas casas térreas do século XX, muitas vezes dividiam um mesmo quarteirão. E era uma verdadeira vizinhança na minha infância, um lugar onde as pessoas se conheciam.

Chegamos cedo, então fiz um desvio para mostrar a Calvin a Queen Street Grocery, uma loja de esquina que funciona desde 1922. Outrora um mercado completo, agora estava mais para uma cafeteria que vendia crepes, cerveja artesanal e alguns produtos de conveniência. Contei a Calvin que comprava picolé ali quando era criança, voltando para casa com os dedos manchados de laranja quando o calor o derretia mais rápido do que eu conseguia tomá-lo, o que era quase sempre.

Seguimos na direção norte pela Queen Street, viramos algumas vezes e chegamos na hora certa. Mas, quando dobramos a última esquina, parei abruptamente. Calvin continuou, andando cerca de três metros antes de perceber que estava sozinho.

— Cel? — Ele se virou para me encarar e franziu a testa. — Você está bem?

Olhei para além dele.

Quando eu era criança, a casa de Calpurnia era uma das maiores, mais bonitas e mais bem conservadas da rua. Agora ela era *minha*. E estava arruinada.

A pintura estava descascando e as persianas das janelas pendiam em ângulos absurdos. Três delas estavam faltando. Os degraus da varanda estavam sem pintura, além de curvos nas extremidades, como se estivessem travando uma batalha para se libertar dos pregos e vencendo. Se eu tivesse que adivinhar, diria que havia várias telhas faltando. No caso da chaminé, nem era preciso adivinhar. Meia dúzia de tijolos quebrados no chão eram prova do abandono.

Uma imagem do que a casa fora um dia me veio à mente e foi se fundindo com a cena chocante diante de meus olhos, como um efeito especial que um estudante de cinema sem talento usaria em seu filme independente pós-apocalíptico escrito e editado por ele mesmo. Estava horrível, e o jardim estava ainda pior.

Com uma cerca de ferro forjado decorativa que no passado fora um dos orgulhos de Calpurnia, o pátio arrumado e bem cuidado da minha infância estava coberto de arbustos e ervas daninhas, tomado por um ferro-velho de objetos quebrados e enferrujados.

Avistei quatro bicicletas sem rodas, uma fonte de água com uma rachadura, vários ancinhos com pontas faltando, uma banheira de pés com um buraco enorme na lateral, um carrinho Flexible Flyer sem o puxador e pilhas altas de vasos de terracota lascados. O único detalhe alegre naquela cena sombria era o vaso sanitário cor-de-rosa aos pés da escada, que tinha sido transformado em um vaso de flores. Lá dentro, gerânios vermelhos floresciam em profusão desavergonhada.

— *Esta* é a casa da Calpurnia? — perguntou Calvin, em choque.
— Você tem certeza?

Eu tinha contado a ele tudo sobre o lugar: a casa majestosa, os arcos de tijolos decorativos no térreo, os três andares, as duas *piazzas* — *piazza* é o termo de Charleston para "varanda" — com colunas brancas altas que se estendiam por toda a lateral da casa, a porta da frente com painéis de vidro laterais, o belo jardim, o lote de esquina com um anexo onde meu bisavô costumava vender produtos de armarinho. Mas o lugar onde estávamos agora em nada se parecia com o que eu descrevera para Calvin. A esperança saiu do meu corpo como o ar de um pneu de bicicleta furado.

— Era — falei.

O homem em pé na frente da casa era alto, magro e usava uma roupa estranha. Uns cinco centímetros de pulso estavam visíveis do seu terno preto desbotado, que era curto demais nas mangas e largo demais na cintura. Quando nos aproximamos, ele se virou e estendeu a mão.

— Srta. Fairchild? Trey Holcomb.

Reconheci sua voz e seu sotaque arrastado de nossa conversa por telefone, mas com aquele terno barato ele não parecia um advogado. Pelo menos não um bem-sucedido. No entanto, isso era o de menos. Eu estava focada em seu rosto, mais especificamente em seu queixo.

Trey Holcomb tinha barba.

Preenchida por um pequeno sopro de esperança, retribuí sua saudação e apresentei Calvin. Em seguida, como a nova-iorquina que me tornei, fui direto ao ponto.

— O que aconteceu aqui? — perguntei, estendendo os braços.
— Não foi sempre assim? — perguntou Holcomb.
— Não! Por que você não me avisou?

Neste ponto, eu estava quase gritando e um pouco agitada demais. Não podia culpá-lo por franzir a testa.

— Srta. Fairchild, eu dirijo sozinho um escritório de advocacia em que cerca de metade dos casos envolve direito do idoso e o restante é sobre qualquer coisa que aparecer. De vez em quando, nos casos em que um residente morre sem deixar testamento, o estado da Carolina do Sul me contrata para localizar o parente mais próximo e dispor da herança. Normalmente, eu faria uma visita à propriedade. Mas estive no tribunal a semana toda processando um asilo por negligência e só consegui passar aqui ontem. Então, peço desculpas se... — Ele parou no meio da frase, respirou fundo e controlou o tom de voz. — Sinto muito. Especialmente por sua perda. Sei que sua tia era muito importante para você.

Trey Holcomb não chegava a ser caloroso, mas havia algo em seus olhos e na expressão de suas sobrancelhas que me fez acreditar que estava sendo verdadeiro. Eu estava longe havia muito tempo, mas não a ponto de não saber a diferença entre as boas maneiras superficiais do Sul e o pesar sincero.

— Por favor, me chame de Celia. Eu peço desculpas, sr. Holcomb, é que... eu não estava esperando por isso. — Respirei fundo e coloquei um sorriso no rosto. Não era sincero, mas era o melhor que eu poderia fazer naquelas circunstâncias. — Então. Estamos só esperando a corretora de imóveis?

— Dana Alton — respondeu Trey. — Ela ligou dizendo que talvez se atrase, mas que vai chegar o mais rápido possível. Eu tenho as chaves. Quer entrar e dar uma olhada?

— Claro. Seria ótimo.

— Devo avisar... O interior está ainda pior.

— Você está brincando... — falei.

— Pior do que *isso*? — Calvin riu.

Sua expressão quase brilhava de fascinação doentia. Era o mesmo olhar que surgia em seu rosto enquanto ele estava absorto em uma de suas obsessões favoritas, assistir a reality shows de qualidade duvidosa, programas que eram o equivalente moderno aos espetáculos de circo.

— Vamos lá, docinho — disse ele, agarrando meu punho e me puxando em direção ao portão. — Essa viagem acabou de ficar *muito* mais interessante.

Capítulo Sete

*I*nteressante não era a palavra que eu usaria para descrever o interior da casa de tia Calpurnia. *Imunda, repugnante, atulhada, lotada, abarrotada* — todos esses adjetivos se aplicariam. *Esmagadora* era uma descrição possível, talvez a mais apropriada.

Quando as pessoas voltam para a casa de sua infância, muitas vezes ficam surpresas que o lugar pareça tão pequeno. Há certa lógica nisso. Quando você é criança, tudo e todos ao seu redor parecem maiores. Mas a casa de Calpurnia era de fato tão grande quanto eu me lembrava. Só que estava muito mais cheia.

Depois de passarmos pelos arcos de tijolos e por uma porta de madeira empenada e grudenta, demos em um espaço amplo com paredes ásperas e um teto tão baixo que Calvin e Trey quase tiveram que se abaixar para não bater a cabeça nas vigas de madeira. Inundações não são raras em Charleston — há uma razão para a região ser conhecida como "País Baixo" —, e algumas casas foram construídas sobre o equivalente a porões acima do solo, não só para armazenamento, mas também como uma zona de segurança em caso de inundação. Foi assim que minha família sempre usou o espaço, como um local não mobiliado e livre para guardar coisas. Mas não uma quantidade de coisas como aquela ali. Havia caixas e caixotes, recipientes e refratários, e pilhas de lixo por todos os lados.

E embora eu não acreditasse que isso fosse possível até subirmos as escadas de madeira instáveis, os andares de cima estavam ainda piores.

Meu bisavô comprou um terreno em Harleston Village em 1918. Construiu uma loja de armarinho na esquina e foi morar no andar acima do estabelecimento. Depois que o negócio se mudou para instalações mais amplas na King Street, ele construiu a maior casa do quarteirão, uma estrutura feita para impressionar.

O primeiro andar abrigava uma grande cozinha e uma despensa separada, uma sala de jantar espaçosa, uma sala de estar, o enorme hall de entrada que abrigava o piano desafinado da vovó Beebee, um lavabo e uma biblioteca. A larga escadaria se dividia em duas no patamar seguinte, levando a um corredor amplo que circundava o segundo andar, com quatro quartos, dois banheiros e dois quartos de vestir. O maior costumava ser o escritório do meu pai e o menor foi transformado em um armário para armazenar roupas de cama e outras coisas. O efeito era imponente, mas pouco prático. O vão da escadaria fazia os barulhos se espalharem por toda a casa, de um andar para o outro, e ocupava muito do espaço do lote. O terceiro andar era menos amplo e estava mais para um sótão, próximo ao telhado, com área de armazenamento, dois quartos menores e um banheirinho com uma pia minúscula e um box do tamanho de uma cabine telefônica.

Embora o sótão fosse pequeno em comparação ao restante da casa, caberiam dois do estúdio em que eu morava em Nova York — e mais oito, se eu considerasse a casa toda. Mas ainda assim não havia espaço suficiente para os pertences da tia Calpurnia.

Todos os cômodos estavam abarrotados, a ponto de mal conseguirmos abrir algumas das portas. As escadas para o terceiro andar estavam completamente intransponíveis. Procurei por algumas das peças de mobília da minha infância — a longa mesa de jantar de mogno marchetado, o piano de Beebee, o aparador com porcelana e prataria. Se os móveis estavam lá, estavam soterrados sob uma avalanche de coisas. Caixas, caixotes, pilhas e mais pilhas de coisas tomavam todas as superfícies. Em muitos casos, as pilhas haviam se transformado em torres e desfiladeiros com paredes de objetos dos dois lados, do chão quase até o teto, deixando apenas uma passagem estreita para se locomover de um cômodo a outro. Trey as chamou de "trilhas".

Nós o seguimos por uma das trilhas até uma área mais aberta na sala de estar, um espaço de cerca de dois metros quadrados. No canto havia uma poltrona, uma televisão com uma antena antiquada, uma bandeja com pilhas de cupons de supermercado presos com elásticos e uma xícara de chá com estampa de flores com uma mancha de batom rosa-claro ainda visível na borda.

De repente, me senti muito triste e envergonhada. Triste por Calpurnia ter terminado seus dias naquele cômodo. Envergonhada por ela ter chegado a tal ponto. Envergonhada por eu ter deixado isso acontecer.

— Dá para acreditar nisso? — disse Calvin, impressionado. — Aposto que tem um gato morto por aqui em algum lugar, talvez até vários.

— Calvin!

— O quê? — Ele estendeu as mãos, tentando parecer inocente. — Não estou sendo maldoso. Eu já assisti a todos os episódios de *Acumuladores*, e sempre tem um gato morto. Sempre. Não me olha desse jeito... E não chora, por favor. Você sabe que eu odeio te ver chorar e... Ah, meu bem...

Não consegui me conter. Eu estava arrasada.

Ver nossa história familiar, por mais estranha que fosse, desaparecer sob uma pilha de lixo era como perdê-los outra vez. Calvin me envolveu em um abraço apertado e eu chorei ainda mais. Quando finalmente me controlei, a frente de sua camisa estava molhada.

Foi constrangedor desmoronar daquela forma, ainda mais diante de alguém que eu tinha acabado de conhecer. E era a segunda vez que eu perdia o controle na frente de Trey Holcomb. Ele devia me achar uma desequilibrada.

— Desculpe — falei, fungando.

— Não tem problema. Você tinha que desabafar em algum momento — disse Calvin. — E não se preocupe, depois eu mando a conta da lavanderia a seco.

— É uma camisa polo — apontei. — É só lavar e usar.

— Eu sei — disse ele, dando tapinhas no meu ombro. — Mas vou mandar a conta de qualquer maneira.

Mesmo nos pontos mais baixos da minha vida, Calvin sempre encontrava uma maneira de me fazer sorrir.

— Desculpe — falei outra vez, olhando para Trey. — Eu não via minha tia há tantos anos. Se eu soubesse que... — Pressionei os lábios. Eu não ia chorar de novo. — Eu deveria ter ficado e insistido na porta pelo tempo que fosse. Deveria tê-la *obrigado* a me deixar entrar.

A essa altura, eu estava falando com Calvin, mas foi Trey quem respondeu.

— Mesmo que você soubesse o que estava acontecendo, duvido que teria sido capaz de impedir ou de fazer sua tia mudar. Acumuladores são difíceis de tratar.

Eu não gostava de ouvir o termo *acumulador* sendo usado em relação a Calpurnia, colocando-a na mesma categoria de uma parte da humanidade com a qual ela não tinha nada em comum, exceto por essa estranha doença. Isso a fazia parecer menor de alguma forma.

— Desculpe — disse Trey, hesitando um momento antes de continuar. — Eu não cheguei a conhecer sua tia, é claro, mas vários dos meus clientes passaram por limpezas forçadas por ordem judicial. Foi traumático para eles, e inútil, porque em poucos meses quase todos voltaram a encher a casa. As únicas vezes que vi isso dar certo foi nos casos em que a limpeza foi muito gradual e supervisionada por terapeutas especializados, e às vezes nem assim. A menos que sua tia soubesse que tinha um problema e estivesse disposta a cooperar, provavelmente não havia nada que você pudesse fazer. A maioria dos acumuladores pensa que as outras pessoas é que são o problema. Isso pode explicar por que sua tia se afastou de você. Talvez ela pensasse que você tentaria tirar seus pertences se ela abrisse a porta.

— Mas como ela não sabia o que estava acontecendo? Por que ela escolheria viver desse jeito?

— Eu não sei — respondeu Trey.

Calvin tinha andado pela sala enquanto Trey e eu conversávamos, folheando pilhas de papéis na surdina, levantando com cautela as tampas das caixas e examinando o conteúdo, provavelmente à procura de gatos mortos. Em dado momento ele caminhou até a janela e puxou uma folha de jornal que havia sido colada no vidro.

— Talvez eles saibam — comentou ele, olhando através do vidro sujo.

Eu me aproximei da janela. Era difícil de enxergar, mas deu para distinguir um grupo de pessoas paradas na calçada, do lado de fora do portão, olhando para a casa.

Calvin franziu o cenho.

— Parece que os vizinhos vieram fazer uma visita.

Capítulo Oito

Com um sorriso radiante, Felicia Pickney estendeu os braços quando abri a porta.

— Celia, querida! Você está em casa!

Felicia fazia parte daquele grupo de mulheres sulistas mais velhas que sempre admirei: cortês, alegre, animado, articulado, viajado e intelectualmente curioso que dá a impressão de achar todas as pessoas que encontram muitíssimo interessantes e que de alguma forma faz você acreditar que elas podem ter razão. Sempre com pérolas, batom, um cardigã e um sorriso, todas tendem a parecer professoras de latim do ensino médio aposentadas. No caso de Felicia, esse era mesmo o caso.

Ela tinha ensinado uma geração inteira de jovens de Charleston a conjugar os tempos verbais em um sotaque sulista. Seus enormes óculos vermelhos enfatizavam o brilho alegre em seus olhos e insinuavam que a mulher que os usava podia ser muito mais divertida do que suas boas maneiras impecáveis e seu guarda-roupa conservador sugeriam. E ela era. Felicia deve ter sido a única professora de línguas mortas do país cujas aulas sempre tinham lista de espera. Os convites para a festa anual de toga que ela dava para os formandos e ex-alunos de latim eram muito cobiçados.

Seguida por Trey e Calvin, fui desviando do lixo até atravessar o pátio abandonado. Felicia abriu o portão e passou por cima das bicicletas enferrujadas e dos vasos quebrados para me encontrar na metade do caminho.

— É tão bom ver você — disse ela, me dando um abraço apertado antes de colocar as mãos em meus ombros e olhar para o meu rosto. — Mas nossa querida Calpurnia... que perda. Ela era adorável. Que Deus tenha piedade de sua boa alma.

— Obrigada. É bom ver você também. E Beau.

Se os óculos vermelhos de Felicia ofereciam uma dica sutil de sua personalidade divertida, as escolhas de roupas de Beau Pickney estavam mais para um letreiro neon piscando "É hora da diversão!". Beau era famoso por suas gravatas-borboleta extravagantes e sua coleção de calças coloridas. Antigamente, antes de Felicia ameaçar deixá-lo, o outro acessório favorito de Beau era um copo alto cheio de bourbon. Ele passou a limitar o consumo de álcool a aniversários, feriados e um único drinque aos sábados à noite, deixando todos surpresos ao se mostrar divertido também quando estava sóbrio. Mesmo com a idade avançada, Beau tinha o coração de um universitário, sempre pronto para se divertir.

Seus dedos eram ossudos e suas mãos tremiam ao segurarem as minhas, mas ele estava elegante como sempre, com uma gravata-borboleta de penas em tons brilhantes de azul, verde, preto e laranja, um paletó de linho azul-claro e calça verde-limão. Ninguém mais teria ficado bem naquele traje, mas, em Beau, funcionava.

Ele sorriu e me deu um tapinha no ombro.

— Eu estava começando a pensar que nunca mais íamos vê-la. Pensei que você tinha ficado famosa demais para se lembrar dos velhos aqui do seu antigo lar.

— Eu não sou tão famosa assim, Beau. E olhe só para você! — falei. — Ainda é o homem mais bem-vestido de Charleston. Adorei a gravata.

Beau endireitou os ombros curvados e se pavoneou um pouco, satisfeito por eu ter notado.

— Acabei de comprar. Penas de pavão, faisão e galinha-d'angola. Custou os olhos da cara, mas quem se importa? É bom gastar enquanto ainda posso. Vou fazer 80 anos mês que vem.

— Bem, olhando para você, nem parece — falei, sendo mais generosa do que verdadeira, e então me aproximei e sussurrei: — E a gravata é muito elegante. Talvez você possa dar algumas dicas de moda aos meus amigos aqui.

— Talvez — sussurrou ele de volta, balançando a cabeça. — O de terno bem que está precisando de ajuda.

Apresentei Trey e Calvin aos Pickney. Os homens se cumprimentaram e depois ficaram apenas observando, Trey aparentando um desinteresse paciente, Calvin com a expressão de alguém que mal podia esperar pelo próximo capítulo da novela. Voltei para o problema em questão.

— Sra. Pickney, o que aconteceu? — perguntei, fazendo um gesto em direção à casa arruinada.

— Acho que você já tem idade suficiente para me chamar de Felicia agora, não é, querida? — Ela deu de ombros e suspirou. — Ah, Celia, eu gostaria de poder explicar. Calpurnia nunca mais foi a mesma depois do acidente, mas disso você já sabia. Sempre achei que tinha algo a ver com a pancada que ela levou na cabeça quando bateu no para-brisa, mas piorou depois que seu pai morreu. Foi quando as coisas começaram a se acumular no quintal. Não aconteceu de uma vez, foram anos até a situação chegar a esse ponto, mas eu diria que as coisas estavam assim há… — Ela estreitou os olhos, pensando. — Ah, pelo menos seis ou sete anos.

— Por que você não me procurou? Eu teria vindo se soubesse como ela estava mal.

— Bem, tentei entrar em contato há uns quatro anos, mas você tinha se mudado e eu não consegui encontrá-la. Eu escrevi uma carta para você.

— Eu nunca recebi — falei, me sentindo ainda mais culpada.

— Eu sei. O envelope voltou marcado como "endereço desconhecido" duas vezes. Pensei em mandar um e-mail para você no jornal, mas, sabe, nós não temos computador e…

— Você não conhece *ninguém* com computador? — perguntei, incrédula.

Felicia se encolheu um pouco, parecendo culpada.

— Não, você tem razão, Celia. Estou dando desculpas. Eu poderia ter entrado em contato se tivesse me esforçado mais. Talvez eu devesse ter feito isso. Tentei ligar para você no jornal semana passada para informar que sua tia havia falecido, mas disseram que você não estava trabalhando mais lá. E depois que as duas primeiras cartas voltaram... bem, quanto mais eu pensava no assunto, mais comecei a achar que seria melhor você *não* saber. — Ela passou o braço pelos meus ombros.

— Por favor, não fique chateada comigo, Celia. Não havia nada que você pudesse fazer. Você sabe como Cal era teimosa.

— Bem, alguém deveria ter feito *alguma coisa*. — A mulher bem-vestida na casa dos 50 anos havia se mantido afastada, mas naquele momento acotovelou o grupo para abrir caminho e fincou o olhar em mim. Claramente, eu era esse alguém que ela tinha em mente. — Eu fiz várias reclamações para a prefeitura e não deu em nada. Essa casa horrenda está desvalorizando as propriedades de todo o quarteirão — disse ela.

Felicia, que tinha aquele dom sulista especial de ignorar qualquer coisa desagradável, abriu um sorriso doce.

— Celia, permita-me apresentá-la a Happy Browder. Happy se mudou de Atlanta há alguns anos e comprou a casa dos Drake.

Felicia apontou para o imóvel ao lado, uma casa dos anos 1950 construída em estilo colonial francês, com estuque verde e com um telhado com mansardas e venezianas pretas. Como eu disse, Harleston Village pode ser uma mistura arquitetônica, mas era uma casa bonita e muito mais bem cuidada do que costumava ser, com sebes bem aparadas e uma entrada de tijolos recém-construída na qual nenhuma grama se atreveria a brotar.

— Os Drake se mudaram há anos — continuou Felicia. — Eles venderam para os Edelman, que venderam para os Walshe, que venderam para... — Ela franziu a testa, tentando se lembrar do nome da família. — Bem, não consigo mais me lembrar. Foram tantas mudanças no bairro. Li em algum lugar que vinte e nove pessoas se mudam para Charleston todos os dias. Pode imaginar?

Infeliz. Rabugenta. Reprovadora. Qualquer um desses adjetivos combinava mais com Happy do que seu nome, porque a mulher não tinha nada de "feliz". De jeito nenhum. Eu me perguntei se teria sido sempre assim ou se algo havia acontecido para criar uma personalidade tão em desacordo com o nome. Happy soltou uma tosse impaciente antes que eu pudesse pensar muito sobre o assunto, instando Felicia a terminar logo a explicação.

— Mas Happy mora aqui agora. E estamos muito felizes com isso — cantarolou Felicia, abrindo um sorriso radiante que parecia sincero. — Ela é designer de interiores, transformou aquela velha cocheira em um mostruário para o seu negócio. Inteligente, não acha? Se precisar de conselhos de decoração quando se mudar, você já sabe com quem falar.

Mudar? Felicia estava entendendo mal minhas intenções.

— Ah, mas eu...

Antes que eu pudesse dizer mais alguma coisa, ela segurou meu cotovelo e me direcionou para o próximo vizinho.

— E é claro que você se lembra do sr. Laurens.

Eu de fato me lembrava do sr. Laurens. Ele era famoso por duas coisas: ser descendente do sr. Laurens que havia assinado a Declaração de Independência da Carolina do Sul e ser o velho mais esnobe e rabugento de Charleston, um homem que desprezava crianças, ianques — na visão dele, qualquer norte-americano que não tenha nascido na Carolina do Sul — e também qualquer funcionário do governo. No entanto, o sr. Laurens não parecia se lembrar de mim.

— Você é a nova proprietária?

Sua voz era rouca e o sotaque, bem carregado. Ele me encarou com seus olhos pequenos, e eu me lembrei na hora de *Jurassic Park* e do olhar penetrante dos velocirraptores antes de arrancarem a cabeça do pobre humano infeliz que cruzasse seu caminho.

— Sim, senhor. Sou eu. — Ainda era difícil de acreditar, quanto mais dizer em voz alta.

O velho fez uma careta.

— Era só o que nos faltava. Mais uma maldita ianque se mudando para o bairro.

Felicia colocou a mão no meu antebraço.

— Que isso, Charles, Celia não é ianque. Ela é sobrinha da Calpurnia. Nasceu aqui, é nativa de Charleston, lembra?

Ele balançou a cabeça com tanta força que pensei que seus óculos fossem sair voando.

— Já deixou de ser. Ela foi embora para Nova York. — Ele disse cada palavra pausadamente, cuspindo-as como palavrões. — Nenhum charlestoniano de verdade deixaria Charleston. E se deixasse... Bem, então passaria a ser um maldito ianque. E já temos muitos desses por aqui — disse ele, empurrando os óculos de volta para o nariz e lançando o olhar de velocirraptor primeiro para mim e depois para a mulher miúda que estava ao lado dele.

Ela aparentava estar na casa dos 30 anos, era muito magra e tinha sardas no nariz, cabelo ruivo curto e as pernas mais incríveis que já vi em alguém que não fosse uma ginasta profissional. Sei que isso soa estranho, não costumo reparar nas pernas de outras mulheres, mas os dois membros saindo por baixo das pregas de sua saia solta de algodão azul eram torneados, musculosos e, basicamente, espetaculares. Quem sabe ela de fato *fosse* ginasta profissional? Ou será que só tinha ganhado na loteria genética das pernas? Eu estava morta de curiosidade, mas esse não é o tipo de coisa que você pode perguntar a uma desconhecida, e eu tinha outros assuntos para tratar no momento, como cortar as asinhas do sr. Laurens.

— Me desculpe — falei, levantando a mão como uma aluna do sexto ano pedindo permissão para sair da sala —, mas você acabou de dizer que qualquer pessoa que nasça aqui e deixa a cidade é automaticamente banida, é isso mesmo? — O velho me lançou o olhar de velocirraptor, e eu o devolvi. — Que interessante. Uma dúvida: tem que haver um caminhão de mudança na história, uma mudança de endereço real, ou a cidadania pode ser revogada com base em uma ausência temporária? Digamos que a pessoa deixe a cidade por algumas semanas para uma viagem de férias... Só estou tentando entender os critérios.

Abri um sorriso doce e inclinei a cabeça, esperando uma resposta.
O sr. Laurens se limitou a dizer:
— Hunf.

De verdade. Não estou inventando, ele disse "Hunf" como se fosse uma palavra, não um muxoxo indistinto de desprezo, e depois atravessou a rua e se afastou.

Felicia riu e apertou meu ombro.
— Minha nossa, Celia! Você passou muito tempo longe, não é?

A mulher delicada com as pernas incríveis estendeu a mão.

— Eu sou Caroline Fuller — disse ela. — E acho que a rabugice que você acabou de ouvir foi dirigida principalmente a mim. Eu e meu marido compramos a casa ao lado da do sr. Laurens.

Ela se virou e apontou para o outro lado da rua, em direção à casinha típica de Charleston, que vista de fora tem apenas um cômodo de largura, com uma varanda de dois andares de madeira ao longo da parede mais comprida.

— Os Taylor moravam lá — sussurrou Felicia no meu ouvido. — Mas, depois que Clarice morreu, Valentine se mudou para Memphis para ficar com a filha. Os Fuller parecem ser um jovem casal muito gentil, mas, como ela veio do norte e o marido é negro, o sr. Laurens não os recebeu de braços abertos, por assim dizer. Velho ignorante.

O sussurro de Felicia foi baixo, mas não a ponto de suas palavras serem inaudíveis. No entanto, se Caroline ouviu o comentário, escolheu ignorá-lo, porque, quando se virou para nós, não parecia nem um pouco nervosa ou irritada.

— Heath, meu marido, é de Charleston — explicou Caroline —, mas nos conhecemos em Dayton. Trabalhávamos no mesmo museu. Ele era curador e eu trabalhava no marketing. Ele recebeu uma oferta de emprego da Fundação Histórica de Charleston, então fizemos as malas e aqui estamos. Heath é coordenador de museus e eu estou trabalhando de casa como consultora. Foi uma grande mudança, mas com certeza não sinto falta dos invernos de Ohio. Mas, enfim... achei por bem vir dar um oi.

O sr. Laurens, que tinha voltado em seu passo oscilante para casa, escolheu aquele momento para demonstrar seu desgosto batendo a porta da frente com força. O barulho foi tão alto que todas as cabeças se viraram na direção do som. Quando Caroline se virou para mim de novo, suas bochechas estavam coradas, mas havia uma expressão determinada em seus olhos. Ela deu um suspiro longo.

— Olha, resumindo, a adaptação tem sido meio difícil e estou à procura de uma nova melhor amiga. Você por acaso gosta de correr? Eu queria muito encontrar alguém para treinar comigo de manhã.

Ah. Então Caroline Fuller não ganhou a Loteria das Pernas, teve que trabalhar duro por elas. Isso e sua franqueza me fizeram gostar ainda mais dela. Todos os meus amigos estavam em Nova York, mas se eu estivesse procurando por novos, Caroline com certeza estaria na lista de candidatos.

— Desculpe, mas eu só corro se tiver que fugir de algum bicho.

— E você dança? — perguntou ela, esperançosa. — Heath e eu gostamos de salsa e tango. Encontramos um ótimo estúdio ali em West Ashley.

— Infelizmente não. E, de qualquer forma, eu não vou...

— Bem. Não custava perguntar. — Ela olhou para o relógio. — Preciso ir. Estou atrasada para uma ligação de trabalho. Desculpe sair correndo, mas tenho certeza de que nos veremos por aí, certo?

Caroline foi embora antes que eu tivesse a chance de explicar que não, ela não me veria por aí, porque eu não ia ficar.

Um carro parou, e uma mulher loira, com olhos azul-claros e uma expressão aflita, saiu dele, disse que era Dana Alton, a corretora de imóveis, e começou a pedir desculpas várias vezes por estar atrasada.

— Eu sinto muito, muito, muito mesmo! Minha filha mais nova esqueceu a autorização para o passeio da escola, então tive que ir até lá e... Não importa. — Ela fez um aceno para deixar o resto da história para lá. — Você não tem nada a ver com isso. Desculpe mais uma vez. Olá — disse ela, dirigindo-se a Trey, que aguardara pacientemente o tempo todo. — Perdi alguma coisa?

— Sim, perdeu.

A voz de Happy Browder estava carrancuda, mas seu rosto estava liso como uma máscara de cera e imóvel, um daqueles rostos que poderiam aparentar 40 anos na luz fraca, mas que você percebia que tinham uma década a mais quando vistos à luz do dia. Estava óbvio que Happy era cliente assídua de alguma clínica estética da cidade.

— Você perdeu a parte em que ela explica o que vai fazer para limpar esse troço horroroso. Isso está uma zona! Tem ratos! Eu vi um sair de baixo daquele oleandro morto faz duas semanas. Era do tamanho de um gato!

Os olhos de Calvin brilharam. Felicia apertou minha mão.

— Eu nunca vi sequer um camundongo no jardim de Calpurnia — disse ela em tom inexpressivo. — Talvez fosse um gato.

— Bem — resmungou Happy —, só sei que essa casa está desvalorizando os imóveis de todo o quarteirão.

— Engraçado, você não pareceu se importar com isso quando comprou a *sua* casa — disse Beau, apontando com o queixo para a casa de Happy.

— Beau — disse Felicia com delicadeza.

— O que foi? Ela sabia das condições da casa dos Fairchild quando decidiu se mudar para cá, agora não adianta fingir que está indignada — afirmou Beau, erguendo a mão em um gesto frustrado. — Então não sei por que se sente no direito de reclamar sobre isso agora que está aqui.

— Beau — repetiu Felicia, desta vez em um tom um pouco mais firme.

Beau não lhe deu atenção.

— Se alguém tem culpa, é ela! Todo mundo sabe quanto ela pagou pelo imóvel. Comprou a preço de banana!

— E fez um *excelente* trabalho na reforma — disse Felicia em tom entusiasmado, mudando habilmente de assunto. — Eu me esqueci de dizer como gostei das luminárias novas da entrada. Você tem esse modelo na sua loja?

Happy lançou um olhar para Beau antes de responder:

— Foram uma encomenda especial. Posso tentar encontrar outro par se estiver interessada.

— Talvez eu encomende, sim. Meu Deus, que sol hoje, hein? Que calor — comentou Felicia, abanando-se e depois apontando para a casa rosa estilo italianato com persianas pretas perto do fim do quarteirão, onde ela e Beau moravam desde antes de eu nascer. — Vocês gostariam de ir lá em casa tomar um chá gelado? Vai estar muito mais fresco na *piazza*.

Happy recusou o convite, dizendo que precisava voltar ao trabalho, e eu suspeitava que era isso que Felicia estava torcendo para que acontecesse. Botar Happy e Beau no mesmo cômodo não parecia ser uma ideia muito boa. Quando Felicia mandou Beau de volta para casa dizendo que ele parecia precisar se sentar um pouco — o que era verdade —, eu pedi licença, explicando que tinha que lidar com a papelada.

— Não faz mal — disse Felicia com um sorriso. — Teremos muito tempo para colocarmos o papo em dia e tomarmos chá agora que você voltou para casa. Sr. Holcomb, sou tão grata por você ter encontrado Celia. Teria sido uma pena ver a casa nas mãos do governo e depois repassada para novos donos. Os tempos mudam, é claro. Tem muita gente se mudando para o bairro — continuou ela, seu olhar vagando pela rua. — Mas não consigo me lembrar de um tempo em que não houvesse um Fairchild morando aqui. Ninguém em Charleston consegue.

Antes que eu pudesse responder, Felicia passou o braço pelos meus ombros outra vez, me dando um abraço de despedida antes de sair atrás de Beau. Ao se afastar, ela se virou e olhou para mim, radiante.

— Celia, querida, como é bom ter você de volta. Estou *tão* feliz por sermos vizinhas de novo!

Capítulo Nove

Um garçom apareceu com uma bandeja contendo chá gelado, ovos recheados, minissanduíches de lagosta e uma tábua de queijos.

— Achei que um lanche ia cair bem — explicou Calvin. — Você está com fome?

Claro que estava. Fortes emoções sempre abrem meu apetite.

Trey nos deu uma carona até o nosso hotel. Como tínhamos alguns documentos para preencher, nós três pegamos uma mesa no pátio sombreado por palmeiras, onde os hóspedes podiam almoçar, jantar ou tomar drinques quando o tempo estava bom. Dana Alton veio no próprio carro, chegando pouco depois da comida. Eu a avistei se aproximando pelo caminho de tijolos que levava ao pátio e acenei para que ela se juntasse a nós.

Ela sorriu e se aproximou, mas foi abordada por um homem muito alto, com cabelo preto ondulado, um queixo pontudo o suficiente para fatiar queijo e ombros tão largos que pareciam prestes a rasgar seu paletó de linho azul. Ele e Dana pareciam se conhecer, e os dois conversaram por alguns minutos. Dana assentia de vez em quando e olhava de relance em direção à nossa mesa. Eu estava ocupada demais com a papelada para prestar muita atenção, mas olhei em sua direção bem no momento em que pareciam estar terminando a conversa. O homem com o queixo de ferro olhou para mim, abriu um grande sorriso amigável e levantou a mão em um aceno. Se estivesse em Nova

York, eu o teria ignorado, mas em Charleston acenos são retribuídos, até mesmo o de estranhos gigantescos com dentes tão brancos que não poderiam ser de verdade.

O gigante se afastou. Dana se sentou, pediu um chá gelado sem açúcar ao garçom e começou a me dizer muitas coisas que eu já sabia.

— É uma linda propriedade, é claro. Tem muito potencial. Mas, se você quiser atrair um comprador que vá morar nela, há muito trabalho pela frente antes de poder colocar essa casa no mercado.

— Eu tinha esperanças de fazer uma venda rápida.

— Bem, você teria que encontrar um comprador disposto a adquirir a propriedade no estado atual, sem inspeções e sem contingências. Esses compradores até existem, mas em geral são investidores, pessoas que estão querendo comprar barato, reformar o mais rápido possível e revender para um novo morador para obter o máximo de lucro. O problema é que o tamanho da sua casa limita o grupo de compradores em potencial. Mais metros quadrados significa mais tempo e dinheiro gastos na reforma. — Os olhos de Dana se voltaram para o local onde o homem a havia abordado. — Não sei se você reparou, mas sabe aquele homem com quem eu estava falando? O nome dele é Cabot James, e é um incorporador imobiliário. Ele compra grandes propriedades e as divide em unidades menores, em geral de dois andares, que são alugadas ou vendidas para gerar lucro. Cabot está procurando um projeto maior há algum tempo, mas é difícil encontrar terrenos grandes o suficiente no centro da cidade. Ele está de olho na casa da sua tia desde que ela faleceu. Eu sei que isso parece meio esquisito — acrescentou ela, ao ver o desconforto estampado em meu rosto —, mas acredite, ele não é o único. A competição por terrenos e propriedades no centro da cidade é feroz. Se a casa da sua tia tivesse sido passada para o governo, ele teria tentado adquiri-la em leilão. Como isso não aconteceu, ele gostaria de fazer uma oferta, pagando tudo de uma vez, nas condições atuais, sem inspeções.

Considerando o estado da casa, a quantia que ela mencionou não foi insultante ou predatória, porém era muito abaixo do que eu precisaria para comprar uma casa em qualquer lugar perto de Nova York, inclusive Nova Jersey. Ainda assim, não posso negar que fiquei tentada pela ideia de ganhar algum dinheiro rápido. O desemprego faz isso com as pessoas.

— O que ele pretende fazer com a propriedade?

— Ainda não dá para saber — respondeu Dana. — Ele poderia fazer o que fez com outras propriedades, dividi-la em apartamentos, mas em maior escala. Seis unidades? Talvez oito?

— Oito? Isso é loucura. Onde as pessoas iriam estacionar?

— Eu imagino que ele pavimentaria o jardim.

O quê? Cabot James queria arrancar os oleandros, as palmeiras, as magnólias e os resedás de Calpurnia? Destruir os canteiros de tijolos e a pérgula e substituí-los por asfalto? O jardim estava uma bagunça, completamente tomado pelo mato e negligenciado, mas a ideia de pavimentá-lo parecia quase um sacrilégio.

Dana parou de falar apenas para beliscar um pedaço de queijo antes de continuar:

— Mas, em vez de dividir em apartamentos, suspeito que ele fosse preferir demolir tudo e construir um prédio com cerca de quatro ou cinco apartamentos novos e vendê-los.

Eu arfei, chocada.

— Demolir uma bela casa histórica? A prefeitura jamais permitiria uma coisa dessas, não é?

— É difícil dizer — respondeu Dana. — A casa foi construída na década de 1920, e não é tão antiga pelos padrões de Charleston. Ele teria que conseguir uma isenção de zoneamento, mas a prefeitura está sofrendo muita pressão para fornecer mais moradias a preços acessíveis. Cabot tem muitos contatos.

Olhei para Calvin para ver o que achava de tudo isso, mas ele tinha caído em um silêncio pouco característico, absorto nos minissanduíches de lagosta. Trey Holcomb estava quieto, o rosto inexpressivo, ouvindo, mas sem dizer nada, basicamente sendo a Suíça.

— Claro, reformar por conta própria ainda é uma opção — disse Dana em tom alegre. — Você não teria o mesmo lucro que conseguiria se a casa ficasse ao sul da Broad, mas Harleston Village ainda é uma área valiosa. Muitas famílias mais jovens preferem um bairro de característica mista para ter lojas e restaurantes favoritos por perto. Se sua casa estivesse pronta para morar, tenho certeza de que seria vendida rapidamente e por um bom preço.

Dana deve ter confundido meu silêncio com hesitação, porque, quando franzi a testa, a mulher lançou um olhar rápido para Trey, talvez se perguntando se ele tinha ciência de algo que ela não sabia.

— Eu entendo se você tiver mudado de ideia sobre vender a casa, é claro. Uma coisa é dizer que vai vender quando se está a mais de mil quilômetros de distância, e outra coisa é depois de ter estado nela. Muitas lembranças. Mas é uma casa bem grande — disse ela. — Para uma pessoa, quero dizer. Ainda assim, se quiser morar lá...

Minha cabeça começou a doer. Eu esfreguei a testa.

— Não. Não é isso. Quer dizer, claro, tenho muitas lembranças naquela casa, algumas boas — falei com sinceridade.

Embora a casa estivesse dilapidada e a imagem do que ela já fora estivesse enterrada sob pilhas de entulho, as lembranças que ela abrigava ainda estavam intactas. Mas era uma casa imensa, grande demais para uma pessoa. E minha vida era em Nova York. Todo mundo que eu conhecia, tudo o que eu tinha, estava em Manhattan.

— Celia? Você está bem?

Dana tocou a minha mão. Ergui o olhar e encontrei todos me encarando. Até Calvin havia parado de comer e olhava para mim.

— Desculpe. Estou bem — respondi com uma risada constrangida. — Acho que estou com muita coisa na cabeça. As últimas semanas têm sido uma loucura.

Dana assentiu com compaixão.

— Eu imagino. Perder sua tia deve ter sido um choque.

— Sim, mas não é só isso. Muitas outras coisas aconteceram — falei.

E então, por alguma razão insana, contei a eles o quê.

Tudo. Em detalhes.

Levou um tempo.

— Nossa — disse Dana quando terminei. — E eu achava que minha vida era estressante. Mas você, nossa... Passou por maus bocados mesmo, o divórcio, a questão do bebê e depois perder seu emprego e os direitos sobre seu pseudônimo. Eu não sabia que podiam fazer isso. Eles podem fazer isso? — perguntou ela, lançando a Trey um olhar indignado, mas então continuou sem esperar resposta: — E eu não fazia ideia de que você era a Cara Calpurnia! Por algum motivo, sempre achei que ela fosse mais velha.

— É. Várias pessoas dizem isso.

— Você também achava que a Cara Calpurnia era mais velha? — perguntou Dana, olhando na direção de Trey.

— Até hoje, eu não sabia que existia uma Cara Calpurnia.

Dana ficou de queixo caído.

— É sério? Quem nunca ouviu falar da Cara Calpurnia?

Eu nunca fui fã de barbas — elas sempre me deixam na dúvida se o cara tem um queixo pequeno ou algo do tipo —, mas Trey tinha olhos castanhos muito bonitos. Se tirasse a barba e se livrasse daquele terno horroroso, talvez ele parecesse um pouco mais jovem e menos sério. Não que eu me importasse, mas quando abriu os braços e fez uma cara meio desculpa-mas-eu-sou-desligado-para-essas-coisas, ele até que ficou bonitinho. E o revirar de olhos de Dana em resposta me fez sentir pena dele. Quer dizer, não era como se nunca ter ouvido falar da minha coluna significasse que ele era um troglodita ou algo do tipo.

Sinceramente, é sempre um pequeno alívio quando conheço alguém que não me olha e vê Cara Calpurnia. Trey Holcomb não me achava mais jovem, mais baixa ou inferior ao que imaginava que eu seria porque não tinha nenhuma imagem de mim. Eu duvidava que fôssemos nos ver de novo, mas, mesmo assim, era bom começar do zero com alguém, ser conhecida apenas como eu mesma.

— Bem — bufou Dana. — Eu não entendo como esse jornal pode se apossar da sua identidade. É muito injusto! Eu *nunca mais* vou ler o *Daily McKee*. Com licença — disse ela quando sua bolsa começou a vibrar, então pegou o celular, leu uma mensagem e gemeu. — Putz, estou atrasada para buscar minha filha no colégio de novo. Me desculpe, mas tenho que ir. — Ela pegou sua bolsa e se levantou. — Celia, se quiser vender sua casa para Cabot, posso ajudar, ok? Mas você vai ganhar muito mais se puder investir tempo e dinheiro para limpá-la

e reformá-la. Sei que não ajuda com seu problema imediato, mas...
— Ela deu de ombros, impotente. — Pense no assunto. Farei todo o possível para te ajudar.

Dana saiu. Tomei um gole de chá e olhei para Trey, que havia voltado a parecer sério. Eu estava me sentindo meio boba.

— Bem, agora você sabe toda a minha história de vida. Desculpe. Não sei o que deu em mim.

— Olha — disse Trey, acariciando a barba por um momento antes de continuar. — Não sei se você teria interesse, mas, se quiser, posso assumir o seu caso.

Olhei para Calvin, que ergueu as sobrancelhas com uma expressão que dizia "isso é interessante".

— Por quê? Todos os advogados com quem falei dizem que é uma causa perdida.

— Sim... bem. — Trey endireitou os ombros. — Essas são meio que a minha especialidade. Não estou dizendo que vamos ganhar. Eu nunca enfrentei uma grande corporação, então você teria mais chances com alguém mais experiente. Mas, se ninguém mais quiser representá-la, eu aceito.

— Uau. Isso é... Isso é muito gentil da sua parte. — Mordi o lábio, me sentindo pouco à vontade para fazer a próxima pergunta. — Posso perguntar quanto você pediria de adiantamento?

— Quanto você tem?

Engoli em seco, e Trey sorriu.

— Brincadeira. Se ganharmos a causa, eu fico com trinta por cento da indenização. Se perdermos, vou cobrar apenas as despesas que tivermos, como correio, cópias, custos do processo e coisas assim.

— Mas por que você faria isso? Você basicamente trabalharia como voluntário. Quer dizer, você sabe que quase não tenho chance de ganhar, certo?

— Eu sei — disse ele. — Mas sou besta o suficiente para acreditar que todos têm o direito de buscar justiça. Para ser sincero, talvez seja mais inteligente aceitar a indenização. Eu entendo se você quiser fazer isso, é claro, mas, se decidir brigar, estou disposto a ajudar.

Ele se levantou e se despediu, dizendo mais uma vez o quanto lamentava pela morte de tia Calpurnia. Os olhos de Calvin o acompanharam enquanto ele se afastava.

— Lá se vai o advogado mais bondoso e malvestido de Charleston.

Eu não podia discordar. Mas os olhos eram *mesmo* bonitos.

Capítulo Dez

— Ninguém consegue pensar de barriga vazia — argumentou Calvin. — Não vou deixar você pular o jantar duas noites seguidas.

— É sério, Calvin, não estou com fome.

— Você vai estar quando chegarmos ao restaurante. Vai por mim.

Ele me conhecia tão bem. Quando o garçom colocou os aperitivos na mesa, percebi que estava morrendo de fome.

— Bom, a dieta já era. Acho que vou começar minha transformação na semana que vem. Isso está delicioso — falei, gemendo depois de dar uma mordida em um tomate frito coberto com um pouco de queijo de cabra picante e pecãs caramelizadas agridoces.

O Poogan's Porch, conhecido por repaginar pratos sulistas clássicos, é um dos restaurantes mais antigos do centro de Charleston. A casa vitoriana de dois andares era pintada de um amarelo vibrante e tinha amplas varandas em cada andar, onde os clientes podiam observar os pedestres e sentir a brisa. Mas Calvin e eu estávamos sentados do lado de dentro, em um salão com teto com vigas expostas e pisos de madeira de tábuas largas.

— Isso está incrível — falei, apontando com o garfo para o meu prato. — Os chefs de Nova York não sabem fritar um tomate. Eu me pergunto por quê.

— Não usam banha o suficiente? — perguntou Calvin, inclinando a cabeça para o lado.

— Cala a boca. — Eu ri e dei outra garfada.

Nossos pratos principais chegaram no momento em que a porta do restaurante se abriu e duas mulheres, uma mais velha e outra mais jovem, entraram. Happy estava toda elegante, vestida com um conjunto azul de malha St. John e um lenço de seda branca no pescoço, seu traje em completo desacordo com o de sua acompanhante. A mulher mais nova, que não podia ter mais de 20 anos, usava short jeans desbotado, tênis pretos e meias pretas que iam até acima do joelho, uma camisa xadrez verde e preta por cima de uma camiseta preta com a imagem de uma mão e os dizeres FALA COM A MINHA MÃO, e um gorro de tricô verde, do qual saíam duas longas tranças castanhas. Não era um visual que teria ficado bem em mim, mas nela ficava uma graça. Happy não parecia concordar com a minha opinião.

A garota tirou a camisa xadrez, revelando uma grande tatuagem colorida que cobria a maior parte de seu antebraço, uma libélula voando perto de um lírio. Happy se virou para a garota, e o olhar raivoso e os lábios crispados deixaram claro que ela estava prestes a rosnar um "Coloque essa camisa de volta agora mesmo!". Mas, antes que Happy pudesse falar, ela me avistou observando a cena. Mesmo com certa dificuldade, ela sorriu e acenou. Eu acenei de volta.

— Não olhe agora, mas estamos prestes a ter companhia.

Calvin olhou por cima do ombro e viu Happy atravessando o salão.

— Quem é aquela com ela? E por que elas estão vindo até aqui?

— Tenho quase certeza de que é a filha dela. E elas têm que vir. Happy me viu olhando e agora elas têm que vir e dizer oi.

Calvin me lançou um olhar confuso.

— Estamos no Sul — expliquei. — Há regras.

— Ora, ora! — disse Happy em tom alegre quando chegou à nossa mesa. — Tão bom ver vocês dois de novo tão rápido. Esta é minha filha, Priscilla. Acabei de buscá-la no aeroporto. Ela veio da faculdade para passar o verão em casa, então a trouxe para comemorar.

— Prazer em conhecê-la — disse Calvin, olhando-a da cabeça aos pés enquanto apertava a mão dela. — *Adorei* sua roupa.

O rosto de Priscilla se iluminou com o elogio.

— Obrigada! Eu sou blogueira de moda.

— Ela é *universitária* — corrigiu Happy. — Está cursando administração na Florida State.

— Qual é o nome do seu blog? — perguntou Calvin, ignorando Happy.

— *Fashionista Hipster*. Comecei em janeiro.

— Sabe, Celia já foi blogueira — disse ele, acenando na minha direção.

— É mesmo? Qual era o nome do seu blog?

— *Georgia Peach na Big Apple*. Mas isso foi há muito tempo.

Os olhos da garota se arregalaram e ela cobriu a boca com a mão.

— Ah, mentira! — exclamou. — Você é a Cara Calpurnia? Nossa, eu amo a sua coluna. E o seu blog. Estou fazendo uma aula de História da Internet das Coisas, meu professor usou seu blog no estudo de caso sobre os primeiros sucessos no comércio on-line. Ai, meu Deus. Não acredito que estou falando com você!

Calvin sorriu.

— Ouviu isso, Cel? Você fez história. História antiga. As futuras gerações estão aprendendo com o seu exemplo.

— É sempre bom conhecer outra escritora — falei, depois de lançar um olhar de advertência a Calvin.

As bochechas de Priscilla coraram.

— Ah. Eu não sou escritora de verdade, só tenho oitocentos seguidores no Instagram. Bem, oitocentos e vinte e seis depois de hoje.

— E você começou há apenas alguns meses? Bem, isso é impressionante — falei. Eu não estava apenas sendo simpática. Estava muito mais difícil atrair uma audiência atualmente do que quando comecei. — Você deve estar fazendo alguma coisa certa.

— Bem, é melhor a gente deixar vocês dois jantarem em paz — disse Happy, ainda sorrindo, mas com um olhar gélido. Acho que ela não apreciou o fato de eu estimular o interesse de Priscilla pela blogosfera. — Sem dúvida nos veremos de novo aqui pelo bairro. Quando planeja começar a limpeza da casa da sua tia? *Em breve*, espero.

Ah, sim. Lá estava. A fachada de boas maneiras caía por terra.

— Espera, você é sobrinha da srta. Fairchild? — Priscilla balançou a cabeça e riu. — Claro que é. Cara Calpurnia. Eu deveria ter imaginado. Que bom que seremos vizinhas!

— Bem, eu não acho...

— Ei, será que algum dia eu posso dar uma passada na sua casa pra gente conversar sobre o meu blog? Só por alguns minutos. — Ela levantou a mão, como se estivesse prestando um juramento. — Uma horinha, no máximo. Eu seria muito grata por qualquer dica que você pudesse me dar.

Ela era tão sincera e doce, e seus olhos tinham a expressão suplicante e esperançosa de um cachorrinho pedindo colo. Como eu poderia dizer não?

— Claro, seria um prazer. Pode me visitar a qualquer hora.

— Obrigada!

— Pris — disse Happy, terminando a sílaba em um sibilo e segurando o cotovelo da filha com firmeza. — A comida deles está esfriando e vamos perder nossa reserva.

Priscilla corou mais uma vez.

— Certo. Desculpe interromper o jantar de vocês. Foi um prazer conhecê-los. Até mais — disse Priscilla, sorrindo antes de se afastar com a mãe.

Calvin as observou indo embora.

— Essas duas terão um verão *beeem* longo.

— Não é? Você acha que os pais dela resolveram chamá-la de Happy como uma piada?

Meu camarão com polenta cremosa tinha esfriado um pouco, mas ainda estava uma delícia. Calvin disse que seu frango frito com couve-frisada e mel picante estava fabuloso e valia o aumento da dose de sua medicação para o colesterol.

Depois de dar seu veredicto sobre a comida, Calvin comentou que também achou o look da jovem Priscilla Browder uma graça. Eu tive que concordar. Ela com certeza entendia de moda hipster. Essa observação levou ao tópico da moda em geral e a uma discussão sobre a tendência atual de macacões e macaquinhos, algo que, ambos concordamos, deveria sofrer um fim rápido e desonroso, o que levou a alguns comentários sobre Melanie, que tentou adotar o visual de macacão em um episódio recente de *The Real Housewives of New Jersey* e falhou miseravelmente, o que levou a uma discussão sobre o relacionamento entre Honey Boo Boo e Mama June, o que nos levou a algumas observações sobre relacionamentos complicados entre mães e filhas em geral, o que nos levou de volta a Happy e Priscilla, depois apenas a Priscilla, e nós concordamos que tínhamos gostado da garota.

Foi uma noite agradável, apesar das circunstâncias. A comida estava ótima e a conversa foi leve e divertida, exatamente do que eu precisava. Se Calvin tivesse afastado o prato, olhado nos meus olhos e dito: "Então, como você está?", eu teria caído no choro. De novo. Uma conversa despretensiosa sobre macacões e Honey Boo Boo foi um alívio.

Mas isso não significava que ele não estava pensando no assunto. Calvin está sempre pensando.

Por volta de uma da manhã, alguém bateu na porta do meu quarto. Foi bem baixinho, estava mais para um toque do que uma batida. Se eu estivesse dormindo, não teria ouvido. Mas eu estava acordada porque meu cérebro estava ocupado demais pensando em tudo o que havia acontecido, tentando avaliar minhas opções, nenhuma delas atrativa, sem chegar a lugar algum. Calvin, ao que parecia, estava fazendo a mesma coisa. Mas, ao contrário de mim, ele havia chegado a algumas conclusões.

— Você está bem? — perguntei depois de abrir a porta e encontrá-lo parado no corredor, vestido com um pijama azul listrado e um roupão branco com seu monograma, CLG, no mesmo tom de azul do pijama. — Você traz seu próprio roupão quando viaja?

— Não enche. Os roupões do hotel nunca são grandes o suficiente.

Ele entrou sem esperar por um convite e se sentou na beirada da cama.

— Escuta, eu estava pensando. Você deveria ficar em Charleston.

— O quê? — Fiquei boquiaberta, chocada por ele ousar sugerir tal coisa. — Por que eu faria isso? Minha vida inteira está em Nova York.

— Errado. Seu trabalho estava em Nova York. Seu casamento também. Mas as duas coisas acabaram, Cel. O que te prende lá?

— Meus amigos, para começar. — Fiz uma pausa por um momento, pensando em quantas pessoas em Nova York eram importantes para mim. — Bem, você, de qualquer maneira. Que história é essa? Você está tentando se livrar de mim ou coisa do tipo?

Ele balançou a cabeça.

— Celia, qual é a única coisa que você quer mais do que qualquer outra no mundo? Um bebê, certo? Uma família. Você fala sobre isso desde que a gente se conheceu. Agora, depois de todo esse tempo, você finalmente tem uma chance. Você não pode abrir mão disso, sabe? Amanhã de manhã você deveria contratar uma equipe para limpar a casa de Calpurnia e transformá-la em um lar de verdade. Seria um ótimo lugar para criar um filho, tem espaço de sobra, um belo jardim, vizinhos agradáveis. Bem, tirando Happy. — Ele estremeceu. — Quando a advogada de adoção vier visitar, mantenha-a longe da encantadora sra. Browder.

— Calvin, eu...

Ele balançou a cabeça com mais força e levantou a mão para me interromper.

— Pense nisso, Celia. A mãe biológica não vai se importar com onde você mora, desde que a casa seja boa. O lugar está uma bagunça agora, mas pode ficar lindo. A menos que você ganhe na loteria, nunca teria dinheiro para comprar algo tão bom na cidade.

— Bem, certo, mas no momento o lugar está um caos. De onde vou tirar dinheiro para a reforma? Não estamos falando de uma mera demão de tinta, algumas almofadas novas e uma ida à Ikea. Vou precisar contratar carpinteiros e eletricistas, talvez até uma retroescavadeira. Tudo isso custa dinheiro. Eu estou desempregada, lembra?

Calvin me encarou. Sua expressão estava séria e, pensei, um pouco triste.

— Aceite o dinheiro do jornal, Celia. Assine a maldita carta de rescisão e fique com a indenização. Vai ser o suficiente para você reformar a casa e ainda vai sobrar.

Eu ofeguei.

— E deixar Dan McKee sair impune? Você ouviu Trey Holcomb, ele disse que me ajudaria a processar McKee e não me cobraria nada a menos que ganhássemos!

— Sim, mas você *não vai* ganhar. Docinho — disse ele com um tom realista —, eu entendo que McKee foi ardiloso e desonesto, mas você deveria, sim, ter lido a porcaria do contrato antes de assinar.

Eu contraí a mandíbula, irritada por ele jogar isso na minha cara. Não era como se eu não tivesse dito a mesma coisa para mim mesma cerca de dois milhões de vezes, mas ele não deveria estar do meu lado? Onde estava sua lealdade?

— Então você espera que eu desista de fazer o cara pagar pelo que ele fez? Que eu abra mão de...

— De Calpurnia. Isso mesmo — disse Calvin, assentindo. — Querida. Você não precisa ser mais ela. Você é muito boa em ser você mesma. Ou seria, se desse uma chance a si mesma. Você não entende? É o único jeito, Cel. Você não pode ser Calpurnia, Celia e mãe ao mesmo tempo. Você precisa escolher.

Ele estava certo, eu sabia. Mas por que eu tinha que escolher? Muitas outras mulheres conseguiam ter filhos e carreiras. Por que eu era a única que tinha que escolher? E se eu fizesse a escolha errada?

— E se não der certo? — perguntei. — E se eu fizer tudo isso, desistir da coluna, aceitar o dinheiro, reformar a casa... e a mãe biológica escolher outra família? Eu teria desistido de tudo, e pelo quê?

— Por uma chance de ser feliz — respondeu Calvin. — Isso é o máximo que as pessoas conseguem, Cel. Uma chance. Mas você já sabe disso. Assim como você sabe que a única maneira de conseguir essa chance é apostar em nós mesmos e nas outras pessoas. Foi por isso que me casei com o Simon. Foi por isso que você se casou com o Steve.

— Sim. E veja só como isso acabou — murmurei.

Calvin nunca fica sem tiradas ou respostas espirituosas. Mas, pela primeira vez desde que eu me lembrava, duas vezes na mesma conversa, ele não tinha nada a dizer. Ou nada que estivesse disposto a dizer. Talvez, como eu, ele tivesse medo de que as palavras fossem acabar em lágrimas.

Calvin era meu melhor amigo e eu era a dele. Nada jamais mudaria isso. Mas, se eu saísse de Nova York, isso deixaria um vazio em nossa vida. Sim, a gente conversaria por telefone. Faríamos videochamadas e trocaríamos mensagens e deixaríamos corações e emojis e comentários nos *stories* do Instagram um do outro. Mas isso não substitui passar tempo juntos, cara a cara e lado a lado. Se eu saísse de Nova York, sentiria muita falta de Calvin, e ele a minha. Ainda assim, ele estava me dizendo para partir, porque queria que eu fosse feliz.

Será que eu seria feliz? Será que as coisas aconteceriam como eu esperava? Talvez sim. Talvez não. Como Calvin disse, uma chance é o melhor que muita gente tem.

Eu respirei fundo.

— É. Acho que... Acho que eu vou ficar, então. — Calvin assentiu com a cabeça e eu fiz uma pausa, tentando deixar a irrevogabilidade da minha decisão se enraizar. — Acho que amanhã a gente pode ir até lá e...

— Cel — disse ele, balançando a cabeça e me interrompendo —, preciso voltar amanhã de manhã. Simon ligou. Os grupos armados fecharam a clínica e eles estão sendo expulsos do país. Ele vai pousar no JFK amanhã à noite e eu vou encontrá-lo no aeroporto. Desculpe, meu bem, odeio ter que deixar você em uma situação difícil, mas...

Ele não precisava se desculpar. Simon era a chance de Calvin de ser feliz, assim como o bebê poderia ser a minha. Eu jamais atrapalharia isso.

— Está tudo bem — falei, e tentei sorrir para que ele soubesse que estava mesmo. — Eu me viro. Que tal a gente tomar café da manhã e depois eu levo você ao aeroporto? Quer ir àquele restaurante com os *biscuits* de novo?

Ele balançou a cabeça.

— Meu voo é às seis da manhã. Vou tirar um cochilo, depois fazer as malas e pegar um táxi. Você deveria voltar para a cama. Você vai ter um dia cheio amanhã.

Ele se levantou e me abraçou. Eu o abracei de volta, bem forte, me esforçando para não chorar, porque, se eu começasse, sabia que ele começaria também. Perdi a conta de quantas vezes assistimos *De ilusão também se vive*. Mas sempre que Susie salta do carro e entra na casa que é seu desejo de Natal realizado, Calvin sempre fica com os olhos marejados. Ele usa o humor para esconder, mas a verdade é que Calvin é ainda mais sentimental do que eu.

— Vou sentir saudade — falei.

— Eu também, docinho. Você é um pedaço de mim — disse ele, me abraçando como mais força. — Eu te amo, Cel. Eu nunca, *jamais* iria querer dormir com você, nem em um milhão de anos, mas eu te amo.

Eu ri, sequei os olhos e o soltei.

— Idem.

Capítulo Onze

Quando acordei, era domingo. Calvin tinha ido embora e, pela primeira vez na minha vida, desejei ter um cachorro.

Não me entenda mal, não sou contra cachorros. Eles são fofos, desde que eles lá e eu aqui. E entendo por que algumas pessoas podem querer ter um. Só que nunca fui uma dessas pessoas. Cachorros são babões, invasivos e um pouco rudes, enfiando o focinho em lugares onde não deveriam e coisa e tal. Também são muito carentes. Uma vez ouvi uma comediante dizer que ter um cachorro é como ter alguém começando a morar com você quando a pessoa está passando por uma fase difícil e precisa conversar sobre seus problemas. Isso resume bem.

Mas você nunca está deslocada quando está passeando com um cachorro. Um cachorro confere um senso de propósito, é uma razão para estar onde você está. Naquele dia, eu teria dado vinte dólares para alugar um cachorro. Todo mundo, menos eu, parecia estar andando em grupos.

Ao sul da Broad, grupos de turistas posavam diante de mansões e tiravam fotos uns dos outros. No White Point Gardens, um parque na ponta sul da península do centro da cidade, cerca de dez mulheres usando vestido de seda e pérolas, acompanhadas de homens de paletó e sapatos engraxados, estavam de pé no coreto assistindo a um casamento. Dois menininhos em terno azul e uma menina com uma grinalda no cabelo, aparentemente tendo perdido o interesse na cerimônia, brincavam de pega-pega em volta dos troncos gigantescos de antigos carvalhos. Perto da artilharia, um grupo de jovens na casa dos 20 anos de shorts e mochilas estava diante da grade de proteção, olhando para o porto de Fort Sumter enquanto um guia turístico de bermuda e chapéu de palha de abas largas contava uma versão resumida da história de Charleston. Na East Bay Street, casais de mãos dadas passeavam na frente das casas coloridas com seus sorvetes da Rainbow Row.

Passei por pelo menos dez das quatrocentas igrejas de Charleston em minha caminhada, e todas pareciam estar indo muito bem. Charleston não é apelidada de Cidade Santa à toa. Quando as portas duplas se abriram na St. Philip's, uma sonata de Bach para órgão se derramou pela rua junto com uma multidão de fiéis em seus melhores trajes de domingo, conversando, sorrindo e parando para apertar a mão de um padre usando uma batina branca e uma casula verde.

Havia um ou dois rostos que eu pensei ter reconhecido na multidão, mas era improvável: eu não ia à St. Philip's desde antes de ir embora para a faculdade, havia mais de vinte anos. Embora ela estivesse de costas para mim, quando vi uma figura alta e esbelta com cabelo ruivo cacheado, pensei que poderia ser alguém que eu conhecia quando era bem mais nova. Mas, quando a vi de frente, ela parecia diferente, velha demais para ser minha amiga de outrora. Nossos olhos se encontraram por um instante, depois ela desviou o olhar rapidamente, e me senti meio boba. Não sei por que pensei que poderia ser a mesma pessoa; ela havia deixado Charleston anos antes e nunca tinha frequentado a St. Philip's, ou qualquer igreja, até onde eu sabia. Talvez fosse só o meu desejo de que fosse ela, suponho.

Eu me afastei, me sentindo vazia e invisível, desviando o olhar do cemitério do outro lado da rua e pegando um caminho mais longo para não precisar passar pelo canto distante do cemitério onde Calpurnia descansava sob a grama irregular e a terra nova. Era cedo demais. Eu não estava pronta. Talvez nunca estivesse.

Sentir-me a única pessoa sem laços na cidade ressuscitou aquela sensação dos meus primeiros meses em Nova York, de ser a única náufraga em uma ilha superpovoada. Só que agora era pior. Uma coisa é se sentir sozinha quando você está em uma cidade nova, e outra quando você se sente assim no lugar onde cresceu. Cada prédio, monumento, arbusto e árvore era tão familiar quanto o meu próprio reflexo, mas a cidade tinha se esquecido de mim. Eu me sentia quase um espectro, um fantasma que podia ver os outros, mas não podia ser visto.

"Come um docinho que passa" era o conselho da vovó Beebee para quase tudo. Tricotar e comer pralinês eram suas principais ocupações, o que provavelmente explicava seus problemas de saúde. Por outro lado, ela sempre pareceu ser uma mulher muito feliz. Atravessei os galpões abertos no Old City Market, passei pelos vendedores de bugigangas — velas, cestas de palha e sacos de arroz Carolina Gold — e saí na Market Street. Quando avistei a doceria River Street Sweets, pareceu um sinal.

Os pralinês estavam frescos, amanteigados e absurdamente doces. O prazer momentâneo de comê-los amenizou meu humor, mas não o transformou. Pensei em voltar para o hotel, mas me imaginar sozinha no quarto enquanto o som de risos e copos tilintando subia do pátio onde famílias, casais e amigos estariam desfrutando do brunch era patético demais. Calvin estava certo, a vida que eu levava em Nova York tinha acabado. Mas a vida que eu tivera em Charleston também. O que parecia deixar apenas uma opção: começar uma nova vida.

Falar era fácil, fazer era difícil. E isso supondo que tudo saísse conforme o planejado, que tudo desse certo na reforma, que a visita domiciliar fosse um sucesso, que a mãe biológica me escolhesse e eu ficasse com o bebê.

E aí?

Se eu aprendi uma coisa nos meus anos lendo e escrevendo cartas da Cara Calpurnia é que existem dez bilhões de maneiras diferentes de os pais estragarem uma criança. O amor ajudava bastante, mas era preciso mais para criar um ser humano. Eu disse a Calvin que, desde que uma criança tivesse uma pessoa que a amasse e acreditasse nela, em geral ela se saía razoavelmente bem. Mas será que isso era mesmo verdade? E, mesmo que fosse, eu não queria que meu filho ou filha apenas se saísse "razoavelmente bem". Eu queria que ela — supondo que fosse uma menina, mas algo me dizia que era — fosse feliz, bem--sucedida, amada e se sentisse muito à vontade em sua própria pele.

Como eu faria isso acontecer? Como eu a guiaria, protegeria, mostraria o melhor caminho? Como eu a impediria de cometer os mesmos erros que eu?

E, em termos mais práticos, como iria sustentá-la? Ainda não estava cem por cento convencida de que deveria aceitar a indenização, mas, caso aceitasse, o dinheiro só duraria certo tempo. Como viveríamos depois disso? A única coisa que eu sabia fazer era escrever, e isso, como minhas circunstâncias atuais ilustravam, era uma maneira nada estável e um tanto ridícula de tentar ganhar a vida.

Se você é escritor, não pode *não* escrever. Era tarde demais para mudar o meu destino, mas seria minha responsabilidade tentar guiar minha filha para profissões mais estáveis e bem remuneradas, se possível. Precisava garantir que ela estudasse matemática e ciências e não se metesse com financiamento estudantil, além de manter distância de caras com muitas ex-namoradas, ou que ficavam olhando para outras mulheres quando saíam para jantar com você, ou que não demonstravam pelo menos *alguma* resistência quando você sugeria dividir a conta no primeiro encontro.

Havia tantas maneiras de dar errado na vida, pensei comigo mesma enquanto atravessava a rua e me aproximava da loja com a porta vermelha e a marquise preta. As chances de tudo dar certo do jeito que eu gostaria eram mínimas, eu entendia isso. Mas supondo que tudo *desse* certo e a mãe biológica me escolhesse, eu não ia querer deixar tudo para a última hora, certo? Havia tantas coisas que eu precisava dizer a ela, todas importantes. Talvez eu devesse começar a escrevê-las?

Quase no exato momento em que esses pensamentos passavam pela minha mente, eu a vi: a vitrine da livraria com belíssimos cadernos de couro. Eram lindos. E estavam me chamando.

Dada a situação precária das minhas finanças, eu não tinha nada que entrar em uma livraria, mesmo dizendo a mim mesma que só daria uma olhadinha. Quem eu estava querendo enganar? Meu histórico demonstra que sou incapaz de sair de uma livraria sem comprar alguma coisa. Comprar um lindo caderno de couro marrom por cinquenta e nove dólares, com centenas de páginas cor de creme, grossas e resistentes, e folhas de guarda decoradas em vermelho e dourado marmorizados, seria irresponsável, beirando a loucura. Os únicos livros nos quais eu já havia gastado sessenta dólares foram os didáticos, para as aulas na faculdade. O que eu tinha em mãos nem sequer vinha com palavras.

Uma hora depois, no quarto do hotel, me sentei diante da pequena escrivaninha para escrever em meu novo caderno. Baixei o nariz até as primeiras páginas e inspirei.

O papel cheirava a poeira, couro e começos. Mas vários minutos se passaram até eu conseguir pegar a caneta e começar. Como deveria começar? O que eu queria dizer a ela? A resposta, é claro, era tudo.

Minha carreira como pseudojornalista me ensinara, no entanto, que nunca se deve esconder o ouro, o que basicamente significa que um texto sempre deve ir direto ao ponto.

Querida Peaches,

Meu nome é Celia Fairchild e, se tudo ocorrer como eu torço para que ocorra, vou ser sua mãe.

Se ouvir isso a deixa nervosa, a culpa não é sua. Eu também estou bem nervosa. Animada, mas nervosa. Mas isso é normal, certo? Quer dizer, alguma mulher se sente completamente preparada para a maternidade?

Segundo a internet, após doze semanas de gestação, você tem cerca de cinco centímetros de comprimento, pesa quase quinze gramas e já tem todos os seus órgãos principais. (Muito bem, Peaches! Continue assim!) Você também tem o tamanho de uma ameixa.

Considerei chamar você de Plummy, ameixinha, mas isso não durou muito. Soava britânico demais, um nome para algum colega de escola não muito popular que veste tweed e sai para caçar. Na semana que vem, você terá o tamanho de um limão, mas não é um nome muito auspicioso. Na semana catorze, você terá o tamanho de um pêssego, uma fruta mais doce e adorável, então decidi homenageá-la. Mas Peaches é apenas um apelido, algo que usarei por enquanto. Não acho justo com os pais ter que escolher um nome antes de ver o bebê. Quantas vezes você conhece alguém cujo nome simplesmente não combina com a pessoa?

É uma pergunta retórica, você ainda não conheceu ninguém, mas, vai por mim, isso acontece. Tive uma amiga na faculdade chamada Tiffany que estudava astrofísica. Ela era brilhante, mas ninguém a levava a sério. E uma vez conheci um Rupert que fazia parte de uma gangue de motoqueiros e produzia metanfetamina na garagem. Nomes são importantes, Peaches, então não quero escolher o seu até que a gente tenha a chance de se conhecer.

Por falar em nos conhecermos, você deve estar se perguntando por que estou lhe escrevendo agora. Embora você possa supor que isso se dá por conta da minha profissão, eu na verdade não tenho o hábito de dar conselhos não solicitados. Prefiro esperar até que me peçam. Mas quando se trata de você, Peaches, é diferente. Eu não consigo parar de pensar no que poderia dizer para alertá-la ou orientá-la. É estranho, e normalmente não sou desse jeito.

Isso me faz pensar: será que já estou me tornando mãe?

Será que vou trocar calcinhas fio dental e leggings por calcinhas de vovó e jeans de cintura alta? Será que vou começar a parar o carro para ler placas históricas em voz alta? Quando precisar frear o carro bruscamente, será que vou passar a colocar o braço na frente da pessoa no banco do carona? Será que vou começar a dizer "pipi" e "totô" sem achar esquisito? Será que vou abrir mão dos argumentos racionais e passar a dizer "Porque eu estou mandando" e "Não me faça ir até aí!"? Será que meu declínio até me tornar uma pessoa zero descolada é certo?

Talvez. Mas não me importo.

Eu não paro de pensar nas coisas que quero lhe dizer na esperança de poupá-la de cometer os mesmos erros que cometi. Quantas vezes na minha vida eu pensei: "Se eu soubesse naquela época o que sei hoje em dia..."?

Mas se alguém tivesse me dito naquela época o que eu sei hoje em dia, será que eu teria ouvido? E você? Será que vai ser o tipo de criança disposta a ler o livro e absorver a lição? Ou vai ser do tipo que precisa fazer a jornada e descobrir por si mesma? A maioria das pessoas pertence à segunda categoria. Sei que eu pertenço. Imagino que você também.

Embora eu não te conheça ainda e exista apenas trinta e poucos por cento de chance de eu vir a conhecer, eu já te amo. Quero protegê-la, mas também quero conhecê-la, o lado bom e o ruim, os pontos fortes e fracos, por dentro e por fora. Quero que você me conheça também. Porque, no fim das contas, é isto que é o amor de verdade: conhecer e ser conhecida. É o que desejamos mais do que qualquer outra coisa, sermos conhecidos e amados pelo que somos.
Se nós...

Minha caneta parou no início da frase, interrompida pela imagem de mim mesma parada na frente da St. Philip's, desejando ser reconhecida e com medo disso, depois saindo às pressas, passando pelo cemitério com a cabeça baixa.

Risquei as duas palavras do parágrafo que eu tinha acabado de começar e tentei de novo, de forma mais honesta.

Conselhos e orientações não são a única razão pelas quais quero escrever — talvez até precise escrever — este diário. Sim, é por você, Peaches. Mas acho que é por mim também.
Por quinze anos representei um papel, evitando o passado, desviando o olhar, recusando-me a vasculhar o lixo ou fazer as perguntas difíceis. Somente uma criança acredita que cobrir os olhos faz com que o objeto do seu medo desapareça.
Como posso querer ser conhecida por você, por qualquer pessoa, se eu mesma não me conheço?

Capítulo Doze

O recepcionista, um homem bonito de uns 20 e poucos anos usando o onipresente paletó azul favorito dos recepcionistas em todos os lugares, sorriu quando dei meu nome e número do quarto.

— Bom dia, srta. Fairchild. Vejo que seu check-out é hoje de manhã. Espero que tenha aproveitado sua estadia.

— Aproveitei. Muito. Mas meus planos mudaram. — Olhei para a plaqueta com o nome dele. — Josh, será que eu poderia estender minha hospedagem por mais alguns dias?

Sua expressão alegre murchou.

— Estamos completamente lotados há semanas, todos os hotéis da cidade estão. Há várias convenções grandes acontecendo. — Ele fez uma pausa, esperando que eu tirasse a conclusão óbvia. Eu não disse nada, só o encarei. Às vezes, o silêncio é a melhor persuasão. — Mas... deixe-me ver se há algo que eu possa fazer.

Josh olhou para o computador, digitou e mexeu em várias telas, franzindo a testa. Eu peguei meu celular na bolsa e olhei discretamente um site de reserva de hotéis. Josh estava certo: não havia quartos disponíveis em um raio de oitenta quilômetros. E também nada no site de hospedagem direto com proprietários, pelo menos nada que eu pudesse pagar. Havia uma casa com quatro quartos na região sul da Broad, com um pátio privado, concierge à disposição e uma vista deslumbrante do porto, mas uma noite lá custaria o equivalente a um mês de aluguel do meu apartamento. As coisas não estavam parecendo promissoras. Mas então, milagre dos milagres, o rosto bonito de Josh se iluminou.

— Boas notícias. Acabamos de ter um cancelamento.

— Ótimo!

— Mas é um quarto menor — disse ele.

— Tudo bem. Contanto que tenha uma cama e um banheiro, não me incomodo.

— Muito bem.

Ele imprimiu alguns papéis e os empurrou pelo balcão para que eu assinasse. Eu li e senti meu rosto ficar branco.

— Está tudo bem?

— Ah... sim. Eu não sabia que custaria tanto. É o dobro do que eu estava pagando.

Josh fez uma expressão consternada.

— Ah, sim. Creio que a senhora e o sr. LaGuardia receberam uma tarifa especial, uma cortesia profissional. Mas agora, com as convenções e todos os hotéis lotados, infelizmente não posso...

Peguei meu celular de novo e atualizei a página de busca dos hotéis. Ainda não havia quartos disponíveis, então assinei, entreguei a Josh um cartão de crédito e segui em frente. Que escolha eu tinha? Era segunda-feira, exatamente doze semanas e cinco dias antes da visita domiciliar, e eu tinha um milhão de coisas para fazer.

Minha primeira ligação foi para Anne Dowling.

Contei a ela a verdade sobre o que estava acontecendo. Bem, quase toda a verdade. Ela não precisava saber em detalhes por que eu não seria mais Calpurnia, apenas que estava me aposentando da coluna e que tinha herdado uma linda casa em Charleston para a qual eu pretendia me mudar em caráter permanente. Expliquei que era uma casa histórica que precisava de reformas, sem dar detalhes das dimensões dos reparos, e que seria um lar perfeito para a família assim que a obra fosse concluída.

Anne ouviu tudo sem fazer muitas perguntas. Tivemos uma breve conversa a respeito de finanças, eu lhe disse que enviaria informações sobre o meu patrimônio líquido em breve. Ter uma casa quitada, sem hipoteca, seria uma grande vantagem. E ter um ano de salário na conta bancária, assim que a indenização caísse, demonstraria minha estabilidade financeira, pelo menos no papel. Ela perguntou se as reformas seriam concluídas a tempo da visita domiciliar. Eu a tranquilizei e disse que sim, o que, embora não fosse uma mentira deslavada, era uma estimativa bem otimista. Eu nem tinha conversado com um empreiteiro ainda.

Anne disse que morar em uma cidade menor e em uma casa em vez de um apartamento poderia ser um ponto a meu favor, o que foi animador. Mas então fez uma pergunta que eu não estava preparada para responder.

— Acho que a mãe biológica ficará feliz por você planejar tirar um tempo para se dedicar ao bebê, mas o que você pretende fazer depois disso? Imagino que queira continuar escrevendo — disse ela. — Mas está planejando começar uma nova coluna? Ou talvez escrever um livro?

— Bem... hã... sim. Comecei a trabalhar em algo.

O diário contava como "algo", certo? Afinal, tinha páginas e uma capa, então, tecnicamente, era um livro. E eu *estava* escrevendo nele.

— É mesmo? Isso é ótimo — disse Anne, parecendo impressionada de verdade. — Que tipo de livro? Autoajuda? Romance? Não ficção?

— Hum... ainda não posso falar muito a respeito.

— Claro, claro — disse ela. — Eu entendo. Tenho uma prima que escreve mistérios. Ela não discute um livro antes de terminar de escrever, diz que falar sobre a história esgota sua energia criativa. Ou talvez... — Ela fez uma pausa. — Talvez você *não possa* mesmo falar sobre ele ainda? Talvez sua editora queira que mantenha segredo?

Minha editora? Eu comecei a dizer algo, mas fiquei tão surpresa que saiu como um guincho embolado, como se alguém estivesse estrangulando um esquilo.

— Desculpa! — disse Anne. — Você tem razão. Eu não deveria ser tão curiosa. Só me prometa que vai me avisar quando for lançado, sim? E, se estiver disposta a autografar um exemplar, minha mãe ficaria felicíssima. Ela está tão impressionada por eu conhecer você. Contou para todo mundo do grupo de *mahjong*. Imagino que seria demais pedir para você autografar livros para o grupo todo, não é mesmo?

— Ela riu e pediu desculpas mais uma vez. — Deixa, deixa. Já estou abusando e você disse que não quer falar sobre o livro. Mas, depois que for lançado, um exemplar autografado para a minha mãe seria incrível.

— Anne — falei, com sinceridade —, se algum dia eu tiver um livro publicado, seria um prazer autografar um exemplar para a sua mãe.

Tirando a parte do acordo inexistente para publicar um livro, achei que o telefonema com Anne correu bem. Minha conversa com Dan McKee correu mais ou menos como eu imaginava. Em resumo, ele foi um completo babaca.

Segundo Dan, tinha sido uma oferta "pegar ou largar", feita apenas pela bondade de seu coração e por um senso de lealdade comigo, que deixou de valer quando fui embora, blá-blá-blá. Em seguida, ele desligou na minha cara.

Xinguei a mim mesma. Por que eu não tinha aceitado o dinheiro quando pude? Eu deveria ter ficado com a pulseira também. Fui burra duas vezes. Agora ele estava com raiva e minhas chances de convencê-lo a me pagar alguma coisa eram quase nulas.

Peguei o cartão de Trey Holcomb da carteira e disquei seu número.

— Lembra de quando você disse que me ajudaria a brigar? Bem, coloque as luvas de boxe.

— Certo — disse ele, depois de eu terminar de explicar meus planos e como Dan McKee os tinha inviabilizado, talvez de maneira definitiva. — Eu cuido disso.

— Como?

Ele soava tão confiante. Confiante demais.

— Vou ligar para ele e ter uma conversa. É isso que os advogados fazem.

Uma conversa? Ele queria dizer um diálogo razoável e equilibrado entre adultos? Esse era o plano dele? Estava claro que ele não conhecia Dan McKee. Dan não conversava. Ele caçava, matava e esmagava seus oponentes sem piedade.

— Celia, deixa comigo — disse ele. — Pode começar a procurar um empreiteiro, eu cuido do McKee. Ligo para você daqui a algumas horas.

— Algumas horas? Mas como você vai...

— Até logo, Celia.

Pela segunda vez no mesmo dia, um homem desligou na minha cara. Com Dan, eu já esperava. Mas Trey era de Charleston, o que significava que ele *deveria* ser um cavalheiro. Deixei meu celular de lado e apoiei a cabeça nas mãos em desespero. Trey ia ligar para Dan, todo calmo. Isso nunca funcionaria. Jamais. Eu podia logo fazer as malas e pegar o próximo voo para Nova York. Em vez disso, fiz uma pesquisa on-line por "Melhores empreiteiros de reformas em Charleston" e comecei a fazer ligações. Não deu muito certo.

Quando o mercado imobiliário está aquecido, os empreiteiros são muito procurados. A maioria estava ocupada até o fim do ano e nem sequer topou conversar comigo. Os poucos que estavam dispostos a considerar o trabalho disseram que levariam entre dois e três meses antes de poderem me enviar um orçamento. Passei quatro horas ao telefone e fiz mais de trinta ligações. Ninguém estava disposto a aceitar o projeto de remodelar a casa dentro do meu prazo tão reduzido.

Realmente não havia esperanças.

Então Trey ligou.

— Então — disse ele —, está tudo resolvido com o tal McKee. Você só precisa assinar a carta de rescisão. O dinheiro será depositado na sua conta amanhã.

Fiquei de queixo caído. Ou Trey Holcomb estava brincando comigo, ou ele era muito mais durão do que eu tinha imaginado.

— Você está falando sério? Como você fez Dan concordar? Ele não cedeu um milímetro quando falei com ele.

— Foi fácil — disse Trey —, eu só banquei o policial malvado depois que você foi o policial bonzinho. Fiz ele pensar que você ia assinar a carta contra as minhas recomendações e dei a entender que eu teria preferido uma longa batalha judicial, insinuando que eu tinha sugerido que você o processasse pessoalmente.

— Só isso? E ele acreditou?

— Beeeem... — Ele arrastou a palavra, depois fez uma pausa e deu uma fungada antes de continuar. — É possível que ele tenha pensado que eu era o sócio sênior em uma firma muito maior e mais poderosa do que a minha de fato é. — Ele fungou mais uma vez. Seu tom de voz me disse que ele estava muito satisfeito consigo mesmo. — Tem uma senhora que faxina meu escritório toda segunda de manhã, a Velma. Eu pedi a ela para ficar por mais algumas horas e atender o telefone. Quando Dan retornou minha ligação, ela atendeu com: "Holcomb, Holcomb, Hanley, Witherspoon e White. Posso ajudar? O sr. Holcomb está em uma ligação com o governador, mas deixe-me ver se ele está prestes a terminar. Por favor, aguarde". Velma deixou o cara esperando por uns três minutos, ele teve tempo para pensar. Dan se preparou bem para garantir que você perderia se entrasse em uma disputa legal, mas ele não é bobo. Mesmo sabendo que você acabaria perdendo o caso, ele também sabe que pagar um ano de salário sai mais barato do que ir a juízo. Foi por isso que ele ofereceu essa opção em primeiro lugar. Tudo o que fiz foi lembrá-lo disso e deixá-lo tirar suas próprias conclusões sobre sua equipe de advogados. Foi moleza.

Fiquei chocada. Trey Holcomb tinha um lado ardiloso. E senso de humor. Quem teria imaginado?

Quase desde o instante em que o conheci, classifiquei Trey como um "Ativista", um tipo específico de homem com quem eu costumava sair e às vezes namorava em Nova York. Ativistas em geral trabalham para organizações sem fins lucrativos, se dedicam à justiça social e à reciclagem radical. Muitas vezes são veganos. É impossível não admirá-los, mas é impossível gostar deles de verdade, sempre tão preocupados com todas as coisas terríveis acontecendo no mundo que fazer piadas parece ir contra a religião deles.

Olha, eu também me preocupo com o mundo, o tempo todo. Uso chuveiros de baixo consumo. Só bebo café de comércio justo. Plantei lavanda e flores-de-cone e coloquei os vasos na minha varanda porque estou preocupada com o futuro dos polinizadores. Eu me importo. De verdade.

Mas ficar indignado a cada minuto é exaustivo. Eu admiro os Ativistas, mas estar perto deles faz com que eu me sinta culpada. Trey era um Ativista, não havia a menor dúvida. Mas um Ativista engraçado, e sempre dou pontos extras por senso de humor. O truque que Trey usou com Dan, e sua forma de contar a história, lhe rendeu três pontos. Ele estava longe de ser hilário, mas gostei da tentativa. Além disso, ele conseguiu o dinheiro, então acrescentei mais sete pontos por isso.

— Obrigada, Trey. E me perdoe por duvidar de você. Embora talvez tenha sido tudo em vão, porque não consigo encontrar um empreiteiro.

Depois de explicar a situação e ser obrigada a aguentar suas perguntas e sugestões sobre minhas tentativas frustradas, Trey me informou que tinha uma ideia.

— Mas talvez não seja boa — completou.

— Bem, deve ser melhor do que nada. É tudo que tenho no momento.

— Eu não sei, Celia. Não tenho certeza de que estaria fazendo um favor a você neste caso.

— Dá para você parar de ser tão misterioso? Me dá o nome da pessoa logo. Estou desesperada. Se não encontrar alguém para começar essa obra nos próximos dias, vai ser o meu fim.

— Lorne Holcomb.

— É um parente seu?

— Meu irmão mais novo. Ele trabalhava na área de construção.

— Trabalhava? O que aconteceu?

Eu não sei muito sobre o ramo da construção, mas sei que é comum empreiteiros se endividarem durante um período de aquecimento do mercado imobiliário e acabarem indo à falência quando o mercado volta a esfriar de repente. Se o irmão de Trey tivesse ido à falência, ele não seria diferente de muitas outras pessoas na indústria da construção, pessoas decentes com uma boa ética de trabalho e péssima sorte. Pode acontecer com qualquer um.

Mas não era esse o caso.

— O Lorne era subcontratado de uma construtora. Ele foi pego usando materiais de qualidade inferior em um trabalho depois de cobrar da empresa materiais de alto nível e roubado a diferença. Quando descobriram, ele já tinha cobrado quase cento e sessenta mil dólares a mais. Meu irmão cumpriu pena de trinta e dois meses por fraude e uso de drogas. Foi solto há quatro meses, e não consegue encontrar trabalho desde então.

— Ah. Nossa. Bem...

Eu estava, sim, desesperada para encontrar um empreiteiro, mas será que estava desesperada a *esse* ponto? Se eu tinha aprendido uma coisa com meu casamento era que as atitudes desesperadas em geral resultam em arrependimentos. Mas o problema de estar desesperada é que... bem, você está desesperada. Quando é preciso encontrar *alguma* saída, você encontra uma. Mesmo que seja a errada.

Se alguém tivesse me escrito pedindo conselhos sobre o que fazer nesta situação, eu teria dito para procurarem outra solução. Eu diria que há tantas coisas que podem dar errado que simplesmente não valia correr o risco.

Meu problema, é claro, é que nesse caso o risco *valia a pena*. Havia um bebê em jogo, e minha única chance de tê-lo era apostar em um ex-presidiário recém-saído da cadeia.

— Deixa pra lá — disse Trey. — É uma ideia ruim. Vamos encontrar outra pessoa.

Mas nós não encontraríamos outra pessoa. Eu já havia ligado para todos os empreiteiros em um raio de cento e cinquenta quilômetros, e todos tinham dito não.

— Ele está limpo?

— Até onde eu sei, sim. Ele se encontra com o agente de liberdade condicional toda semana e tem que passar por exames toxicológicos surpresa. — Trey fez uma pausa. — Celia, você tem certeza?

Eu não tinha.

— Qual é o número dele?

Faça o que eu digo, não o que eu faço.

Capítulo Treze

Tirando Rupert, o traficante de metanfetamina da gangue de motociclistas que entrevistei durante minha breve e malsucedida carreira como jornalista, eu nunca tinha tomado café com um criminoso, até onde eu sabia. Então, estava um pouco nervosa com a perspectiva de encontrar Lorne Holcomb. E também desesperada.

Lorne era meu Plano A. Não havia Plano B. Desde que ele não me ameaçasse com uma faca ou aparecesse drogado e com uma suástica tatuada no rosto, eu com certeza ofereceria o trabalho a ele. Mas, depois que nos sentamos e começamos a conversar, fiquei pensando que esta poderia ser a única vez na minha vida em que uma atitude desesperada acabaria sendo uma boa ideia.

Ele era tão parecido com Trey que, se eu os visse andando juntos na rua, daria para saber só com uma olhada rápida que eram irmãos. Os olhos eram diferentes, os de Trey eram mais escuros e sérios, com um olhar mais direto. Mas eles tinham o mesmo cabelo, preto e ondulado, e até o mesmo jeito de andar, as pernas e os braços longos balançando no ritmo constante e sem pressa de um metrônomo definido para *largo*. Mas Lorne tinha a barba raspada, um aspecto respeitável e dava todos os indícios de ser um cara legal.

Nós nos encontramos no Bitty and Beau's Coffee, no French Quarter. Como em qualquer outra cidade, Charleston tem cafés chiques em quase todas as esquinas, a maioria boa, então não foi surpresa que eu nunca tivesse ouvido falar daquele. Mas o Bitty and Beau's tinha um diferencial: a maioria dos funcionários tinha alguma deficiência intelectual. Lorne parecia ser um cliente assíduo. Ele cumprimentou com um "toca-aqui" o homem alto e corpulento com um sorriso fácil e barba bem aparada, a quem Lorne apresentou como Teddy. Depois de apertar minha mão e me dar as boas-vindas ao Bitty and Beau's mais uma vez, Teddy anotou nossos pedidos e entregou a Lorne um nove de ouros. Alguns minutos depois, quando uma mulher de cabelo loiro curto anunciou "Nove de ouros!" e pôs nossos cafés e muffins no balcão, Lorne perguntou como estava o pai dela depois da cirurgia de quadril.

Sem dúvida, um sujeito legal. E surpreendentemente honesto.

Em sua antiga vida, Lorne Holcomb havia sido mentiroso, trapaceiro e ladrão. Ele também tinha injetado inúmeras substâncias ilegais em seu corpo. Não houve um erro da justiça, nenhuma evidência mal manuseada ou promotores punitivistas. Eu sei disso porque ele mesmo me contou.

— Me declaro culpado. De todas as acusações — disse Lorne quando nos sentamos para conversar. — Tudo o que aconteceu comigo foi culpa minha. Mas vou dizer uma verdade: ser pego provavelmente salvou minha vida. Era só uma questão de tempo até eu ter uma overdose. Ir para a prisão me deu tempo para ficar limpo e examinar a minha vida. Não foi bonito — disse ele, antes de tomar um gole de café. — Olha, srta. Fairchild, eu entendo muito bem a realidade. Se me contratar, sei que vai ser como um último recurso. Trey me contou o que você está passando. Mas posso garantir que eu dou conta do projeto. Vou trabalhar duro. Vou me manter sóbrio. Vou fazer tudo o que puder para concluir a obra no prazo e dentro do orçamento. Sem querer me gabar, mas sou um carpinteiro e tanto — disse ele, com um sotaque mais carregado e arrastado do que o de Trey, uma voz como seiva de âmbar escorrendo de um tronco de árvore. — Quando não estou chapado, é claro.

Ele riu, e mentalmente dei a ele cinco pontos — dois pela piada e três pelo autoconhecimento. Então, seu sorriso desapareceu e ele olhou para mim com olhos que, se não eram tão bondosos quanto os do irmão mais velho, eram igualmente sérios.

— Vou fazer um bom trabalho, srta. Fairchild. Eu preciso. Você é meu último recurso também.

É claro que eu o contratei. Como não contratar? Não conheci muitos homens dispostos a admitir seus erros e serem vulneráveis. Além disso, eu não tinha outra opção. Mas, mesmo que tivesse, eu tinha certeza de que contratar Lorne era a decisão certa. Tirando a aparência, ele parecia ser muito diferente do irmão.

Trey tinha uma expressão séria e sagaz, especialmente o olhar, como se estivesse se preparando para a próxima coisa ruim que poderia acontecer. Mas Lorne parecia estar sempre rindo, de si mesmo e de tudo ao redor. Acho que faz sentido: pessoas alegres em geral não buscam a carreira jurídica.

Sem Trey, eu não teria dinheiro nem um empreiteiro. Mas, se eu tivesse que escolher qual dos irmãos eu preferiria encontrar todos os dias pelos próximos dois meses, Lorne venceria de longe. Ele parecia ser mais divertido. Trey era tão cuidadoso e... jurídico. Por exemplo, ele insistiu para que Lorne e eu assinássemos um contrato e para que Lorne lhe enviasse cópias de todas as faturas. Eu entendia o passado problemático de Lorne e tudo mais, mas isso parecia um pouco estranho, como se ele não confiasse muito no próprio irmão.

— Não se preocupe — disse Lorne quando lhe entreguei o contrato. — Trey só está fazendo o trabalho dele, cuidando de você. Vamos ver o que temos aqui — ponderou, passando os olhos pelos documentos. — Escopo de trabalho. Prazos. Orçamento e estimativas. Ah, e olha só isso. Uma cláusula que diz que eu não vou ser pago se for preso. Muito bom. Tenho que admitir que meu irmão não deixa passar nada.

A demonstração de tensão entre os irmãos foi constrangedora. Por um momento, pensei que ele fosse dizer "obrigado, mas não quero mais". Em vez disso, ele olhou para mim e disse:

— Podemos ir ver a casa? Pode ser uma boa ideia entrar e ver no que estou me metendo antes de assinar qualquer coisa.

Lorne se virou de lado e se espremeu pelo desfiladeiro de entulho que era o único caminho através do que costumava ser a sala de jantar.

Eu me virei também para segui-lo, andando de lado feito um caranguejo na praia.

Lorne soltou um assobio baixo.

— Caramba. Quando disse que o lugar estava destruído, você não estava brincando, hein?

Minhas bochechas coraram. A bagunça não era minha, mas mesmo assim eu ficava constrangida. Saímos do desfiladeiro para a área um pouco mais aberta no corredor central. Lorne ficou parado no pé da escadaria quase intransitável e olhou na direção dos andares superiores.

— É péssimo, eu sei. Realmente um horror. Mas se você...

Ele fez um gesto com a mão para me interromper, mas não abaixou os olhos da escadaria escura e cavernosa.

— Está tudo bem. Só estou tentando pensar por onde começar.

Ele estreitou os olhos e fez três estalos com os lábios. Ao que parecia, esse era o seu barulho de quando estava pensando.

— Primeiro a parte externa — disse ele depois de um longo momento. — Vamos precisar de uma caçamba o mais rápido possível. Vou dar uma olhada na bagunça lá no pátio, jogar fora tudo o que não vale a pena salvar...

— Basicamente tudo, então.

— Bem, isso fica a seu critério, mas... — Ele fez o som de estalo com os lábios mais uma vez. — Mas, sim, basicamente. Isso vai nos manter ocupados até conseguirmos as licenças.

— Quanto tempo isso deve levar? — perguntei.

— É difícil saber. Trey conhece algumas pessoas na prefeitura. Talvez agilize o processo, mas vou deixar você discutir isso com ele. Caso ainda não tenha percebido, nós não nos falamos.

Eu tinha percebido, e estava morrendo de vontade de descobrir o motivo. Claro, havia a questão da prisão, mas os advogados não estão acostumados a lidar com criminosos? Reformados ou não? E Trey não parecia o tipo de pessoa que cortaria relações com alguém por causa disso. Devia haver mais naquela história.

— Assim que a papelada for aprovada — disse Lorne —, eu vou reconstruir a varanda, consertar a chaminé, trocar o telhado, as janelas guilhotina apodrecidas, recolocar as venezianas, todas as coisas que estão listadas no contrato. Mas o problema com construções tão antigas é que a gente nunca sabe com o que está lidando de verdade até começar a abrir as paredes.

— Mas é por isso que acrescentamos aqueles quinze por cento a mais no orçamento, certo? Para imprevistos? Deve ser o suficiente, não?

Eu abri um sorriso esperançoso, aguardando que ele concordasse. Em vez disso, Lorne soltou um murmúrio evasivo, olhou para o teto e fez o som de estalo com os lábios mais uma vez.

— Eu conheço alguns caras que podem fazer a pintura. Você se incomodaria de contratar alguns ex-presidiários?

— Hã... sem problemas. Se você garante que são de confiança. Quanto mais gente ajudando, melhor, certo?

— Que bom que você pensa assim. Porque são os únicos que você tem dinheiro para contratar.

Meu estômago se contraiu.

— Ah. Você acha que o orçamento não vai dar?

O valor me parecia bastante generoso, mas o que eu sabia sobre reformas? A obra residencial mais ambiciosa que já tinha feito foi quando Steve e eu nos mudamos para o nosso novo apartamento. Pintamos uma parede com uma cor diferente na sala de estar, acrescentamos alguns acabamentos de madeira a um conjunto de estantes da Ikea para que parecessem embutidas, e instalamos um novo lustre e alguns reguladores de luz. O pequeno projeto levou quase seis semanas para ser concluído, ultrapassou o orçamento em trezentos dólares e quase acabou com nosso casamento antes mesmo de ele começar, o que, em retrospectiva, não teria sido tão ruim assim.

— Bem, é um pouco apertado — disse Lorne, endireitando os ombros. — Mas é... viável. Eu acho.

— Uau. Fico muito mais tranquila — falei.

— Eu só quis dizer que precisamos economizar em tudo que pudermos.

— Por exemplo, contratando pintores ex-presidiários?

— Red e Slip fazem um bom trabalho.

— Red e Slip? Sério? Estou contratando o elenco de *Um sonho de liberdade*? — Eu ri e joguei as mãos para cima. — Certo, claro. Chame Red e Slip. Mas teria como você começar a reforma da parte de dentro primeiro? Preciso me mudar o mais rápido possível.

Lorne se virou para mim e franziu a testa.

— Você planeja morar aqui durante a reforma? Isso sempre complica as coisas. Não ficaria mais confortável no hotel?

— Sem dúvida — respondi. — O Zero George é muito bom, a não ser por eu não ter dinheiro para me hospedar lá, nem em nenhum outro lugar. O orçamento para a reforma não é o único que está apertado.

A testa de Lorne ficou ainda mais franzida. Ele balançou a cabeça de leve e depois seguiu pelo caminho estreito que levava à porta da frente, espiando o melhor que podia os cômodos adjacentes ao corredor central, todos abarrotados do chão ao teto com os pertences acumulados de Calpurnia. Ele enfiou os polegares no cinto, olhou ao longe e fez o som de estalo com os lábios mais uma vez. Eu tinha quase certeza de que ele estava começando a questionar se aquilo valia a pena.

— Você entende que eu não estou falando em limpar *todo* o lado de dentro de uma vez só, certo? — falei. — Talvez só o primeiro andar?

Ele fungou e seguiu pelo caminho estreito na direção oposta.

Eu fui atrás, negociando.

— Ou uns dois cômodos? Ou até mesmo um. Só preciso de um lugar para ficar enquanto a reforma está sendo feita. Na verdade, eu mesma posso limpar um quarto para mim.

Ele continuou andando e fazendo aquele estalo com os lábios, sem dizer nada, me ignorando. Minha ansiedade foi se transformando em irritação. Eu estava cansada de negociar.

— Olha, é o seguinte, Lorne, eu não posso pagar para ficar em um hotel, então vou ficar aqui e é isso. Ponto-final. Fim da discussão. Se não tem como para você, então vou procurar outro empreiteiro.

— É mesmo? Quem?

Ele se virou para mim e sorriu, me desafiando. Eu afastei os pés e coloquei as mãos nos quadris.

— Alguém que queira o trabalho. Alguém que não tenha antecedentes criminais.

Golpe baixo, admito. Mas sua atitude de superioridade me fez perder as estribeiras. O sorriso de Lorne desapareceu.

— Parece que você está há tanto tempo longe do Sul que não se lembra que o mel atrai as moscas e o vinagre espanta. Pelo menos em Charleston.

— Não esqueci — falei. — Só nunca acreditei nesse ditado. Agora... você quer o trabalho ou não?

Peguei o contrato na minha bolsa e o estendi. Lorne me avaliou por um momento, então pegou uma caneta do bolso da camisa e o contrato da minha mão, colocou-o em uma pilha de jornais amarelados na altura da cintura, assinou seu nome e rubricou nos lugares certos. Seu sorriso reapareceu.

— Aqui está, chefe.

Não sorri, mas deixei meu rosto relaxar.

— Quando você gostaria de começar? — perguntei.

— Amanhã de manhã está bom para você?

— Claro.

— E quando você gostaria de se mudar?

— No mesmo horário — falei.

Ele fez que sim.

— Claro.

Querida Peaches,

Se eu tiver a sorte de ser sua mãe e se você tiver a sorte de crescer em Charleston, um dia alguém que está tentando fazer você desistir, recuar ou se sentir mal por ter uma opinião contrária à deles vai lhe dizer que "o mel atrai as moscas e o vinagre espanta" e vai lhe dizer para "ser mais doce". É um conselho ruim, e por alguns motivos que vou explicar.

Em primeiro lugar, quem quer atrair moscas? Elas deveriam ser afastadas ou erradicadas, não atraídas. Em segundo lugar, qualquer pessoa, seja homem ou mulher, que insista para você sufocar sua personalidade, seus desejos ou suas opiniões sob uma camada grudenta de falsas boas maneiras é uma mosca que não vale a pena ser atraída.

Se eu for sua mãe, nunca vou pedir para você ser doce. Vou incentivá-la a ser bondosa. E forte. Embora nem sempre seja fácil ser as duas coisas ao mesmo tempo, elas não são excludentes. As vezes em que desisti de uma delas foram as em que mais decepcionei a mim mesma.

Se você for bondosa e forte, as pessoas vão te respeitar por isso. Talvez não todo mundo, mas a maioria das pessoas, aquelas cujo respeito vale a pena ter, inclusive o seu próprio.

Capítulo Catorze

Apenas algumas horas depois de me mudar para a casa de Calpurnia, eu me sentia da mesma forma que me senti em 4 de janeiro de 2018, no dia seguinte a uma resolução de ano-novo desvairada e efêmera de me matricular em uma academia. Cada músculo do meu corpo doía, latejava e implorava por descanso, e mal passava do meio-dia.

Na manhã seguinte à minha reunião com Lorne, fiz o check-out do hotel, peguei um carro por aplicativo até minha nova casa e deixei as malas na calçada. Além da minha mala, eu tinha uma caixa com livros, sapatos, minha panela favorita e alguns outros itens essenciais que Calvin tinha buscado no meu apartamento e enviado para mim, e quatro sacolas de compras da Target com lençóis, travesseiros, toalhas, sabonete, pasta de dente, xampu, luvas de borracha e o maior pacote de sacos de lixo que eu consegui encontrar, além de água com gás, barras de granola, palitos de queijo, três maçãs, chips de pretzel e uma caneca que dizia ESTE CAFÉ ME DEIXOU INCRÍVEL.

Não sei mesmo por que comprei a caneca, ela nem estava na promoção. Talvez eu tivesse esperanças de que usá-la tornasse as palavras verdadeiras? Mas, como eu esqueci de comprar café ou algo para prepará-lo, provavelmente isso não ia acontecer.

Era difícil saber do que eu precisaria para passar as próximas semanas. A casa de Calpurnia estava cheia de coisas, mas alguma delas era útil? Ou estava limpa? Só Deus sabia o que eu poderia encontrar quando começasse a vasculhar as pilhas de coisas. Por isso, além das roupas de cama, petiscos e outros itens essenciais, também comprei quatro frascos de inseticida.

Uma caminhonete que presumi ser de Lorne estava estacionada perto do portão, e havia uma caçamba na frente da entrada intransponível. Já estava cheia de lixo, mas o pátio e o jardim pareciam os mesmos aos meus olhos. Carregar minha mala e as sacolas até a porta foi difícil. Enquanto eu contornava e atravessava toda aquela bagunça, pensei em um documentário que eu tinha visto sobre o naufrágio do *Titanic* e o campo de destroços de cerca de um quilômetro e meio de extensão que seguiu o navio quando ele se partiu antes de se acomodar no fundo do oceano. Mas a entrada nem se comparava ao que me esperava lá dentro.

Pela quinquagésima vez desde a minha chegada a Charleston, tentei imaginar o que poderia ter levado minha tia, um dia tão limpa, hospitaleira e orgulhosa de sua casa quanto qualquer mulher de Charleston, a viver daquele jeito. Pela quinquagésima vez, não consegui encontrar uma resposta. Era triste, horrível e não fazia sentido.

Fiquei parada na entrada, cercada por lixo e por um silêncio opressor que me pressionava por todos os lados, fazendo minha garganta apertar. Então eu senti... não sei como descrever... uma presença? Isso faz parecer mais espectral e assustador do que de fato foi, mas eu com certeza senti algo e me lembrei do que tia Cal teria dito se estivesse lá.

Sim, é horrível. É muito triste. E agora, o que você vai fazer?

O que eu poderia fazer? Peguei um saco de lixo e comecei a limpeza.

Quatro horas e cinquenta e tantas viagens até a caçamba depois, eu conseguia caminhar da porta da frente até o início da escada sem precisar me virar de lado. Também tinha limpado o lado esquerdo dos dois primeiros degraus da escada. Não era muito, mas pelo menos me deu um lugar para descansar meu corpo dolorido enquanto eu pensava no próximo passo.

Não seria possível terminar a escada e limpar um quarto inteiro até o fim do dia. Além disso, os sacos de lixo estavam quase acabando. Bem na hora em que eu estava prestes a ligar para Josh no hotel e implorar para que me desse meu quarto de volta, a campainha tocou.

Caroline Fuller estava parada lá fora, com um sorriso e uma saia de algodão de pregas fofa, dessa vez xadrez azul e cor-de-rosa, as pernas incríveis à mostra. Um homem alto e negro, de óculos de armação preta e cabeças raspadas (de uma forma que fazia a calvície parecer sexy), estava ao lado dela.

— Oi! Vimos a caminhonete aí na frente, então pensamos em passar e lhe dar as boas-vindas definitivas — disse Caroline, enfiando um prato de biscoitos nas minhas mãos.

Fiquei olhando o prato por um momento.

— Ah, nossa. É muita gentileza sua. Vocês têm um minutinho para entrar?

Eu torcia para que não tivessem. Caroline era simpática e estava à procura de uma melhor amiga, mas aquele não era um bom momento. Além de limpar montanhas de tranqueiras da casa de Calpurnia, agora ainda por cima eu tinha que comprar papel de carta com monograma e escrever um bilhete agradecendo a Caroline pelos biscoitos. Eu não tinha tempo para fazer amizade!

Mesmo assim, eu sorri. Caroline sorriu de volta.

— Bem, talvez só um minutinho. Sabemos que você está ocupada, mas Heath estava querendo falar com você. Ah, meu Deus! — Caroline riu, colocando a mão na frente da boca por um momento. — Eu esqueci as apresentações! Este é meu marido, Heath Fuller. — Ela apontou na direção do homem de óculos.

— Prazer em conhecê-lo — falei, abrindo bem a porta para que eles pudessem entrar.

Mesmo depois das minhas horas de trabalho, o vestíbulo era um espaço apertado para três pessoas, então deixei a porta entreaberta, esperando que talvez ficasse um pouco menos claustrofóbico.

Heath assentiu e apertou minha mão.

— Acho que Caroline deve ter mencionado que eu trabalho para a Fundação Histórica de Charleston, então eu estava só me perguntando...

— Não se preocupe — interrompi, já prevendo suas preocupações. — Este projeto é uma restauração, não uma renovação. Não vamos fazer nenhuma alteração estrutural ou acréscimos à planta da casa. Mesmo que eu quisesse, não dá tempo. Tenho três meses para limpar este lugar e torná-lo habitável.

— Três meses? — As sobrancelhas de Heath se ergueram. — Como você vai conseguir fazer isso?

— Engraçado, eu estava me perguntando a mesma coisa. — Suspirei e tentei sorrir. — Acho que vou continuar fazendo o que tenho feito, tirando o lixo e jogando na caçamba o mais rápido que posso. O resto vai ficar a cargo do Lorne, meu empreiteiro — expliquei.

Heath franziu a testa.

— Jogar tudo fora sem examinar primeiro é um erro. Algumas dessas coisas podem ter valor histórico.

Valor histórico? Ele estava falando sério?

— Como assim? Tipo isso aqui? — Estendi a mão para a pilha mais próxima e peguei a primeira coisa que encontrei, um saco plástico contendo centenas de recipientes individuais de creme para café. Peguei um recipiente do saco e o segurei para que Heath pudesse ver. — Estes daqui expiraram há três anos, o que, considerando a vida útil desse troço, provavelmente os qualifica como históricos, mas você está sugerindo mesmo que eu deveria guardá-los?

Caroline deu uma risada nervosa, e percebi que meu tom tinha sido um pouco ríspido, beirando a grosseria, e sem dúvida não foi nada bondoso. O fato de ela estar repensando a ideia de me adotar como sua nova melhor amiga não me incomodava muito, mas em todo caso seríamos vizinhas, e eu não queria magoá-la.

— Desculpe — falei. — Estou um pouco estressada. Olha, Heath, eu entendo o que você está dizendo. Mas não tenho tempo, energia nem dinheiro para examinar cada troço que minha tia escondeu aqui dentro. Eu sou uma só!

— E se eu ajudasse?

Eu me virei. Pris Browder estava parada na porta aberta, vestindo calça *rapport* preta e marrom e suspensórios pretos por cima de uma camisa de algodão branca e um chapéu de feltro preto de abas largas. Mais uma vez, ela estava uma graça.

— Oi, pessoal! — Pris levantou a mão para cumprimentar o grupo. — Desculpe, Celia. Não foi minha intenção escutar a conversa de vocês. Mas vi a caminhonete e pensei em dar uma passada e... Olha só! Eu trouxe kombucha!

Ela me entregou um pacote de seis garrafas da bebida de chá fermentado com vinagre que os hipsters parecem não enjoar. A marca que ela havia trazido tinha sabor de gengibre e cúrcuma, uma combinação que prometia ser ao mesmo tempo saudável e nojenta.

— Pris. — Suspirei. — Eu sei que disse que poderíamos conversar sobre o seu blog, mas agora não é um bom momento.

— Não tem problema. Eu só vim dizer oi e dar as boas-vindas. Mas se estiver precisando de ajuda para separar as coisas, posso dar uma mãozinha.

— Talvez a gente também possa ajudar — disse Heath, olhando para Caroline. — Hoje é meu dia de folga, e não temos planos para hoje à tarde, temos?

— Não — disse Caroline, balançando a cabeça. — Tenho que mandar alguns e-mails, mas podem esperar. Se todo mundo ajudar, acho que a gente consegue limpar pelo menos um quarto e um banheiro. Você não vai precisar de mais do que isso por enquanto, certo?

— Não, mas eu...

— Ótimo! — disse Pris e se dirigiu às escadas. — Por onde devemos começar? Você já escolheu um quarto?

— Peraí. — Coloquei o pacote de kombucha no chão e ergui as mãos. — Olha, eu fico grata, de verdade. Mas não posso deixar vocês fazerem isso.

Caroline franziu a testa e olhou para Heath, como se estivesse pedindo uma tradução.

— Por que não? Se não for a gente, quem mais vai ajudar você?

Com oito mãos em vez de duas, as coisas deveriam ter ido mais rápido.

Não foram. Pelo menos não no início.

Heath insistiu em inspecionar a casa inteira e elaborar um plano para separar as tralhas dos possíveis tesouros, descartando o primeiro grupo e catalogando e preservando o segundo, abordando a tarefa como o acadêmico que era. Mas onde Heath via uma escavação arqueológica, eu via uma pilha de lixo.

— Você sabia que algumas das descobertas históricas mais valiosas foram encontradas em pilhas de lixo antigas? — perguntou ele, sorrindo em resposta ao meu comentário. — Uma das melhores maneiras de entender uma cultura antiga... como as pessoas viviam, o que valorizavam, que práticas e crenças elas tinham... é vasculhar o lixo que deixaram para trás.

Revirei os olhos.

— Fascinante — falei, cansada. — Mas eu só quero limpar o suficiente dessa bagunça para ter um lugar onde dormir hoje à noite.

— Nós vamos limpar — disse ele, levantando a mão para selar a promessa. — Mas primeiro precisamos organizar as coisas. Tenho uma ideia. Pris, vem comigo. Vocês duas fiquem aqui. A gente já volta.

Heath desceu as escadas da frente. Pris o seguiu.

— Não se preocupe — disse Caroline. — Se Heath diz que você vai ter onde dormir esta noite, então vai ter.

Será mesmo? Não naquele ritmo. Heath e Caroline eram um casal fofo, e foi gentil da parte deles querer ajudar, assim como Pris, mas eu estava exausta e desanimada. A única coisa que eu tinha como resultado de horas de trabalho e músculos doloridos eram dois degraus da escada. Se eu nem conseguia limpar um quarto, como transformaria aquela zona em um lar para Peaches? Voltei a me sentar na escada e apoiei o queixo nas mãos. Seria uma questão de segundos até que eu começasse a chorar, mas Caroline estendeu o braço, apertou meu ombro e disse:

— Ei.

Não faz sentido se você não é daqui, mas no Sul dos Estados Unidos, "ei" não significa apenas "ei". Significa "Eu te enxergo e te conheço. Você não está sozinha. Eu estou aqui para te apoiar".

Caroline não morava em Charleston há muito tempo, mas já tinha captado algumas nuances importantes da cultura sulista. Isso fez com que eu me sentisse melhor.

— Obrigada — falei.

— Imagina — respondeu Caroline, depois sorriu e apertou meu ombro de novo antes de olhar pela porta para o lado de fora. — Parece que Heath trouxe reforços. São amigos seus?

Levantei-me e me aproximei de Caroline perto da porta. Heath e Pris eram seguidos por dois homens barbudos e tatuados, de jeans rasgados e camisetas surradas.

— Estão mais para funcionários — falei. — Red e Slip.

— Ah — disse Caroline. — São caras legais?

— Acho que sim. Só não deixe sua bolsa dando bobeira.

— Certo, vamos só trocar uma palavrinha aqui — disse Heath assim que todos estavam do lado de dentro, batendo as mãos como um treinador se preparando para fazer um discurso no vestiário. — Nosso objetivo é limpar o primeiro lance de escadas, o primeiro quarto depois das escadas e um banheiro adjacente. É muito para ser feito em uma tarde, mas, se trabalharmos juntos, dá para fazer acontecer. Aqui está o meu plano.

O plano de Heath envolvia se dividir em equipes, passando os itens de uma equipe para a próxima, como uma brigada de baldes. Heath e Caroline tirariam objetos do andar de cima da casa e os trariam para mim e Pris. Nós cuidaríamos da separação, decidindo o que deveria ser mantido ou doado para caridade e o que deveria ser jogado fora. Itens nas duas primeiras categorias seriam guardados em caixas marcadas, o restante seria entregue a Red, Slip e Lorne, que levariam o lixo até o contêiner.

Heath era um pouco mandão, mas, eu tinha que admitir, as coisas começaram a andar mais rápido depois disso. Limpar o primeiro lance de escadas levou menos de duas horas. Contanto que as tralhas que eu tivesse que examinar fossem de fato lixo, coisas que eu podia descartar na caçamba sem pensar muito, era fácil. Mas, quando chegamos ao segundo andar, a coisa começou a ficar mais complicada.

Uma caixa estava cheia de molduras bem bonitas e precisei separar uma a uma, para poder guardar as que continham fotos de família antes de colocar as demais na caixa destinada a doações para a caridade. Havia várias outras caixas contendo pratos de porcelana, de vários conjuntos diferentes, sem nenhum que eu reconhecesse como pertencente à família, mas ainda em perfeitas condições de uso. Também foram para a caixa da caridade.

— Talvez você devesse fazer um brechó de garagem — sugeriu Caroline.

— Não, melhor anunciar no eBay — sugeriu Priscilla. Ela pegou um prato de salada decorado com uma delicada guirlanda de rosas cor-de-rosa e o virou. — Nesse exato momento tem alguém na internet procurando este prato para substituir um do conjunto herdado da própria bisavó. Você vai lucrar mais se conseguir alcançar um público que já esteja procurando o que você tem.

— Talvez. Mas isso leva tempo — falei. — Quer dizer, veja quanto tempo levei só para separar esta caixa.

— Bem... — disse Pris devagar, como se a ideia acabasse de lhe ocorrer. — Por que você não me contrata? Eu posso ajudar a separar as coisas, jogar o lixo fora e colocar os achados na internet.

Contratar uma ajudante sem dúvida faria as coisas caminharem mais rápido, mas...

— Pensei que você fosse trabalhar para a sua mãe este verão.

Priscilla enrugou o nariz e balançou a cabeça.

— Não imagino isso dando muito certo, e você? Além disso, ela só ia me pagar um salário mínimo.

— Entendi. E quanto eu iria pagar?

— Salário mínimo mais quarenta por cento do lucro do eBay.

Hum. É claro que essa ideia não tinha acabado de ocorrer a ela. Pris respondeu com tanta rapidez e uma proposta de trabalho tão definida que deduzi que o plano havia sido pensado de antemão.

— É um bom negócio para nós duas — disse ela. — Você vai recuperar tudo o que me pagar e ainda vai sair no lucro.

É mesmo? Era difícil imaginar que as pessoas estivessem dispostas a pagar bem por um monte de pratos antigos. Mas Pris estava certa sobre uma coisa: eu com certeza precisava de ajuda.

— Tudo bem — falei. — Salário mínimo mais quarenta por cento de qualquer lucro do eBay.

— E mais uma coisa — disse Pris. — Dez horas de consultoria profissional para o meu blog. Fechado?

Pris estendeu a mão. Com tanta autoconfiança, duvidei que ela precisasse de meus conselhos de carreira, mas era fácil gostar de Pris, e seria bom ter uma mãozinha.

— Você está contratada.

— Jura? Isso é ótimo! — exclamou Pris, seu rosto se iluminando como uma criança com um novo cachorrinho.

Ela começou a se aproximar de mim e por um segundo pensei que fosse me dar um braço. Mas, antes que pudesse fazer isso, a cabeça de Heath apareceu acima do corrimão.

— Celia? Você precisa subir aqui.

Na minha experiência, "Você precisa subir aqui" quase nunca precede boas notícias. Franzi a testa e senti meu estômago dar um nó mais uma vez.

— Por quê? O que aconteceu?

— Só vem — disse Heath, fazendo sinal com a mão. — Você não vai acreditar nisso.

Capítulo Quinze

— E aí? O que era?

Um emoji pensativo apareceu ao lado da mensagem de Calvin, aquele em que o bonequinho está meio que olhando de lado, com o rosto e o queixo apoiados nos dedos da mão enluvada branca.

— Meu Deus! Era um gato morto, não era?!

Comecei a digitar minha resposta, mas outra mensagem desesperada chegou antes que eu pudesse terminar.

— Ou um quarto cheio de gatos mortos! Viu só? Eu disse! Sempre tem um gato morto. Sempre!

— Para com isso! Não seja ridículo. Não tinha nenhum gato morto!

A imaginação de Calvin estava me afetando. Graças a ele, meu coração disparava a cada caixa ou saco novos, e eu me inclinava para trás como se estivesse me preparando para que algo fosse saltar em cima de mim, virando a cabeça de lado e olhando com um olho semicerrado, como fazia sempre que assistia a filmes de terror. Voltei a digitar minha mensagem, mas o celular tocou antes que eu pudesse enviá-la.

— E aí? Se não era um gato morto, o que era?

— Eu estava chegando nessa parte.

Calvin gemeu.

— Não posso esperar tanto tempo. Esse suspense todo está me matando e você é muito lerda para mandar mensagem. Além disso, já faz dois dias que não nos falamos. Estava começando a achar que tinha perdido meu número.

— Você não vê Simon há tanto tempo, eu não quis incomodar.

— Bem, você pode me incomodar à vontade agora — disse Calvin. — Simon está ocupado salvando o mundo de novo. Houve um deslizamento de terra em uma pequena aldeia remota em um país da América Central. — Ele suspirou. — Não é fácil ser casado com um santo. Na verdade, às vezes é um pouco irritante. Esse é o meu refém de hoje, eu sou uma pessoa terrível que às vezes se ressente de ter que compartilhar o marido santo com os pobres e oprimidos. E o seu? — perguntou ele. — Eu tinha esperanças de que fosse sobre um gato morto.

— Calvin. Pela quinquagésima vez, não tinha gato morto nenhum.

— Está bem — resmungou ele. — Se não era um gato morto, o que era? — Calvin arfou quando outra possibilidade ocorreu a ele. — Espera aí. Era um corpo? — Ele arfou de novo. — Não me diga! Uma pilha de jornais caiu em cima de alguém e a pessoa morreu sufocada. E quando você desenterrou a vítima, só tinha sobrado o esqueleto!

— Não! — falei, me arrepiando com a imagem, que agora assombraria meus sonhos. Como se gatos mortos não bastassem, agora ele tinha que me fazer pensar nisso? — Eca. Sério, Calvin, de onde você tira essas coisas?

— Simon disse que eu assisto muita porcaria, então comecei a ver coisas mais cults. Agora estou maratonando *Os assassinatos de Midsomer* — disse ele em tom casual, como se isso explicasse tudo. — Então, e aí? Qual foi a grande descoberta?

— Lã!

— Lã.

Hum. Claramente, ele não achou a informação tão empolgante quanto eu.

— Bem, não é só lã, Calvin. É um *quarto* inteiro cheio de lã! — falei com empolgação, ainda sentindo calafrios ao me lembrar de subir as escadas e depois entrar pela porta. Heath estava certo: se não tivesse visto com meus próprios olhos, eu nunca teria acreditado. — Cada centímetro de parede coberto do chão até o teto com prateleiras de nichos brancas, e cada nicho está cheio de novelos de lã lindos. Deviam ser de

Beebee, mas eu não fazia ideia da quantidade! E está tudo organizado por cor. Os nichos na parte inferior do lado esquerdo da porta estão cheios de lã branca, depois vêm os tons de creme mais acima, depois amarelo no topo dessa parte. A próxima fileira começa com dourado, depois pêssego, depois laranja. Continua assim ao redor do cômodo, como um arco-íris contínuo, até as prateleiras do lado direito da porta, que estão cheias de marrons e pretos.

— Certo — admitiu ele de má vontade. — Isso na verdade é um pouquinho legal mesmo. Não tão legal quanto encontrar uma vítima de assassinato desaparecida, mas mesmo assim...

— Ainda não falei a parte realmente interessante — continuei, sentindo calafrios mais uma vez. — Tirando a lã, um abajur de pé, uma poltrona e uma mesinha com um cesto de agulhas de tricô e acessórios, o quarto estava vazio. A casa toda está uma zona, tão cheia de caixas com roupas velhas, sapatos e bijuterias que quatro pessoas levaram o dia todo só para chegar à porta, mas esse quarto estava imaculado, sem um único jornal no chão. Não é uma loucura?

— Ah. Você acha que Calpurnia fechou o quarto depois que sua avó morreu?

— É possível — falei. — Mas não me lembro de o quarto ser usado para guardar lã. Eu me lembro da cadeira, Beebee sempre se sentava nela para tricotar. Era igualzinha, veludo rosa com as costas em formato de concha.

— Bem anos 1950 — respondeu Calvin. — A avó de todo mundo tinha uma cadeira assim.

— Mas a cadeira da Beebee costumava ficar lá embaixo — falei. — É tão estranho. A casa inteira está um desastre, tirando este quarto perfeitamente limpo e organizado, fechado há sei lá quanto tempo.

— É estranho. Mas sorte a sua, não é mesmo? É uma pequena ilha de ordem em um mar do caos.

— Está mais para um casulo — falei, me sentando na cadeira de Beebee e puxando os joelhos até o peito enquanto olhava para as paredes fofas e coloridas que me cercavam. — Decidi usá-lo como o meu quarto, pelo menos por enquanto. Mas quem sabe? Talvez eu fique aqui de vez. É aconchegante.

Aconchegante, reconfortante e seguro. Fora do quarto, a tarefa diante de mim era avassaladora. Mas, quando eu fechava a porta, era possível me lembrar da casa como havia sido um dia: tranquila, bonita e organizada, um lugar de refúgio e acolhimento.

— No que você vai dormir? — perguntou Calvin.

— Eu peguei um saco de dormir emprestado com Heath e Caroline. Vou comprar um colchão amanhã.

— Que bom. Eu estava preocupado achando que você tinha pegado um colchão de algum outro quarto. Porque devem estar todos infestados de percevejos. Ou coisa pior!

— Lá se vai o meu casulo seguro. Obrigada, Calvin.

— Bem, não é culpa minha, eu só estou tentando avisar. Sabia que percevejos podem botar até cinco ovos por dia? E até quinhentos durante a vida? Tenho visto vários programas de natureza. São fascinantes! E meio assustadores. Você sabia que...

Durante o dia, eu vira mais de uma barata correndo para se esconder à medida que seus abrigos eram revelados e perturbados. Aqui no Sul, elas são apelidadas de "cascudas das palmeiras" — mas toda barata, por mais fofo e coloquial que seja seu nome, é nojenta. E, embora eu não tivesse encontrado nenhum rato, havia indícios suficientes para sugerir que eu não era a única mamífera vivendo ali no momento. Depois de ir até a casa de Felicia para pedir um aspirador de pó emprestado, eu havia banido cada grão de poeira do quarto das lãs, então sabia que estava limpo. Mas agora, enquanto Calvin continuava falando sobre insetos, sua voz trêmula por um nojo empolgado ao descrever algumas das infestações mais horríveis que ele havia visto na televisão, notei um vão considerável entre o chão e a parte de baixo da porta.

Deixei o celular de lado, fiz um rolinho com uma das duas novas toalhas que eu havia comprado e enfiei na fresta embaixo da porta, levando um tempo até ter certeza de que a abertura estava bloqueada. Calvin estava tão empolgado que achei que ele não perceberia minha ausência, mas, quando peguei o celular de novo, só ouvi o silêncio.

— Calvin?

— Você me deixou falando sozinho, não é?

— Desculpe. Eu estava colocando uma toalha embaixo da porta. Tinha uma corrente de ar.

E uma abertura grande o suficiente para um rato do Central Park passar.

— Está tudo bem. — Ele suspirou. — Estou me acostumando a ser ignorado. Simon fica com um olhar perdido sempre que abro a boca.

Franzi a testa e aproximei o telefone do ouvido.

— Está tudo bem entre vocês?

— Está — disse ele. — Eu queria que a gente tivesse passado mais tempo juntos antes de ele ter que ir para a próxima cruzada, mas o que posso fazer? Não dá para programar um deslizamento de terra.

— Talvez você devesse conversar com ele sobre tirar umas férias.

— Nós estamos bem — me tranquilizou ele. — Estou preocupado com você. A caverna da lã parece fabulosa, e é ótimo que os vizinhos tenham ajudado, mas você parece cansada.

— Estou mesmo — admiti. — E talvez um pouco desanimada. Como vou dar conta de tudo em apenas três meses, Calvin?

— Você vai conseguir. Você é forte.

— Às vezes fico cansada de ser forte.

— Eu sei — respondeu ele, seu tom de voz me dizendo que ele sabia mesmo. — Talvez ajude se você pensar nisso como, bem... um parto. Nada disso vai ser fácil. Você vai ter que fazer força, força e força, talvez chegar ao seu limite. Mas vai valer a pena, porque, no fim, você vai ter um bebê como recompensa.

— Foco no prêmio?

— Isso mesmo. Concentre-se no destino, não no ponto em que está agora. Quer que eu vá aí? Simon deve ficar semanas fora. Não há motivo para eu não ajudar.

— Tirando o livro de receitas que você tem que editar — falei. — Está em que parte? Tortas?

— Massa folheada.

— Massa folheada? Ainda? — Eu estalei a língua. — Você não tem como vir para cá, Calvin. Você tem um prazo. E vou ficar bem. Como disse, sou forte. E muito motivada também. No final, vou ganhar um bebê, certo?

— Já pensou em nomes? Porque eu já. Calvin é um nome muito bonito para um menino. Ou uma menina.

— Cala a boca. — Eu ri e peguei um biscoito do prato que Caroline tinha deixado.

— Mas, se você precisasse de mim — disse ele, deixando de lado o tom zombeteiro —, você sabe que eu pegaria um avião e iria praí, não sabe? Com ou sem prazo, eu estaria ao seu lado.

Era verdade. E era por isso que eu não conseguia pedir isso a ele.

— Estou bem — falei, forçando um sorriso. — As coisas vão parecer melhores amanhã de manhã.

— Em geral é assim. Boa noite, chuchu. Durma com os anjos, não com os percevejos.

Ele fez um ruído com os dentes que parecia insetos rastejando.

— Nossa. Muito obrigada, Calvin. Vou desligar.

— Aham. Eu é que vou desligar. Boa noite, docinho.

— Boa noite.

Peguei meu laptop e tentei assistir a *De ilusão também se vive*, mas desliguei depois de alguns minutos. Talvez só tivesse a ver com o fato de eu estar acostumada a viver em espaços menores, mas, mesmo escondida na minha caverna de lã com a porta fechada e um filme passando, a casa parecia grande e silenciosa demais. Engraçado, porque eu nunca tive essa impressão quando criança.

Claro, havia mais gente em casa naquela época, muito mais.

Como deve ter sido para Calpurnia, perambulando por aqui sozinha? Será que ela achava a casa grande demais, silenciosa demais, solitária demais? Será que foi por isso que ela começou a acumular essas tralhas, porque estava tentando preencher o espaço vazio? Talvez. Porém, quanto mais coisas ela trazia para dentro, mais isolada ficava. Não dá para se relacionar com uma caixa de catálogos antigos da Sears ou um saco cheio de embalagens de creme para café vencidas.

Eu me levantei da cadeira da Beebee e percorri os cantos do quarto como um gato em uma gaiola, esticando o braço e deixando os dedos roçarem nas bordas das estantes de madeira brancas, depois acariciando os novelos de lã sedosa, macia ou enrugada. Apesar de cansada, também estava inquieta, entediada e, mais do que qualquer outra coisa, solitária. Após dar quatro voltas pelo quarto, meus olhos encontraram o prato de biscoitos vazio que eu tinha deixado em cima da mesinha ao lado da cadeira da Beebee. Eu o abracei, abri a porta da minha caverna e desci a escada parcialmente desobstruída, mantendo os cotovelos junto do corpo para não esbarrar nas pilhas de objetos durante a descida.

Do lado de fora, na *piazza*, não era noite, mas estava escurecendo. Depois de tropeçar na alça de um carrinho de mão enferrujado e quase derrubar o prato, passei a tomar mais cuidado. Não me apressei para atravessar o quintal até o portão, que emitiu um guincho constrangedor quando o abri e saí para a calçada.

A casa dos Pickney estava toda apagada, com uma única luz acesa em um quarto no andar de cima. A casa de Happy Browder também estava às escuras, mas pude sentir o aroma dos arbustos bruxeiros recém-cortados ao passar, e vi uma constelação de luzinhas azuis piscantes formada por um enxame de vaga-lumes que pairavam acima do gramado. Também ouvi o zumbido das cigarras.

Sorri para mim mesma, acessando aquela lembrança quase apagada: a trilha sonora dos verões no Sul e como era agradável quando a escuridão caía ao fim de um dia quente e úmido e as brisas do crepúsculo refrescavam a pele como uma carícia.

Todas as luzes estavam acesas na casa de Caroline e Heath. O lugar parecia um dos barcos de festa que navegavam pelas águas escuras do porto após o pôr do sol, cheios de turistas, casais e participantes de convenções. As janelas estavam abertas para deixar a brisa entrar, e a música se derramava para fora, mas não o tipo de música que um casal descolado na casa dos 30 costumava ouvir. Identifiquei violinos, uma batida constante, mas não muito marcante, e o zumbido suave de algo que acreditei ser um acordeão. Era difícil ter certeza por causa do ruído de fundo, uma espécie de som arranhado e distorcido, mas sorri, porque eles com certeza estavam em casa.

Atravessei a rua, ensaiando o que diria depois de explicar que estava passando só para devolver o prato e eles insistissem para que eu entrasse. Não queria parecer muito entrona.

Assim que meu pé tocou a calçada, duas sombras apareceram na primeira janela, uma mais alta e definida, outra menor e mais delicada. Elas se abraçaram, giraram e se moveram como uma só, depois desapareceram de vista, apenas para reaparecerem, douradas e lindas, contra a luz do abajur na janela seguinte.

Dançavam de forma tão bonita e em perfeita sintonia, como se tivessem nascido para isso, mas apenas um com o outro. Eu não conseguia tirar os olhos. Caroline girava para um lado e depois para outro, dando passos curtos com seus pés pequenos. Heath a segurava como se não conseguisse e não quisesse soltá-la.

A música cresceu dramaticamente e Caroline girou para longe, com as costas viradas para o marido, e depois deslizou até o chão, ainda colada a ele. Heath moveu a mão acima da cabeça antes de abaixá-la de novo, colocando a palma na barriga dela. Caroline se levantou devagar e se virou para encará-lo, como se atraída pela força do desejo. A corrente de paixão que percorreu os dois era tão forte que senti minhas bochechas corarem.

A música terminou, mas eles continuaram lá, parados, sem fôlego, olhando nos olhos um do outro. Abraçando o prato contra o peito, dei meia-volta, atravessei a rua, abri o portão barulhento e entrei para subir a escadaria apertada até meu quarto, me sentindo claustrofóbica e sozinha.

Ao escrever minha carta para a Peaches naquela noite, admiti para ela e para mim mesma que já me sentia assim havia muito, muito tempo.

Capítulo Dezesseis

O antídoto para o caos é a rotina, e entrei na minha quase de imediato.

O alarme tocava todos os dias às seis e meia da manhã. Eu descia as escadas, servia suco de laranja em minha caneca ESTE CAFÉ ME DEIXOU INCRÍVEL e a trazia de volta para o meu quarto, onde tomava meu suco na cama enquanto lia as notícias no celular. Em seguida, apesar de sempre prometer a mim mesma que não faria isso, eu acabava na página do *The Daily McKee*, lendo a coluna da Cara Calpurnia e ficando indignada porque a qualidade do texto tinha despencado e meus leitores — aqueles infiéis ingratos — nem tinham percebido.

Depois, como a raiva é estranhamente revigorante e abre o apetite, eu pulava da cama, tomava banho, me vestia e caminhava até o Bitty and Beau's para o desjejum: um *latte* extraquente, com um adicional de *espresso*, espuma extra e leite desnatado, e um burrito. A comida matava minha fome, e os baristas, que cumprimentavam todos os clientes com um largo sorriso sincero, me lembravam que o mundo ainda estava cheio de pessoas boas.

Depois do café da manhã, eu fazia uma longa caminhada de volta para casa, pegando um caminho diferente a cada dia, me exercitando e me familiarizando de novo com Charleston. Quando chegava, cumprimentava Lorne, que já estava trabalhando duro. Pris chegava por volta das nove, e passávamos o restante do dia, o dia inteiro praticamente, organizando objetos deixados por Calpurnia. Às cinco, Pris voltava para casa e eu continuava trabalhando até não aguentar mais. Depois de comer algo, ligava para o Calvin, assistia a um filme de Natal, escrevia no meu diário e apagava a luz. Sonhava com Calpurnia, o homem barbudo nas sombras e o bebê. Essa última parte acontecia todas as noites. Estava começando até a me irritar.

No dia seguinte, fazia tudo de novo. E no outro. E no outro.

E no outro também.

A rotina *é* o antídoto para o caos. Mas é bem entediante. E, quando você está se esforçando ao máximo, mas vendo um progresso mínimo, também é bastante frustrante.

Depois de uma semana e meia, já estava começando a me afetar. Nem mesmo um sorriso de Teddy, o barista cujo nome combinava muito com seu jeito de ursão, que em geral trabalhava no turno da manhã e nunca deixava de dizer "Bem-vinda ao Bitty and Beau's", mesmo depois de aprender meu nome, conseguiu melhorar meu humor. Teddy percebeu.

— Você não está feliz — disse ele, quando lhe entreguei meu oito de copas em troca do meu *latte* com burrito.

Teddy sempre era muito franco, dizendo o que pensava. No início, foi um pouco constrangedor: no dia em que nos conhecemos, ele me disse que eu estava com a camisa do avesso. Mas também era diferente e meio fofo.

— Hoje não — admiti.

— Por quê? Qual é o problema?

Ele franziu a testa, parecendo preocupado, então o tranquilizei, explicando que era apenas uma situação temporária.

— Estou trabalhando muito em um projeto importante. Sei que estou avançando, mas, no momento, não dá para ver direito o progresso, sabe? Vai ficar tudo bem. Só estou cansada.

— Talvez você devesse fazer uma pausa — sugeriu ele.

— Não posso. É muito corrido.

— Então talvez você devesse fazer uma pausa pequena. Aqui no trabalho, fazemos pausas de quinze minutos depois de algumas horas.

Fazemos pausas para o café depois de fazer café. — Satisfeito com sua piada, ele sorriu. — Você não tem como fazer um bom trabalho se ficar cansada demais.

— É, acho que você tem razão.

— Faça algumas pausas — aconselhou ele. — Pequenas.

— Vou pensar nisso.

Ele assentiu, sério.

— Você deveria.

Mas, antes de eu ter a chance de pensar em pequenas pausas ou qualquer outra coisa, antes mesmo de eu sequer ter a chance de tomar um gole tão necessário do meu café, alguém tocou no meu ombro.

— Srta. Fairchild? — O homem bem-vestido de ombros largos parecia familiar, mas eu não conseguia identificá-lo. — Cabot James — disse ele. — Lembra de mim? Fiz uma oferta para comprar sua casa.

— Ah, sim. O incorporador. Agora estou lembrada. Prazer em revê-lo.

Ele sorriu, mostrando seus dentes grandes demais, retos demais e brancos demais. Ele poderia ter sido um dublê em *Semana do tubarão*.

— Bem, não estou aqui por acaso — disse ele. — Passei lá na sua casa, mas não a encontrei. Seu empreiteiro disse que você poderia estar aqui. Tem alguns minutinhos para conversar?

Ele apontou para uma mesa perto da janela. Eu me sentei.

— Vi que você já começou a reforma — disse ele.

— Na medida do possível — falei. — As licenças para as reformas finalmente saíram, então as coisas devem andar mais rápido agora.

Ele assentiu, de maneira enfática, como se achasse tudo muitíssimo interessante.

— Bem. É um projeto e tanto o que você está abraçando. Estou no ramo há muito tempo, sabe? Comecei fazendo restaurações históricas, mas desisti há alguns anos — disse ele, balançando a mão e a cabeça. — Sempre acontece algo de errado com essas casas antigas. Elas acabam dando mais trabalho e custando mais dinheiro do que valem. Mas... — Ele deu de ombros. — Você deve estar começando a perceber isso.

Tomei um gole do meu café e não disse nada. A sutileza não era o forte de Cabot, e eu sabia para onde ele estava tentando conduzir a conversa. Também sabia que não havia muito sentido em tentar explicar a ele que é impossível colocar um preço na história, ainda mais quando é a *nossa* história. Cabot fungou e pigarreou.

— Então, srta. Fairchild, agora que imagino que tenha percebido no que se meteu, gostaria que reconsiderasse minha oferta. Levando em conta o trabalho que já foi feito — disse ele, mostrando seus dentes de tubarão —, estou disposto a acrescentar mais quatro mil dólares à minha oferta original.

— Obrigada, mas não estou interessada.

— Está bem, seis mil. — O sorriso de tubarão endureceu, ficou mais forçado. — Você é uma negociadora e tanto, Srta. Fairchild.

— Não, obrigada, Sr. James. Eu pretendo terminar a restauração e morar na casa.

— Por quê? — perguntou ele, franzindo a testa. Sua carranca era muito mais genuína do que o sorriso. — Por que iria querer morar em uma casa tão grande sozinha?

Não era da conta dele. Mas eu já tinha conhecido homens como Cabot James antes, homens que odiavam qualquer pessoa que atrapalhasse seus planos e lucros. E, como eu queria que ele entendesse que eu não estava sendo evasiva ou tentando negociar uma oferta mais vantajosa, expliquei meus motivos. Não com todos os detalhes, é claro, apenas que eu estava esperando adotar uma criança e que a restauração da casa, que precisava ser concluída antes da visita domiciliar, era fundamental para que isso acontecesse.

Sua expressão se suavizou, e ele pareceu de fato ouvir o que eu tinha a dizer. Reconsiderei minha opinião inicial sobre Cabot, pensando que ele talvez não fosse tão mau quanto eu havia pensado. Ele estava assentindo quando cheguei ao fim da minha história e ficou em silêncio por um momento quando terminei, ainda em anuência, embora mais devagar, aparentemente refletindo sobre o que eu dissera.

— Certo — afirmou ele, olhando para suas mãos grandes. — Mas... e se houvesse uma maneira de ambos conseguirmos o que queremos? Alguma maneira de eu construir meu projeto e você ter um lar para seu filho. — Ele ergueu a cabeça, olhando para mim com expectativa. — Já tive algumas reuniões iniciais com um arquiteto — acrescentou ele quando não respondi. — Ele calcula ser possível construir seis apartamentos na propriedade, com dois banheiros, dois ou três quartos por unidade, de cento e trinta a cento e cinquenta metros quadrados cada, com uma vaga de estacionamento por apartamento. Aqui, dá só uma olhada.

Ele tirou um papel do bolso e o colocou sobre a mesa. Era um desenho em preto e branco, um esboço simples, mas dava uma boa ideia de como o projeto ficaria depois de terminado. Os apartamentos tinham um visual moderno, com linhas limpas e muitas janelas.

— O que você acha? — perguntou ele. — Bem legais, né?

— São mesmo — falei, sincera. — Mas não combinam muito com o restante do bairro, não é mesmo? Você acha mesmo que a prefeitura aprovaria o projeto?

— Deixe que eu me preocupo com isso. Conseguir a aprovação não vai ser um problema. Eu só preciso do terreno.

Ele dobrou o papel ao meio.

— Eu estava pensando no seguinte — continuou ele, juntando as mãos e esfregando-as. — Você me vende a propriedade pelo preço que ofereci. Deixo você se mudar para uma das minhas outras propriedades sem pagar aluguel enquanto os apartamentos estão sendo construídos. Quando estiverem prontos, vendo a você uma das unidades com dois quartos a preço de custo, o que deve sair por cerca de...

Ele pegou uma caneta e escreveu um número no verso do desenho. Eu estava de volta a Charleston há tempo suficiente para saber que o valor estava muito abaixo do preço de mercado.

— Estou até disposto a protegê-la contra a alta de preços — disse ele. — Você saberá quanto vai pagar antes de começarmos a construção. — Ele riu. — Acho que não dá para dizer o mesmo sobre o seu projeto de restauração, não é mesmo?

Não, não dava. No dia anterior, Lorne me informara que os danos na chaminé eram piores do que pensávamos e consertá-los custaria mil e trezentos dólares a mais.

— Mas como você pode arcar com tudo isso? — perguntei. — Você vai perder um ano inteiro de aluguel, além da chance de lucrar com um dos apartamentos.

— Eu vou lucrar, não se preocupe — disse ele, inclinando-se para trás na cadeira e cruzando os braços. — As pessoas estarão dispostas a pagar o preço que eu pedir pela chance de morar no centro. E vai valer a pena. Esperei anos para fazer um projeto como este, para sair de reformas e aluguéis e entrar no ramo de construções novas e de alta qualidade. Cabot Court vai me colocar no mapa. — Ele se inclinou para a frente mais uma vez, colocando as mãos grandes na mesa. — Pense nisso. Você terá um apartamento novinho em folha, moderno, sem dores de cabeça e sem manutenção em um ótimo bairro, um lugar maravilhoso para criar um bebê e uma quantia alta no banco. E aí? O que me diz?

Um apartamento novinho em folha de cento e trinta metros quadrados? Dois quartos e dois banheiros? Com vaga?

Em Nova York, essa descrição era o tipo de lugar com o qual eu sonhava, mas sabia que nunca teria dinheiro para comprar. Ter algo assim sem ter que pagar hipoteca e com dinheiro de sobra no banco estava além de qualquer sonho que eu pudesse ter tido. Há algumas semanas, eu teria aceitado a oferta sem pensar duas vezes.

Mas, naquele momento, eu estava hesitando. Porque não era só sobre mim.

Como se sentiriam Felicia, Beau e até o velho ranzinza do sr. Laurens com seis novos apartamentos ultramodernos sendo construídos na rua onde passaram a vida? E Caroline e Heath? Eles apareceram na minha porta com biscoitos, preocupação e disposição para ajudar. Agora estávamos todos conectados. Sim, era a minha casa, mas era o *nosso* bairro. Se Cabot James conseguisse o que queria, a vizinhança nunca mais seria a mesma. E como se sentiriam Calpurnia e Beebee se vissem o lugar onde gerações de Fairchild viveram sendo destruído para dar lugar ao tal Cabot Court? Aceitar a oferta dele significaria apagar a história da minha família.

E ainda assim... Um lar. Um bebê. Um meio de sustentar minha filha. Uma família.

Era tudo o que eu sempre quis, uma oferta muito tentadora. O olhar no rosto de Cabot me disse que ele entendia *quão* tentadora era.

Eu já tinha visto aquele olhar antes. Era igual ao de Dan McKee ao deixar cair a caixa com a pulseira no meu colo, o olhar de um homem que tem cem por cento de certeza de que, pelo preço certo, tudo e todos estão à venda.

Capítulo Dezessete

— Você realmente disse não?
— Aham.
— Uau. Resolveu encarnar o George Bailey.
Calvin me conhecia tão bem, talvez até demais.
Era verdade: a cena de *A felicidade não se compra* em que George recusa o emprego, o dinheiro, o charuto e depois dá uma lição em Henry Potter, dizendo que o dinheiro *não* pode comprar tudo, antes de sair furioso do escritório do velho odioso, havia mesmo passado pela minha cabeça quando eu disse a Cabot James, de uma vez por todas, que minha casa *não* estava à venda, não importava o preço.

O choque e a incredulidade que surgiram em seu rosto quando ele percebeu que não tinha conseguido o que queria me deixaram muito satisfeita. Ele gaguejou, reclamou e quase brandiu o punho para mim, dizendo que eu estava cometendo um grande erro, que eu não tinha ideia de onde estava me metendo ou com quem estava lidando. Não me incomodou nem um pouco. A casa era minha, simples assim, e não havia nada que ele pudesse fazer a respeito.

(Toma essa, Henry Potter, seu vilão! E você também, Dan McKee!)

Joguei meu copo de papel na lixeira enquanto saía pela porta e acenei alegremente para Teddy.

— Você parece mais feliz agora — disse Teddy. — Fez uma pausa?
— Fiz, sim.

Caminhei pela calçada com a confiança de um pugilista que acaba de conseguir um nocaute e, em seguida, peguei meu celular e liguei para Calvin, certa de que ele não apenas aprovaria minha decisão como também me daria pontos extras pela forma como a comuniquei. Mas agora...

— Você acha que eu fiz a coisa errada?

Calvin puxou o ar e o manteve preso por um tempo que pareceu muito longo, então soltou um suspiro.

— Não — disse ele por fim. — Não, você fez a coisa certa.

— Tem certeza?

— Tenho — respondeu ele. — É a sua casa, a sua história. Você tem todo o direito e seus motivos para querer mantê-la. Foi a escolha certa. E não é como se algo tivesse mudado. Você fez uma escolha, só isso.

— Aham, escolhi a opção mais difícil — admiti. — Essa restauração vai dar muito trabalho, Calvin. Ainda mais do que eu pensava.

— Mas vai valer a pena — disse ele, soando mais convencido do que um minuto atrás, como se estivesse sendo persuadido por seu próprio discurso. — Ele ofereceu um apartamento para você, mas esse lugar nunca poderia ser um lar, não como a casa de Calpurnia vai ser depois que a obra terminar. A escolha mais difícil sempre vale a pena, você vai ver.

— Você acha mesmo?

— Com certeza — disse ele. — E, por falar em escolhas difíceis, docinho, preciso fazer uma agora: continuar a conversar com você ou tirar meu *rugelach* do forno.

— Eu ou o *rugelach* queimado? A escolha é óbvia. Vai lá.

— Me ligue hoje à noite — disse ele. — Eu te amo.

— Também te amo.

Encerrei a chamada e continuei caminhando. Calvin parecia convencido de que eu tinha tomado a decisão certa quando terminamos a conversa, mas... será que ele concordava mesmo com isso? E se fosse que nem com meu noivado com Steve? E se Calvin estivesse com dúvidas, mas só tivesse concordado com minha decisão porque torcia para que eu fosse feliz? Será que era isso? Será que ele estava apenas tentando me apoiar?

Calvin era um bom amigo. Mas ele estava lá e eu estava aqui, e o *rugelach* estava quase queimando.

Minutos antes eu estava me sentindo muito bem.

Suspirei, temendo o dia que estava por vir, temendo a bagunça e o caos e a possibilidade de descobrir um gato morto ou algo ainda pior na montanha de lixo que Calpurnia deixara para trás, temendo um dia de trabalho interminável que chegaria ao fim com pouco progresso visível e sabendo que eu tinha pela frente mais um monte de dias assim.

Continuei a andar, indo o mais longe na King Street do que já tinha ido antes, ficando decepcionada ao descobrir que a Jeni's Splendid Ice Cream só abriria dali a duas horas. Teddy tinha razão. Eu precisava de algo para quebrar a rotina, algo para fazer à noite que me deixasse animada. Filmes de Natal não estavam mais funcionando. Eu precisava de algo produtivo e um pouco mais criativo.

Foi quando vi a placa.

Sheepish

UMA LOJA DE TRICÔ E ARTESANATO

Nunca botei fé nessa história de "jogar suas intenções para o universo". Se essas coisas de fato funcionassem, eu já teria uma carreira muito bem-sucedida, um marido louco por mim, uma casa nos Hamptons e três filhos. Mas acredito em sinais. Dado o momento, foi difícil ver minha descoberta daquela loja de aviamentos como uma mera coincidência.

A loja era pequena, estreita e um pouco apertada, abarrotada de novelos, agulhas, acessórios, estantes de livros com modelos e mostruários de vários tipos. Me lembrou um pouco a bagunça de Calpurnia, e não de uma maneira boa. Parte de mim queria dar meia-volta e ir embora, mas como fechar os olhos? Um sinal é um sinal.

Avancei por entre as prateleiras e mesas que bloqueavam o caminho até o balcão no fundo da loja. Não havia outros clientes, apenas uma mulher alta e ruiva de pé atrás do balcão. Ela estava debruçada sobre algo, de costas para mim. Parecia estar escrevendo, mas eu não tinha certeza.

— Com licença. Eu gostaria de saber se você oferece aulas de tricô para iniciantes.

Não tinha me aproximado na ponta dos pés nem nada do tipo, e alguns sininhos na maçaneta da porta tilintaram quando entrei na loja, mas a mulher atrás do balcão deu um grito ao ouvir minha voz e levou a mão ao peito.

Depois de respirar fundo, ela deixou de lado a caneta pilot que estava usando para fazer um cartaz que dizia LIQUIDAÇÃO DE 40%! TODA A LOJA!.

— Desculpe. Eu não ouvi você entrar. — Ela se virou para mim.

Meu coração deu um pulo e minha mão cobriu minha boca às pressas.

— Polly? Polly Schermerhorn?

Polly sempre fora alta, esbelta e magra, mas agora estava ainda mais magra, quase esquálida. O cabelo ainda era do mesmo tom de vermelho vibrante, mas a massa de cachos havia desaparecido, cortada bem curta e arrumada com gel em uma coroa de pontas suaves que emolduravam seu rosto. Quando ela mexeu a cabeça, o piercing de brilhante em seu nariz cintilou à luz da loja, mas os olhos eram os mesmos, tão azuis que, quando ela piscava, como fez naquele momento, eram quase roxos.

— Tá de brincadeira?! Celia Fairchild? — Ela riu quando assenti. — Nossa! Depois de todos esses anos? Não acredito. Minha nossa. Então... o que te traz a Charleston? Está visitando a família?

Balancei a cabeça.

— Não, eu me mudei para cá há algumas semanas. Minha tia faleceu e deixou a casa dela para mim.

Os olhos violeta de Polly se arregalaram.

— Sua tia Calpurnia? Aquela que...

— Aham, essa mesma — falei rapidamente, interrompendo Polly antes que ela pudesse terminar a frase. Eu não gostava de falar sobre o que havia acontecido naquela época, ainda mais com a amiga cuja amizade eu havia perdido nos desdobramentos daquele evento. — A casa está em péssimo estado, mas estou reformando.

— Ótimo. Isso é ótimo. — Polly assentiu, mas sua voz estava distante, e dava para perceber que ela estava pensando em outra coisa. — Sabe, que engraçado, eu jurava ter visto você há algumas semanas, parada na calçada em frente à St. Philip's.

— Espera aí. No domingo? Logo depois do fim da missa? — Ela assentiu, e eu arregalei os olhos, um largo sorriso em meu rosto. — Eu também jurei ter visto você, mas aí você se virou e eu achei que, não, não podia ser. Era você? Mas... o que aconteceu com o seu cabelo?

— Ah, cortei. Faz alguns dias. — Polly levantou a mão e tocou as pontas vermelhas, como se estivesse conferindo se ainda estavam lá. — Senti que precisava de uma mudança. O piercing também é novo. Mas... eu não sei. — Ela franziu o nariz. — Ainda não sei se gosto.

— Não, ficou bom — falei, embora eu mesma não tivesse tanta certeza. Ela parecia tão diferente. Mas talvez eu acabasse me acostumando. — Você está ótima.

— Não estou, não — disse ela. — Estou magra demais, com olheiras do tamanho de baús e mais rugas do que um filhote de shar-pei. Finalmente parei de fumar... e de beber... há quatro anos. Mas o estrago já está feito. — Ela suspirou.

Polly tinha rugas, especialmente ao redor dos lábios, como se tivesse passado os últimos vinte anos bebendo refrigerante com canudo. Não eram terríveis, mas a faziam parecer mais velha. Talvez tenha sido por isso que eu não a reconheci naquele dia do lado de fora da igreja. Bem, também pelo fato de que Polly era a última pessoa que eu esperava ver frequentando uma igreja, qualquer que fosse. Sua postura não havia mudado, ela era ousada e direta como sempre, mas as linhas em seu rosto e a tristeza em seus olhos diziam que tinha passado por muita coisa. Acho que nós duas tínhamos. No entanto, era estranho...

Muito, *muito* tempo antes, Polly e eu havíamos sido melhores amigas, quase inseparáveis. Agora, eu mal a reconhecia e não sabia mais nada sobre ela. Quem ela era agora? O que tinha feito nos últimos vinte anos? Não fui convidada para o casamento, é claro, mas me lembro de ter ficado sabendo que ela se casou com Jimmy Mercer depois que ele se alistou na Marinha e que os dois se mudaram. Quando será que tinha voltado para Charleston? E por quê? Será que ainda estava casada?

Eu tinha tantas perguntas, mas segurei a língua. Tinha sido uma coincidência encontrá-la assim, ao acaso. Provavelmente se passariam mais vinte anos até que nossos caminhos se cruzassem de novo, se é que algum dia isso aconteceria.

— Celia Fairchild — murmurou Polly, balançando a cabeça devagar. — Quando foi a última vez que nos vimos? Você se lembra?

Eu me lembrava.

— Na fogueira de formatura na praia de Sullivan's Island.

— Isso mesmo! A fogueira! — Polly riu. — Se bem que, da última vez que vi você, pelo que consigo me lembrar daquela noite, eu vi duas de você. Vodca demais — disse ela, sua expressão arrependida, mas não completamente. — Nossa. Celia Fairchild. Quem diria? Eu ainda não consigo acreditar que é você.

E eu não conseguia acreditar que era Polly. Mas não havia muito mais a dizer sobre isso, então dei uma olhada ao redor, observando o ambiente, e mudei de assunto.

— Então. A loja é sua? É bem interessante — falei, o que sem dúvida era mais diplomático do que perguntar por que tudo estava tão bagunçado. — Você tem muitos produtos.

— Até demais — disse ela. — E não tenho espaço suficiente para exibir tudo. E nem um espaço onde dar aulas. Mas foi o único lugar que eu conseguiria pagar, então…

— Mas as coisas estão indo bem? Com a loja, quero dizer?

Polly soltou uma risada.

— Olha, ninguém faz uma liquidação de quarenta por cento se tiver um monte de clientes. Mas… você sabe. Abri faz cinco meses e leva um tempo para construir uma clientela sólida. As coisas vão melhorar.

A maneira como ela disse isso, como se estivesse repetindo um mantra, me fez pensar que era algo que ela dizia a si mesma com frequência, mas sem acreditar muito nas próprias palavras.

— Então — disse ela, juntando as mãos —, como posso ajudar? Temos boas ofertas de novelos.

— Eu estava querendo me inscrever em uma aula de tricô para iniciantes.

Polly suspirou, desanimada.

— Infelizmente a turma da primavera acabou de terminar e só vou abrir uma turma nova daqui a alguns meses. Mas talvez eu possa ajudar. Já tricotou alguma coisa antes?

— Só um descanso de panelas. Na faculdade. Mas nunca terminei — admiti.

— Certo, então você não está começando do zero. Que tal eu pegar umas agulhas, um novelo e um molde simples para um cachecol? Vou ajudar você a começar e mostrar os pontos de malha e tricô. Você pode continuar daí.

— Tem certeza? — perguntei. — Não quero interromper o seu trabalho.

— Não tem problema nenhum — replicou Polly. — Como eu disse, não tenho tido muito movimento. Do jeito que as coisas andam, você talvez acabe sendo minha única cliente hoje. Vou pegar um molde.

Ela se aproximou do arquivo atrás do balcão e apontou para uma tigela de vidro ao lado de uma cesta cheia de fios, agulhas de tricô e crochê, e outros materiais.

— Ah, e não se esqueça de anotar seu nome e número de telefone para o sorteio. Eu escolho um vencedor ao fim de cada mês, um brinde para os meus clientes fiéis.

Eu sorri.

— Mas eu nem comprei nada ainda. Tem certeza de que me enquadro na definição?

— Celia — disse Polly enquanto começava a folhear os arquivos com modelos —, se você comprar um novelo barato que seja, será uma das minhas clientes mais fiéis. Neste momento, não é preciso muito para se enquadrar nessa categoria.

Capítulo Dezoito

Pris apareceu para trabalhar espirrando e tossindo, então a mandei de volta para casa. Por volta das duas da tarde, enquanto vasculhava uma caixa de cortinas feias e cheias de traças que deviam ser do século XIX, minha mão roçou algo estranho. Eu olhei para baixo e…

— Ah! Ah! Eca! Eca! Eca!

Sim, isso mesmo, o momento que eu tanto temia havia chegado e estava à altura das minhas expectativas mais horríveis. Minha mão tocou o cadáver nojento e ressequido de um rato. Eu provavelmente tinha acabado de contrair peste bubônica.

Meus gritos foram seguidos pelo som de portas batendo e passos pesados subindo as escadas. Segundos depois, Lorne apareceu. Red e Slip estavam bem atrás. Ofegantes, os três pareciam surpresos de me encontrar sã e salva. Lorne cerrou o punho e olhou em volta, em busca de algum invasor.

— O que aconteceu? Você está bem?

— Sim, eu só… eu bati o dedinho do pé.

Ele revirou os olhos.

— Doeu *muito* — falei, indignada. — Pode estar quebrado!

Lorne suspirou, aliviado.

— Vamos lá, pessoal. De volta ao trabalho — disse ele, e depois murmurou algo sobre mulheres choronas enquanto os três saíam.

Foi constrangedor. Mas ser considerada uma chorona não era tão ruim quanto ser provocada pelo resto da vida por ter medo de rato. A essa altura, Lorne e eu já tínhamos nos acomodado em nossos papéis. Ele achava que eu era uma mulher mandona que decerto votava no Partido Democrata, sem habilidades práticas e que não gostava de música country. E para mim ele era um caipira misógino que não abria um livro desde o ensino médio. Mas eu respeitava suas habilidades e sua determinação em mudar de vida, e ele respeitava o fato de que seu dinheiro vinha de mim. Além disso, ambos achávamos que o outro era meio engraçado, então dava tudo certo. Eu não queria estragar isso.

Quando o barulho da serra me disse que Lorne e sua equipe estavam de volta ao trabalho, peguei uma vassoura e uma pá e me desfiz do cadáver do rato. Depois fui ao banheiro e vomitei o meu almoço.

Apenas um dia normal na bela Charleston.

Ah, quase me esqueço de mencionar que tudo isso aconteceu depois que passamos a ter um novo inspetor predial. O antigo, Carl, não era lá uma pessoa muito fácil de lidar, mas era um sujeito razoável. O novo, Brett Fitzwaller, era mais jovem e, novo no cargo, examinava tudo em detalhes. Naquela manhã, ao que parecia, ele tinha dito a Lorne que a inclinação no fundo da casa estava errada.

— O que isso significa? — perguntei. — Vou ter que gastar mais dinheiro?

— Não — disse Lorne. — Só preciso tirar uns cinco centímetros de terra perto da fundação. Do jeito que o cara fala parece que o código de obras é uma escritura sagrada e ele é Deus na Terra. Ele me deu uma lista de doze itens para consertar antes de assinar a aprovação, incluindo substituir o último degrau da varanda. De acordo com Brett, ele está um centímetro mais alto do que deveria.

— E está?

— Eu *sei* usar uma fita métrica, ok? — disse Lorne, soando ofendido. — Mas, quando se trata de obras, os inspetores têm a última palavra. A única coisa a fazer é engolir o orgulho e tentar cair nas graças do cara. Bobagens como essa acabam sendo uma perda de tempo. Que saudade do Carl...

— Será que ele volta?

— Acho que não — disse Lorne. — Bem, senhora, se me der licença, tenho que reconstruir um degrau que já construí e retirar terra que não precisa ser retirada.

Era um dia daqueles.

Ao fim dele, me acomodei na velha poltrona rosa de Beebee e peguei minhas agulhas de tricô. Ao sair da loja de Polly, eu sentia que tinha dominado o ponto de tricô. Mas, de alguma maneira, no decorrer de nove horas, consegui esquecer tudo o que ela tinha me ensinado. Quando paguei a conta, Polly me entregou um livro de técnicas, sem cobrar.

— Faço questão — dissera ela quando protestei; não me parecia que Polly podia se dar ao luxo de dar coisas de graça. — O mundo já tem descansos de panela inacabados demais.

Mas o livro não ajudou. Pelo contrário, até piorou as coisas. Quando cheguei ao fim da carreira, tinha noventa e sete pontos em vez dos oitenta e quatro recomendados. Ao tentar voltar atrás e corrigir meu erro, acabei soltando pontos demais e desfazendo metade do que já tinha feito. Por fim, fiquei tão frustrada que desmanchei tudo, enfiei a lã de volta na bolsa e larguei tudo em um dos nichos com os outros novelos inúteis.

— Trinta e oito dólares jogados no lixo.

Encontrar a loja de artesanato de Polly por acaso não era o sinal que eu havia imaginado. Não tinha planos de voltar lá, e provavelmente era melhor assim. Embora tivesse sido bom vê-la e saber que ela ainda estava viva e mais ou menos bem, o encontro me lembrou de coisas que eu preferia esquecer. Antes de voltar para casa, antes de começar a escrever cartas para Peaches e pedaços e pistas do passado começarem a se insinuar no texto que era para ser um guia para a vida escrito para um Possível Bebê — cartas que agora estavam se transformando em algo mais parecido com um livro de memórias —, eu vinha me saindo muito bem em minhas tentativas de esquecer, ou pelo menos de não ficar me lembrando. Mas agora estava ficando mais difícil. E encontrar Polly dificultou ainda mais as coisas.

Peguei o computador e coloquei um filme, mas nem George Bailey conseguiu me animar. Quando cheguei à cena com Henry Potter, ocorreu-me que George talvez fosse um tolo por recusar todo aquele dinheiro e uma vida mais fácil. Talvez eu também fosse. Fechei o laptop.

Depois de quase duas semanas, nada havia mudado. A casa ainda era silenciosa e grande demais. Se não estivesse tão tarde, eu teria ligado para Calvin, mas, em vez disso, abri o meu diário. Eu sabia o que aconteceria se tentasse dormir. Acordaria uma hora depois, sonhando o mesmo sonho, ainda me perguntando o que ele significava. Talvez escrever para Peaches me ajudasse a entender.

Além disso, não era como se eu tivesse mais alguém com quem conversar.

Querida Peaches,

Beebee costumava ir ao City Market toda quinta-feira de manhã para ver uma senhora chamada Sallie Mae. Sally tinha orgulho de sua ascendência gullah e vendia cestos de palha e mel. Ela decifrava para Beebee o significado de seus sonhos.

Quem dera Sallie Mae ainda estivesse viva. Talvez pudesse me dizer por que não paro de ter o mesmo sonho. Da primeira vez, interpretei como um bom presságio e uma bênção de Calpurnia. Mas se o sonho significa que eu estava no caminho certo, por que ela me faz assistir a uma reprise dele toda noite? Sinto que há mais alguma coisa que deveria fazer. Mas o quê?

Sallie Mae não era adivinha. Beebee nunca pagou por suas interpretações de sonhos. No entanto, Beebee acumulou uma grande coleção de cestos de palha. Pris e eu encontramos caixas e mais caixas deles escondidas sob décadas de catálogos da Sears e revistas Southern Living. *Cestos de palha antigos daquela qualidade podem ter algum valor, e Beebee sabia escolher. Os cestos foram a nossa descoberta mais valiosa até o momento. Heath usou seus contatos da Fundação Histórica de Charleston e encontrou um comprador que levou quase todos. A venda vai ajudar a cobrir os gastos extras para reparar o telhado.*

Tenho sido bem prática sobre o que guardo e o que descarto. Há alguns dias, cheguei perto de vender a máquina de escrever vintage de Calpurnia, uma Olivetti manual com as teclas Ys temperamentais que parecem barras, aquela que ela usava para todas as suas correspondências, incluindo as que escrevia para mim e terminava com "Que sua vida seja mais doce."

Sim. Essa máquina de escrever.

Heath me fez mudar de ideia.

"Pense nesta casa como um museu e você como a curadora. Se um estranho entrasse pela porta, o que você gostaria que ele soubesse sobre a sua família antes de sair? Guarde apenas os objetos que contam a sua história, que contam bem."

Sempre me pareceu estranho que Beebee acreditasse tanto nas interpretações de Sallie Mae mesmo ela errando metade das vezes. Mas estou começando a achar que não tinha nada a ver com sonhos. Naquela época, nesta parte do mundo, não era possível para uma mulher branca e uma mulher negra serem amigas. Tinha que haver algum tipo de transação envolvida, algo que explicasse por que duas mulheres de dois mundos diferentes escolheriam passar tanto tempo juntas, conversando, ouvindo e sendo ouvidas. Não tinha nada a ver com sonhos; tinha a ver com solidão.

Se esta casa é um museu, então acho que uma galeria inteira poderia ser dedicada ao isolamento e seu efeito nas pessoas.

Capítulo Dezenove

A preocupação com os estragos do isolamento me levou a aceitar o convite para a festa surpresa de aniversário de 80 anos de Beau Pickney. Isso e a culpa.

Não sou muito de festas, mas Felicia estava tão empolgada com a comemoração que teria ficado arrasada se eu recusasse o convite. E Charleston não era Nova York. Eu não podia simplesmente inventar uma desculpa sobre um prazo de trabalho ou um parente doente só para me enfurnar em casa e passar a noite tomando sorvete de pistache de calcinha e sutiã enquanto maratonava *The Blacklist*, entregando-me à minha atração por James Spader, sem que as pessoas descobrissem. Harleston Village era muito parecido com um alojamento de faculdade: todo mundo sabe da vida de todo mundo e as pessoas se intrometiam com frequência.

Tendo se oferecido como estilista, Pris trouxe um vestido chemise de seda que havia resgatado de uma das milhares de sacolas de lixo que encontrou enfiadas no banheiro do primeiro andar. Muitas das peças resgatadas por ela já haviam sido vendidas no eBay, mas essa não. Eu achava que sabia por quê.

— Você não pode estar falando sério — reclamei depois de me olhar no espelho. O vestido era a cara de 1983, com margaridas brancas com centro azul em um fundo rosa, ombreiras que me faziam parecer que eu ia jogar na defesa do Carolina Panthers e um laço grande na gola.

— Estou parecendo uma versão velha da princesa Diana antes de ter dinheiro, bom gosto e coroa.

— Calma — disse Pris. — Ainda não terminei. — Ela pegou uma tesoura do antigo cesto de costura de Beebee, uma que eu tinha decidido que valia a pena salvar. — Desamarre o laço — disse ela, gesticulando com a tesoura. — E desabotoe a parte de cima.

Ela atravessou o quarto, as lâminas da tesoura apontadas para mim, o que, como todo mundo sabe, é algo que nunca se deve fazer. Segurei o laço em volta do pescoço com mais força.

— Por quê?

— Para eu poder cortar as ombreiras. — Ela revirou os olhos. — Celia, você tem que parar de assistir *The Blacklist*. Está deixando você agitada. E desconfiada.

— O mundo é um lugar sombrio e sinistro, ok? — murmurei enquanto desabotoava o vestido. — Cheio de pessoas sombrias e sinistras.

— E nenhuma dessas pessoas infelizmente mora aqui. Eu daria um par de Doc Martens vintage para encontrar um *bad boy* nessas férias. Tipo um Post Malone. — Ela suspirou. — Talvez com menos tatuagens.

— Por quê?

— Não sei. Pelo mesmo motivo que você está encantada pelo James Spader, eu acho. Tem essa coisa irresistível nos caras que são totalmente errados pra gente.

— Continue com os *bad boys* famosos — aconselhei. — Os de verdade vão partir seu coração em um milhão de pedacinhos e depois ainda pedir pensão alimentícia.

Pris não estava ouvindo e, mesmo se estivesse, não teria acreditado em mim. Quando se trata de romance e dos sofrimentos que ele traz, *todo mundo* insiste em pagar para ver.

Ela enfiou a mão dentro do vestido e cortou as ombreiras, depois as retirou. As costuras dos ombros caíram até os meus bíceps.

— Calma, calma — disse ela depois de eu lhe lançar um olhar apreensivo. — Ainda não terminei. — De dentro da grande bolsa a tiracolo que trouxera de casa, Pris tirou um par de tênis de lona branca e uma blusa de moletom cinza com mangas três quartos. — Confia em mim — disse ela.

Calcei os tênis e vesti a blusa. Pris mexeu nas mangas e no laço, prendendo-o de novo para que ficasse um pouco menos murcho, e então deu um passo para trás para que eu pudesse ver meu reflexo.

— O que acha?
— Ficou bom. — Fiquei avaliando meu reflexo. — Não sei por quê.
— Porque é divertido — respondeu Pris. — E original. Você não precisa se preocupar com mais ninguém aparecendo com a mesma roupa que a sua.
— Verdade. A menos que Felicia decida limpar o fundo do armário. — Virei o corpo de um lado para o outro, tentando ver como ficava de outro ângulo. — Gostei. Mas sinto que está faltando alguma coisa.

Fui até a cômoda bege e branca, pintada por tia Calpurnia quando eu tinha uns 10 anos, com folhas e vinhas decorando as gavetas. Lembro-me de ajudar a pintá-la, observando enquanto ela aplicava a cola em spray no verso dos estênceis, então cobrindo o pincel de tinta com todo o cuidado e lhe entregando, ouvindo-a resmungar baixinho quando retirava um estêncil e via que a tinta tinha se espalhado um pouco além. Eu encontrara a cômoda alguns dias antes, atrás de três paredes de caixas e um colchão velho com botonês, e decidi mantê-la como outra peça cuidadosamente selecionada para minha coleção, assim como algumas das coisas que encontrei dentro dela.

— O que acha?
Segurei o fecho do colar atrás do pescoço, as pérolas caindo até metade do caminho entre o laço e os meus seios. Pris sorriu.
— Perfeito.

— Vai ser só um bolinho — tinha dito Felicia quando me convidou para a festa surpresa. — Beau não gosta de nada muito grande no aniversário.

Eu não sabia se Felicia estava mentindo ou apenas decidindo ignorar as preferências de Beau, mas, a julgar pela multidão espremida na casa espaçosa dos Pickney, de jeito nenhum ia ser "só um bolinho".

— Hubert e Sissy Lee vêm hoje — disse Felicia enquanto me conduzia pelo corredor em direção ao quarto. — Você talvez se lembre deles: ele era diácono na igreja de São Felipe e ela pintava aquarelas. Eu convidei o sr. Laurens, mas é claro que ele não quis vir. Mas a sra. Aiken está aqui...

— Sonya Aiken? — A sra. Aiken já era idosa quando eu era pequena. Se ainda estivesse viva, devia ser uma centenária.

— Não, não — disse Felicia. — Deborah Jean Aiken, filha dela. Vamos ver... quem mais? Os Wright virão. Os Mazlow. Ah, muita gente agradável. Tenho certeza de que você vai se divertir muito. Deixe o seu xale no quarto de hóspedes — disse ela. — Mas seja rápida! Eu disse ao Foster para trazer o Beau para casa às sete em ponto. Eles vão chegar a qualquer minuto.

Deixei meu xale em cima da cama do quarto de hóspedes e hesitei, pensando em apenas pegá-lo de volta e escapar por uma porta lateral. Felicia já tinha me visto, então minha presença havia sido notada. Se eu fosse embora cedo, ela nem ficaria sabendo.

— Está pensando em fugir?

Eu me virei. Trey Holcomb estava na porta.

Ele estava usando seu terno de sempre, mas desta vez com uma camisa azul-royal. Era melhor do que a camisa branca habitual e fazia seus olhos castanhos parecerem ainda mais castanhos. Embora eu tivesse notado os olhos de Trey desde o início, sempre considerei Lorne o irmão bonito. Mas quando Trey sorria, como estava fazendo naquele momento, era difícil saber qual dos dois era mais atraente.

— Celia? Você me ouviu? — O sorriso de Trey ganhou um tom de indagação, e ele inclinou a cabeça para o lado.

— Hum? Desculpe. O que você disse?

— Perguntei se você estava pensando em fugir.

— Talvez — admiti. — Não gosto muito de festas. Nem de ficar jogando conversa fora.

Trey enfiou as mãos nos bolsos.

— Eu entendo. Mas dizem que os bolinhos de caranguejo da Felicia são espetaculares.

— São mesmo — falei. — Ela sempre os levava para os eventos do bairro quando eu era criança.

— Parece que vale a pena ficar por eles. — Trey sorriu. — Já sei, eu ajudo você a não ser um bicho do mato se você me salvar de ter que conversar com o meu irmão.

— Lorne veio?

— Todo mundo veio — disse Trey. — Acho que ela convidou até o Red e o Slip, mas os termos da condicional não permitem que eles participem de eventos com bebida alcoólica.

Eu olhei para ele com uma expressão confusa.

Ele balançou a cabeça.

— É brincadeira.

Ah. Então tá... Mas eu não estava pensando em Red e Slip.

— Por que você não fala com seu irmão?

— A gente não se dá bem.

— Sim, isso eu percebi. Mas por quê?

— É uma longa história.

— Eu adoro longas histórias. Podemos fazer assim, eu te pago uma bebida e você me conta tudo.

— Humm. Acho que não teremos tempo nem bebida suficiente para isso.

A cabeça de Felicia apareceu na porta. Ela usava óculos vermelhos novos, ainda maiores que os anteriores, com um pontinho brilhante em cada canto. Deviam ser seus óculos de festa.

— Encontrem logo um lugar para se esconder, vocês dois. Já são quase sete.

Nós a vimos seguir pelo corredor, seus sapatos de salto Sabrina batendo como castanholas no chão de madeira, enquanto anunciava:

— Silêncio, pessoal! Encontrem um lugar para se esconder. Eles vão chegar a qualquer minuto!

Trey se virou para me encarar.

— Se formos rápidos, provavelmente conseguimos pegar alguns bolinhos de caranguejo antes que acabem.

Quando ele me ofereceu o braço, a manga do seu terno subiu até a metade do antebraço.

— Por que você sempre usa o mesmo terno? — perguntei.

— Alguns anos atrás eu tive um cliente que vendia roupas masculinas. Ele estava indo à falência e não tinha dinheiro, então me pagou com o que sobrou do inventário da loja. Tenho mais cinco iguais a esse.

— Hum. Pena que ele não tinha em outras cores.

Ou um tamanho maior.

Ele deu de ombros.

— Para mim tanto faz. Nunca me importei muito com roupas.

Sim, isso eu tinha percebido. Aceitei seu braço e caminhamos pelo corredor em direção à confusão causada por oitenta pessoas dizendo umas às outras para ficarem em silêncio.

— E, além disso — continuou ele —, é bom porque nunca preciso pensar no que vou vestir. Mas seu vestido é bonito.

Espalhei a saia com a mão livre, feliz por ele ter notado.

— Coisa da Pris. Você gostou?

— Gostei. Minha mãe tinha um igualzinho.

Entrar na sala de estar de Felicia e Beau foi como atravessar um portal do tempo para a minha infância. Com exceção das cortinas de veludo azul-escuro que substituíram as cortinas de brocado na exata mesma cor, tudo parecia igual à sala de vinte e cinco anos antes. O que não significa que a decoração estivesse datada ou gasta. Esse é o bom das antiguidades. Uma vez que uma boa peça de mobília ultrapassa certa idade, ela nunca mais sai de moda. E me ocorreu que essa era uma boa metáfora para a própria Felicia.

Acenei para Heath e Caroline antes de eles se abaixarem atrás de um sofá *recamier*. O encosto se curvava para cima, então era perfeito para eles. Mal se via a parte superior da cabeça de Heath atrás da extremidade mais alta do encosto, e Caroline, que usava um vestido azul, quase da mesma cor da seda do estofamento, estava bem camuflada.

Lorne e Pris estavam visíveis, parados em lados opostos de um relógio alto de mogno, mas pareciam não se importar. Lorne, que tinha se arrumado para a ocasião, combinando sua calça jeans habitual com uma camisa branca impecável e um paletó cinza-claro, não parava de surgir do outro lado do relógio para dizer algo a Pris, fazendo-a rir muito. Eu gostava de Lorne, de verdade, mas flertar era tão natural para ele como respirar, e eu estava um pouco preocupada com Pris, ainda mais depois dos comentários sobre querer encontrar um *bad boy*. Lorne não era má pessoa, no fim das contas, mas era velho demais para ela. No entanto, todo mundo tem o direito de escolher como ter seu coração partido, então desviei o olhar e continuei procurando um lugar para me esconder. Não haviam sobrado muitos esconderijos.

Cinco pessoas que eu não conhecia já estavam agachadas atrás do sofá curvilíneo como uma corcova de camelo. Happy Browder, Deborah Jean Aiken e os Mazlow estavam escondidos atrás de um piano de cauda preto perto da janela da frente, com as pernas visíveis sob o instrumento. Não havia um esconderijo grande o suficiente para duas pessoas, então eu me abaixei ao lado de uma pequena escrivaninha estreita e Trey ficou atrás de um vaso com uma palmeira.

A cabeça de Trey aparecia acima das folhas da planta, mas ele se imprensou contra a parede, virou a cabeça na minha direção e ficou imóvel, como um cervo paralisado diante dos faróis de um carro, sem conseguir decidir para onde correr. Balancei a cabeça e sorri, tentando não rir em voz alta. Não que Trey fosse hilário, mas há algo meio fofo e cativante em um cara que está tentando impressionar uma garota.

Eu teria gostado menos se fosse Lorne, que parecia flertar com qualquer mulher, quase como um reflexo involuntário. Trey não parecia ser esse tipo de cara. E ele tinha mesmo olhos lindos. A cor era, não sei, meio conhaque? Ou estava mais para um caramelo-escuro? Enfim, eram deliciosos.

Felicia espiou através de uma pequena fresta nas cortinas quase fechadas e soltou um pequeno suspiro de empolgação.

— Alguém está vindo! Desliguem o abajur! Silêncio agora!

Happy apertou o interruptor do abajur Tiffany que estava em cima do piano.

A sala ficou escura e, tirando o chiado suave da respiração do sr. Mazlow vinda de trás do piano, completamente silenciosa. Esperamos. E esperamos. E esperamos. Ninguém mexeu um músculo. Por fim, a porta da frente se abriu e duas pessoas entraram.

— Olá? Tem alguém em casa?

Sissy Lee ligou um interruptor, e todos gemeram de frustração.

— Sissy, querida — disse Felicia —, é uma festa surpresa. Você deveria ter entrado pela porta *dos fundos*.

— É mesmo? — Sissy piscou duas vezes, confusa. — Hubert não me disse.

— *Eu* disse quando nos vimos na padaria na semana passada. Enfim — disse Felicia. — Entre e encontre um lugar para se esconder. Beau e Foster vão chegar a qualquer momento.

As coisas continuaram em suspenso por um tempo. Alguém se aproximava pelo caminho do jardim e todos se escondiam, então percebiam que o recém-chegado era mais um atrasado. Depois da terceira tentativa fracassada, as pessoas ficaram cansadas de se esconder e foram até o bar.

Procurei Trey, esperando continuar nossa conversa. Nunca tínhamos conversado direito antes, exceto sobre assuntos jurídicos, mas ele parecia mais relaxado naquela noite, mais aberto. Embora parecesse que falar sobre o irmão estava fora de cogitação, eu teria gostado de descobrir mais sobre o que tinha acontecido entre ele e Lorne, mas também estava curiosa sobre ele como indivíduo. Trey era inteligente e poderia ter trabalhado em um grande escritório e ganhado muito dinheiro. Em vez disso, tinha um escritório particular e aceitava clientes que pagavam seus honorários com ternos antigos. Por que isso? E bem... De todo modo, teria sido bom saber se ele estava só querendo me impressionar ou se havia algo mais ali.

Não que eu tivesse tempo ou disposição para mais do que isso; Steve também tinha olhos bonitos, e olha só no que deu. Trey só devia estar fazendo uma piada, ou talvez tivesse bebido um pouco antes da festa. Em todo caso, eu até que tinha gostado da atenção. Já fazia muito tempo que algum homem, sóbrio ou não, tentava me impressionar. E eu gostava de Trey. Apesar dos ternos feios, ele parecia ser um cara legal.

Mas a sala estava lotada, e, antes que eu tivesse como encontrar Trey, fui encurralada por Sissy Lee. Embora a conhecesse desde a infância, ela não só não se lembrava de mim como parecia achar que eu era violoncelista e tinha tocado uma sonata durante o Festival de Spoleto. Não encontrei uma maneira educada de escapar da conversa, então, enquanto Sissy tagarelava sobre Bach, olhei por cima de seu ombro e pensei em como todos os coquetéis eram iguais, cheios de pessoas bem-vestidas que riam alto demais, agiam de um jeito forçado demais e bebiam demais.

Quando eu ia a festas em Nova York e as pessoas descobriam que eu era a Cara Calpurnia, na mesma hora começavam a me contar todos os seus problemas. Pensando bem, em comparação, a festa de Beau era moleza. Mesmo com lapsos de memória, Sissy ainda não parava de falar, e eu só precisava assentir e murmurar de vez em quando. Mas enquanto meus olhos vagavam pela sala, não pude deixar de me perguntar sobre os meus novos vizinhos.

Por que Caroline estava em pé sozinha, sem conversar com ninguém? Quanto Happy tinha gastado naquela roupa? E naquele botox? Será que o procedimento a fazia se sentir mais segura? Mais confiante? Por que Pris ainda estava conversando com Lorne? Ela não percebia que ele não era o cara certo para ela? E por que o sorriso de Felicia desaparecia assim que ela achava que ninguém estava olhando? Eu conhecia Felicia desde criança, mas será que eu a conhecia *de verdade*? Se Felicia, ou qualquer uma das mulheres na sala, tivesse escrito uma carta para a Cara Calpurnia, o que teriam perguntado? Que conselho eu teria oferecido?

Não pude deixar de me fazer essas perguntas, mas talvez fosse mais fácil não saber as respostas. Uma coisa é se preocupar com um estranho, outra é se envolver emocionalmente com alguém com quem você convive. Esse segundo tipo de preocupação exige uma energia que eu não sabia se tinha e uma vulnerabilidade à qual eu não tinha certeza se queria me expor.

Quando Foster e Beau chegaram, a festa estava a todo vapor. A ideia de Foster para tirar seu pai de casa havia sido levá-lo ao Champagne Bar no Peninsula Grill para tomarem três Old Fashioneds. Quando os dois entraram, já estavam bem animadinhos, e Felicia estava furiosa com o filho. Eu a ouvi dar uma bronca nele quando fui pegar uma taça de vinho.

— Eu só queria que você tirasse seu pai daqui por meia hora. Era pedir muito? Eu estava contando com você.

— Bem, mãe, foi aí que você errou — retrucou Foster, a fala arrastada. — Você já deveria saber que, quando o assunto sou eu, a única coisa em que você pode confiar é que não pode confiar. — Ele fez uma pausa e tomou um gole de sua bebida âmbar. — Em mim, quero dizer. Você não pode confiar em mim.

Antes que Felicia pudesse continuar a bronca, Beau tropeçou na franja de um tapete persa grosso e caiu nos braços de Bradley Baudoin, desencadeando uma reação em cadeia de risadas e copos quebrados. Felicia enfiou a bandeja de frangos à rolê envoltos em bacon que estava segurando nas mãos de Foster.

— Pegue isso aqui e distribua para os convidados. Mais tarde a gente conversa — sibilou ela, indo resgatar o marido e recolher os cacos de vidro antes que alguém pisasse neles. — Beau, querido, acho que já chega de bourbon. Deixe um espacinho para o bolo.

— Você acha que ela vai me colocar de castigo?

Foster se virou na minha direção, pegou um canapé da bandeja e o enfiou na boca. Supus que fosse uma pergunta retórica, e não respondi. Mas Foster tinha razão em uma coisa: Felicia já deveria saber.

Foster era preguiçoso, não confiável e mimado, e todo mundo sabia. Em outros tempos, ele tinha sido quase bonito. Tive uma breve quedinha por ele aos 11 anos, mais ou menos, mas isso tinha sido há mais de vinte e cinco anos. Agora, ele me lembrava um bebê superalimentado e queimado de sol.

— Rolê? — murmurou Foster, com a boca cheia.

— Não, obrigada. Já comi muito bolinho de caranguejo.

Foster balançou a cabeça e engoliu.

— Eu estava perguntando se você quer dar um rolê, sair. — Olhei para ele sem entender. — Comigo.

— Ah.

Ele tomou outro gole.

— O que você vai fazer na sexta-feira? Tem um restaurante italiano na Spring Street chamado Kink Practice...

Antes que eu pudesse dizer obrigada, mas nem morta, Foster começou a tossir. Seu rosto já corado ficou vermelho. Bati nas costas dele e olhei ao redor da sala, em busca de ajuda. Ele estava engasgando? Ou tendo um ataque cardíaco? Ou era algo normal que acontecia com ele? Fosse o que fosse, parecia grave, e o vermelho estava virando escarlate.

Trey estava perto da mesa de buffet. Arregalei os olhos em um pedido de socorro silencioso e desesperado. Na mesma hora, ele deixou o prato no balcão e começou a abrir caminho por entre a multidão de pessoas meio bêbadas, sendo obrigado a traçar um percurso sinuoso para chegar ao meu lado da sala. Mas, então, tão de repente quanto começou, Foster parou de tossir e levou o bourbon aos lábios, como se nada tivesse acontecido.

— Kink Practice — disse ele em uma voz embolada depois de engolir, piscando várias vezes seguidas, como se estivesse tentando forçar a sala a entrar em foco. — Sexta-feira. Por volta das sete?

Senti a mão de alguém no meu cotovelo. Lorne tinha aparecido do nada e estava muito perto de mim, de um jeito possessivo.

— Pink *Cactus* — corrigiu Lorne. — E é um restaurante mexicano, não italiano. Mas infelizmente ela não pode, Foster. Ela já tem um encontro na sexta-feira à noite, comigo.

Lorne piscou para mim e sorriu, depois pôs o braço em volta dos meus ombros. Sorri de volta, grata pela intervenção. Lorne olhou para a minha taça de vinho.

— Parece que alguém precisa de outra bebida — disse ele, embora meu vinho ainda estivesse pela metade. — Com licença, Foster.

Quando Lorne apertou meu ombro e me conduziu em direção ao bar, eu me virei a tempo de ver as costas de um terno preto justo demais — Trey — saindo pela porta.

Capítulo Vinte

— Uau.

Inspirei fundo e soltei o ar, então olhei de novo para os valores, torcendo para que minha conta estivesse errada. E estava. A diferença em relação ao cálculo inicial era de quase mil dólares, mas *não* a meu favor. Senti o nó no estômago ainda mais apertado.

— É pior do que eu pensava.

— Eu sei — disse Lorne. — Tem uma guerra comercial acontecendo no momento, e o preço da madeira subiu quinze por cento nas últimas duas semanas. E o telhado... — Ele deu de ombros e tomou um gole de seu refrigerante. Não estava dizendo nada que eu já não soubesse. — O que realmente está acabando com a gente é a parte elétrica. Não há nada de errado com o painel elétrico. Mas o inspetor Brett...

— Disse que precisamos substituí-lo. Eu lembro. Eu odeio aquele cara. Qual é o problema dele, afinal?

Quando se tratava do nosso novo inspetor de obras, Lorne e eu concordávamos cem por cento.

— Sei lá — disse Lorne, dando de ombros. — Deve gostar de se sentir poderoso.

— Será que não rola oferecer uma grana pra ele, sei lá? Ou talvez... fazer com que ele sofra um acidente terrível? Você já foi preso, deve conhecer o tipo de cara que faz isso, não?

Lorne riu.

— Foi mal. Eu fui preso por crimes de colarinho-branco. Mas o Slip... — disse Lorne, pensativo, antes de tomar outro gole. — Ele já foi para a cadeia algumas vezes. Talvez possa ajudar.

— Hum. Certo, me lembre de nunca contrariar o Slip.

Nossa garçonete voltou e colocou uma tigela de azeitonas e uma pizza no balcão. Peguei uma fatia e dei uma mordida. Estava bem gostoso, mas eu tinha outras coisas em mente além de comida, como gastos não previstos e orçamentos estourados.

— Bem. — Suspirei. — É a vida, não é? Enfim, não tenho como te dar o dinheiro agora, não trouxe meu talão de cheques.

— Sem problemas — disse Lorne. — Segunda-feira está ótimo. Mas, escute... Você pode fazer um favor e não mencionar isso ao Trey?

Não tinha planejado falar nada, e Trey nem atenderia minha ligação, já que ele estava ocupado ou me evitando desde a festa de aniversário de Beau. Mas a pergunta de Lorne me fez pensar se eu deveria contatá-lo.

— Cada centavo está contabilizado — garantiu Lorne, aparentemente lendo minha fisionomia. — Eu fiz os cálculos quatro vezes, só por garantia. E tenho recibos e estimativas para cada item, até os pregos de três centavos, que, aliás, agora custam nove dólares e oitenta e quatro centavos por quilo.

Sorri, um pouco mais tranquila. Eu sentia que tinha passado a conhecer Lorne um pouco mais nas últimas semanas. Era convencido demais em relação à própria aparência e insistia em colocar música country bem alto enquanto trabalhava, cantando junto todas as músicas do Rascal Flatts. Mas era dedicado no trabalho. E inteligente demais para arriscar voltar para a prisão pela segunda vez pelo mesmo crime.

— Só prefiro que Trey não fique sabendo sobre esses gastos extras. Ele não confia em mim. E eu entendo — admitiu Lorne, levantando as mãos antes que eu tivesse a chance de apontar o óbvio. — Ele tem bons motivos para isso. Mas você sabe, Trey defendeu algumas pessoas bem suspeitas ao longo dos anos e ganhou menos dinheiro do que qualquer advogado em Charleston.

— Ele defendeu você — lembrei a ele, embora não precisasse.

Algo me dizia que essa dívida Lorne nunca esqueceria.

— Aham — confirmou Lorne, com calma. — E sou muito grato por isso. Trey acha que todo mundo merece acesso a uma defesa justa. O cara é um idealista e o mundo precisa de mais pessoas como ele, é claro, mas no fundo tem uma coisa nele que eu acho engraçada... — Lorne abaixou a cabeça e tomou outro gole de refrigerante. — Ele acha que todo mundo merece uma segunda chance, menos eu.

Eu não soube o que dizer, então tomei um gole do meu refrigerante de gengibre. Preferiria ter pedido uma cerveja, mas Lorne era, como ele mesmo dizia, ex-viciado em tudo, então eu consumia apenas bebidas não alcoólicas quando estávamos juntos, embora ele tivesse me dito que não era necessário.

"Sério, Celia. Não se preocupe com isso. Seria preciso muito mais para me fazer ter uma recaída. Ou de muito menos, depende do dia", dissera ele com um sorriso.

Eu dava créditos ao senso de humor, mas sentia um pouco de pena de Lorne. Suspeitava que suas piadas escondiam uma dor muito grande, como costuma ser com a maioria das pessoas.

— O que aconteceu entre vocês?

Lorne mastigou sua pizza e me lançou um olhar significativo.

— Não, estou falando além da sua condenação. Sinto que tem mais nessa história.

— Nós somos irmãos — disse ele, como se isso explicasse tudo.

— Sério, Lorne. Eu perguntei a Trey, mas ele respondeu que não há bebida suficiente em Charleston para fazê-lo falar.

— Viu só a diferença? Eu só precisaria de meio bourbon. Eis outro motivo pelo qual não bebo. — Lorne acenou para a garçonete e pediu a conta com um gesto.

Ele havia me dito antes de nos sentarmos que estava com pressa porque tinha uma reunião dos Alcoólicos Anônimos. A distração momentânea me deu a oportunidade de examiná-lo melhor. Seu queixo era pontudo e muito reto, os olhos de um castanho profundo e cercados por cílios espessos, um atributo que nem todo o rímel do mundo poderia comprar, como eu sabia muito bem.

Bonito. Ex-presidiário. Ex-viciado em tudo. Um milhão de maus sinais, todos muito óbvios. Não era de se admirar que eu de repente estivesse me sentindo atraída por ele. Até alguns meses antes, Lorne teria sido meu tipo, um cara que me daria a chance de ser completamente infeliz. Mas agora havia Peaches.

Quando a garçonete trouxe a conta, peguei o papel antes de Lorne, que protestou, dizendo que o convite tinha sido dele e que, portanto, era ele quem deveria pagar a conta.

— Você não me convidou. Você me resgatou do Foster Pickney, lembra?

— Bem, eu *queria* convidar você. Isso não conta?

— Isso aqui foi uma reunião, Lorne. Eu sou a chefe, quem deve pagar sou eu.

— Você é a *cliente* — disse ele, em um tom que deixava claro que ele não tinha chefe —, então eu que devo pagar. Além do mais, não é tanto dinheiro assim. Pizza pela metade do preço durante a promoção do happy hour. Não me entenda mal, Celia, mas você não é uma mulher cara.

Sorri. Como resistir? Lorne também sorriu, parecendo muito satisfeito consigo mesmo, então se inclinou mais para perto e esperou. Se eu tivesse movido a cabeça para a frente dois centímetros, no máximo cinco, nossos lábios teriam se encontrado. Não vou dizer que não foi tentador. Mas e depois? O que quer que acontecesse a seguir, eu sabia que não terminaria bem.

Virei a cabeça para o lado e limpei os lábios com o guardanapo, fingindo não notar. Lorne estreitou os olhos como se estivesse tentando decidir se eu valia o esforço. Por fim, deu de ombros e pegou outra azeitona.

— Certo. Entendi. A última coisa de que você precisa agora é se envolver com alguém, imagino.

Provavelmente.

— E aí? Você saiu com ele? — perguntou Calvin quando nos falamos no fim de semana e relatei os acontecimentos da festa.

— Não. Sim. Saí, mas não *assim* — expliquei quando Calvin arfou de surpresa, tropeçando nas próprias palavras. — A gente se encontrou depois de ele terminar o trabalho, mas só para analisar os orçamentos e as listas da obra. Não foi um encontro. Nós comemos uma pizza...

— Aonde vocês foram?

— Num restaurante na King Street, não me lembro o nome. Mas a pizza estava maravilhosa, com lascas de couve-de-bruxelas, fatias finas de maçã, pancetta e algum tipo de queijo.

Eu já conheço Calvin há tempo suficiente para saber que a conversa não poderia continuar até que eu contasse os detalhes da refeição. No entanto, não falei nada sobre ter me esquivado do beijo de Lorne porque, bem, não havia nada a contar.

— Ricota — adivinhou Calvin com autoridade. — Com um toque de mel? Aposto que foi Indaco.

— Calvin, você passa todo o seu tempo livre decorando os cardápios de todos os restaurantes dos Estados Unidos?

— Só dos bons. — Ele fungou. — E então? Como foi? Além da comida, quer dizer. Você se divertiu?

— Eu não estava lá para me divertir. Estava lá para fazer contas e marcar itens nas listas. A única coisa em que estou pensando agora é deixar a casa pronta a tempo para a visita domiciliar.

— Sem tempo pra romance?

— Nenhum. E, se tivesse, pode apostar que não seria com um ex-presidiário divorciado três vezes e em recuperação.

— Isso não teria impedido você em outros tempos.

— Eu sei, mas a perspectiva da maternidade iminente muda uma pessoa. Não quero mais saber de *bad boys* — falei.

— E dos caras de bom caráter? Trey Holcomb parece um cidadão respeitável.

Sim, era mesmo. E eu gostava de Trey, ou teria gostado, se as circunstâncias fossem diferentes. Mas não eram e, por mim, tudo bem. Eu já tinha problemas demais. Além disso, ele não estava falando comigo.

— Não quero saber de homem nenhum, Calvin — falei. — Ponto-final. Fim de papo. Trey é legal, mas um pouco sério demais e se veste muito mal. E parece superciumento, também. Eu liguei para ele no dia seguinte, depois da festa, e até agora ele ainda não retornou. Mas, por mim, tudo bem, não estou procurando um relacionamento.

Sim. Por mim, tudo bem.

— Além disso, esse lance entre ele o irmão, meio Caim e Abel, é um mau sinal. Eu já tenho um passado familiar pesado, não preciso de mais.

— Aham — disse Calvin. — Você parece ter passado muito tempo pensando nesse homem no qual não está interessada.

— Não, só estou sendo direta. E focada. É sério, Calvin. Sei que parece estranho, mas sinto que estou em uma espécie de missão.

— Você ainda está tendo aquele sonho.

Não era uma pergunta. Calvin me conhecia muito bem.

— Toda noite — falei. — Tem que ter um significado, não acha? Não estou falando só sobre mim ou mesmo do bebê. Está tudo misturado com a minha família e essa casa. Sinto que é meu dever fazer com que ela fique como era antes. Ou talvez se transforme em algo que deveria ter sido e nunca foi. Você acha maluquice?

— Acho. Um pouco — admitiu Calvin. — Mas, ei. Só porque algo parece maluco, não significa que seja. Todo mundo está nesse mundo por algum motivo, não acha?

Apenas alguns meses antes, eu teria respondido que não. Agora, eu não tinha tanta certeza.

Querida Peaches,

Não paro de pensar na inscrição no túmulo dos meus pais "Até os tempos da restauração de todas as coisas, dos quais Deus falou..."

Talvez este tempo seja agora. Talvez seja por isso que estou aqui, para encontrar o que está perdido e restaurar para voltar a ser o que era.

Talvez seja por isso que todos nós estamos aqui.

Capítulo Vinte e Um

— Já passou das cinco — falei para Pris. — Você não deveria estar indo embora?

No dia seguinte à festa de Beau e Felicia, o desejo de Pris foi realizado e ela conheceu um *bad boy*. Larson Benning era tatuador, 23 anos, com olhos sedutores e uma atitude rebelde, além de grandes alargadores nas orelhas. Para mim, ele parecia meio esquisito, mas Pris ficou caidinha. Os dois saíram juntos todas as noites da semana seguinte, e Pris passava a maior parte do dia falando sobre ele. Foi por isso que eu tinha resolvido limpar a sala de jantar sozinha. Ouvir seus suspiros apaixonados era cansativo.

— Nós terminamos — disse Pris, meio irritada, ao colocar fita adesiva em uma caixa. — Descobri que ele já tem uma namorada e eles moram juntos. Ela viu a gente na boate, jogou cerveja na cara dele e saiu furiosa. Lars foi atrás dela e me deixou com a conta.

— Putz. Você está bem?

— Aham. Eu sabia que não ia durar.

— Muito convincente. Quase acreditei em você.

Pris riu e depois fungou. Dei tapinhas em seu ombro.

Não posso dizer que achava aquele término ruim, mas eu me lembrava de como era ter 20 anos e o cara que você achava ser o amor da sua vida mentir para você e fazê-la se sentir uma idiota. Também me lembrava de como era passar por isso aos 30. E aos 35. E aos 37… O que eu disse a Calvin era verdade. A última coisa de que eu precisava agora, e talvez pelo resto da vida, era um relacionamento. O sofrimento não valia a pena, e nunca dava certo, pelo menos não para mim.

— Sinto muito, Pris. Os homens são uns idiotas.

— Eu vou superar. — Ela deu de ombros. — Aqueles alargadores dele eram meio nojentos.

Não era isso que ela dizia uma semana atrás, mas tudo bem.

— Por que você não encerra por hoje? — falei. — Vai se divertir um pouco, sair com a sua mãe, sei lá. Aposto que você não tem passado muito tempo com ela.

— É, bem... Diversão e minha mãe não são palavras que eu costumo usar na mesma frase. E você? Pensei que estava tentando descansar um pouco à noite.

— Pois é. Mas ando meio enjoada de filmes de Natal e também estou meio enjoada de *The Blacklist*. A história não anda e James Spader não é tão bonito quanto eu pensava. Além disso, quero terminar a sala de jantar. Conseguir ver a mesa é uma grande motivação. Só faltam algumas caixas.

— De livros — lembrou Pris, me lançando um olhar de reprovação. — Você sabe que seria muito mais rápido se você parasse de ler os livros, certo? Encontrei a caixa de romances que concordamos em doar para a biblioteca e que você tentou trazer de volta para casa escondido.

Antes que eu pudesse protestar ou dizer a Pris que a caixa resgatada incluía um exemplar de *O grupo*, de Mary McCarthy, e que talvez fosse o momento perfeito para ela lê-lo, meu celular tocou. Não reconheci o número, mas isso jamais me impediu de atender uma ligação.

— Oi, Celia. Aqui quem fala é Polly Mercer. Só estou ligando para lhe dizer que você ganhou o sorteio.

— Oi?

— O sorteio — repetiu ela. — Do cesto de lã e material de tricô? Parabéns! Você é a ganhadora!

Mais lã? Era só o que me faltava.

— Ah. Bem... isso é ótimo, Polly. Obrigada. Mas eu pensei que você escolhia a vencedora no final do mês, não? — Minha pergunta foi recebida por um silêncio prolongado. — Polly? Você está aí?

— É, você tem razão — disse ela em um tom menos animado. — Eu ainda não escolhi uma vencedora. Mas você tem boas chances de ganhar. Só tive vinte inscrições desde que você veio aqui na loja.

Apenas vinte? Não era de admirar que ela soasse tão desanimada.

— Eu pensei que... Ai, nossa, que humilhação. Estou parecendo uma doida perseguindo você. E bem patética. — Ela respirou fundo e começou a falar rápido, como se tivesse decidido arrancar logo o Band-Aid. — Olha, eu superentendo se nunca mais quiser me ver, mas é que já faz tanto tempo e agora somos adultas. Quando entrou na loja, eu achei que... Bem, não sei o que eu achei. Imaginei que nunca mais te veria de novo, mas, de repente, lá estava você. Tenho pensado nisso desde então e fico me perguntando se significa algo, talvez que a gente devesse recomeçar?

Recomeçar? Eu não sabia o que responder. Felizmente, não tive que dizer nada, porque Polly não me deu chance.

— Na verdade, tenho me sentido muito sozinha desde que voltei para Charleston. Tudo mudou, sabe? Todas as minhas amigas do colégio se casaram com corretores de ações e viraram mães do country club. Não temos mais nada a ver e... bem, a não ser a Josie. Ela está cultivando maconha medicinal no Colorado. Mas Denver é longe demais, e, do jeito que sou, é melhor assim. Não posso cair em tentação e tudo mais. Mas enfim. — Polly suspirou. — Tenho andado meio para baixo e pensei que de repente, quem sabe, a gente poderia sair para fazer alguma coisa um dia desses? Pareceu esquisito ligar para dizer isso, então resolvi falar que você ganhou o sorteio e perguntar se poderíamos nos encontrar para você pegar o prêmio e... Uau — disse ela, enfim parando para respirar. — É ainda mais patético em voz alta, não é?

Patético? Não. Eu me identifiquei com o que ela disse sobre tudo ter mudado e ela se sentir sozinha. Mas *sozinha* era uma palavra que eu nunca pensei que ouviria saindo da boca de Polly.

Nós duas sempre fomos muito diferentes. Acho que foi isso que fez nossa amizade dar certo pelo tempo que deu. Também acredito que tenha sido por isso que nossa professora, a sra. Florsheim, decidiu que Polly e eu deveríamos sentar juntas a partir do segundo mês do primeiro ano, porque ela sabia que, de certo modo, nos completávamos.

Nossas qualidades peculiares e características extremas equilibravam os defeitos e as faltas uma da outra.

Polly me ajudava a ser mais extrovertida, prática e aventureira. Eu a ajudava a ser mais estudiosa, criativa e um pouco menos impulsiva. Ela sabia se defender a ponto de ser combativa. Eu sabia manter a paz a ponto de me tornar um capacho. Ensinei Polly a ler. Ela me ensinou a me defender, e, quando eu não conseguia, ela fazia isso por mim. Polly era divertida, fácil de gostar e tinha muitos amigos. Mas nós duas tínhamos um laço especial. Tínhamos sido melhores amigas.

Até deixarmos de ser.

Eu queria lhe contar o que aconteceu e por que desapareci. Mas como poderia explicar a alguém uma coisa que eu ainda não conseguia explicar nem para mim mesma? Eu estava muito confusa, muito envergonhada. Além disso, Sterling me disse para não contar a ninguém, que isso só pioraria as coisas. Como minha língua solta já causara a desintegração final do que restara da minha família, eu não podia correr o risco. Até hoje, nunca contei tudo o que aconteceu, nem para Polly nem para ninguém.

Não podia explicar que, na época, não a convidava mais para ir à minha casa porque não queria que ela visse onde e como estávamos vivendo, em uma caixa cinza sem graça no quinto andar, as lixeiras cheias das garrafas vazias de bourbon de Sterling. Polly só sabia que eu tinha desaparecido, voltado uma pessoa diferente e me recusado a falar sobre o assunto, por mais que ela perguntasse. Depois de um tempo, ela parou de perguntar e começou a me ignorar, o que foi um alívio triste. Ignoramos uma à outra e eu passei a ignorar todo mundo, porque era mais seguro assim. Eu me refugiei nos livros, estudei muito e me acostumei a ficar sozinha.

Como Polly tinha muitos amigos, imaginei que ela não sentiria minha falta. Mas ela foi a primeira a me chamar de Daria, uma referência à personagem sarcástica dos desenhos animados com um tom entediado que acredita ser mais inteligente do que todo mundo (porque é). Talvez tivesse sido uma retaliação, uma tentativa de me magoar por tê-la magoado. Se foi, funcionou. Mas enxerguei um consolo cortante em sua crueldade: era melhor ser desprezada do que esquecida de vez. Seja lá qual fossem seus motivos, depois que Polly criou meu apelido, o nome pegou. Durante todo o ensino médio, as pessoas me chamaram de Daria.

Havia algumas semelhanças. Eu era estudiosa e reservada, mas não porque me achava superior. Enquanto outras garotas se preocupavam com os testes para líder de torcida, eu estava guardando o segredo de um pai que estava tentando morrer de tanto beber, até que de fato conseguiu.

Se eu era Daria, então Polly era Brooke Davis, de *One Tree Hill*. Ao contrário de Brooke, Polly nunca abandonou a máscara de garota festeira. Sempre que nos víamos pelos corredores da escola, Polly estava rodeada de seu grupinho, outras garotas populares e festeiras que davam a impressão de serem felizes, confiantes e despreocupadas. Mesmo naquela época, eu me perguntava se era mesmo verdade. Pessoas felizes e despreocupadas não bebem tanto nem fumam tanta maconha quanto Polly. Nunca conversamos, mas eu me preocupava com ela. Embora tivesse meus próprios problemas, parte de mim desejava que houvesse um jeito de nos reaproximarmos. Antes isso parecera impossível, mas as coisas tinham mudado.

— Adoraria te encontrar, Polly. Sábado está bom?

— Jura? — Anos fumando cigarro deram à voz de Polly um tom áspero, mas, apesar disso, ela soava mais vulnerável agora do que aos 17 anos. — Seria ótimo!

— Quem era? — perguntou Pris depois que desliguei.

— Uma amiga — falei. — Uma amiga que eu reencontrei.

Capítulo Vinte e Dois

Polly e eu decidimos nos encontrar no Miller's All Day, um restaurante moderninho e chique na King Street que servia um brunch típico do Sul o dia inteiro. O lugar era bem popular, ainda mais aos sábados, então a espera por uma mesa foi longa e bem constrangedora.

Nosso encontro na loja da Polly, por ser inesperado, tinha sido menos complicado. Não havíamos passado horas tentando pensar no que diríamos uma à outra quando nos víssemos. O problema agora era que tínhamos *muito* a dizer. Quando você não vê uma pessoa há vinte anos e, dolorosa e propositalmente, vocês pararam de se falar muitos anos antes disso, é difícil saber por onde começar.

Então, em vez de conversarmos direito, ficamos mexendo os pés, olhando o celular e nos revezando para perguntar à recepcionista o número de mesas na nossa frente, comentando de vez em quando que a comida estava cheirosa. Polly até brincou que teria mais chances de arrumar um namorado se alguém inventasse um perfume com cheiro de bacon. Enfim, ficou um climão, e tenho certeza de que não fui a única a começar a achar que aquele encontro tinha sido uma má ideia.

Finalmente, fomos levadas a uma mesa — todos os sofás estavam ocupados — e nos deram cardápios. Pedi uma tigela de *grits* com couve-frisada, couve-flor e queijo. Polly pediu um waffle de caramelo e um pão de banana com cobertura de cream cheese e chocolate com avelã para dividirmos.

— O que foi? — disse ela, piscando confusa quando me viu encará-la depois que a garçonete se afastou. — Não, sério. O que foi?

— Waffle de caramelo? — Eu ri. — E você está ainda mais magra do que no colégio. Como consegue? Já ouviu falar de verduras?

Polly estalou a língua e fingiu estar ofendida.

— Claro que sei — disse ela. — Verdura, aquele troço verde em que a gente joga molho *ranch* para disfarçar o gosto.

Peguei meu copo d'água.

— Você não mudou nada.

A expressão brincalhona de Polly desapareceu. Ela me encarou.

— Ah, mudei sim, e você também.

Era só disso que precisávamos, uma resposta honesta e sagaz para quebrar o gelo. As desculpas foram proferidas com tanta rapidez que falamos uma por cima da outra, ansiosas para sermos ouvidas, mal nos preocupando em ouvir, mas tudo bem. Sabíamos o que queríamos dizer. Nós *tínhamos* mudado. Estávamos mais velhas, com sorte mais sábias, e cansadas de nos sentirmos tão sozinhas. Se e quando estivéssemos prontas, haveria tempo para explicações, mas, naquele momento, só uma coisa importava.

— Estou tão feliz com esse reencontro, Celia. De verdade. — Polly enxugou o canto do olho com o guardanapo. — Quando vi você lá na loja aquele dia, tive que me segurar para não pular por cima do balcão e te abraçar.

— Entendo. Naquele dia em que avistei a ruiva na igreja, mas concluí que não era possível que fosse você, fiquei superdecepcionada.

— Foi *exatamente* o que eu senti quando você foi embora — disse Polly, agarrando a beirada da mesa e se aproximando. — Por um segundo, achei que era você, mas depois você foi embora e eu pensei: "Não, não pode ser ela". Mas então, alguns dias depois, quando tinha acabado de somar todos os números vermelhos da minha contabilidade e estava me sentindo muito triste, puft! Você surge pela porta! Quero dizer, quais são as chances?

— Uma em um zilhão — falei. — Era para ser.

— Era mesmo! — exclamou Polly.

A garçonete pôs um prato entre nós, e os olhos de Polly se iluminaram. Ela pegou o pão quente e o partiu ao meio, liberando um vapor e um forte cheiro de canela e banana, então estendeu metade para mim.

— Você tem que experimentar isso — disse ela. — Coloque um pouco da cobertura de chocolate, é maravilhoso.

— Ai, meu Deus. Uau — falei, revirando os olhos em êxtase depois de colocar um pedaço na boca, então abanei o pedaço restante. Ainda estava quente demais para comer, mas isso não ia me deter. — Tenho que trazer o Calvin aqui quando ele vier visitar.

— Quem é Calvin? — perguntou Polly.

Contei tudo sobre Calvin, Steve e as várias versões de Steve, minha vida em Nova York, um resumo de tudo o que havia acontecido desde que saí de Charleston e os acontecimentos que me trouxeram de volta.

— Você vai adotar um bebê? Jura?

— Estou *tentando* adotar — corrigi. — Tenho pouca chance, ainda mais sendo solteira, mas quero muito uma família. Mais do que qualquer coisa. Mesmo que eu não consiga, tive que arriscar.

Polly assentiu enquanto eu falava.

— Eu entendo — disse ela quando terminei. — Bem, não a parte do bebê. Não me entenda mal, eu gosto de crianças, mas nunca quis ter filhos. Não me importaria de me casar de novo um dia, se encontrar um cara divertido *e* legal. Os caras divertidos que conheço sempre acabam sendo babacas, e os caras legais sempre acabam sendo chatos como um fim de semana sem graça. — Ela comeu um pedaço de waffle e sorriu. — Se bem que, sendo sincera, todos os meus fins de semana são sem graça hoje em dia, então talvez não faça diferença. Talvez eu sossegue com um cara legal, se conseguir encontrar um.

Ela deu de ombros e comeu mais um pedaço, depois estendeu a mão até o jarro de xarope de bordo e derramou um verdadeiro lago no prato. Eu nunca tinha visto uma pessoa adulta comer tanto. Era impressionante.

— Mas um bebê? — disse ela, mastigando e balançando a cabeça. — Não é para mim. Mas entendo correr o risco para ter algo que você quer tanto. A loja de artesanato é o meu sonho. Eu investi tudo o que tinha nela.

— Isso é ótimo. — Comi um pedaço dos meus *grits*. Estavam bons, mas parte de mim desejou ter pedido um waffle. — Mas, Polly... o que exatamente eu perdi? Eu não me lembro de você ser muito habilidosa com essas coisas.

— Ah, eu não era. Reprovei em arte no primeiro ano, entre outras matérias. Substâncias que alteram a consciência não são boas para as suas médias — disse ela, revirando os olhos ao se lembrar de seu eu mais jovem. — É um milagre eu ter me formado, quase não consegui. O professor de geometria ficou com pena e me deixou fazer a prova final de novo, mas eu não sabia se receberia o meu diploma até a véspera da formatura. Por isso fiquei tão bêbada naquele dia da fogueira. Foi um novo fundo do poço, até mesmo para mim. Eu não estava comemorando, estava tentando afogar as mágoas, sabe? Todas as faculdades nas quais eu tinha me inscrito me rejeitaram, e eu não tinha ideia do que fazer da vida. Estava morta de medo. Nessa época minha mãe ligou para um primo em Decatur que, de alguma forma, acabou conseguindo uma vaga para mim na Agnes Scott, mas acho que deveríamos ter imaginado como isso ia terminar. — Polly deu outra grande mordida e revirou os olhos. — Eu, em uma faculdade só para mulheres? Até parece. Minhas notas eram tão ruins que duvidei que me deixariam voltar para o segundo ano, mesmo com a influência do meu primo. Quando voltei das férias da primavera e o Jimmy me pediu em casamento, aquilo pareceu a resposta para tudo, para nós dois. Ele entrou para a Marinha pensando que aquilo poderia dar um rumo para a vida dele, e eu torcia para que me casar com ele fizesse o mesmo por mim. Estava decidida a amadurecer e ser uma boa esposa. Mas o Jimmy ficava embarcado em um submarino por meses a fio, e eu estava presa na base em Groton, em Connecticut, sem nada para fazer.

Ela deu de ombros, exibindo um sorriso de ex-festeira aposentada.

— Bem... nada que não fosse chegar aos ouvidos do comandante do Jimmy. As fofocas se espalham rápido em uma base naval. Eu levei anos para tomar jeito, mas em vez de sair para beber e farrear, ficava em casa bebendo e tricotando... e fazendo crochê e colchas e bordando e tecendo tapetes. Se envolvia tecido, eu estava interessada. É por isso que acabei decidindo vender um pouco de tudo na minha loja:

eu amo todos, não consigo escolher só um. Mas enfim, depois de um tempo percebi que gostava muito mais de artesanato do que do Jimmy, então nos divorciamos e eu me mudei para Atlanta. Mas mantive o sobrenome dele porque Mercer é muito mais fácil de soletrar do que Schermerhorn.

— Por quanto tempo você ficou em Atlanta? — perguntei.

— Quase nove anos. Arrumei um emprego em uma loja de artesanato grande e dava aulas por fora. O salário era ruim, mas a gerente era legal, uma alcoólatra em recuperação. — Polly levantou as sobrancelhas, como se quisesse dizer que eu poderia adivinhar o que aconteceu a seguir. — Dorothy sabia desde o primeiro mês. O seguro da empresa incluía reabilitação, mas o programa não funcionou nas primeiras vezes. Eu ficava bem por alguns meses e depois algo acontecia e eu tinha uma recaída. Um dia, ela sentou comigo e disse: "Se você pudesse fazer qualquer coisa que quisesse com a sua vida, qualquer coisa mesmo, o que faria?" Eu tinha 30 anos, mas nunca tinha me feito essa pergunta.

Polly piscou algumas vezes, e seu olhar ficou perdido em algum ponto atrás do meu ombro por um momento, como se ainda ficasse impressionada por sua própria falta de imaginação.

— Ela me levou até a clínica de reabilitação. No caminho, paramos em um banco e coloquei cinquenta dólares em uma conta-poupança para a minha loja de artesanato. Foram sete anos e muitas horas extras até eu economizar o suficiente para tornar isso realidade.

— Que história incrível — falei, e estava sendo sincera.

Quando éramos crianças, Polly tinha muito entusiasmo, mas pouca perseverança. Em um ano, ela se inscreveu para fazer balé, ginástica, caratê e escotismo, apenas para desistir de cada uma das atividades em um ou dois meses. Lembro de ouvir sua mãe reclamar disso para tia Calpurnia: "O interesse de Polly por uma atividade nova só dura até chegar a fatura do cartão de crédito cobrando o uniforme".

Sete anos economizando para realizar o sonho de abrir uma loja? Diante de meus olhos estava uma Polly diferente e mais determinada. Mas será que a determinação seria suficiente? Se ela tivesse falado sério quando disse que só tinha recebido vinte clientes desde que eu estive em sua loja, não. Talvez ela estivesse exagerando? O movimento não poderia estar tão fraco, poderia?

— Obrigada — disse Polly. — Mas foi tudo graças à Dorothy. Eu não sei o que teria acontecido se ela não tivesse aparecido naquele momento. Essa é a parte mais incrível, não acha? Como as pessoas certas aparecem no momento em que mais são necessárias?

Tomei um gole da minha água, pensando em Trey, Lorne, Pris e até Caroline e Heath.

— Verdade — concordei. — Mas, Polly, eu realmente admiro a maneira como você se reergueu. Não deve ter sido fácil.

— Não foi mesmo — disse ela. — Mas não fiz isso sozinha. A reabilitação me deixou sóbria, mas entrar para o AA me ajudou a continuar longe da bebida. Mudou a minha vida, meu jeito de ver as coisas. Eu mesma, as outras pessoas e até Deus.

— Eu estava mesmo me perguntando como você tinha ido parar na St. Philip's. Foi por causa do AA que você entrou para a igreja? — Eu estava brincando, na verdade, mas Polly assentiu.

— Passo dois: deposite sua fé em um poder superior. E os outros passos envolvem para onde essa fé pode levar você. Mas não faço parte da congregação da St. Philip's, pelo menos não ainda. Estou visitando várias igrejas, tentando ver qual combina mais comigo. Espero não precisar visitar todas as quatrocentas que existem em Charleston antes de decidir, mas pode levar um tempo.

Ela sorriu e arrastou o último pedaço do waffle na poça de xarope de bordo, para que ficasse bem encharcado antes de colocá-lo na boca.

— Bem, se meu pai estivesse aqui, *com certeza* ele diria para você entrar para a St. Philip's — falei, rindo. — Para você passar a conviver com as melhores pessoas.

Polly usou o guardanapo para limpar o xarope de bordo dos lábios.

— Talvez eu já esteja.

Isso talvez fosse a coisa mais gentil que alguém já havia me dito. Eu sentira tanto a falta dela, mas não tinha percebido o quanto até aquele momento. Pensei no que Heath disse quando comecei a limpar a bagunça de Calpurnia, quando meu impulso foi jogar tudo fora e começar do zero. Heath me aconselhou a fazer uma curadoria cuidadosa da coleção, preservando e protegendo os itens especiais que poderiam manter e celebrar a história da minha família, que também era a *minha* história. Separar o que não valia a pena do que era valioso deu muito mais trabalho do que jogar tudo fora. Eu estava muito feliz por ter seguido o conselho de Heath.

Guardei com carinho a máquina de escrever de Calpurnia, suas pérolas e a cômoda pintada à mão, os novelos de Beebee, seu piano e seus cestos de grama-doce. Adorava ter o serviço de prata Chantilly da minha mãe, seu véu de casamento e sua Bíblia gasta e toda sublinhada, que me fazia desejar que tivéssemos conversado mais e nos conhecido melhor, assim como o relógio de ouro do meu pai e seus livros, inclusive um exemplar preservado de sua peça e uma edição encadernada e com ilustrações belíssimas do *Ursinho Pooh* que meu avô leu para Sterling e Sterling leu para mim, algo que eu havia esquecido até reencontrá-la na bagunça.

Quando avistei a capa vermelha no fundo de uma caixa amassada, minha mente foi tomada por uma lembrança vívida. Eu me vi sentada no colo grande de Sterling, feixes de luz do sol entrando pelas persianas de sua janela, lançando sombras angulares sobre as mãos grandes e sólidas do meu pai enquanto ele virava as páginas. A imagem me fez reviver a felicidade e a sensação de segurança que me envolviam enquanto eu apoiava a cabeça em seu peito para ouvir e sentir o murmúrio e as vibrações enquanto ele descia para um registro mais grave e dava voz às queixas de Ió ou aos comentários da Coruja.

Aquele livro era um artefato que valia ser encontrado, uma lembrança que valia guardar, um pedaço do meu passado. Assim como os outros pedaços que eu tinha preservado, aquelas relíquias contavam nossa história. Nem todas as lembranças que eu desenterrara eram felizes, mas todas eram verdadeiras e reais e me ajudavam a entender quem eu era e de onde eu vinha. Eu não havia encontrado tudo o que queria. Era doloroso perceber que algumas lembranças, algumas partes do quebra-cabeça que mais importavam para mim, estavam ausentes, talvez até tivessem sido descartadas de propósito. Mas grande parte do que eu tinha encontrado na casa de Calpurnia me deu uma imagem mais clara do passado e uma visão melhor sobre como moldar o futuro.

Os mesmos princípios se aplicam às pessoas, não é mesmo? Os velhos amigos nos lembram de quem éramos e do que nos tornamos. Os novos amigos dão pistas de quem poderíamos ser e nos inspiram a seguir em frente. Precisamos de ambos, do novo e do velho, da base do passado e da esperança em relação ao futuro, porque a vida é horrível e maravilhosa ao mesmo tempo, e muito difícil de enfrentar sozinho.

Coloquei o garfo de lado e joguei o guardanapo na mesa.

— Polly? Eu sei que é meio em cima da hora, mas você por acaso estaria livre na segunda-feira à noite?

Capítulo Vinte e Três

Na tarde de sábado, depois do meu café da manhã com Polly, meu esforço para terminar de limpar a sala de jantar ganhou uma nova urgência. Enquanto vasculhava algumas gavetas no aparador, encontrei mais um tesouro: uma foto emoldurada de mim e meus pais tirada no meu aniversário de 8 anos.

Naquela época, embora eu ainda estivesse na fase de batatas fritas e frango empanado, Sterling disse que já era hora de eu aprender a comer ostras e nos levou a um restaurante de frutos do mar perto de Folly Beach. Quando a garçonete pôs um prato cheio de ostras fechadas na minha frente, foi bastante assustador. Mas eu queria agradar meu pai, então resolvi encarar e descobri que qualquer coisa fica boa com bastante molho *mignonette*.

Sterling elogiou meu "paladar sofisticado" e pôs o braço ao redor dos meus ombros para a garçonete tirar a foto. Eu estava sentada atrás de um monte de conchas de ostras vazias, com um babador de lagosta no pescoço e um sorriso. Foi um bom dia. Era legal lembrar que alguns dias com meu pai realmente tinham sido bons.

Eu havia desenterrado muitos artefatos igualmente evocativos: a máquina de escrever e os colares de pérolas de Calpurnia, a cesta de costura e a coleção de camafeus de Beebee, cópias manuscritas de alguns poemas de Sterling — que eram de fato muito bons —, vários rascunhos abandonados de sua segunda peça inacabada — que não era. Também encontrei o anuário da faculdade da minha mãe, com uma foto dela e de algumas amigas vestidas como o elenco de O *Mágico de Oz*. Mas ainda não tinha encontrado nenhuma foto minha com Calpurnia. Isso me incomodou.

Ela havia guardado praticamente tudo que existe no planeta, mas não havia uma só foto de nós duas juntas, nenhum objeto que remontasse às nossas aventuras. Por quê? Será que pensar em tudo o que havíamos perdido era doloroso demais para ela? Ou talvez ela me culpasse por tudo? Algumas perguntas jamais terão resposta, eu sei, mas isso não me impedia de fazê-las.

Limpei montanhas de lixo, incluindo duas centenas de caixas de ovos quase vazias. Digo quase vazias porque depois de quebrar sem querer dois ovos não detectados, o cheiro fez meus olhos lacrimejarem. Quando o fedor enfim desapareceu, a sala de jantar estava limpa, vazia, exceto pela mesa e as cadeiras de Beebee e por um aparador de nogueira em boas condições que tinha sido herança da minha tataravó.

Arrastei-me pelas escadas para o meu quarto me sentindo cansada mas satisfeita com meu progresso, depois tomei dois ibuprofenos e fui para a cama, dizendo a mim mesma que a exaustão física tinha seu lado positivo. Pelo menos eu dormiria bem naquela noite.

Teoricamente.

O sonho voltou, o mesmo de sempre — Calpurnia, o bebê, o homem de barba nas sombras —, mas desta vez ele se repetia sem parar. Eu tinha o sonho, acordava piscando e inquieta no escuro, tentava deixá-lo de lado e voltava a dormir, só para a coisa toda voltar quinze minutos depois.

E de novo. E de novo.

A. Noite. Toda.

Por fim, pouco antes das quatro da manhã, pulei da cama, com raiva e com sono, e gritei para o quarto vazio:

— Calpurnia! Para com isso! Se você tem algo a me dizer, diz logo de uma vez! Se não, cala a boca e me deixa dormir!

Foi nesse momento que a lua emergiu de trás de uma nuvem. Ela projetou um raio de luz azulada pela abertura estreita das cortinas sobre as tábuas de pinho desgastadas, iluminando uma fresta que eu nunca tinha notado antes, com cerca de um centímetro de largura e meio escondida pela franja do tapete.

Eu me arrastei para fora da cama, me ajoelhei no chão e dobrei o canto do tapete para trás. A tábua do chão ali embaixo era mais curta do que as outras ao redor, com uns sessenta centímetros de comprimento. A fresta não era larga o suficiente para meus dedos entrarem, então peguei um dos estiletes que eu tinha usado mais cedo e levantei a tábua com a ponta da lâmina.

Uma caixa de metal verde achatada e coberta de poeira estava escondida entre as vigas do piso, do tipo que os comerciantes usam para guardar dinheiro. Havia um cadeado barato na lateral com uma chave já inserida e uma alça fina de cromo na tampa da dobradiça. Foi a alça que chamou a minha atenção, brilhando como um farol. Se a lua tivesse sido um pouco menos brilhante, em uma fase um pouco diferente, se a fresta nas cortinas fosse maior ou se eu as tivesse fechado por completo, como em geral fazia, ou se eu não tivesse acordado na hora certa, talvez eu nunca tivesse notado.

Talvez fosse só coincidência. Mas ninguém nunca vai me convencer disso.

Girei a chave no cadeado, levantei a tampa e coloquei a mão lá dentro. A caixa estava cheia de fotos, quase todas minhas. Havia também recortes de jornal. Encontrei anúncios das minhas formaturas do ensino médio e da faculdade, outro da lista de melhores alunos no outono do meu primeiro ano com o meu nome circulado com caneta azul, três histórias que eu tinha escrito para o jornal da faculdade e uma cópia da foto que sempre aparecia ao lado da minha coluna "Cara Calpurnia" colada em uma cartolina e emoldurada com uma fita azul-marinho.

No momento em que abri a caixa e vi aquele primeiro recorte, meus olhos marejaram. Mas foi quando descobri um caderno com uma história que escrevi aos 12 anos, *Letticia Phoenicia: Guia da selva*, e uma foto minha com a mesma idade, a cabeça enfiada na boca escancarada de um jacaré empalhado e Calpurnia parada ao lado com os olhos arregalados e as mãos pressionando as bochechas, fingindo gritar, que finalmente caí em prantos.

Sentada de pernas cruzadas no chão, de camisola, chorei tanto que o quarto saiu de foco. E, quando não tinha mais lágrimas, vi um pequeno pacote separado de fotos, algumas de Calpurnia sozinha, outras de Calpurnia e mais alguém. Ela as havia amarrado com uma fita azul, então as imagens deviam ter alguma relação entre si, e as bordas estavam gastas de tanto manuseio, então deviam ser importantes para ela.

Quem era o homem nas fotos? Eu não o reconhecia. Talvez outra pessoa pudesse dizer quem era.

Felicia examinou as fotos, cinco no total. Sua testa estava franzida e ela fazia uma pausa breve para olhar cada uma delas antes de passar para a próxima, como se estivesse organizando uma mão de bridge.

— Você já viu essas fotos antes? Conhece o homem que está com ela?

— Nunca vi as fotos, mas reconheço o rapaz. Ele era um dos cadetes da Citadel, o colégio militar. Mas é claro que isso você sabia pelo uniforme, certo? Lembro que ele a convidou para um baile e Cal veio apresentá-lo e mostrar seu vestido antes de saírem para o baile. Parecia um bom rapaz. E muito bonito em seu uniforme de gala.

— Você lembra o nome dele?

Felicia balançou a cabeça.

— Calpurnia tinha tantos rapazes atrás dela quando era jovem, parecia que tinha um namorado novo a cada mês. Eu nem me dava ao trabalho de memorizar os nomes.

Felicia folheou as fotos mais uma vez, seu olhar focado em uma Calpurnia que sorria, ria e parecia incrivelmente jovem.

— Ela era linda. Uma das garotas mais bonitas de Charleston. Sempre me surpreendeu ela não ter se casado. Parecia que algo tinha acontecido com ela depois que seu avô morreu, como se uma luz tivesse se apagado dentro dela. Eu tentei falar com Beebee sobre isso uma vez, disse a ela que Calpurnia era muito jovem e bonita para passar o resto da vida cuidando da mãe.

— E o que Beebee respondeu?

— Que eu deveria cuidar da minha vida — disse Felicia, sorrindo. — Você sabe como ela era. Teimosa. Não havia uma pobre viúva indefesa em Charleston tão osso duro de roer quanto Beebee. Se alguém tentasse, acabaria sem os dentes.

— E egoísta? — perguntei.

— Às vezes — admitiu Felicia. — Mas, quando se tratava de Calpurnia, acho que ela só estava tentando protegê-la.

— De quê?

— Ah, querida, não faço ideia. Conhecendo Beebee, poderia ser de qualquer coisa. Tristeza, um coração partido, gatos pretos. Ela era muito supersticiosa. Lembra-se daquela mulher *gullah* para quem ela contava os sonhos? Como era mesmo o nome dela?

— Sallie Mae — falei.

— Sallie Mae! Isso mesmo!

Felicia chegou à última foto da pilha, uma polaroide. Calpurnia estava de pé diante de um prédio de tijolos vermelhos com uma porta em arco, vestindo um casaco pesado de lã. Ela estava sorrindo, mas não era um sorriso tão largo quanto o das outras fotos.

A imagem estava um pouco desfocada, mas por algum motivo achei aquela Calpurnia mais reconhecível. Estava presente em seus olhos a tristeza familiar da qual eu me lembrava bem. Não era constante, mas às vezes eu flagrava um vislumbre dela quando minha tia estava olhando pela janela e não sabia que estava sendo observada. Quando eu lhe perguntava no que estava pensando, ela em geral levava um susto, como se eu tivesse me aproximado na ponta dos pés, sem fazer barulho. Então ela sorria e dizia:

— Ora, em você, querida! Em quem mais eu estaria pensando?

Na época, a resposta fazia todo o sentido. Eu era uma criança e, até onde sabia, o centro do universo de Calpurnia. Em quem mais ela poderia estar pensando?

— E essa aqui? — perguntei. — Você sabe onde foi tirada?

Felicia balançou a cabeça.

— Não, mas não foi por aqui. Ninguém em Charleston usaria um casaco tão pesado, nem em janeiro. Sinto muito por não poder ajudar mais. Acho que a única pessoa que poderia responder é Calpurnia. — Felicia me devolveu as fotografias. — Sinto saudade dela.

— Eu também.

Capítulo Vinte e Quatro

O sonho não se repetiu naquela noite nem nunca mais. Voltei a dormir sem despertar dali em diante. A segunda-feira seria ainda mais atribulada do que o habitual, mas acordei com o sol, peguei meu *latte* de sempre na Bitty and Beau's e depois caminhei até a St. Philip's para fazer o que não tinha conseguido fazer antes.

A grama cobrindo o túmulo de Calpurnia estava irregular, ainda tentando se firmar. Sua lápide era simples, uma cruz branca sem adornos apenas com o nome, a data de nascimento e a data de morte. Aquilo me deixou triste de uma maneira difícil de explicar. Não parecia proporcional ao impacto que ela teve em minha vida. Como alguém que significou tanto para mim podia acabar como algo tão pequeno?

No fim, acho que é o que acontece com todo mundo, mas mesmo assim.

O sol lançava sombras em forma de folhas na terra. Do outro lado da rua, na igreja, as pessoas se reuniam para a Oração da Manhã. O murmúrio das vozes saía pelas janelas abertas e impregnava o ar como uma névoa fina. Saquei as fotos do bolso antes de tirar o casaco e o estendi ao lado do túmulo de Calpurnia, então me sentei, tomando cuidado para não esmagar a grama recém-crescida, e olhei para o nome dela gravado ali no mármore branco, esperando. Algum tipo de sinal? Outro sonho?

Senti uma brisa que roçou o meu rosto e balançou meu cabelo. Agitou as folhas e trouxe um murmúrio de vozes em minha direção, girando fragmentos de orações pelo ar até meus ouvidos.

Nós pecamos e nos desviamos...
seguimos demais os desejos e caprichos...
deixamos de fazer o que deveríamos ter feito...
tenha piedade de nós...
Perdoa-os...
Restaura-os...
de acordo com as tuas promessas...

O vento se acalmou, as folhas ficaram imóveis e as vozes se transformaram mais uma vez em murmúrios. Não houve resposta, apenas o silêncio. No entanto, eu me senti ouvida. E estranhamente em paz.

— Sinto muito, tia Cal. Por nós duas.

Fiz um leque com as fotos na minha mão, pensando na história por trás delas e no que eu deveria fazer agora que as tinha encontrado, se é que algo deveria ser feito. Com mais tempo, talvez eu tivesse passado mais alguns minutos ali, mas eu tinha muito a fazer. Precisava ir ao mercado, embora nem tivesse um cardápio em mente. Talvez Calvin pudesse dar algumas sugestões.

Eu me levantei, guardei as fotos de volta no bolso e me despedi de Calpurnia. Ao me virar para ir embora, as portas da igreja se abriram e um pequeno grupo de fiéis saiu. E lá estava o cara do terno preto desgastado. Levantei o braço para cumprimentá-lo, mas Trey não me viu. Estava curvado para apoiar o avanço lento, cambaleante e dolorosamente difícil do idoso que se agarrava ao seu braço. Talvez um parente? Mas Trey cuidava dos casos de muitos idosos, então aquele senhor poderia ser um cliente também. Quem quer que fosse, não parecia o momento certo para abordá-lo.

Baixei o braço e saí do cemitério pela entrada oposta. Quando virei a esquina, alguém que vinha do outro lado deu um encontrão em mim, me atingindo com tanta força que tropecei e caí de joelhos.

— Nossa, desculpa! Perdão — Um braço musculoso se estendeu, segurou meu cotovelo e me levantou. — Você está bem? Sinto muito, srta. Celia. Não vi você.

Eu limpei a sujeira das mãos e olhei para o homem grandalhão que me observava com uma expressão tão preocupada que, por um segundo, pensei que ele fosse chorar.

— Estou bem, Teddy. De verdade. — Meu joelho esquerdo estava doendo, mas mesmo assim abri um sorriso caloroso e tranquilizador. — Mas eu já falei, você não precisa me chamar de senhorita. Celia está ótimo.

— Não consigo — disse Teddy. — Minha mãe sempre disse que você deve chamar uma dama de senhorita, a menos que ela seja da família ou uma amiga. É assim que fui criado.

Eu entendia. Alguns hábitos são difíceis de abandonar.

— Tem certeza de que está bem mesmo? — perguntou Teddy, olhando nos meus olhos.

— Tenho sim, não se preocupe. Para onde você estava indo com tanta pressa?

— Correndo para pegar o ônibus — disse ele, soando decepcionado. — Tudo bem. Daqui a meia hora passa outro.

— Você mora longe daqui?

— Aham. Eu morava em Wagener Terrace. Só precisava pegar um ônibus para chegar ao trabalho, logo ali na King Street. Dava até para ir a pé, se eu quisesse. Mas eu nunca queria — disse ele, sorrindo. — Mas minha mãe vivia dizendo que o exercício seria bom para mim, então às vezes ela me fazia ir a pé. Depois que ela morreu eu precisei me mudar para uma residência assistida em West Ashley, então agora tenho que fazer uma baldeação.

Teddy estava usando uma das camisetas da Bitty and Beau's. Era um homem gentil, esforçado e capaz. Tinha, sim, alguns desafios cognitivos, mas era um funcionário dedicado e tinha orgulho de fazer bem seu trabalho. Perder a mãe deve ter sido difícil. Perder a autonomia de decidir onde e com quem morar deve ter dificultado ainda mais as coisas. Eu me senti mal por ele.

— Desculpe por fazer você perder seu ônibus — falei. — Posso pagar um sorvete para compensar?

— Ah, não posso aceitar — disse ele. — A senhorita deve ter mais o que fazer. Além disso, foi culpa minha ter esbarrado em você.

Teddy não estava errado, eu tinha muito a fazer. Mas vinte minutos a mais ou a menos não fariam diferença, e eu sentia que lhe devia uma.

— Bem, nós meio que esbarramos um no outro — argumentei. — Então, que tal isso: você compra um sorvete para mim e eu compro um para você. Aí estamos quites.

Teddy franziu a testa.

— Isso não faz o menor sentido. Seria que nem cada um comprar o seu.

— Tem razão — falei. — Só estou procurando uma desculpa. Tem uma nova sorveteria bem legal a umas duas quadras daqui que estou doida para experimentar. Eles têm uns sabores bem estranhos, como queijo de cabra e figo.

— Queijo de cabra e figo? — Teddy fez uma careta. — Queijo *não* parece combinar com sorvete. Eu gosto de menta com chocolate.

— Tudo bem, pode ser menta com chocolate. Temos tempo para tomar uma casquinha antes de o próximo ônibus passar. Topa?

Teddy baixou a cabeça, pensando antes de responder.

— Está bem, srta. Celia. Eu topo.

— Que bom. Mas talvez agora você não precise mais me chamar de senhorita? Vamos tomar um sorvete juntos. Isso quer dizer que somos amigos, não é?

Teddy abaixou a cabeça mais uma vez e sorriu.

— Sim, senhorita. Acho que sim.

Capítulo Vinte e Cinco

Quando Pris bateu na porta dos fundos cinquenta minutos antes da hora marcada, minhas mãos estavam pegajosas e roxas, manchadas das sementes de romã que eu planejava colocar na salada. Gritei para que ela entrasse.

— Oi! Sei que cheguei mais cedo, mas achei que você poderia querer...

Pris atravessou a soleira da cozinha. E ficou de queixo caído.

— Celia! *O que* você está fazendo aqui?

— O jantar. O que mais seria?

— Caos? Destruição? Sacrifício de animais para algum tipo de ritual?

Pris balançou a cabeça enquanto seus olhos se moviam pela loucura da cozinha: armários e gavetas largados abertos, a pia transbordando de louça, comidas, tigelas e utensílios cobrindo cada centímetro das bancadas antes imaculadas.

— O que aconteceu? Teve outro sonho? Calpurnia disse para você voltar tudo para como estava antes? — perguntou ela.

— Haha. Engraçadinha.

— Por favor, me diga que isso não é o jantar.

De olhos arregalados, Pris apontou para uma tigela cheia de fígados de galinha vermelhos e brilhosos. Eu não podia culpá-la. Tinham um aspecto bem nojento.

Peguei a tigela e despejei o conteúdo no triturador de lixo.

— Eu ia fazer patê, mas agora não dá mais tempo.
— E aí? O que vamos comer?
— Pato.
— Pato? — A testa de Pris se franziu em dúvida. — Não é um pouco difícil de fazer?
— Na verdade, sim — respondi, com desgosto.

Cortei outra romã ao meio. Uma das sementes pulou e acertou meus óculos. Gritei de surpresa, depois larguei a fruta na bancada com força.

— Era para isso ser divertido… Eu só queria convidar algumas mulheres para um jantar simples e ver se posso ajudá-las a fazerem novas amizades, conhecerem gente nova. Comprar pão, fazer uma salada verde, assar um frango e pronto! Mas *nãããão*. Calvin disse que não era festivo o suficiente. "Faça alguns pães caseiros", ele disse. "Asse abóbora e erva-doce para a salada. Coloque algumas sementes de romã para dar cor e uma vinagrete cítrica para deixar mais saborosa. E por que não fazer um pato à *l'orange*? Se vai se dar ao trabalho de assar um frango, por que não faz logo um pato? Não é tão mais complicado."

— É?

— Comprei um pato de dois quilos. Até agora, acho que ele soltou uns três de gordura.

Nesse momento, como se para enfatizar o que eu dizia, o alarme de incêndio começou a emitir um guincho ininterrupto e ensurdecedor. Pris entrou em ação, agarrando um pano de prato da bancada e o sacudindo no ar como uma bandeira de rendição, tentando dissipar a fumaça. Ao mesmo tempo, calcei uma luva térmica e abri a porta do forno, liberando uma sufocante nuvem de fumaça gordurosa de pato. Pris desistiu de sacudir o pano de prato e correu para a porta dos fundos, abrindo e fechando várias vezes. Tirei o pato do forno, os olhos lacrimejantes e irritados por conta da fumaça, os ouvidos zumbindo com o berro do alarme, e o coloquei na bancada antes de pegar o pano de prato abandonado e começar a agitá-lo o mais forte e rápido que pude. Quando o ar finalmente se limpou e o alarme parou de gritar, inspecionei o pato.

— Hã... a pele deveria estar tão preta assim? — perguntou Pris.

— O que você acha?

Espetei um termômetro na parte carnuda com força suficiente para matá-lo uma segunda vez, depois inclinei a cabeça para trás e gritei para o teto em um tom que esperava ser alto o suficiente para ser ouvido em Manhattan.

— Calvin, tomara que seu próximo bolo fique solado! Desejo que seu merengue desande e suas crostas de torta fiquem molengas!

— Talvez ainda dê para salvar — disse Pris, esperançosa. — E se você tirar a pele e fatiar a carne?

Removi o termômetro e olhei para o medidor.

— Cinquenta e quatro graus. Como pode um pato que está no forno há tanto tempo, com a pele da cor do carvão, estar quase cru por dentro? Como?

Pris ficou parada ali perto, esperando pacientemente enquanto eu despejava mais maldições sobre Calvin.

— Sério — disse ela quando terminei. — *O que* você vai servir para o jantar?

— Bem, não esse troço. Acabaríamos todas no hospital com ptomaína.

Peguei a assadeira, atravessei a cozinha e despejei o conteúdo sem cerimônias na lata de lixo.

— Mas você ainda tem a salada, certo? Está com uma cara boa.

Pris olhou para a grande tigela de verduras cobertas com uma mistura de abóbora assada, erva-doce e nozes caramelizadas. Eu não tinha certeza se estava ou não com "uma cara boa", talvez ficasse depois de acrescentar as sementes de romã. Mas pelo menos era palatável, o que não podia ser dito do restante da refeição.

— E o pão? — perguntou Pris. — Você já assou?

— Só fiz a massa — falei, apontando para uma bancada coberta de farinha e uma praia de cascas de ovos, onde o monte de massa crua descansava sob um pano de prato.

— Está bem, você tem o pão e a salada. Já é um começo — disse Pris em um tom de incentivo. — O que podemos servir como prato principal?

— Não faço a mínima ideia. Mas já sei qual vai ser o aperitivo.

Abri a porta da geladeira e peguei uma garrafa de pinot grigio gelado.

— Está incrível — declarou Caroline, falando de boca cheia.

Felicia terminou sua fatia e disse que estava deliciosa.

— Nunca pensei em colocar bacon e ovo em uma pizza antes.

— Pode me passar a receita? — perguntou Polly, dando uma mordida e afastando sua fatia para que o gouda defumado se transformasse em um fio de queijo.

— Você vai ter que pedir à chef — falei, inclinando minha taça de vinho na direção de Pris. — Minha única contribuição foi uma cozinha que parece uma zona de guerra e um colapso emocional.

Estendi a mão para a garrafa de vinho, nossa terceira da noite, e enchi minha taça com o que restava. Felizmente, havia mais duas garrafas na geladeira. Quando se tratava do cardápio, Calvin foi pior que inútil, mas ele me convenceu a comprar bastante vinho. Essa parte, pelo menos, tinha sido uma boa decisão.

— Para com isso — disse Pris. — Você fez a salada e a massa, essa foi a parte difícil. Tudo o que eu fiz foi abrir a massa, botar umas coisas em cima e colocar no forno.

— A salada também ficou muito boa — disse Caroline, espetando alface, abóbora, noz-pecã e romã com o garfo.

Percebi que Caroline não comia muito, mas cada garfada era uma obra de arte composta com todo o cuidado.

— Alguém quer sobremesa? — perguntei, olhando para as barrinhas doces de noz-pecã que Polly havia trazido.

Para minha decepção, todas juraram que estavam cheias demais para comer um grama sequer e preferiam fazer a digestão. Mas todas nós estávamos nos divertindo muito com aquele encontro.

Felicia se recostou na cadeira com um suspiro satisfeito.

— Tão legal este momento — disse ela. — Me faz lembrar de quando Beau e eu éramos recém-casados. Beebee, Sissy e as outras mulheres do bairro costumavam se reunir nas casas umas das outras quase toda semana. Nossa, como a gente se divertia!

Ela bebeu um golinho de vinho, empurrou os óculos para cima no nariz e se aproximou da mesa. Pude perceber pela expressão em seu rosto que lá vinha história, então me aproximei também. Felicia sempre contava as melhores histórias.

— Uma vez — disse ela —, há muito tempo, quando Foster ainda era bebê, a *Southern Living* publicou um guia sobre como fazer guirlandas de Natal com folhas de magnólia, e botei na cabeça que todas nós precisávamos fazer uma. — Ela abriu os braços. — Só que teríamos que depenar todas as árvores da rua para conseguir folhas suficientes para todas, então tive uma ideia. Tarde da noite, Beebee, Sissy e eu pegamos o carro e saímos rodando por aí. Encontramos um canteiro central na estrada cheio de magnólias enormes. — Felicia baixou a voz para um sussurro dramático: — Acreditam que Sissy parou o carro no canteiro central? Por cima do meio-fio! — O sussurro se desfez em gargalhadas suaves. — A gente desceu e começou a cortar as folhas o mais rápido possível, mas, dois minutos depois, a polícia rodoviária apareceu. — Felicia bateu a mão no peito. — Achei que seríamos todas presas!

Deixei minha taça em cima da mesa e apoiei o queixo na mão. Era fácil imaginar Felicia participando daquela empreitada. Mas Beebee? Aí era mais difícil, mas também era maravilhoso. Beebee nem sempre tinha sido uma viúva que só tricotava e comia pralinê. Ela teve amigas, aventuras. Uma vida.

— Sissy era a corajosa — continuou Felicia, depois de tomar outro gole. — Ela explicou sobre as guirlandas, mas fez parecer que éramos parte do comitê de decoração de algum baile de caridade. Quando terminou, o policial grandalhão franziu a testa, cruzou os braços e disse: "Então as senhoras acharam que seria uma boa ideia estacionar no meio da estrada e roubar a propriedade do Estado?" Eis que Sissy piscou aqueles olhos azuis enormes e respondeu: "Bem, senhor, talvez não tenha sido a *melhor* ideia que já tivemos".

O tom de Felicia foi perfeito. Sua risada musical era contagiante. Ela ecoou pelas paredes altas e corredores e se uniu ao coro das gargalhadas de todas as outras, circulando como um refrão.

— Bem, senhor, talvez não tenha sido a *melhor* ideia que já tivemos. — Caroline riu.

— Não foi a *melhor* ideia — repeti, sorrindo, porque sabia que um bordão da geração anterior tinha sido ressuscitado.

De agora em diante, se uma das mulheres nesta sala fizesse algo estúpido, alguém diria "Não foi a *melhor* ideia" e todas ririam.

Felicia, ainda rindo, secou os cantos dos olhos.

— Ah, eu adorava aquelas garotas. Elas eram como irmãs para mim. Éramos muito próximas, mas isso foi há muito tempo. Muitas dessas amigas queridas se mudaram. Ou se foram. — Ela ergueu a taça alguns centímetros, em um brinde às que tinham partido. — E as poucas que ainda estão por aqui têm tantos problemas de saúde ou… outros problemas.

O sorriso de Felicia sumiu em uma expressão distraída. Sem dúvida ela estava se lembrando de como Sissy chegou para a festa de Beau calçando dois sapatos diferentes, tendo se esquecido de que era uma festa surpresa.

— Às vezes sinto que sou a última irmã sobrevivente — afirmou ela, baixinho.

Eu não sabia o que dizer. Ninguém sabia. Assim que o clima estava prestes a ultrapassar a linha entre o silêncio e o silêncio longo demais, Caroline empurrou a cadeira para trás e olhou para mim.

— Ei, Celia, que tal mostrar a casa pra gente?

— Meu Deus do céu! — Os olhos de Felicia se arregalaram. — Eu não fazia ideia de que Beebee tinha tantos novelos. Estava assim quando você abriu a porta?

— Sim, senhora. Parece que este era o único cômodo que Calpurnia achou que valia a pena cuidar. É meu oásis de sanidade.

— Celia — disse Polly, balançando a cabeça com um sorriso simpático —, por que você não disse nada quando eu te fiz comprar mais novelos?

— Você não me *fez* comprar nada. Eu quis. E as agulhas. De verdade.

— Aham, claro. Você já usou?

Eu fiz uma careta.

— Bem... tive um problema com uns pontos extras. E com pontos perdidos. Está claro que não herdei a habilidade com tricô de Beebee.

Polly pôs as mãos na cintura.

— Você não vai deixar todos esses novelos de lã tão lindos irem para o lixo, vai? Que tal fazer algo para o bebê? Uma manta? Vai ser divertido. Pensando bem... — disse ela, olhando para o grupo. — Alguém mais quer aprender a tricotar?

— Minha artrite não deixa — disse Felicia. — Mas queria ter aprendido a fazer colchas quando ainda podia. Minha mãe deixou um monte de blocos para colchas quando faleceu. Eu sempre disse a mim mesma que um dia os terminaria, mas hoje é impossível segurar uma agulha.

— Você pode fazer colchas na máquina — disse Polly. — Eu posso ensinar.

— Eu não tenho máquina de costura.

— Celia tem — intrometeu-se Pris. — Encontramos uma Singer Featherweight antiga embaixo das escadas dos fundos na semana passada. Ainda funciona. Eu estava pensando em colocá-la para vender no Craigslist... — Pris me lançou um olhar interrogativo.

— Eu adoraria que você ficasse com ela, Felicia — falei.

— Jura? — Felicia pareceu satisfeita. — Bem, seria maravilhoso. Mas, Polly, não acha que é um pouco tarde demais para eu aprender a fazer colchas?

— De jeito nenhum — respondeu Polly. — E se o assunto é lã, tecidos, fios ou qualquer tipo de fibra, eu posso ensinar.

As sobrancelhas de Pris se ergueram.

— E bordado? Eu adoraria fazer um bordado em alguns dos meus achados de brechó.

— Bordado também — disse Polly.

Pris deu um gritinho.

— Imagina só os posts que eu poderia fazer! Calças, jaquetas e saias bordadas. Vou ganhar um monte de seguidores!

Polly se virou para Caroline.

— E você?

A pergunta pareceu deixá-la alarmada.

— Eu sou a pessoa mais sem jeito para essas coisas. Sério. — Ela puxou a manga. — Está vendo essa cicatriz? É isso que acontece quando chego perto demais de uma pistola de cola quente.

— Não tem pistola de cola quente nas minhas aulas, prometo — disse Polly. — Vamos lá, Caroline. Deve haver alguma atividade manual que você gostaria de experimentar.

— Eu posso ir só para ver vocês. Mas trabalhos manuais não são a minha praia. — Caroline soou bem decidida, e Polly não insistiu.

— Tudo bem, então. E vocês, pessoal? — perguntou Polly, olhando para mim. — Estão dentro?

Eu estava?

O pensamento de que tricotar algo para Peaches poderia dar azar na adoção era ridículo, irracional, mas, mesmo assim, estava lá, no fundo da minha mente. Eu podia não ter herdado o gene da habilidade manual, mas a tendência da minha família à superstição sem dúvida havia sido passada adiante. E não era como se eu tivesse muito tempo livre.

Mas eu estava gostando de ter aquele grupo reunido na minha casa. A presença daquelas mulheres parecia um investimento na vida que eu gostaria de ter, uma vida cheia de riscos, criatividade e amizades. Eu queria e precisava disso. Acho que elas também.

Felicia, com a mente mais ativa do que suas mãos artríticas, precisava de novos desafios e amigas para preencher as lacunas deixadas por aquelas que haviam se mudado ou falecido. Polly precisava de apoio durante o período nebuloso do início do seu negócio e de uma oportunidade para compartilhar seus dons com outras pessoas. Pris, que ainda tentava se encontrar como adulta, precisava da influência e da aceitação de mulheres mais velhas que se importassem com ela. Caroline estava em busca de novas melhores amigas, mas do que mais ela precisava? Devia haver algo, porque, mais forte do que minhas superstições e a sensação de que juntar aquelas garotas era uma coisa boa e certa, tive uma intuição súbita e poderosa de que cada pessoa que tinha passado pela minha porta estava destinada a estar lá. Não me pergunte como eu sabia. Eu só sabia.

— Claro. Estou dentro — falei. — Todas estão livres segundas à noite?

Quatro cabeças assentiram.

— Vai ser divertido — disse Felicia, empurrando os grandes óculos vermelhos para cima no nariz. — Mas não acham que a gente deveria convidar a Happy também?

Pris, cujos olhos já estavam começando a parecer um pouco vidrados, tomou um grande gole de vinho.

— Nem se dê ao trabalho — disse ela. — Ela nunca aceitaria. Não confia em mulheres. Bem, na verdade, ela não confia em ninguém, não mais.

— Por que não?

— Por causa do que aconteceu com ela em Savannah.

Antes que eu pudesse pedir esclarecimentos, Pris, um pouco alta (assim como eu), contou o restante da história.

— Meus pais tinham um grupo de amigos do clube, os Mason, os Chastain e os Thatcher. Eles se encontravam o tempo todo, tiravam férias juntos. Nova York, Miami, Bermudas, até um cruzeiro pelo Canal do Panamá. Mas quatro anos atrás, uns dois meses antes de um feriadão em Memphis, meu pai teve um infarto e morreu.

Todo mundo, exceto Polly, já sabia disso, mas murmuramos nossas condolências mesmo assim. Pris continuou com sua história:

— Na fila de recepção depois do enterro, Birdie Mason abraçou minha mãe, dizendo que sentiriam a falta dela. Minha mãe, entendendo errado, achou que ela estava falando sobre o fato de que não se viam desde a morte do meu pai e disse que também sentia falta do grupo e mal podia esperar para dar uma fugidinha para Memphis. Então, Birdie disse: "Ah, Happy. É que esse é um grupo só de casais. Tenho certeza de que você entende", e saiu porta afora. Depois de dez anos de convívio, eles a descartaram feito lixo.

O fogo nos olhos de Pris poderia ter começado um incêndio.

— Ah, espera — disse ela, depois de fazer uma pausa para beber mais vinho. — Eu quase esqueci. Candie e Dwayne Chastain não saíram *imediatamente*. Ficaram quase até o fim do enterro e comeram uns dois quilos de camarão cozido. Só *depois* é que descartaram minha mãe feito lixo. Dá pra acreditar?

Eu não conseguia acreditar. A julgar pelo silêncio chocado, ninguém ali conseguia. Que tipo de pessoa abandona uma amiga, ainda mais uma que acabou de perder o marido? Bem, o tipo que nunca foi amiga de verdade. De repente, muitas coisas sobre Helen "Happy" Browder, com seu nome aparentemente inadequado, começaram a fazer sentido. Não era de admirar que ela fosse uma pessoa tão infeliz. Eu não tinha motivos para gostar de Happy, mas nunca consegui ficar de braços cruzados quando vejo pessoas sendo maltratadas, ainda mais depois da minha terceira taça de vinho.

— Isso é um absurdo! — exclamou Felicia.

— Nossa, coitada da sua mãe — murmurou Caroline.

— Está decidido — falei, batendo na perna. — Happy precisa entrar para o grupo.

Até Polly, que nem conhecia Happy e, ao contrário de nós, não estava nem um pouquinho bêbada, concordou.

— A gente deveria convidá-la.

— Ela nunca vai aceitar — disse Pris em uma voz embolada. — Nem morta.

— Mas ainda assim nós podemos convidar, não podemos? — Tomei um gole revigorante do meu vinho e saltei da cadeira cor-de-rosa de Beebee. — Vamos lá, pessoal.

Cinco minutos depois, estávamos na frente da porta de Happy.

Pris, que vinha por último e ainda carregava a garrafa de vinho agora vazia, disse:

— Tem certeza de que isso é uma boa ideia?

— Uma ideia muito boa — eu a tranquilizei. — A melhor ideia.

Toquei a campainha.

Nada aconteceu.

Então toquei de novo. E de novo. A luz da varanda se acendeu. Happy estava vestida com um quimono de cetim verde e tinha uma grossa camada de creme no rosto.

— O que vocês querem? — interpelou ela.

Capítulo Vinte e Seis

Lorne estava ajoelhado no chão ao lado dos degraus da entrada com uma trena na mão. Eu me inclinei para ver melhor enquanto ele a estendia ao lado do primeiro degrau.

— Viu só? Dezenove centímetros e meio. Exatamente. — Ele olhou para Brett, desafiando-o a negar as evidências.

— Mas os outros medem vinte — Brett fez um traço vermelho no seu bloco de notas.

Lorne se levantou.

— Não — disse ele, a voz baixa e controlada. — Todos eles têm dezenove centímetros e meio. Eu medi. E mesmo que não tivessem, o código de obras permite variações para propriedades históricas.

— Uma casa de 1920 não é histórica — contra-argumentou Brett, bufando para mostrar que não estava impressionado. — Pelo menos não em Charleston. Seja como for, você reconstruiu os degraus, então agora precisam estar de acordo com os padrões de construção atuais.

— Eu só reconstruí porque *você* disse que eu tinha que fazer isso. — Lorne deu um passo em direção ao jovem inspetor, invadindo seu espaço pessoal, perto demais do rosto dele. — Não havia nada de errado com os degraus antes e não há nada de errado com eles agora.

— Eu não posso aprová-los até que todos os degraus tenham a mesma altura.

Brett Fitzwaller, 20 e poucos anos, magricela, com sua prancheta de inspetor de obras e seu complexo de grandeza, era o pesadelo da minha existência. Ele nunca aprovava nada de primeira e tinha um rosto arrogante que, de acordo com Lorne, estava pedindo para levar um soco.

Eu não discordava dele, mas um homem em liberdade condicional não podia se dar ao luxo de se envolver em brigas, e eu não podia me dar ao luxo de perder meu empreiteiro. Por isso, passei a sempre estar presente quando o inspetor vinha, para poder me colocar entre ele e Lorne, se necessário.

— Só estou fazendo o meu trabalho — disse Brett, me encarando. — Você deveria ficar feliz por eu estar protegendo os seus interesses. Ninguém vai deixar você adotar um bebê se sua casa não for segura, não é, srta. Fairchild?

Fiquei olhando para ele por um segundo, assimilando o que ele tinha acabado de dizer.

— Como você sabe que estou tentando adotar um bebê?

Embora Brett aparecesse para me incomodar algumas vezes por semana, eu nunca havia lhe contado nada sobre minha vida pessoal ou os motivos por trás da reforma. Ergui as sobrancelhas para Lorne, querendo saber se ele tinha comentado alguma coisa, mas Lorne balançou a cabeça.

— Quem te contou isso? — perguntei.

O inspetor odioso engoliu em seco, e a bola de pingue-pongue que era seu pomo de adão subiu e desceu.

— Hã. Não lembro. — Ele olhou para baixo, de repente muitíssimo interessado em sua prancheta. — Alguém deve ter comentado alguma coisa em algum momento, eu acho. As pessoas estão sempre falando, sabe como é.

Ele arrancou uma cópia do relatório de inspeção com a marca vermelha de sua prancheta, sorrindo quando entregou a folha a Lorne.

— Tenham um bom dia. Até a próxima.

— Quanto tempo vai levar para refazer tudo? — perguntei a Lorne depois que Brett foi embora.

— Umas duas horas — disse Lorne. — Eu não preciso reconstruir tudo, é só tirar e substituir as tábuas de cima.

— Certo. Então poderia ser pior, não é?

Eu sorri, mas Lorne não estava querendo ser incentivado. Ele enfiou o polegar no cinto, com os lábios se curvando enquanto observava o carro de Brett se afastar.

— Celia — murmurou ele —, assim que a minha liberdade condicional acabar, vou encontrar esse sujeito e quebrar a cara dele. — Ele cerrou o punho e fez um soco curto e forte no ar.

— Eu ajudo. Assim que a liberdade condicional terminar. É quanto tempo até lá? Uns oito meses?

Lorne sorriu.

— É, por aí.

— Certo. Bem, por enquanto, talvez seja melhor voltarmos ao trabalho.

— Sim, senhora. — Lorne tocou a testa com a ponta dos dedos e fez uma pequena saudação antes de pegar seu martelo. — Você é quem manda, chefe.

Eu estava tão acostumada com o barulho de martelos e o zumbido de serras que agora eram quase um ruído branco. Mas o exagero etílico da noite anterior me deixara com uma dor de cabeça terrível, que piorava a cada martelada de Lorne.

Eu não estava tendo uma boa manhã.

Aparecer na porta de Happy para convidá-la para o clube de artesanato tinha sido um erro. Depois de ela abrir a porta, um simples "obrigada, mas não estou interessada" teria sido suficiente. Em vez disso, Happy ficou brava, disse a Pris para entrar e ao restante de nós para sair da sua propriedade e nunca mais voltar, especialmente eu.

Uma linda manhã na vizinhança, não é mesmo?

Enfim. Em retrospecto, eu até conseguia entender o ponto de vista dela. Era tarde e ela já estava dormindo. A campainha tocou (várias vezes) e Happy abriu a porta para encontrar um grupo de mulheres levemente embriagadas, com sua filha entre elas, tagarelando sobre uma ideia maravilhosa, mas não muito bem definida, de formar um clube de artesanato e insistindo que ela precisava participar.

Foi o equivalente a ligar para alguém estando bêbado, só que pessoalmente: com certeza não foi a *melhor* ideia que já tivemos. Mas por que ser tão desagradável? Se a mesma coisa tivesse acontecido comigo, eu teria achado graça. Happy não tinha senso de humor, então talvez não fosse tão ruim ela não se juntar ao grupo. Mas eu estava com pena de Pris.

— Eu me preocupo com essa menina — disse Felicia quando saímos.

Eu também me preocupava. Perder um dos pais é terrível em qualquer idade, mas Pris era *muito* jovem quando o pai morreu e, de certa forma, ela também acabou perdendo a mãe. Pelo que Pris tinha contado, entendi que Happy nunca mais foi a mesma depois da morte do marido. Além de tudo, eles se mudaram para Charleston. Sim, Pris foi para a faculdade pouco tempo depois, mas ainda assim não devia ter sido fácil. No entanto, até o vinho soltar sua língua, minha jovem amiga nunca tinha falado comigo sobre a morte do pai.

Pris tinha sempre muito a dizer sobre os mais variados assuntos. Era inteligente e perspicaz e sempre alegre, talvez até demais. Todo mundo quer aprovação, ainda mais na juventude. Mas às vezes eu sentia que ela estava se esforçando demais para não decepcionar ninguém, colocando a responsabilidade pela felicidade de todos em seus ombros. Eu sabia bem como era isso.

Um motorista invadiu a pista no sentido contrário e nada mais foi o mesmo. De repente, éramos apenas eu e Sterling em um apartamento novinho em folha, com uma aparência e um cheiro tão estéril quanto uma sala de cirurgia, a oito quilômetros de Harleston Village e um mundo de distância de tudo o que eu conhecia. Minha mãe e minha avó tinham ido embora, eu estava proibida de ver Calpurnia, e Sterling passava os dias em piloto automático entre dar aulas, cuidar de mim e sobreviver. À noite ele bebia em uma tentativa subconsciente, mas bem-sucedida, de acelerar a própria morte.

E eu? Bem, eu tentei sustentar tudo sendo uma filha inteligente, alegre e perfeita na esperança de que meu pai notasse que eu ainda estava ali e se lembrasse de que ainda tinha um motivo para viver. Não funcionou.

O processo lento de Sterling afundando na depressão e no álcool foi doloroso de testemunhar. Depois de eu ir para a faculdade, não precisei mais assistir a esse naufrágio. Ainda me sinto culpada por dizer que foi um alívio, mas é verdade. Foi a mesma coisa com Calpurnia e minha ida para Nova York.

Se Calpurnia tivesse aberto a porta naquele dia, será que eu teria ficado em Charleston? Será que teria me mudado para a casa dela? Será que tentaria salvá-la e talvez perdesse o que restava de mim no processo? Provavelmente. Por mais excêntrica que ela fosse, eu me pergunto se Calpurnia talvez tivesse percebido isso. Talvez fosse por isso que ela não me atendeu. Talvez estivesse tentando me salvar.

Ou talvez ela estivesse apenas louca.

Quando a campainha tocou à tarde, achei que era a entrega da minha nova geladeira. Desci a escada o mais rápido que pude, esperando homens fortes de macacão. Mas, em vez da geladeira, encontrei Happy na minha varanda.

Ela estava de cara feia, o que não foi uma surpresa, mas também parecia um tanto desarrumada, o que me surpreendeu. Sempre vi Happy como uma das modelos nos catálogos de roupas da Talbots: asseada, arrumada e bem conservada que preferia joias de bom gosto e sapatos combinando com sua bolsa — uma mulher do Sul, sem dúvida. Hoje, Happy parecia a modelo de capa da revista *Moda Desleixada*.

Usava um brinco só, e a blusa de algodão estava amassada e abotoada nas casas erradas, a gola estava torta e a parte direita pendia oito centímetros abaixo da esquerda. Seu coque impecável havia migrado de trás da cabeça para um ponto logo atrás da orelha esquerda. Até aquele momento, eu não havia percebido que Happy usava aplique. A maneira como ela balançava de um lado para o outro me disse que o happy hour havia começado várias horas antes do programado.

Happy estava em um estado muito pior do que nós na noite anterior, mas eu não tinha moral para julgar, então abri a porta e tentei parecer surpresa e feliz.

— Ora, olá, Happy!

— Cadê a Pris? — Sua voz não era bem um rosnado, mas chegou perto.

— Ela foi até o correio despachar alguns pacotes. Quer entrar e esperar por ela?

— Diga a ela para voltar para casa — disse ela, as palavras arrastadas. — Eu já decidi, não quero mais que ela trabalhe para você.

— Acho que a Pris talvez tenha a própria opinião sobre isso, não acha? Ela é adulta. Você não pode dizer onde ela pode ou não pode trabalhar.

— Deixe a minha filha em paz. — Dessa vez, ela estava rosnando mesmo. Happy apontou o dedo na minha direção. — Pare de colocar um monte de ideias na cabeça dela.

— Hum, oi? Não estou entendendo. Que tipo de ideias você acha que estou colocando na cabeça de Pris?

— Ideias! — gritou ela, agitando os braços acima da cabeça como se estivesse espantando uma nuvem de moscas. — Você sabe como foi difícil bancar a faculdade dela? Sozinha, sem marido e sem ajuda? Ficamos sem *nada* quando Peter morreu. Nada! Por isso fiz ela estudar administração. Ela precisa se formar e conseguir um emprego de verdade. Mas você não para de falar na cabeça dela sobre essas bobagens de blog.

— Isso não é verdade. Pris estava empolgada com essa história de blog muito antes de me conhecer — falei. — Eu dei a ela algumas dicas, mas ela não precisa dos meus conselhos. Ela dobrou o número de seguidores apenas no último mês. Isso é tudo mérito dela.

— Não dá para ganhar a vida escrevendo sobre roupas velhas!

— Talvez sim, talvez não — falei em tom neutro. — Mas, se alguém é capaz de ganhar a vida escrevendo sobre roupas velhas, esse alguém é a sua filha. Happy, se você e eu tivéssemos 20 e poucos anos, estaríamos pegando dicas de moda com ela. Sua estética pode ser diferente, mas ela com certeza herdou o jeito estiloso de você. Ela é uma empreendedora, assim como você. Ela enxerga oportunidades que outras pessoas não veem e não tem medo de correr atrás delas. Você deveria ter orgulho dela.

Eu ainda estava sorrindo, torcendo para ser ouvida. Mas Happy não estava ouvindo. Ela apontou o dedo de novo, sibilando para mim entre os dentes cerrados.

— *Não* me diga como criar minha filha.

Bebida demais pode fazer a gente tomar decisões idiotas, como convidar uma mulher que odeia o mundo como um todo, mas especialmente você, para ir à sua casa fazer tricô. Também pode funcionar como um poderoso soro da verdade. Happy balançou a cabeça com tamanha intensidade que achei que o seu aplique fosse cair.

— Pris vive enfiada na sua casa. Dia e noite. Ela gosta mais de você do que de mim. Eu sou a mãe dela, mas ela gosta mais de *você*.

— Pare com isso, Happy. Que coisa mais ridícula. — Comecei a perder a paciência. — Por acaso você já se perguntou por que ela passa tanto tempo aqui? Pris é inteligente, cheia de energia e ideias, mas também está tentando descobrir quem ela é. Você se lembra de como era ter a idade dela? A ansiedade e a incerteza? Pris precisa de conexão e incentivo, uma mulher mais velha que diga a ela que tudo bem acreditar em si mesma. Ela precisa de você, Happy. Mas você não está disponível, então ela vem aqui.

— Ah, cala a boca — disse Happy, as palavras emboladas. — Você lá sabe do que está falando?

— De solidão? Eu sei, e a sua filha também. — A essa altura, eu mal conseguia olhar para ela. Levantei o rosto para o céu, tentando reunir forças para segurar a língua. Falhei. — Você não é a *única* que sofre, sabia? Se você pudesse parar de remoer suas mágoas por um dia, talvez se desse conta disso. *Você* é a mãe dela. Comece a se comportar como tal!

Eu estava passando dos limites, admito. Estava projetando meus sentimentos sobre Sterling em Happy, o que não era justo. As semelhanças entre as duas situações eram inegáveis, e minhas observações não estavam erradas, mas minha abordagem sim. Me dei conta disso e estava prestes a pedir desculpas, mas não tive a chance.

Happy cerrou o punho e depois puxou o braço para trás como um arremessador se preparando para lançar uma bola curva. Para minha sorte, a bebida a deixou mais lenta, então tive tempo de sobra para me esquivar. O álcool também afetou seu equilíbrio. Após dar um soco no vazio, Happy deu meia-volta como uma bailarina tonta e caiu para trás. Se Lorne não tivesse ouvido o barulho e chegado a tempo, ela teria caído da *piazza* escada abaixo.

— Uau! — gritou ele, surpreso, e a pegou pelas axilas por trás.

Happy ficou ali pendurada como uma boneca de pano, depois se reergueu. O aplique havia caído para a frente e estava batendo em sua orelha. Happy deu tapinhas nele como se estivesse afastando um mosquito e endireitou os ombros.

— Tudo bem aí, Happy? — perguntou Lorne.

Ela olhou com raiva para Lorne e em seguida para mim. Seus olhos se estreitaram e os lábios se contorceram, como se estivesse tentando pensar em algo muito ruim para dizer. Ao que parecia, não conseguiu.

— Você! — cuspiu ela, depois desceu as escadas.

Ela fechou o portão com tanta força que ele bateu ruidosamente contra a grade de ferro forjado, então marchou pela calçada, virando à direita na entrada da própria garagem. Os arbustos bloqueavam a visão da sua porta da frente, mas nós a ouvimos bater com força.

Lorne me olhou e sorriu.

— Pelo visto não fui o único que sentiu vontade de socar alguém hoje.

Não contei *todos* os detalhes da visita de Happy quando Pris voltou do correio. Mas eu disse que ela deveria tirar a tarde de folga e ir ver como a mãe estava.

Às três da tarde, um robô me ligou para dizer que a entrega da minha nova geladeira havia sido remarcada para dali a dois dias. Quando apertei 1 para expressar minha irritação, fui informada de que a minha ligação era muito importante para eles e o tempo de espera para falar com um ser humano seria de dezessete minutos.

Às quatro da tarde, abri a porta de um closet até então bloqueado e uma caixa cheia de vasos de vidro baratos caiu no chão, espatifando-se em um zilhão de pedacinhos.

Às cinco da tarde, a campainha tocou mais uma vez.

— Se você veio infernizar a minha vida, chegou tarde! — gritei ao descer a escada correndo. — Vai embora!

— Dia ruim? — perguntou Trey quando abri a porta.

— Aham, mas tenho certeza de que poderia ter sido pior. Ou talvez não. — Dei um passo para trás e abri a porta por completo. Trey entrou no hall. — Então, resolveu parar de ficar com raiva de mim? Porque eu não estava brincando antes. Se você veio infernizar a minha vida...

Trey franziu a testa, fazendo uma boa imitação de alguém perplexo.

— Eu não estou com raiva de você.

— Ah, por favor. — Revirei os olhos. — Então Lorne colocou o braço em volta dos meus ombros no aniversário de Beau, você deu meia-volta, saiu da festa e nunca mais retornou minhas ligações porque...? — Afastei as mãos e fiz uma expressão de "sinta-se à vontade para preencher a lacuna".

Trey balançou a cabeça, ainda parecendo perplexo.

— Porque eu recebi uma mensagem urgente de um cliente e tive que ir embora da festa.

— Certo, tudo bem — falei, embora não estivesse acreditando muito. Eu tinha visto a expressão em seu rosto ao sair da festa. — E quanto às minhas ligações? Deixei uma mensagem na caixa postal.

— Meu celular travou e não consegui mais usar, tive uma baita dor de cabeça com isso. Eu comprei um novo, mas todos os meus dados e mensagens se perderam. Eu não estou com raiva de você, Celia. Meu telefone pifou e eu estava ocupado. Foi só isso.

— Que bom. Porque não está acontecendo nada entre mim e Lorne, sabe. Não estou interessada nele. Não estou interessada em ninguém — falei, querendo deixar minha posição às claras. — Sem ofensas.

— É sério, Celia, eu só estava ocupado com um cliente. Eu nem reparei que Lorne tinha colocado o braço em volta de você e, se tivesse reparado, não teria feito diferença para mim.

— Não?

Um nó surpreendente de decepção surgiu do nada e se alojou em algum lugar no meu peito.

— Por que faria? — Ele deu de ombros. — Você tem o direito de sair, ou não sair, com quem quiser. Não faz diferença para mim.

Sua expressão e tom de voz eram bem convincentes. O nó cresceu ainda mais.

— *Exatamente*. Mas saiba você que eu não estou saindo com ele — esclareci. — Nem com ninguém.

Trey assentiu.

— Ok. Desculpe por não ter recebido sua mensagem. Sobre o que era?

— Ah. Nada. Eu só queria ter certeza de que estava tudo bem entre a gente. Porque achei que você parecia meio chateado quando foi embora.

— Eu não estava. Juro.

— Tudo bem então. — Assenti, de repente me sentindo sem jeito e meio boba por ter interpretado mal o comportamento dele. — Então — falei após uma pausa longa demais (o nó estava me deixando distraída) —, o que aconteceu para você aparecer? Estava de passagem pelo bairro?

— Tive algumas notícias e pensei que deveria contar pessoalmente.

— Boas ou más? — perguntei com uma careta, me preparando para o pior.

Trey respirou fundo.

— Bem. Acho que depende de como você encara a questão. Talvez a gente devesse se sentar.

Capítulo Vinte e Sete

—O nome dele era Robert Jordon Covington. Todos o chamavam de RJ. — Empurrei a fotografia por cima da mesa para que Trey pudesse dar uma olhada.

Calpurnia estava usando um vestido de seda cor-de-rosa brilhoso com rosas brancas presas ao corpete. RJ estava muito elegante em seu uniforme da Citadel, a calça branca com vincos delineados e um casaco azul de cauda bem ajustado e três fileiras de botões de latão. Era difícil dizer qual dos dois estava mais bem-vestido. Eu não podia culpá-la por se apaixonar por ele.

Trey bateu o polegar na borda de sua caneca de café enquanto analisava a foto.

— Como você descobriu o nome dele?

— Fiz amizade com uma bibliotecária de pesquisa na própria Citadel. Havia uma foto no anuário que era quase idêntica à foto em grupo que encontrei na caixa de recordações da tia Calpurnia.

Peguei a segunda foto que mostrava Calpurnia em seu vestido rosa, três outras meninas em vestidos de festa, uma delas segurando um copo de ponche, e meia dúzia de jovens cadetes bonitos, todos sorrindo para a câmera, decerto seguindo uma instrução para dizerem "xis".

— Essa aqui foi tirada na formatura, no final de maio de 1971. RJ entrou para os Fuzileiros Navais, foi mandado para o Vietnã e morreu em um confronto algumas semanas depois.

Entreguei a terceira fotografia, a polaroide que mostrava Calpurnia perto do arco de tijolos, usando o casaco que era quente demais para Charleston, e apontei para um carimbo na borda branca da foto que dizia "Jan 72". Também encontrei uma passagem de trem de Atlanta para Detroit nas coisas de Calpurnia, com a data de 14 de outubro de 1971, e uma passagem de volta para 11 de março.

Trey continuou a bater o polegar na caneca de café algumas vezes.

— Então você acha que Calpurnia se envolveu com esse cadete...

— RJ — lembrei.

— RJ — repetiu Trey. — Mas ele morreu no Vietnã, então Calpurnia foi ter o bebê em Detroit e depois o colocou para adoção?

— Ou em algum lugar do Meio-Oeste — falei. — Não consigo pensar em nenhum outro motivo para ela viajar para Michigan no inverno.

— Bem, o timing bate — disse Trey, folheando as fotos mais uma vez. — Edward Hunter nasceu em Ann Arbor, Michigan, em 3 de março de 1972. A certidão de nascimento tem Calpurnia como a mãe, mas o pai é desconhecido. A adoção foi processada quase imediatamente, mas não encontrei muitas informações ou outros registros. A parte interessante é que o sr. Hunter mora aqui em Charleston. Deve ter sido uma adoção particular, talvez alguém que a família conhecia.

— Mas mesmo assim enviaram Calpurnia para o norte a fim de ter o bebê, assim ninguém saberia — falei. — Ser mãe solo era um grande estigma naquela época. As meninas diziam que iam visitar uma tia solteira ou fazer uma viagem pela Europa, mas iam para casas de maternidade. Coitada da tia Cal.

Fiquei em silêncio, imaginando Calpurnia sentada sozinha no assento de um trem rumo ao sul menos de dez dias depois de dar à luz, com os braços vazios, os seios inchados e sensíveis com leite para um filho que ela nunca mais veria ou do qual falaria, nem mesmo para mim. Pela primeira vez, achei que entendia por que a tia Calpurnia havia se esforçado tanto para ficar comigo.

A garçonete trouxe um prato de pão de banana quentinho com creme de chocolate e avelã, depois encheu nossas canecas de café. Quando Trey disse que deveríamos escolher um lugar neutro para conhecer meu primo recém-descoberto, sugeri o Miller's All Day.

— Querem fazer o pedido? — perguntou a garçonete.

— Obrigado, senhora, mas ainda estamos esperando uma pessoa — disse Trey. — Isso vai ser suficiente por enquanto.

— Sem pressa — disse ela, e foi ver como estavam as outras mesas.

Olhei para o meu celular para conferir a hora.

— Talvez ele tenha mudado de ideia.

— Ele não está atrasado. Nós é que chegamos cedo, só se passaram trinta segundos das nove.

Trey pegou um pedaço de pão de banana e mergulhou naquela cobertura de cream cheese com creme de avelã e chocolate de um jeito que apenas Polly, atletas profissionais ou pessoas com metabolismo movido a testosterona podem fazer: sem pensar e sem um pingo de culpa.

— Você não quer? — perguntou ele.

Balancei a cabeça e ele ergueu as sobrancelhas.

— Você está se sentindo bem?

Olhei para a foto que estava no topo da pilha, a que mostrava RJ e Calpurnia no baile, talvez a única que os dois tiveram a chance de tirar juntos.

— Ele se parece com o pai? — perguntei. — Você notou alguma semelhança?

— Não sei. Só conversamos pelo telefone. Depois que você me deu permissão para entrar em contato, liguei para dizer que ele tinha uma prima e perguntei se ele queria conhecê-la. Ele respondeu que sim e concordou em nos encontrar para o café da manhã. E isso é tudo.

— Ele parecia nervoso? — perguntei, inclinando-me para a frente. — Porque *eu* estou nervosa.

Trey engoliu o pão.

— Celia, você não precisa fazer isso, sabe. Se eu não estivesse mandando vários sinais de fumaça enquanto procurava por você, você nunca teria sabido que tem um primo. Para o estado da Carolina do Sul, vocês nem são parentes. É por isso que a casa foi para você, porque, de acordo com a lei estadual, você é a parente mais próxima da sua tia. Filhos adotivos não têm direitos de herança em relação à família biológica. Você não tem nenhuma obrigação aqui, Celia.

Eu não estava prestando muita atenção. Estava ansiosa, empolgada e curiosa demais para conhecer meu primo. Supondo que ele não tivesse mudado de ideia sobre me conhecer.

— Já se passaram três minutos.

— Calma. Ele vem — disse Trey, tranquilizador.

Eu virei o pescoço, olhando ao redor do restaurante em direção à porta da frente, procurando por...? Não tinha ideia.

— Como ele vai reconhecer a gente? Quer dizer, se você nunca o viu e ele nunca te viu? Talvez ele já esteja aqui. Ou talvez ele já tenha vindo e ido embora.

— Vai dar tudo certo. Eu disse a ele que estaria usando um terno preto feio.

— *Esse* é o seu plano?

— Você está vendo mais alguém aqui de terno preto?

Não. Porque nenhum habitante de Charleston cogitaria usar um terno preto no início de julho, quando a umidade relativa do ar média ficava na casa de oitenta por cento.

— Seu terno não é tão feio assim.

— Desde quando?

— Bem... — Peguei um pedacinho de pão — Estou começando a me acostumar. Você fica com um jeito meio Johnny Cash, meio Homem de Preto. Só falta uma guitarra e um ray-ban. — Consultei a hora no celular outra vez. — Cadê ele?

— Vamos falar de outra coisa — Trey juntou as mãos e as colocou na mesa com uma deliberação de quem convocava uma reunião.

— Tipo?

— Tipo você. Sempre me perguntei, sua família morou junta até você ter...?

— Doze.

— E aí você e seu pai se mudaram e você nunca mais viu Calpurnia.

Assenti. Eu já tinha contado essa parte quando nos conhecemos.

— Por quê? Era ela quem estava dirigindo quando sua mãe morreu? Seu pai culpava Calpurnia pela morte dela?

— Sim, culpava. Mas não foi por isso que ele não me deixou mais vê-la.

— Ah, é? Por quê, então?

Envolvi as mãos com firmeza em volta da curva de cerâmica da minha caneca de café e olhei para a piscina marrom lá dentro.

— Porque Calpurnia me sequestrou.

— O quê?

Eu sabia que ele tinha me ouvido. Só não estava acreditando. Falei mais alto para que ele soubesse que eu não estava brincando.

— Minha tia me sequestrou. Desaparecemos por nove dias. — Levantei a cabeça. — Foram os melhores nove dias da minha vida.

Capítulo Vinte e Oito

Vinte e cinco anos antes

A sra. Christiansen, a secretária da escola, me acompanhou até o saguão e espiou pelas portas de vidro duplo em direção à entrada, onde o sedã prateado de Calpurnia estava parado, o motor ligado.

— Pegou tudo, Celia? Livros? Casaco? Lancheira?

A sra. Christiansen era gentil, mas tinha um coração sensível. Se eu começasse a chorar, sabia que ela choraria também e eu teria que passar por outra rodada de abraços e compaixão antes de chegar até minha tia e descobrir por que estava sendo tirada da aula em uma manhã de sexta-feira. E, assim, em vez de chorar, assenti e coloquei as alças da mochila no braço esquerdo, pronta para escapar.

A sra. Christiansen colocou as mãos de cada lado do meu rosto.

— Coitadinha. Primeiro sua mãe e sua avó, e agora isso. — Ela suspirou. — Se cuide, Celia. Ouviu?

— Sim, senhora — falei, depois escapuli e corri porta afora, a mochila pesada batendo em minhas pernas a cada passo.

Calpurnia saiu do carro, dando a volta para o lado do carona para me encontrar. Eu me joguei em seus braços e deixei as lágrimas caírem.

— Quietinha agora, meu bem. Vai ficar tudo bem.

— O que aconteceu? Papai está bem?

Ela se inclinou sobre mim, falando no meu cabelo, sua respiração quente e com cheiro de canela.

— Sim, querida. Ele está bem. É só entrar no carro.

— Mas ele está...

— Entre no carro, Celia Louise.

Toda criança sabe que, quando um adulto usa seu nome composto, na verdade está dizendo: "Nem *pense* em discutir comigo", então joguei a mochila no banco e entrei no carro.

Tia Calpurnia olhou para a sra. Christiansen, que nos observava da porta, abriu um sorriso fraco e triste e então entrou no carro.

— O que aconteceu? — perguntei. — O diretor disse que era uma emergência familiar.

Calpurnia saiu do estacionamento em direção à rua.

— Bem, não é *exatamente* uma emergência — explicou. — Seu pai foi chamado para algo importante. Há uma grande conferência de escritores lá em Nova York e o palestrante principal pegou catapora, então pediram que Sterling o substituísse de última hora. Como ele vai passar a semana toda fora, se divertindo na cidade grande, achei que você e eu merecíamos um pequeno passeio. Vamos fazer uma viagem de carro, querida! Só você e eu. Não parece maravilhoso?

Olhei para ela de cara feia, franzindo a testa.

— Mas você *disse* que era uma emergência. Por que você mentiu para o diretor?

O que eu queria saber era por que ela tinha mentido *para mim*.

Eu já tinha passado por isso, apenas cinco meses antes, quando um dia aparentemente normal é interrompido por um adulto de rosto sério dizendo para você pegar suas coisas e segui-lo, mas sem dar explicações, e então esse adulto passa você para outro adulto mais importante, que diz que houve uma emergência, mas não dá detalhes. E então a caminhada, a espera, o coração batendo, até que você é entregue à sua família e lhe contam a terrível verdade.

Eu estava apenas começando a superar esse primeiro episódio, e as crianças da minha sala também. Ser introvertida, pouco popular e ter 12 anos é ainda pior quando seus colegas de turma ou olham através de você porque não sabem o que dizer, cochicham sobre você pelas costas ou fingem gostar de você porque sentem pena. Até pouco tempo antes, a única pessoa que não tinha mudado comigo era a Polly. Eu só queria que as coisas voltassem ao normal e isso estava começando a acontecer.

No início daquela semana, Andy Green, por quem eu rezava de joelhos para que notasse minha existência, implorou à professora para me colocar no grupo dele para o trabalho de história. Eu sabia que ele só queria isso porque planejava me deixar fazer a maior parte do trabalho. Mesmo assim. Era um começo. Talvez, se eu fizesse o dever de casa dele, Andy começasse a gostar de mim de verdade.

Como minha tia podia me fazer passar por isso de novo? A antiga Calpurnia não faria isso. Mas essa nova Calpurnia, pós-acidente, era diferente, errática e imprevisível. Ela se atrapalhava com facilidade, esquecia panelas no fogo, chorava por coisas bobas, como não conseguir abrir um pote de picles, mesmo depois de eu ter passado a tampa na água quente e aberto sozinha. Essa Calpurnia também brigava com meu pai, e ele com ela.

A polícia havia determinado que a culpa tinha sido do outro motorista, mas nada disso importava para Sterling. Algumas pessoas vivenciam o luto como raiva, até mesmo como fúria, e precisam encontrar culpados. Meu pai era uma dessas pessoas. Todas as noites, ele ia para o escritório e bebia a portas fechadas. Depois que eu ia para a cama, as brigas começavam.

Sterling sempre dizia que pessoas que precisavam levantar a voz para defenderem seu argumento em geral não tinham um, então, a princípio, essa nova reviravolta foi chocante. Eu saía da cama no escuro, pegava um dos meus bichos de pelúcia e o segurava bem apertado enquanto abria minha porta e me inclinava para tentar ouvir o que eles estavam dizendo.

Depois de um tempo, percebi que era melhor não saber. Aprendi a dormir de lado com uma orelha pressionada contra o colchão e meu travesseiro cobrindo a outra para bloquear o som de vozes antes familiares agora irreconhecíveis pela raiva. Se eu tivesse ouvido a briga na noite anterior, saberia que Sterling disse a Calpurnia que para ele bastava, que nós dois nos mudaríamos e que ele não queria que eu a visse mais. "Depois disso, ela enlouqueceu", Sterling me diria depois. "Mas nunca imaginei que ela tentaria te sequestrar."

As coisas estavam uma loucura havia muito tempo. Era por isso que eu não podia dizer o que queria. Não tinha como prever a reação dela.

— Você não deveria mentir para a escola — falei. — Ainda mais sobre emergências. Você vai criar problemas para mim.

— Bem, não foi de fato uma mentira — explicou Calpurnia. — Depois de tudo o que passamos nos últimos meses, acho que uma pequena aventura é cem por cento necessária para nosso bem-estar físico e mental. É uma Emergência Divertida. Só que os diretores de escola em geral não entendem esse tipo de coisa, então sim — continuou ela, assentindo a cabeça de leve, reconhecendo o meu ponto de vista —, eu aumentei a verdade um pouquinho. Mas não foi uma mentira, meu bem. Está mais para uma invencionice. Além disso, suas férias começam na semana que vem. Você só está indo embora um pouco mais cedo.

Da forma como ela colocou, fazia sentido. Além disso, fiquei feliz em vê-la sorrindo de novo, e uma viagem de carro parecia mesmo uma ideia maravilhosa. Talvez fosse o que precisávamos para colocar as coisas no rumo certo outra vez.

— Não vamos para casa fazer as malas? — perguntei quando ela pegou a estrada.

— Já cuidei disso — disse Calpurnia com naturalidade. — Nossas malas estão no bagageiro e tem uma cesta de piquenique cheia de lanches no banco de trás. Quer um pralinê? Pegue um para mim também, querida.

Soltei o cinto de segurança por um instante para pegar nossas guloseimas e depois me acomodei para a viagem. O sedã de Calpurnia era quase novo, o substituto dado pela seguradora depois que o carro anterior sofrera perda total no acidente, e ainda tinha um leve cheiro emborrachado de carro novo. Terminei meu pralinê, lambi o açúcar dos dedos e depois mexi no rádio até encontrar uma música de que gostava e acompanhei cantarolando, tentando decidir qual dos irmãos Hanson era o mais bonito, pensando que sorte a minha perder a prova de matemática em plena sexta-feira.

— Aonde estamos indo? — perguntei quando a música terminou.

— Para uma aventura.

— Eu sei, mas para *onde*?

— A primeira parada é Savannah. Tenho algumas coisas para resolver lá. Também podemos almoçar. Depois disso? É *surpresa*.

Minha tia se virou para mim e sorriu, parecendo a antiga Calpurnia. De repente, me senti envolvida em amor puro e na mesma hora a perdoei por tudo, da forma como apenas as crianças são capazes de fazer. Qualquer lugar para onde ela quisesse ir estava bom para mim — Savannah, Equador, o lado escuro da Lua.

— Vamos nos divertir como nunca na vida. Pode confiar em mim — disse ela.

Eu confiava nela. Sempre confiara.

Em Savannah, comemos sanduíches de frango frito no drive-thru e depois fomos a uma concessionária de carros usados em um trecho mais deteriorado da estrada. Calpurnia disse que poderia demorar um pouco, então peguei o último romance da série *Redwall* da mochila e mergulhei feliz nas aventuras de Matthias, o rato, enquanto Calpurnia entrava na concessionária. Ela saiu quarenta minutos depois com as chaves de um Chevrolet Cavalier 1987 azul e um bolo de dinheiro, que logo guardou na bolsa.

— Por que você quer esse carro velho? — perguntei quando ela me pediu para colocar as malas no Cavalier. — Está todo arranhado. Seu outro carro era novinho.

— Eu sei, mas a quilometragem era péssima. Além disso, esse aqui é conversível. Se você vai fazer uma viagem de carro, *precisa* fazer em um conversível. — Ela abriu o porta-malas. — Você nunca assistiu a *Thelma e Louise*?

Eu tinha assistido. Era um excelente filme de viagem de amigas com um final poético, mas trágico. Porém, quando Calpurnia fechou o porta-malas e sorriu para mim de novo, eu me esqueci completamente de conversíveis despencando de penhascos.

— Pronta?

— Sim, senhora.

— Maravilha. Nossa aventura vai começar!

Para uma criança tão protegida quanto eu, que só havia viajado em livros porque as doenças de sua mãe e avó tornavam as viagens em família quase impossíveis, tudo aquilo era mesmo uma aventura.

Nossa primeira parada foi em Waycross, na Geórgia.

Fizemos um passeio de barco pelas águas turvas e misteriosas do Pântano Okefenokee, entre árvores cobertas por barbas-de-velho. Era um lugar estranho e bonito, diferente de qualquer coisa que eu já tinha visto. Folhas cinza-esverdeado roçavam meu rosto e ombros. Eu as afastava de novo e de novo, como se estivesse abrindo uma série infinita de cortinas, imaginando-me atravessando um portal do tempo para uma terra exótica e pré-histórica. Parecia mesmo outro mundo.

Tartarugas pegavam sol em troncos de árvores encharcados. Nenúfares floresciam amarelas e abundantes em lagoas salobras. Jacarés descansavam nas margens lamacentas e mergulhavam nas águas enegrecidas se nos aproximássemos demais. Garças cruzavam os campos de capim de pântano em busca de sapos. Os gaviões guinchavam do alto das árvores, convocando pretendentes em assobios agudos que arrepiavam os pelos dos meus braços. Era peculiar, misterioso e assustador o suficiente para ser emocionante, o começo perfeito de uma grande aventura.

Em seguida, pegamos um trem a vapor em uma pista de três quilômetros e pouco pelo pântano. Um anticlímax depois do passeio de barco. Tiramos uma foto com o Velho Roy, um jacaré empalhado com quase quatro metros de comprimento. Eu me abaixei e enfiei a cabeça em sua boca aberta enquanto Calpurnia colocava as mãos no rosto e arregalava os olhos, imitando um grito de pânico, para o fotógrafo tirar a foto e pedir quatro dólares por uma cópia. Calpurnia separou as notas e guardou a foto em sua bolsa.

Quando o sol baixou, fizemos o check-in em um chalé para turistas, e Calpurnia pagou em dinheiro por uma noite. No jantar, comemos maçãs, queijo *pimento* com biscoitos, garrafas de chá doce meio quente e mais pralinês, depois vestimos roupas mais quentes antes de voltarmos para o carro em direção a outro destino que Calpurnia se recusou a revelar.

— Espere e verá — disse ela. — Às vezes, é bom não saber o que vem a seguir.

O que veio a seguir foi um retorno ao Okefenokee e uma caminhada mágica noturna por um parque estadual. Caminhamos cercadas por pios, rugidos e ruídos estranhos. Quando o caminho se estreitou, imaginei que as árvores se inclinavam mais para perto e sussurravam segredos. Direcionei minha lanterna para o pântano e vi manchas de chamas alaranjadas flutuando na água, os olhos vigilantes dos jacarés. Quando chegamos a uma clareira, Calpurnia disse:

— Olhe para cima! — Sua voz estava sem fôlego de tanta admiração.

Antes ou depois daquele dia, nunca vi tantas estrelas no céu.

Na manhã seguinte, nos levantamos antes do sol, para evitar o engarrafamento, explicara Calpurnia. Deixamos a chave do quarto pendurada na maçaneta e saímos devagarzinho do estacionamento com os faróis apagados. Calpurnia disse que estávamos sendo educadas, tomando cuidado para não acordarmos os outros hóspedes. Nunca pensei em questionar isso.

— Para onde agora? — perguntei quando pegamos a estrada e ganhamos velocidade.

— Espere e verá — disse ela.

Era a mesma coisa todos os dias. Deixávamos o hotel antes do amanhecer sem fazer o check-out, viajávamos para o próximo destino — eu nunca sabia qual seria até chegarmos lá — por meio de rotas confusas em estradas rurais, cortando cidades minúsculas, até chegarmos aonde Calpurnia havia decidido que iríamos. E, por mim, tudo bem. Conversávamos ou cantávamos junto com o rádio; "Girls Just Want to Have Fun" era uma de nossas músicas favoritas. Às vezes eu lia ou pegava um caderno e rascunhava uma história. Escrevi *Letticia Phoenicia: Guia da selva* na manhã seguinte à nossa caminhada noturna no pântano, além de uma carta de amor para Andy Green que rasguei depois.

Uma vez, depois de eu implorar e implorar e implorar, Calpurnia parou no acostamento de uma estrada reta e deserta, trocou de lugar comigo e me deixou dirigir por cerca de um quilômetro. Eu nunca tinha me sentido tão poderosa e tão assustada. Foi a primeira vez que entendi que as duas coisas muitas vezes estão interligadas. Implorei a ela para me deixar experimentar um de seus cigarros também, mas aí minha tia colocou um limite.

Além das paisagens, dos sons, da aventura, o que mais amei nesses nove dias foi a sensação de que Calpurnia e eu estávamos nos tornando algo que nunca tínhamos sido antes: iguais.

Cuidar da minha mãe e de Beebee havia deixado o mundo dela tão pequeno quanto o meu. Exceto por uma excursão do coral da St. Philip's a Memphis e Nashville quando eu tinha 9 anos, não me lembro de Calpurnia ir mais longe do que Savannah. Até onde sei, essa ida a Michigan podia ter sido a viagem mais longa que ela já tinha feito. Nossa odisseia foi tão emocionante para ela quanto para mim, talvez até mais. Ela suspirava e se empolgava com cada paisagem desconhecida, soltava gritinhos de alegria com cada nova experiência. Eu nunca a tinha visto tão feliz. Esta era uma nova Calpurnia, uma versão melhor. Eu a amava e sempre a amaria. Mas, pela primeira e única vez, éramos amigas.

Fomos a Panama City, na Flórida, e visitamos as atrações turísticas. O museu Acredite se Quiser, o Zoo World, as vitrines no píer. Fizemos uma longa caminhada pela praia e, quando o sol começou a se pôr, nos sentamos na base de uma duna e observamos a maré baixar. Calpurnia acendeu um cigarro, inspirou fundo e disse: "Nada nunca continua igual, Celia. Nem mesmo o mar". Foi uma das poucas vezes que a vi triste naquela viagem.

Fomos a Saint Augustine e vimos o farol e um forte espanhol do século XVII. Fomos a Daytona Beach para assistir aos surfistas e almoçar no píer. Eu atirei batatas fritas por cima da grade de segurança e observei os pássaros mergulhando para pegá-las.

Fomos ao Kennedy Space Center, em Cabo Canaveral, e, é claro, fomos à Disney. Calpurnia estava ainda mais animada do que eu. Fomos a todos os brinquedos, alguns mais de uma vez. Mas eu pus um limite quando Calpurnia quis andar no Piratas do Caribe pela quarta vez. Foi um dia longo, exaustivo e muito divertido.

Eu queria ligar para Sterling e contar a ele sobre tudo o que tínhamos feito, mas Calpurnia disse que já estava muito tarde. Quando fiz um pedido semelhante no dia seguinte, minha tia disse que ele estaria ocupado com reuniões o dia todo. Lembro que foi a primeira vez que desconfiei de algo, mas não fiquei pensando muito no assunto.

Em Miami, comemos bananas fritas e fizemos as unhas, a primeira vez para mim nos dois casos, depois fizemos um passeio de barco ao pôr do sol pela Millionaires' Row. Ficamos lá apoiadas na grade, apontando para as casas em que gostaríamos de morar se algum dia ficássemos ricas e famosas.

— Mas você sabe — disse Calpurnia, depois que escolhi uma mansão enorme com paredes de estuque rosa-chá e colunas coríntias —, o verdadeiro valor de uma casa depende das pessoas que vivem nela. O resto é só mobília.

Na medida do possível, perdoei Calpurnia e a mim mesma. A necessidade de perdão, descobri, vem em ondas, como as marés, as lembranças e a raiva. Ainda não entendo como a mulher que me ensinou a maior parte das coisas importantes que sei foi da sabedoria à loucura. Mas lembro o que aconteceu a seguir, da viagem de mais de cem quilômetros ao longo da costa, atravessando o mar até ilhas e atóis, beijando as cristas das ondas, até o fim da estrada no fim do mundo.

Calpurnia nos levou até o precipício. Mas eu nos lancei em direção ao abismo.

Capítulo Vinte e Nove

Parei para recuperar o fôlego, apoiei o cotovelo na mesa e encaixei a ponta da unha entre os dentes da frente. A garçonete passou com o bule de café na mão, nos olhou e percebeu que não era momento para interrupções. Continuei com a história.

— Presumi que voltaríamos para casa depois de sair de Miami, mas pegamos a estrada na direção sul. Quando perguntei a Calpurnia para onde estávamos indo e recebi a resposta de sempre, "Espere e verá", resolvi insistir. Por fim, ela me disse que íamos para Key West para ver a casa de Hemingway, povoada por dezenas de gatos de seis dedos. — Dei um breve sorriso. — Ela quase me ganhou aí. Uma colônia de gatos com seis dedos parecia bastante interessante, mas as férias de primavera estavam quase acabando, e eu estava preocupada com a volta para casa. Ela me disse para não me preocupar, já havia providenciado o transporte. Perguntei o que queria dizer com isso, mas Calpurnia não me deu uma resposta direta, apenas sorriu e me respondeu com o bordão de sempre. Enfim chegamos a Key West, almoçamos, vimos a casa de Hemingway e fizemos carinho em alguns gatos de seis dedos. Depois fizemos o check-in em outro hotel, pagando uma noite adiantada em dinheiro, como de costume. Calpurnia me disse para esperar no quarto enquanto ela saía para resolver umas coisas. Disse que voltaria em algumas horas. Eu tranquei a porta, assisti a um pouco de TV e comi o último pralinê.

Já estava seco àquela altura e tão empelotado que acabei cuspindo na lata de lixo.

Levantei a caneca e tomei um gole de café, bochechando, satisfeita com o gosto amargo, me lembrando de mastigar o doce empelotado e daquela sensação de que algo não estava certo.

— Então decidi ligar para Sterling, mas o telefone do nosso quarto não funcionava. E então, por algum motivo, decidi olhar dentro da mala da tia Cal. Não sei o que eu esperava encontrar...

Verdade, eu não sabia. Mas ainda me lembro de estar sentada de pernas cruzadas na cama, de short, da sensação da colcha azul de chenile nas minhas pernas nuas, da náusea e do nó em meu estômago enquanto eu olhava a mala dela. Não sabia o que encontraria lá dentro, mas a parte adulta de mim sabia que eu encontraria algo e que com certeza não seria algo bom.

— No começo, pareceu tudo normal. Roupas, cosméticos, rolinhos de cabelo. Mas quando peguei a caixa de cigarros, vi que um dos lados tinha uma protuberância. Quando despejei os cigarros na cama, dois livretos azuis caíram. — Parei, mordi o lábio inferior. — Passaportes. Um para Calpurnia e outro para mim.

Trey havia passado o tempo todo em silêncio, mal mexendo um músculo, deixando seu café esfriar. Ele apertou os lábios e soltou um assobio suave e baixo.

— E o que você fez?

Nunca havia contado a história toda a ninguém, nem mesmo a Sterling. Eu tinha começado o relato certa vez, mas quando comecei a falar sobre nossas aventuras, o pântano e a praia e o barco e a Disney, e como aquilo tudo era empolgante, Sterling começou a gritar comigo. "Você sabe como isso foi para mim, Celia? Sabe o que eu passei? Eu achei que tinha perdido você para sempre, achei que estava morta! Você tem ideia?"

Eu era apenas uma criança, não poderia entender o que ele tinha passado. Mas entendi que o que eu tinha sentido durante meu tempo com Calpurnia, a alegria, a empolgação e a admiração, era errado e que eu não deveria mais tocar nesse assunto. Então nunca falei, nem para o meu pai, nem para Polly, nem para a minha terapeuta, nem para o meu ex-marido.

Mas agora, por razões difíceis de definir, eu queria que Trey conhecesse minha história, que ele *me* conhecesse. Eu tinha chegado até aqui, deixado que ele se aproximasse mais do que qualquer outra pessoa. Mas era difícil falar sobre o que aconteceu depois olhando nos olhos dele. Impossível. Então baixei o rosto, encarei minhas mãos e respondi à pergunta dele.

— Fui até o escritório do hotel, perguntei ao homem da recepção se poderia usar o telefone. Ele estava de mau humor, acho que não gostava de crianças, e disse que o telefone da recepção era só para emergências. Ele se inclinou sobre o balcão e chegou bem perto do meu rosto, quase rosnando para mim. "É uma emergência?" Pensei um pouco e respondi que talvez fosse. Disse a ele que meu nome era Celia Louise Fairchild e que precisava ligar para o meu pai porque minha tia talvez estivesse tentando me sequestrar. Pouco depois, apareceram carros de polícia com sirenes e…

Parei de falar, pressionei o punho contra os lábios e virei o rosto, piscando para conter as lágrimas. A mão de Trey cobriu a minha.

— Celia. Celia, você não fez nada de errado. Você tinha 12 anos. O que mais poderia ter feito?

Eu concordei porque, claro, ele estava certo.

Naquele momento, eu só tive duas opções: pedir para o recepcionista do hotel ligar para o meu pai ou não fazer nada e seguir Calpurnia pela passarela para dentro de um navio na manhã seguinte, um navio que partiria para as Ilhas Canárias e depois para Lisboa, Portugal, sem paradas. As passagens que Calpurnia carregava quando a polícia a revistou diziam que era lá onde iríamos desembarcar.

Qual era o plano dela para depois disso? Eu não sei. Nunca tive a chance de perguntar.

Calpurnia retornou ao hotel duas horas depois. Nesse meio-tempo, havia vendido o carro, comprado as passagens, protetor solar e um saco gigante de ursinhos de gelatina. Cal sempre se lembrava das coisas importantes. Havia viaturas por toda parte, então imagino que ela soube o que ia acontecer, mas, mesmo assim, minha tia não disse ao taxista para dar meia-volta ou seguir em frente. Ela saiu do táxi e perguntou à polícia se eu estava bem. Foi presa na hora.

Eu estava dentro do quarto do hotel com dois policiais e uma assistente social. Havia muito barulho, então olhei pela janela, vi policiais algemando minha tia e saí correndo porta afora, gritando para que a deixassem ir e que eu sentia muito, que estava só brincando. A assistente social tentou me acalmar. Mordi a mão dela o mais forte que pude e um dos policiais me pegou, me jogou por cima do ombro como um saco de farinha e me levou de volta para a suíte. Outros dois colocaram a tia Calpurnia em uma viatura e partiram.

Foi a última vez que a vi.

Por meses, Sterling mal me deixou fora de vista. Ele me levava para a escola e me buscava todos os dias, ajustando o cronograma das aulas dele para isso. Charleston é uma cidade muito pequena, a última coisa que Sterling queria era a exposição que um julgamento traria. Ele fez um acordo para retirar as acusações em troca de uma ordem de restrição. Se Calpurnia chegasse a menos de trezentos metros de mim, ela poderia ser presa e as acusações seriam retomadas.

Sterling me disse que, se eu tentasse entrar em contato com Calpurnia, ela iria para a prisão por anos, e eu acreditei nele. Voltei de bicicleta para Harleston Village uma vez, quando tinha uns 14 anos. Felicia estava no jardim, regando algumas plantas, e eu fiquei com medo de que ela me reconhecesse e chamasse a polícia, então pedalei o mais rápido que pude e só voltei depois da morte de Sterling. Àquela altura, era tarde demais.

— Mas enfim. — Eu não precisava dizer mais. Trey já sabia o resto da história. Peguei minha caneca de café e dei um bom gole. Estava frio, mas eu estava com sede. — Sabia que você é a única pessoa para quem contei essa história? Acho que você deve parecer confiável ou algo assim.

— Deve ser o terno.

Não foi tão engraçado assim, mas dei a ele cinquenta pontos de bônus de qualquer maneira, por ajudar a aliviar a tensão. Eu tinha revelado tanto, muito mais do que havia planejado, e ainda não entendia o porquê. Talvez fosse o terno. Talvez fosse ele. Havia muita coisa que eu não sabia sobre ele, mas de uma eu tinha certeza: Trey Holcomb era um bom homem, a quem você poderia confiar seus segredos.

— Bem. Parece que meu primo não vai aparecer. Devemos pedir alguma coisa mesmo assim? — perguntei, forçando um sorriso e mudando de assunto. — Eu pago. Sem discussões. O mínimo que você merece é uma refeição grátis depois dessa corrida em círculos.

— Como você sabe que eu não estou cobrando pela conversa?

— Você está?

— Não. — Trey sorriu e pegou o último pedaço de pão.

Ele pediu torradas com molho de carne e geleia de tomate. Cogitei pedir os waffles, mas acabei escolhendo os *grits* de novo: o do dia era de linguiça, pimentões vermelhos e verdes assados, milho grelhado fresco, ervilha e cebolinha verde cobrindo *grits* de gouda defumado. Quando a comida chegou, peguei meu celular e tirei uma foto do meu prato para enviar para Calvin mais tarde. Estava olhando para a tela, ajustando a iluminação, quando ouvi uma voz familiar.

— Oi, Celia.

— Ora, olá, Teddy! — Levantei a mão para que ele batesse nela. Desde que ficamos mais próximos depois de tomar sorvete, Teddy e eu sempre nos cumprimentávamos com um toca-aqui.

— Como você está hoje?

— Atrasado — disse ele. — Perdi meu ônibus e tive que esperar meia hora pelo outro.

— De novo? Poxa, que chato.

Apesar do atraso, Teddy não parecia estar com a mínima pressa. Eu não queria esnobá-lo, mas a situação estava ficando um pouco estranha, então sorri e apontei para Trey.

— Teddy, deixe-me apresentar um amigo meu...

— Olá, sr. Holcomb. Desculpe o atraso.

Franzi a testa, confusa.

— Ah. Vocês já se conhecem?

— Não. — Teddy deu de ombros. — Mas eu imaginei que fosse ele. Ele disse que estaria vestindo um terno preto feio, e esse é o terno mais feio que já vi. É uma pena que minha mãe não esteja mais viva. Ela poderia ter ajeitado isso para você, feito caber direito. Ela era costureira, fazia vestidos para senhoras em toda a Charleston. Agora ela é um anjo. — Teddy fez uma pausa por um momento e baixou o olhar, envergonhado. — Desculpe. Não deveria ter dito isso. Não quis magoar você, sr. Holcomb. Seu terno não é tão ruim. De qualquer forma, pelo menos está limpo.

Trey sorriu e estendeu a mão.

— Você nunca precisa se desculpar por dizer a verdade, Teddy. É um prazer conhecê-lo.

— É um prazer conhecê-lo também. Fiquei tão feliz quando você me ligou. — Seu cenho franzido foi subitamente substituído por um sorriso sincero e radiante. Teddy virou a cabeça na minha direção. — E estou muito, muito feliz que vamos ser primos, Celia. De verdade. Tenho me sentido muito sozinho sem uma família.

Capítulo Trinta

Calvin ficou sem palavras. Até onde eu me lembrava, isso era uma novidade.

— Você está falando sério? — perguntou ele depois de um longo silêncio. — Está falando do mesmo Teddy que mencionou antes? O grandalhão da cafeteria que prepara ótimos *mocaccinos* e disse para você fazer mais pausas? *Ele* é o filho da Calpurnia?

— E meu primo — falei. — Sim.

— Nossa. Uau — murmurou Calvin. — Isso é…

— Inesperado. Eu sei.

Quando Teddy me disse o quão feliz estava em descobrir que éramos primos, levei um segundo para processar a revelação. Eu jamais teria imaginado. Mas, assim que meu cérebro terminou de assimilar a informação, concordei com ele. Eu me sentia sozinha sem uma família e fiquei feliz por ter um primo, ainda mais um de quem eu gostava tanto.

— Que triste — disse Calvin. — O rapaz morto na guerra, Calpurnia sozinha e tendo que abrir mão do bebê. Você acha que ele sabia que ela estava grávida?

— Não sei. Não encontrei nenhuma correspondência trocada entre os dois. Talvez tenha sido só um caso passageiro e minha tia resolveu não contar? Ou talvez ela tenha contado e ele não se importou ou não respondeu? Ou talvez ele tenha sido o amor da vida dela, e eles planejaram se casar, mas RJ morreu antes que pudessem fazer isso.

Embora não houvesse como ter certeza, eu esperava que fosse esse o caso. A vida de Calpurnia tinha sido difícil demais, e eu odiava pensar que, além de tudo, ela tivesse sido privada de amor. Eu nunca saberia como RJ se sentia em relação a Calpurnia ou à ideia inesperada de ser pai. Mas eu tinha certeza de que ele fora o amor da vida dela e que perdê-lo havia partido o seu coração. Afinal, por que uma mulher jovem e bonita nunca mais namorou ou se casou?

— RJ era do Alabama, mas parece que ele tinha família em Charleston — falei. — Teddy foi adotado por Eloise e Clinton Hunter. Ela era costureira e ele trabalhava em uma oficina mecânica. Eram um casal mais velho e nunca tiveram filhos. Fiz uma pesquisas on-line. Parece que Eloise era tia de RJ.

— Então você acha que as duas famílias podem ter se juntado e encaminhado a adoção?

— Tudo se encaixa — falei. — Naquela época, eles podem ter desejado manter as coisas em segredo. Calpurnia não teria tido muita escolha a não ser entregar o bebê, ainda mais depois da morte de RJ. Sendo adotado por uma família de Charleston, talvez ela tenha pensado que poderia manter contato com ele.

— E será que ela fez isso? — perguntou Calvin.

— Mostrei a Teddy algumas fotos, mas ele diz que não se lembra de tê-la conhecido.

— Bem, é uma história e tanto — disse Calvin. — Mas pobre Calpurnia.

— Eu sei. Eu queria tanto que ela tivesse me contado o que aconteceu. Teddy é tão querido, mas sinto pena dele. Ele tem passado dificuldades desde que a mãe morreu. O pobrezinho não é feliz na residência assistida. Precisa pegar dois ônibus para ir ao trabalho ou a qualquer outro lugar. Além disso, quase não há espaço ao ar livre. Teddy adora jardinagem e...

— Celia Fairchild — interrompeu Calvin. — Por favor, me diga que você não está pensando o que eu acho que está pensando.

Fiquei em silêncio.

— Não — disse Calvin, interpretando corretamente meu silêncio. — Não, não, não, não, não. Você não pode estar pensando seriamente em convidar seu primo para morar com você. Você mal conhece ele!

— Isso não é verdade — argumentei. — Eu o vejo quase todos os dias no café. E, depois daquela vez em que esbarrei nele e saímos para tomar sorvete, sinto que nos tornamos amigos.

— Tenho certeza de que vocês são. Mas isso não significa que vocês deveriam morar na mesma casa. Olha, Celia, admiro sua compaixão. Tenho certeza de que Teddy é tão legal quanto você diz, e sua preocupação com ele é muito fofa. Mas eu me preocupo com *você*. O que a mãe biológica do bebê vai pensar? Ela pode não gostar muito da ideia de mandá-lo para uma casa com um homem estranho.

— Ele não é um homem estranho — protestei. — Ele é da família.

— Eu sei — disse Calvin em um tom gentil. — Mas isso não muda o fato de que você não sabe quase nada sobre ele. Você não pode salvar o mundo inteiro, docinho. E se ajudar Teddy fizer com que você não possa adotar Peaches?

Calvin não estava fazendo nenhuma pergunta que eu mesma já não tivesse feito a mim mesma cinquenta vezes desde que saímos do restaurante. Como não respondi, Calvin continuou:

— Só me prometa que você vai pensar muito antes de tomar qualquer decisão, está bem?

Foi uma promessa fácil de manter. Nos dias seguintes, foi impossível fazer qualquer outra coisa. Havia muito a pensar.

Em um mundo ideal, a mãe biológica poderia até gostar da ideia de o bebê ser criado em uma casa com seu tio. Era possível. Mas também era possível que oferecer um lugar para Teddy morar diminuísse minhas chances de adotar Peaches. Eu estava mesmo preparada para correr esse risco?

Mas Teddy *era* da minha família e, dentro de mim, eu sabia que era isso que Calpurnia teria desejado. Talvez fosse o que ela estava tentando me dizer o tempo todo.

Charleston era uma cidade pequena, mas não tão pequena assim. Quais eram as chances de nos encontrarmos daquela maneira, de eu escolher o local onde ele trabalhava como a minha cafeteria de todos os dias? Havia uma dezena de lugares mais perto de casa, mas, por algum motivo, eu tinha decidido que a Bitty and Beau's era perfeita para mim.

Poderia ser só uma coincidência? Talvez. Mas e as fotos que encontrei? E o fato de que, no mesmo dia em que fui ao túmulo da minha tia com uma foto dela e do pai de seu filho, saí do cemitério, virei a esquina e literalmente esbarrei no meu primo? Isso também foi coincidência? E o sonho?

Eu tinha presumido que o homem de barba nas sombras era Trey Holcomb, mas não poderia ser Teddy? No sonho, Calpurnia segurava o bebê em seus braços para me entregar. Ela não poderia estar me falando do bebê dela tanto quanto do meu?

Era só um sonho, um sonho estranho. E eu ainda não tinha certeza de que sabia bem o que ele significava, se é que significava alguma coisa. Podia ser tudo apenas o resultado do meu subconsciente tentando lidar com a confusa confluência de desejos e circunstâncias que minha vida havia se tornado desde que voltei a Charleston. Era possível que os sonhos fossem apenas sonhos. Também era possível que conhecer Teddy mesmo antes de saber que éramos parentes fosse uma coincidência, por mais improvável que fosse. Não havia como saber com certeza.

Mas de uma coisa eu sabia. Não importava o que a lei dizia sobre os direitos de herança inexistentes das crianças adotadas: minha tia não teria querido que seu filho fosse infeliz ou não tivesse um lar decente. Teddy era filho de Calpurnia, ele tinha tanto direito de viver nessa casa quanto eu.

Por mais que você pense, considere as consequências ou tente justificar outra decisão, algumas coisas são impossíveis de ignorar. Foi o que tentei explicar quando abri meu diário naquela noite.

Querida Peaches,

Quando você sabe do fundo do coração que algo é certo, é isso que você tem que fazer, mesmo que outras pessoas pensem que é um erro, mesmo que isso signifique perder algo que você quer muito, há muito tempo.

Tem uma coisa que estou pensando em fazer... Não, não é bem isso. Tem uma coisa que eu sei que preciso fazer, porque sei que é o certo. Seguir em frente com essa decisão talvez signifique que eu não possa ser sua mãe. Eu espero que não seja o caso, mas é possível. Mas, agindo de qualquer outra forma diferente dessa, eu nem mereceria ser.

Teddy era adulto. Ele poderia fazer suas próprias escolhas, dizer sim ou não, ou que precisava pensar mais. Para mim, no entanto, não havia dúvidas. Eu sabia o que tinha que fazer.

Logo de manhã cedo, peguei minha carteira e encontrei um pedaço de papel com um número de telefone escrito à mão, com esmero, e então o disquei no meu celular.

— Teddy? Oi, é a sua prima Celia. Espero que não esteja cedo demais para ligar. Eu queria conversar uma coisa com você...

Capítulo Trinta e Um

Foi uma semana movimentada e muito interessante. Eu tinha organizado o primeiro jantar na minha casa parcialmente restaurada, sido abordada por uma vizinha bêbada, descoberto que Calpurnia tivera um filho fora do casamento, conhecido meu primo, convidado meu primo para morar comigo e acertado os detalhes da mudança dele. Agora eu estava me preparando para a noite do artesanato com as minhas novas amigas.

Polly apareceu primeiro, trazendo uma mala do tamanho de um baú de viagem.

— Você está planejando se mudar? — perguntei quando abri a porta. — Porque, devo dizer, estamos começando a ficar sem quartos livres.

Polly me lançou um olhar firme, então se curvou e colocou as mãos nas coxas, ofegando como um cachorro em um dia quente.

— Escadas — disse ela, com dificuldade. — Pesada.

— Aqui, deixa eu te ajudar.

A mala tinha rodinhas, então empurrá-la pelo hall de entrada foi fácil. Arrastá-la escada acima até a caverna de fios de Beebee foi outra história. Tive que me virar de costas, agarrar a alça com ambas as mãos e puxá-la degrau por degrau, batendo em cada um deles.

— Polly, o que tem aqui dentro?

— Coisas da Sheepish. Sei que você já tem um montão de lã, mas pensei que as pessoas podem querer cores ou espessuras diferentes.

— Isso tudo é lã?

— Não *só* lã — disse ela, um pouco na defensiva. — Tem livrinhos de instruções, padrões, tesouras, réguas, agulhas e tecido. Eu queria ter certeza de que todas terão o que precisam para todos os tipos de projetos diferentes. E, bem... — Ela pareceu um pouco hesitante quando chegamos ao último degrau. — Imaginei que as meninas talvez se interessassem em comprar algumas coisas. A liquidação não está indo muito bem.

— Verdade, boa ideia.

Eu estava sendo sincera: era mesmo uma boa ideia. Mas Polly ainda parecia constrangida, como se eu pudesse achar que ela estava se aproveitando da minha hospitalidade para lucrar. Se as outras começassem novos projetos de artesanato, provavelmente precisariam de alguns materiais, então por que não comprar o que precisavam de Polly? Com quarenta por cento de desconto, ela não estaria ganhando muito dinheiro com as vendas. Não havia por que se envergonhar.

A campainha tocou. Polly correu para atender a porta enquanto eu arrastava a mala para a caverna de fios e começava a descarregar o conteúdo em uma das duas mesas de dois metros e meio de comprimento que eu havia colocado lá dentro.

Pris tinha me ajudado a levar minhas coisas para o meu novo quarto naquela manhã. Eu não estava brincando quando disse a Polly que estávamos começando a ficar sem quartos livres.

O pequeno quarto ao lado do meu ainda não tinha sido arrumado, mas eu planejava transformá-lo no quarto do bebê. Teddy ficaria com o antigo quarto dos meus pais e o quarto ao lado, que já fora o escritório de Sterling. Daria uma boa saleta de estar, e achei que ele poderia gostar de ter um pouco de privacidade. Lorne ainda não havia colocado uma porta entre os dois cômodos, transformando-os em uma suíte, mas tudo estava correndo conforme o programado para a mudança do meu primo na semana seguinte.

Ouvi o som de passos rápidos subindo as escadas e soube que Pris estava em casa. Ela nunca caminhava se pudesse correr, e eu sabia que estava ansiosa para esta noite. Mas, quando entrou no quarto e viu a mala, o sorriso em seu rosto congelou.

— Deveríamos estar tirando coisas daqui, não trazendo mais. Lembra?

— Polly achou que poderíamos precisar de material extra.

— Mais lã? — perguntou ela, cética.

Tirei vários novelos de fio mesclado em tons de turquesa, verde-água e azul com um toque de rosa e os empilhei na mesa.

— Se bem que... são bem bonitos. — Pris pegou um novelo e apertou-o entre os dedos. — Qual você acha que é o material?

— Caxemira — disse Polly ao entrar no cômodo.

Pris largou o novelo como se estivesse segurando uma brasa quente.

— Eu sei, eu sei — disse Polly. — Mas não é tão caro quanto você pensa. Você só precisaria de uns dois novelos para fazer um cachecol, e eu posso vendê-los pelo preço de custo.

— Certo — disse Pris depois de pensar um pouco. — Mas ainda posso aprender a bordar?

— Com certeza — garantiu Polly. — Eu trouxe um livrinho para apresentar os pontos básicos e uma pequena amostra de linho. Vai ser um bom exercício, e você pode transformar em uma almofada quando terminar. Eu também trouxe alguns novelos para você. O algodão perlé é o melhor para bordado.

A coleção de novelos em tons pastel dentro da caixa cor de creme fazia lembrar deliciosos macarons vendidos em pâtisseries francesas, e parecia tão irresistível quanto. Pris deu um suspiro de prazer assim que os viu. Polly e eu trocamos um sorriso, sabendo que ela havia feito uma venda. Enquanto a transação estava sendo concluída, Felicia entrou na sala, carregando uma sacola de compras de tecido da Dillard's antiga e ligeiramente surrada. Caroline veio atrás, trazendo um prato descartável coberto com papel-alumínio.

— Barrinhas de limão — explicou Caroline. — Eu só estou aqui para passar o tempo com vocês, então achei por bem trazer alguma coisa.

Ela descobriu o prato e o passou por nós. As barrinhas eram de um verde-claro lindo, um tom parecido com o das paredes do meu quarto recém-pintado, e estavam cortadas em quadrados perfeitos de cinco centímetros e decoradas com chantilly coberto com raspas verdes e brilhosas de casca de limão. Eram lindas. Até Calvin teria ficado impressionado.

Polly, que nunca conseguia resistir a doces e, pelo que eu lembrava, jamais tinha tentado, deu uma mordida e gemeu de felicidade.

— Nossa, que delícia! — exclamou. — Posso pegar mais uma?

— Quantas quiser — disse Caroline, satisfeita, enquanto levava o prato de volta para Polly. — Confeitaria é meio que o meu passatempo.

— Bem, se tudo o que você fizer for tão bom quanto isso, poderia ser sua profissão — comentou Polly, dando uma mordida na segunda barra. — Mas, Caroline, tem certeza de que você não quer tentar? Eu trouxe vários exemplos de projetos e livros. Tenho certeza de que há algo aqui que você gostaria de fazer.

— Obrigada, mas não é mesmo a minha praia. Sem ofensa, mas eu nunca vi sentido em... Epa, espera aí.

Caroline deixou o prato de lado e se aproximou da mesa onde eu tinha empilhado os materiais de Polly, como se tivesse sido capturada por algum tipo de campo magnético invisível. Ela pegou uma criatura branca engraçada, com um focinho comprido, um emaranhado de fios de lã brancos enrolados e orelhas caídas e ficou hipnotizada pelos olhos de fio preto da criatura.

— Ora, olá, amorzinho. Quem é você?

Polly abriu um sorriso enorme.

— Fofo, né? É crochê. Posso ensinar você a fazer um igualzinho, ou um pouco diferente. O livro de moldes tem muitas variações.

— Você acha mesmo que eu consigo fazer um desse? — perguntou Caroline, ainda olhando para o rosto da criatura.

Polly garantiu que sim, e Caroline virou o animal na minha direção.

— Não é a coisinha mais bonitinha que você já viu na vida?

— Com certeza — respondi. — O que é?

— Um poodle — disse Caroline, soando ofendida. — Olha só as orelhas.

— Se você diz. Nunca fui muito chegada em cachorros.

— Ok, Polly, você me pegou — admitiu Caroline. — Não faço ideia do que vou fazer com um cachorro de crochê, mas eu *preciso* fazer um. Então, por onde começo?

— Comece dando uma olhada no livro de moldes e escolhendo uma raça — disse Polly. — Eu vou ajudar você a começar, mas o principal objetivo de hoje à noite é escolher um projeto. Felicia — disse Polly —, esses são os retalhos para a colcha da sua mãe?

— São. — Felicia pôs a sacola na mesa e começou a retirar os blocos. — Eu adoraria terminar pelo menos uma colcha para Foster e outra para Beau e para mim. Mas por onde começo?

Devia ter pelo menos cinquenta blocos dentro da sacola, talvez mais, de diferentes tamanhos, padrões e cores. Eram lindos. Não entendo muito sobre colchas de retalhos, mas estava claro que a mãe de Felicia tinha se dedicado muito ao fazê-los. Era bom pensar que seus esforços seriam bem aproveitados. Também foi bom ver a transformação pela qual Polly havia passado nos últimos minutos.

Quando estávamos tirando os conteúdos da mala, ela parecera hesitante e cheia de dúvidas, quase se desculpando pela ideia de vender seus produtos para outras pessoas. No momento em que todas estavam envolvidas, ela pareceu entrar em seu habitat natural. O comércio podia até estar sendo desafiador para Polly, mas ela era uma professora nata. Sua confiança em suas habilidades e sua capacidade de transmiti-las a outras pessoas faziam com que suas alunas se sentissem confiantes também.

— Que tal uma colcha de amostra? — sugeriu Polly, depois de olhar os blocos. — Você poderia escolher seis dos blocos da sua mãe, fazer seis novos e depois juntar tudo com uma faixa de cor neutra.

Felicia pareceu intrigada, mas não convencida.

— Eu gosto da ideia de uma colaboração, mas... minha mãe fez um trabalho tão lindo. Eu não quero estragar.

— Confie em mim — disse Polly. — Posso ajudar você a fazer alguns blocos simples que vão ficar lindos junto aos da sua mãe. Escolha seus seis favoritos. Volto depois que Pris e Celia começarem a tricotar.

— Estou bem — disse Pris, acenando com um novelo do seu lindo fio de caxemira. — Só preciso de um padrão de cachecol. Um que seja fácil.

— Eu já tenho algo em mente — respondeu Polly. — E para Celia...

Polly pegou uma folha de papel com um desenho de uma manta de tricô com blocos de cores, parecendo um quebra-cabeça, com triângulos coloridos em amarelo-limão, amarelo-girassol, safira, azul-claro, creme e cinza-claro, desenhada com lápis de cor.

— O que acha?

Antes de Polly chegar, eu já estava decidida a dizer a ela que eu também queria fazer um cachecol, algo para mim mesma. As chances de a mãe biológica me escolher eram mais ínfimas do que nunca, e tricotar algo para Peaches parecia arriscado demais, como se eu estivesse tentando desafiar o destino. Mas, assim que vi o desenho, minha determinação começou a fraquejar.

As cores eram vibrantes, divertidas e alegres, boas tanto para um menino quanto para uma menina. Embora eu a chamasse de Peaches, na verdade eu não sabia o sexo do bebê, então apostar nas duas possibilidades fazia sentido. Além disso, era tão fofo. A parte prática do meu cérebro me dizia para esperar, mas a parte não prática estava tomada por um desejo instintivo e avassalador de fazer algo para o bebê que eu esperava ter um dia. Talvez seja disso que as mulheres falam quando discutem a "síndrome do ninho arrumado".

Vacilante, mordi os lábios procurando por uma desculpa plausível, sem muito sucesso.

— Você não acha que seria muito difícil para uma iniciante?

— Não — garantiu Polly. — É tudo feito no ponto musgo, que é o mais fácil de todos. Você vai ter que fazer algumas reduções e pegar alguns pontos em viés, mas não se preocupe, eu posso ensinar. Você dá conta.

Viés? Pegar pontos? Eu não fazia ideia do que ela estava falando. No entanto, Polly parecia confiante, e a manta era mesmo muito bonitinha.

— Onde você encontrou esse modelo?

— Eu mesma fiz — disse Polly, sorrindo. — Exclusivo para você.

Bem, estava resolvido. Como eu poderia dizer não?

Disse a Polly que queria comprar sua lã, mas ela se recusou a me vender qualquer coisa.

— Você já tem um monte de fio *fingering* — disse ela. — O modelo foi pensado justamente para usar o seu material. Eu criei em função das cores que você já tem.

Ela tinha um ponto: eu tinha herdado mais fio do que poderia usar em uma vida inteira, quase o suficiente para abrir minha própria loja, pelo menos uma pequena. Eu ficaria feliz em comprar um pouco mais, só para ajudar Polly, mas ela se recusava a me vender. E, quando eu lhe disse que queria pagar pelo molde, ela revirou os olhos e respondeu com sua polidez característica:

— Cala a boca. Não quero seu dinheiro.

— Você teve um trabalhão para fazer o molde. Por que não pode...?

— Porque é um presente. Eu fiz para você. — Antes que eu pudesse começar a discutir, Polly colocou as mãos na cintura e me interrompeu:

— Celia. Você quer brigar? Ou quer tricotar?

— Iniciantes em geral começam a tricotar frouxo demais ou apertado demais. Celia, você está na categoria apertado demais. Relaxe! — comandou ela. — Parece até que está tentando encostar seus ombros nas orelhas. Tente relaxar.

Deixei as agulhas de tricô de lado, sacudi as mãos e gemi.

— Meus dedos estão com cãibras.

— É porque você está segurando as agulhas com muita força. Espere um segundo. — Polly abriu os dedos da minha mão, que estavam bem fechados, e reorganizou o fio. — Não aperte muito. Deixe o fio cair por cima e por entre seus dedos. Relaxe!

— Estou tentando! Você disse que seria fácil. Mentirosa.

— Ah, pare de reclamar. Nunca disse que seria fácil, eu só disse que não era difícil demais para você. E não é mesmo. Você vai pegar o jeito. Não fique tão nervosa, esta parte é só para praticar, para você aprender a tricotar usando a tensão certa. Vamos começar a manta na próxima vez. Esta semana, tudo o que quero é que monte e tricote um quadradinho de dez centímetros. Não se preocupe se tiver que desfazer e fazer de novo algumas vezes. A prática leva ao progresso.

— A prática leva ao progresso — murmurei, em uma imitação anasalada e pouco fiel da voz dela, que era muito mais rouca de cigarro.

— Eu ouvi isso! — disse Polly, sorrindo.

Enquanto eu resmungava e sofria, os músculos dos meus ombros estavam quase tão contraídos quanto os pontos nas minhas agulhas de tricô. Mas, depois de alguns minutos de luta, percebi que tricotar uma manta, ou fazer qualquer coisa à mão, era na verdade difícil, e era isso que tornava o projeto especial. Não esperava que algo à primeira vista tão simples como tricotar pudesse despertar tantas emoções ou fazer com que eu me sentisse tão conectada a outras mulheres, e não apenas às que estavam na sala.

Geração após geração, grávidas escolhiam fios de lã, tecidos e linhas, empunhavam agulhas e ganchos para criarem roupas e cobertores lindos para os filhos que esperavam. Fazer artesanato era um ato de fé e de amor. Às vezes, essas esperanças eram frustradas, mas essas mulheres seguiam em frente mesmo assim, e agora eu era uma delas. O pensamento era tão grandioso e tão bonito que baixei a cabeça por cima do tricô e fiz uma careta, fingindo que tinha deixado cair um ponto enquanto secava uma lágrima.

Foi uma noite boa, surpreendentemente boa, e ficou ainda melhor. Quando estávamos terminando, ouvi passos na escada e ao erguer o olhar vi Happy na porta, parecendo cansada mas sóbria, segurando uma sacola de supermercado amassada.

— Eu... Espero que não tenha problema eu ter entrado — disse ela, e apertou a sacola um pouco mais perto do peito. — Só estava me perguntando se... se ainda dá tempo de eu me juntar a vocês.

Depois que todas foram embora, ajudei Polly a guardar tudo na mala e a carregá-la escada abaixo até a porta da frente. Como ela havia feito algumas vendas naquela noite, estava mais leve, mas não muito.

— Obrigada por hoje — disse Polly, assentindo e depois contraindo os lábios, como se tivesse medo de dizer mais.

— Você está brincando? Eu só fiz chá gelado e abri a porta, Polly. Você é quem fez todo o trabalho. Por que está me agradecendo?

— Porque foi divertido. E porque você me deu a chance de fazer o que amo. Eu ainda sou boa professora, mesmo que seja ruim como empresária. — Polly parou, engoliu em seco e forçou um sorriso. —

Eu olhei as contas mais uma vez este fim de semana e... Não adianta. Vou fechar a loja no final do mês. Dia 31 de julho será o meu último dia de trabalho.

— Ai, Polly.

A Sheepish era o sonho dela. Polly tinha investido tudo para torná-lo realidade: suor, dinheiro e esperanças. Fiquei de coração partido por ela.

— Não é o fim do mundo — disse ela, mesmo enquanto o sorriso se tornava frágil. — Podia ter sido pior. Pelo menos eu tive minha chance, sabe? Pelo menos eu tentei. Algumas pessoas nem sequer conseguem isso.

Eu pisquei, tentando conter as lágrimas. O sorriso de Polly vacilou.

— Pare. Não me olhe assim. — Ela apontou para o meu nariz. — Celia, se você me fizer chorar, juro que nunca vou te perdoar. Está me ouvindo?

— Ai, Polly.

Não pude me conter, nem ela. Quando abri os braços, Polly caiu para a frente e chorou no meu ombro, e eu chorei com ela.

Às vezes, a única coisa que torna a vida suportável é não ter que suportá-la sozinha.

Capítulo Trinta e Dois

—Espere um pouquinho.

Coloquei o meu lado da cômoda de volta no chão e me curvei para colocar as mãos nos joelhos, arfando.

— Você está bem? — perguntou Pris.

— Me dá só um segundo.

Inspirei fundo algumas vezes e me endireitei.

— Lorne levou Red e Slip para ajudarem com a mudança de Teddy e deixou a gente aqui preparando o quarto porque ele não achou que eu tivesse força para arrastar móveis. Então, o que estamos fazendo?

— Arrastando móveis — dissemos eu e Pris ao mesmo tempo.

— Essa cômoda é *pesada*. Talvez fosse melhor deixá-la aqui.

— No meio do quarto? Seria uma escolha de decoração interessante.

— Você acha? — Eu me curvei para pegar a parte de baixo da cômoda. — Certo, vamos lá. Pronta? Um. Dois. Três.

— Use os joelhos! — avisou Pris, no instante em que uma pontada nas minhas costas me dava o mesmo lembrete.

Prendi a respiração e avancei devagar, seguindo Pris, que irritantemente fazia tudo parecer fácil, até chegarmos à parede.

— Pronto. Ficou ótimo.

Àquela altura, eu não me importava se estava feio ou bonito, mas eu era a chefe, então me senti na obrigação de dizer alguma palavra de incentivo.

— Agora só precisamos fazer a cama.

— Pode se sentar e descansar um minuto — disse Pris. — Eu cuido disso.

Afundei em uma cadeira próxima, me sentindo mal por deixar o trabalho para Pris, mas não mal o suficiente para me levantar e ajudar.

— Como está sua mãe? — perguntei.

Pris pegou as pontas de um lençol e o abriu com um movimento de chicote dos braços. O algodão branco pairou no ar por um momento antes de flutuar para baixo na cama.

— Melhor. Finalmente temos algo para conversar além das minhas escolhas de roupa e minhas perspectivas de carreira. E adivinha só? Ela sabe bordar, mas nunca me contou. Ontem, ela me mostrou como fazer nós franceses. Estou bordando um girassol no bolso de um casaco e quero usar a técnica para fazer as sementes.

Eu assenti porque, sim, eu entendia sobre girassóis e sementes. Pris continuou a história. Estava muito falante.

— Não sabia que minha mãe tinha guardado todas as camisas antigas do meu pai. Depois que ele morreu, ela estava ocupada com o enterro, os advogados, o espólio e depois com a mudança para cá, seu novo negócio, e aí quase nunca falava sobre ele. Eu achei que talvez fosse porque ela não o amava, porque não se importava de verdade. Agora estou me perguntando se não foi porque ela se importava demais.

Pris pegou um travesseiro e o enfiou em uma fronha. A culpa superou o cansaço, então eu me levantei e a ajudei com o segundo travesseiro.

— Algumas pessoas acham muito difícil se permitir sentir tristeza ou luto.

— É, talvez. Mas foi bem importante ela vir até aqui e ter entrado para o grupo. Não tenho a menor ideia do que a fez voltar atrás, mas, o que quer que tenha sido, fico feliz.

— Ela decidiu que tipo de colcha vai fazer com as camisas do seu pai?

— Ainda não — disse Pris. — Ainda está pensando nos padrões. Mas é legal, sabe? Ela colocou todas as camisas na mesa de jantar. Às vezes, passo e a vejo sentada lá, folheando o livro de moldes e sorrindo. Ela me contou uma história sobre uma das camisas. Eles foram a uma festa e ela tropeçou e derramou vinho tinto na camisa dele, e, em vez de ficar bravo, meu pai a chamou para dançar.

Eu afofei o travesseiro e o soltei na cama.

— É uma história ótima.

— Meu pai era assim — disse Pris. — Não se incomodava com coisinhas, sabe? Mas não era muito bom nos negócios. Agora que estou mais velha, entendo o peso que isso foi para a minha mãe depois que ele morreu. Mas fico feliz por ela estar começando a se lembrar das coisas boas nele também. Enfim — disse ela, baixando os braços —, eu só queria agradecer por fazer isso acontecer.

— Happy é quem está fazendo isso acontecer — falei —, e é muito corajoso da parte dela.

— Bem, obrigada mesmo assim. E... Celia. — Ela desviou o olhar. Suas bochechas coraram, e ela mordeu o lábio inferior. — Naquele outro dia, quando ela ficou superbêbada e veio até aqui... Eu sinto muito por isso, muito mesmo.

— Não precisa. Você não tem culpa.

— Eu sei, mas...

Fiz um gesto com a mão, descartando sua tentativa de se desculpar.

— Pris, algo que eu gostaria de ter aprendido muito mais cedo na vida é que não é função minha pedir desculpas pelo mau comportamento dos outros. Eu já contei quando decidi me divorciar do meu marido?

Pris balançou a cabeça enquanto enfiava um travesseiro em uma fronha.

Não era uma história que eu gostava de contar, mas senti que precisava, por Pris. Compartilhar uma história pessoal, mesmo que seja constrangedora — talvez especialmente quando é constrangedora — às vezes é a melhor maneira de fazer uma lição ser lembrada. Existem muitas colunas de conselhos por aí, mas a razão pela qual tantas pessoas adoravam ler "Cara Calpurnia" era a disposição que ela tinha para ser vulnerável. Escrever por trás da persona de Calpurnia era uma coisa, mas estar disposta a me abrir assim na vida real era muito mais difícil e desconfortável. Mas, pelo bem de Pris, eu faria isso. Pris era minha amiga na vida real. Pelos amigos, a gente se esforça mais, mesmo correndo o risco de parecer burra.

— Um dia, Felix Glassman, o marido de mais uma das mulheres com quem Steve estava dormindo, apareceu na porta da minha casa com fotos da esposa dele e Steve. Em resumo, eles estavam tentando reencenar as posições do Kama Sutra.

Fiz um barulho de vômito que não era totalmente teatral. Pensar naquelas fotos ainda fazia meu estômago revirar. Pris abraçou o travesseiro no peito e pareceu horrorizada.

— Nossa, que horror, Celia. Você deve ter se sentido tão humilhada.

Dei de ombros.

— Na verdade, eu já estava quase acostumada, na época. Mas me senti envergonhada, culpada e de alguma forma responsável por todo o sofrimento e humilhação que Steve causou ao pobre Felix Glassman. Então comecei a pedir desculpas. Mas, antes que eu pudesse falar muita coisa, ele olhou para mim e disse: "Desculpa pelo quê? Por acaso era *você* que estava dormindo com a minha esposa?" E Felix estava certo. Um pedido de desculpas por procuração não tem sentido. Eu não poderia reparar um mal que Steve fez. A pessoa que precisava estar arrependida era ele, e ele não estava.

A campainha tocou. A lição era aquela, e eu esperava que Pris não se esquecesse.

— Eles chegaram! — Pris pegou o edredom e o espalhou por cima da cama.

A voz de Lorne ecoou do hall de entrada, perguntando se alguém estava em casa.

— Já vamos descer! — gritei.

Afofei os travesseiros uma última vez e segui em direção à porta do quarto. Ouvi um tumulto de vozes masculinas animadas, gritando algo sobre insetos e pedras, e o som de passos — mais passos, no fim das contas, do que eu estava esperando. Oito a mais, para ser mais exata.

No topo da escada, fui recebida por um barulho de latidos. Dois cachorros subiram a escada a uma velocidade que pareceu a da luz, vindo na minha direção. Não dava tempo de sair do caminho, então me preparei para o impacto.

Não adiantou nada.

Antes que meu cérebro tivesse tempo de processar o que estava acontecendo, fui derrubada por uma avalanche de cachorros pulando, se retorcendo, balançando o rabo, lambendo e latindo alegremente. Fiquei mais desnorteada do que assustada, como se eu me visse jogada em uma máquina de lavar com uma matilha de huskies e fosse colocada no ciclo de centrifugação. Na verdade, havia apenas dois cachorros, e ambos eram pequenos. Mas, naquele momento, parecia que havia mais, muito mais.

— Tudo bem aí, Celia?

Avistei a mão estendida de Lorne através da confusão de línguas lambedoras e orelhas fofas e a segurei. Ele me puxou e me ajudou a me sentar, me tirando da pilha de cachorros. O som de pés tamanho 44 subindo a escada, um que logo se tornaria familiar, anunciou a chegada de Teddy à cena.

— Bug! Pebbles! Por que vocês saíram correndo desse jeito? Eu mandei vocês esperarem eu trazer a prima Celia para conhecer vocês primeiro. Ai, ai, ai, cachorros feios!

Os cachorros, dois spaniels de pelagem branca encaracolada com manchas ruivas, orelhas longas e focinhos pretos como botões, sentaram-se em seus traseiros peludos. Os rabos balançavam devagar, hesitantes e sincronizados. Olhando para Teddy com uma mistura de culpa e confusão, seus enormes olhos cor de chocolate diziam que eles poderiam estar muito, muito, muito arrependidos mesmo, se ao menos conseguissem entender o que tinham feito de errado.

Enquanto fiquei caída no chão, debaixo da pilha de cachorros, cega graças aos pelos e tentando afastar as lambidas, pensei que talvez fossem mastins ou são-bernardos ou alguma outra raça enorme, no mínimo golden retrievers. Mas não. Eram spaniels e pequenos. Eu já tinha visto gatos maiores.

— Bug — repreendeu Teddy —, diga à prima Celia que você está arrependido. Você também, Pebbles.

O maior dos dois, Bug, aproximou-se de mim com um olhar de vergonha e começou a lamber minha mão com delicadeza, numa espécie de pedido de desculpas canino. Sua irmãzinha, Pebbles, também se aproximou. Limpei a mão na calça e dei um tapinha rápido na cabeça dela antes que ela pudesse me lamber também.

— Você não precisava fazer isso — falei para Bug.

Lorne me ajudou a ficar de pé.

— Estou bem — disse, dirigindo-me a todos, incluindo os cachorros.

Seus rabos começaram a bater mais e mais rápido, como se entendessem que tinham sido perdoados. Pebbles parecia estar sorrindo de verdade. Pris, que estava assistindo à cena ali de perto, se agachou e começou a fazer carinho nas orelhas dos cachorros, olhando para eles com ternura. Limpei as mãos na calça mais uma vez, livrando-me dos últimos vestígios de baba de cachorro. Lorne, que parecia estar se divertindo muito, pigarreou.

— Bem. Acho que o Red e eu vamos começar a descarregar a caminhonete.

— Certo — disse Teddy, fazendo menção de segui-lo. — Vou lá ajudar.

— Um minuto, Teddy — falei.

Lorne bateu em retirada bem rápido, e Teddy se voltou para mim. A expressão em seu rosto era quase tão envergonhada quanto a dos cachorros um momento antes.

— Então, Teddy. Bug e Pebbles, eles... são seus?

— Sim. Eu não falei sobre eles? — Eu balancei a cabeça, e ele coçou a dele. — Puxa. Acho que me esqueci.

Cruzei os braços, mas não disse nada.

Teddy suspirou.

— Você está certa. Eu não esqueci. Só não contei.

— Teddy, se vamos dividir uma casa, precisamos ser honestos um com o outro, certo?

— É que eu estava com medo de você não me deixar trazer os dois — disse ele. — Eles não permitiam cães na residência compartilhada, então tive que deixá-los com o sr. Menzies, um dos meus antigos vizinhos.

Quando eu disse a ele que minha prima ia me deixar morar com ela, em uma casa de verdade com um jardim e uma cerca, ele disse que eu poderia pegar os dois de volta. Eles são muito bonzinhos — garantiu Teddy. — Na maior parte do tempo. Eles só ficaram animados porque estamos muito felizes de estar aqui. Você gosta de cachorro?

Teddy olhou para mim com uma carinha de partir o coração.

Considerei minhas opções.

— Claro que sim. Adoro.

— Eu também! — Ele assobiou, e os cachorros se viraram para ele, os olhos brilhantes, as orelhas em pé. — Vamos lá, pessoal. Vamos ajudar a descarregar a caminhonete.

Teddy desceu as escadas a passos pesados, e os cachorros saltitaram atrás dele, os rabos balançando como bandeiras peludas.

— Ei, Teddy?

Ele parou no meio da descida e se virou para mim.

— Estou muito feliz por você estar aqui — falei.

Não era mentira. Apesar de todas as minhas preocupações sobre como aquele arranjo poderia afetar a adoção, preocupações que ainda não tinham desaparecido por completo, parecia a coisa certa ter Teddy ali, como se sempre tivesse sido o lugar dele. Enquanto o ajudava a desempacotar suas coisas mais tarde naquele dia, percebi o quão verdadeiro isso era.

— Teddy — perguntei, depois de abrir uma caixa especialmente grande —, *o que* é tudo isso?

Teddy, que estava ocupado arrumando sua considerável coleção de CDs nas prateleiras, olhou na minha direção.

— Suéteres.

Eu ri.

— Sim, estou vendo. Mas de quantos suéteres você precisa? Deve ter uns cinquenta aqui!

Teddy balançou a cabeça e me corrigiu.

— São só quarenta e sete. Não são todos suéteres. Também tem alguns chapéus e um cachecol.

— Entendi — falei, ainda sorrindo. — Mas mesmo assim, parece muito. Onde você arrumou todos deles? Sua mãe tricotava?

— Não — respondeu Teddy, enquanto desembrulhava uma caixa de som e a colocava na prateleira ao lado de um tocador de CD bem antigo. — Mamãe costurava roupas. Ela não tricotava. Mas uma caixa com um suéter e um bilhete aparecia todo ano no meu aniversário. Bem, este ano não apareceu — disse ele, fazendo uma pausa e parecendo um pouco confuso, antes de continuar. — Mas eu não sei de onde eles vieram.

— Um bilhete? De quem?

— Não sei. — Teddy deu de ombros. — Mas todos os anos eram os mesmos dizeres: "Feliz aniversário, querido Teddy. Que a sua vida seja mais doce". Só isso. Aqui, olha.

Teddy foi até a caixa, enfiou a mão pela gola do suéter de cima e puxou um bilhete que havia sido escrito em uma máquina de escrever Olivetti:

"Que a sua vida seja mais doce..."

De repente, eu entendi tudo. A caverna de lã não pertencia à minha avó. Ela era de Calpurnia. Talvez a ideia tivesse começado com Beebee. Talvez, depois que Calpurnia deu o bebê para a adoção e voltou para casa, Beebee a tenha ensinado a tricotar, oferecendo-lhe uma válvula de escape para seu luto e uma maneira de permanecer em contato com o filho. Ou talvez ela tivesse aprendido sozinha? Talvez fosse por isso que, embora ninguém mais na família trancasse a porta do quarto, Calpurnia às vezes o fazia. Talvez ela estivesse trancada com suas lembranças e segredos, tricotando algo especial para Teddy. Talvez, quando Sterling foi embora e me levou junto, e ela se viu completamente sozinha, Calpurnia tenha criado um pequeno refúgio de sanidade para si mesma no meio de toda a loucura.

Tantos "talvez".

Quando se tratava de Teddy, muitas perguntas ficariam sem resposta, mas uma coisa era certa: Calpurnia nunca esqueceu o filho, nunca deixou de amá-lo. Mais tarde, quando fosse a hora certa, eu explicaria isso a ele. Não havia mais necessidade de guardar segredos, e eu tinha certeza de que saber a verdade, saber que ela sempre se importou, o deixaria feliz.

Mas eu não podia falar sobre isso ainda, então, em vez disso, guardei alguns suéteres com todo o cuidado na última gaveta da cômoda de Teddy e fiz uma promessa silenciosa a mim mesma e à minha tia: não importava o que acontecesse, eu sempre amaria Teddy. Assim como Calpurnia.

Capítulo Trinta e Três

Acordei me agarrando à beirada da cama como um alpinista se refugiando na beira de uma fenda traiçoeira. Mais um centímetro e eu teria caído no abismo.

— Como uma cachorra de seis quilos consegue ocupar oitenta por cento de uma cama *queen-size*?

Eu recuei, empurrando com a bunda o montinho quente e aparentemente imóvel atrás de mim, até ganhar espaço suficiente para me virar. Pebbles abriu um olho e começou a balançar o rabo, depois desenrolou o corpo e se levantou, bocejando e se espreguiçando, logo se aproximando para lamber meu nariz.

— Estou falando sério, Pebbles. Você não precisa fazer isso.

Quantas vezes eu teria que dizer isso a ela?

Por razões que ainda não eram claras para mim, Pebbles tinha decidido que minha cama era o lugar onde *precisava* dormir todas as noites. E, por razões ainda menos claras para mim, eu permitia. Mas o que mais eu poderia fazer? Ela era muito fofinha.

A fofura, eu tinha concluído, era a proteção natural de um cachorro. Assim como os lagartos usam camuflagem e as cobras usam veneno, os cachorros usavam a fofura irresistível para evitar que predadores perigosos, como humanos irritados, acabassem com eles.

Levantei os braços e me espreguicei, sentindo uma dor satisfatória nos ombros. Pris e eu tínhamos tirado as últimas caixas do andar de baixo no dia anterior, incluindo duas que estavam cheias de panelas, frigideiras e assadeiras de ferro fundido antigas. A maioria estava tão danificada ou rachada que iria direto para a caçamba de lixo, mas algumas estavam em boas condições. Depois de algumas pesquisas on-line, Pris disse que achava que elas valeriam entre cento e cinquenta e duzentos dólares. Era uma boa notícia, assim como o fato de serem os últimos itens vendáveis do inventário acumulado de Calpurnia. Sim, eu tinha guardado mais do que era sensato — Marie Kondo não me daria uma estrelinha dourada —, mas agora a casa estava habitável e o acúmulo excessivo tinha acabado. Mais tarde naquele dia, a caçamba de lixo também desapareceria. Teríamos uma menor para acomodar o entulho da obra, mas a criatura colossal que havia sido preenchida e esvaziada e preenchida de novo inúmeras vezes nas seis semanas anteriores desapareceria até a hora do almoço, o que significava que poderíamos começar a trabalhar no jardim. Teddy estava ansioso para botar a mão na massa.

Eu me sentei na cama. Pebbles interpretou isso como um sinal de que o dia havia começado, o que só podia significar que Coisas Empolgantes estavam prestes a acontecer, como o Café da Manhã e o Xixi Matinal. Ela começou a pular e se contorcer com uma empolgação desproporcional e um pouquinho alarmante. Pebbles era adulta e sabia onde fazer xixi, mas todos aqueles pulos e contorções me deixaram com medo de que ela fizesse o Xixi Matinal um pouco cedo demais.

Saí da cama e peguei a cachorrinha, colocando-a debaixo do meu braço esquerdo.

— Teddy, está acordado?

Sua voz chegou pela escada, vinda do térreo.

— Aham. Eu vou abrir o café hoje de manhã.

Caminhei até a balaustrada e olhei por cima do corrimão. Teddy estava lá embaixo, em seu uniforme da Bitty and Beau's. Bug estava aos seus pés, olhando para Teddy com adoração.

— Fiz torradas com canela — disse ele. — Você quer?

— Talvez depois, obrigada. Você pode levar a Pebbles na rua antes de ir? Acho que ela precisa fazer xixi.

— Claro.

Caminhei até o topo da escada e coloquei Pebbles no chão. Teddy assobiou e bateu na perna. A cachorra saltitou escada abaixo e se lançou em direção aos braços estendidos de Teddy.

Saltar nos braços das pessoas era o truque de Pebbles. Ela fazia isso o tempo todo, muitas vezes sem aviso. Era impressionante, mas só se seu alvo entendesse o que era para fazer. Da primeira vez que tentou fazer isso comigo, eu não estava preparada. Em vez de abrir os braços para pegá-la, coloquei as mãos na frente do rosto para me proteger do projétil peludo vindo em minha direção. Pebbles quicou em meu peito e caiu no chão, onde me olhou com um misto de decepção e desgosto. Fiquei me sentindo tão mal que lhe dei metade dos meus ovos mexidos no café da manhã.

Isso fazia duas semanas. Teddy estava mais adaptado agora, e os cachorros também. Estávamos acostumados uns com os outros, a ponto de eu às vezes me perguntar como tinha conseguido morar ali sozinha. Era uma casa grande, para ser preenchida por uma família. Agora, mais uma vez, estava como deveria ser.

— Meu turno hoje termina uma da tarde — informou Teddy. — Tem certeza de que vão levar a caçamba de lixo hoje? Quero começar a podar algumas das sebes.

— Provavelmente já terá sido levada quando você chegar em casa. Foi o que Lorne disse.

— Que bom — disse Teddy. — Se vamos ter um bebê, precisamos de um jardim.

Eu sempre dizia a Teddy para não alimentar muitas esperanças, pois havia três famílias que queriam o bebê, mas ele estava empolgado com a ideia de ser tio. Cautela à parte, eu não podia deixar de sorrir quando ele se referia a Peaches como "nosso" bebê.

Teddy pegou duas coleiras na mesa perto da entrada e abriu a porta. Eu me despedi e me virei para ir trocar de roupa no meu quarto.

— Ei — chamou ele, olhando para mim —, o que você vai fazer hoje?

— Você quer dizer depois de mudar de roupa e comer uma torrada de canela?

— Aham.

Balancei a cabeça.

— Não faço a mínima ideia.

Sabendo que a cozinha era a próxima no cronograma da reforma e que em breve eu poderia não ter mais acesso ao fogão, abri mão da torrada de canela e preparei uma omelete de queijo, tentando ignorar os olhares suplicantes dos dois cachorros que aguardavam esperançosos a meus pés enquanto eu cozinhava.

— Os ovos mexidos naquele dia foram um pedido de desculpas, ok? — falei a Pebbles. — Não se acostume.

Pebbles piscou distraidamente. Peguei um punhado de cheddar ralado da tigela e joguei no chão, depois repeti o processo com Bug. Os dois engoliram o queijo e depois se sentaram, dóceis, piscando de novo.

— É *só isso* — falei, apontando a espátula para cada cachorro. — Estou falando sério dessa vez.

— Tem certeza? Está com um cheiro ótimo.

Lorne entrou na cozinha e foi até a cafeteira. A essa altura, já estávamos todos à vontade uns com os outros. Lorne e o restante da equipe entravam e saíam quando queriam, aparecendo para tomar café ou fazer um lanche, ou apenas para dizer olá. Eu gostava. A casa fazia mais sentido com mais gente.

— Oi, Lorne. Posso fazer um pra você também, se quiser. Quero usar esses ovos antes de vocês começarem a demolir minha cozinha.

— Não precisa. Só queria me aquecer. — Ele serviu café em uma caneca térmica verde. — E, aliás, infelizmente não vou poder começar a demolir sua cozinha hoje. Houve um atraso. — Ele levou a caneca aos lábios, lançando um olhar significativo para mim por cima da borda da xícara.

Senti meu maxilar se endurecer.

— Vamos ver se eu adivinho. O sr. Fitzwaller fez uma visita. O que foi dessa vez?

— Ele acha que o projeto da remodelação da cozinha não está em conformidade com o código.

— Mas é claro que está em conformidade com o código! — gritei, erguendo as mãos para expressar minha indignação. Bug se empertigou e lambeu os beiços, esperando mais queijo. — O Departamento de Obras já aprovou!

— Pois é — disse Lorne, o sarcasmo claro em seu tom. — E foi o que eu apontei para o jovem Fitzwaller. No entanto, na opinião dele, o Departamento de Obras estava errado e ele insiste que o projeto volte para uma segunda revisão. Até isso acontecer e ele ser aprovado de novo, não posso começar a trabalhar aqui. — Lorne soltou um pequeno rosnado enquanto sorvia seu café. — Sei que a gente estava brincando quando falou sobre ver se o Slip conhecia alguém que pudesse resolver nosso problema, mas estou começando a achar que talvez não seja uma má ideia. Brincadeira — disse ele, levantando a mão. — Falando sério, Celia, esse cara está dando muito trabalho. Está desperdiçando o meu tempo e o seu dinheiro.

Ambos eram fatores importantes, tempo e dinheiro. A visita domiciliar seria dali a menos de um mês, mas a parte do dinheiro era uma preocupação ainda mais imediata.

— O que foi agora?

— Depois de toda aquela confusão com o painel elétrico, Fitzwaller decidiu que o novo não é suficiente para suportar a carga. Ele disse que temos que instalar um subpainel. — Lorne enfiou o polegar no cinto e balançou a cabeça. — Será que existe alguma rixa antiga entre as famílias de vocês? Porque vou te dizer, Celia, nunca enfrentei um cara como esse.

Desliguei o fogão e tirei a panela. Não estava mais com fome.

— Quanto vai custar um subpainel? E quanto tempo vai levar para instalar?

— Não sei — disse Lorne. — Liguei para o Tony. Não vai ser tão caro quanto o painel grande, mas, Celia, a questão é que a gente não precisa de um subpainel, sabe?! O novo é grande o suficiente. Juro, o cara está enrolando a gente de propósito, e não sei por quê.

— Bem, será que a gente deveria fazer uma reclamação? Levar isso até a prefeitura?

Lorne suspirou.

— Até o momento eu estava pensando em não criar problemas: às vezes o tiro sai pela culatra. Mas... — Ele parou para pensar. — Acho que vamos ter que nos mexer. Não sei mais o que fazer.

— Talvez você possa ligar para o Trey — sugeri. — Pedir ajuda a ele?

Quando Lorne desviou o olhar, eu soube que a tarefa sobraria para mim.

Não era bem como se eu estivesse evitando Trey desde aquele dia no restaurante, nós tínhamos conversado por telefone algumas vezes. Mas eu tomava o cuidado para que fossem conversas curtas, objetivas e profissionais, e resolvi evitar reuniões presenciais com ele, a menos que fossem absolutamente necessárias. Eu tinha bons motivos.

Nos dois meses e pouco desde que retornara a Charleston, eu tinha visto Trey Holcomb, o quê? Sete? Talvez oito vezes? E, no entanto, em duas dessas ocasiões, por razões além da minha compreensão, eu abrira a boca sem pensar e havia despejado nele detalhes sobre a minha vida pessoal, incluindo a história estranha da minha família estranha que eu nunca havia contado a *ninguém*. O que havia em Trey? Por que meu traquejo social desaparecia perto dele?

Só isso já era constrangedor o suficiente, até um pouco humilhante. Mas o que mais me incomodava era que Trey nunca retribuía, nunca oferecia um refém próprio, nem mesmo depois de eu entregar os meus por livre e espontânea vontade, e mais de uma vez. Quando, lá atrás, Calvin me explicou os princípios da troca de reféns, ele disse que trocar sonhos, segredos, medos e fracassos, coisas que você não gostaria de compartilhar com o mundo em geral, era uma maneira de conhecer uma pessoa muito bem, muito rapidamente. Mas, como eu entendia agora, também era uma maneira de construir um relacionamento, desenvolver confiança. Afinal, amor e confiança andam de mãos dadas. Como eu havia aprendido muito bem com Steve e com a longa fila de decepções amorosas que o antecedeu, não dá para ter um sem o outro.

Apesar de todas as suas qualidades — inteligência, competência, devoção à justiça e olhos incríveis —, estava claro que Trey Holcomb tinha dificuldades de confiar nos outros. Mesmo se eu já não tivesse percebido isso pelas nossas conversas, ou pela falta delas, e observado que ele se recusava a falar sobre o próprio passado mesmo depois de eu ter contado tudo sobre o meu — apesar de eu ter até tentado perguntar —, o fato de que seu próprio irmão não se sentia à vontade para ligar e pedir sua ajuda era um grande sinal de alerta. Eu gostava de Trey, e muito. Nas circunstâncias certas, eu tinha certeza de que poderíamos ser amigos, talvez até mais do que isso. Mas as circunstâncias não eram certas, e, pela primeira vez na vida, eu tinha resolvido seguir meu próprio bom conselho e evitar vê-lo ou falar com ele, a menos quando fosse absolutamente necessário.

E, naquele momento, eu *tinha* que falar. Precisávamos de ajuda.

— Não tem problema, Lorne. Posso ligar para ele.

— Obrigado, Celia — disse ele, parecendo aliviado. — Eu até ligaria, mas, você sabe como é, Trey e eu... — Ele desviou o olhar, serviu um pouco mais de café em uma caneca que ainda estava cheia e mudou de assunto. — Vamos começar a colocar as placas de gesso da sala de jantar hoje. Eu planejava fazer tudo de uma vez, depois da cozinha, mas não quero que os caras fiquem à toa. Não se preocupe, ok? Vamos dar conta, de um jeito ou de outro.

— Eu sei que vão. Obrigada, Lorne.

Ele levou os dedos à testa, me deu uma pequena saudação e pegou sua caneca de café.

— Bem, vou voltar ao trabalho. O que você vai fazer hoje?

A resposta, no fim das contas, foi: ficar morrendo de preocupação.

Na tarde anterior, Pris e eu havíamos pegado a alça de uma caçarola de ferro fundido enferrujada, rachada e muito pesada, o último item da última caixa de tralhas, contado até três e jogado para dentro da caçamba. Depois batemos as mãos em comemoração várias vezes antes de entrarmos em casa para celebrar com drinques com vodca e cupcakes de *red velvet* da Sweet Lulu's Bakery. Estávamos quase eufóricas de alegria. Como recompensa, disse a Pris para tirar uma folga remunerada no dia seguinte. A casa estava transformada. Mas toda transformação, como qualquer ex-colunista conselheira pode afirmar, é um processo.

Tínhamos feito muitas coisas naquele espaço — substituímos o telhado, os degraus externos (várias vezes) e as colunas podres da varanda, reconstruímos a chaminé, refizemos toda a parte elétrica da casa —, mas ainda havia muito a fazer. Eram as coisas inesperadas que mais me deixavam ansiosa, as coisas que não podemos planejar. Não se passava um dia em que Lorne não gritava: "Ei, Celia. Pode vir aqui rapidinho ver uma coisa?"

Nunca era uma coisa que eu fosse *querer* ver, um meme engraçado ou um vídeo fofo de gatinho. Não, sempre era algo apodrecido, quebrado ou instalado de modo incorreto, o que significaria mais atrasos e mais dinheiro. Agora, quando Lorne gritava "Pode vir aqui rapidinho?", eu respondia: "O que foi agora?"

Lidar com os caprichos de Brett Fitzwaller e sua interpretação exageradamente zelosa do código de obras só dificultava as coisas. Quando liguei para Trey, ele disse que iria investigar, mas não havia muito mais que eu pudesse fazer. E *isso*, percebi em algum momento da minha quarta volta pela casa, era o que me deixava tão nervosa.

— Posso ajudar em alguma coisa, Celia? — perguntou Lorne, afastando-se da placa de gesso que estava martelando.

Entendi a dica e subi as escadas. Andar pelos quartos também não estava ajudando. Eu precisava de algo para *fazer*. Por fim, fui até a sala de novelos e peguei meu tricô na cesta.

Tínhamos tido apenas dois encontros de artesanato desde o primeiro. Eu me divertia tanto conversando com as outras e vendo como estavam seus projetos que não consegui fazer mais do que alguns centímetros do meu. Para mim, conversar enquanto tricotava era como tentar esfregar a barriga e bater na cabeça ao mesmo tempo: não dá para fazer as duas coisas ao mesmo tempo direito. Tricotar exigia toda a minha atenção.

O que acabou sendo bom.

Me sentei na velha e confortável cadeira cor-de-rosa de Beebee, coloquei a língua para fora no canto da boca e a agulha no primeiro ponto da carreira seguinte e comecei a tricotar, bem devagar, fazendo uma pausa a cada dois minutos para respirar fundo e relaxar os ombros para que os pontos não ficassem apertados demais. Não era relaxante, mas me distraía. Em pouco tempo, esqueci o dinheiro, os "E agora?" e os "E se…?". Toda a minha atenção e energia mental estavam dedicadas a passar a agulha pelo lado de trás do ponto, enrolar o fio em torno da ponta e puxá-lo através do laço, depois deslizá-lo da agulha esquerda para a direita.

Passados uns quinze minutos, minha língua voltou para dentro da minha boca por conta própria. Mais cinco minutos e consegui manter os ombros relaxados e os pontos frouxos o suficiente sem as pausas para respirar. Meia hora depois de ter começado, o piloto automático assumiu o controle e meus dedos encontraram o ritmo. Não precisei mais pensar, não precisei repetir os passos mentalmente, o que significava que minha mente estava livre para vagar.

Algo em ver aqueles cinco centímetros de tricô crescerem para dez, depois quinze, depois vinte me ajudou a lembrar de tudo o que havia acontecido no último mês e meio, os obstáculos que pareciam intransponíveis e que eu havia enfrentado e, para minha surpresa, superado. Um por um. Não tive muitas conversas profundas com minha mãe, mas me lembrei de algo que ela costumava dizer: "Se Deus quiser que você esteja em algum lugar ou que faça alguma coisa específica, Ele vai fornecer todo o necessário, no momento em que precisar, e não um segundo antes. Nunca se esqueça disso, Celia, o timing de Deus é sob demanda".

Eu não pensava nisso havia muito tempo. Também não pensava em Deus havia muito tempo. Não estávamos mais nos falando. Embora Sterling tenha permanecido membro da congregação até a morte, ele e eu paramos de ir à St. Philip's após o sequestro. Sterling não queria correr o risco de encontrar Calpurnia e, depois de tudo o que aconteceu, eu não tinha vontade de encontrar Deus. Mas, enquanto eu estava sentada lá, tricotando e pensando e me lembrando, conseguia acreditar que Alguém estava tentando me mandar uma mensagem, mesmo que fosse apenas para me dizer que minha mãe estava certa.

Todas as vezes em que pensei ter chegado ao fundo do poço, estendi a mão e encontrei algo ao qual me agarrar para subir de novo. Quando meu casamento acabou, a porta da maternidade se abriu. Quando perdia a coragem, a esperança ou o senso de humor, Calvin os renovava.

Quando perdi meu emprego e meu sustento, de repente havia uma casa e Trey, um guerreiro para lutar por minhas batalhas e manter o lobo mau longe da porta. Tudo aparecia quando eu mais precisava, nem um instante antes. E nem sempre era sobre mim. Muitas vezes, a solução para problemas que eu nunca previra aparecia na forma de pessoas que precisavam de mim tanto quanto eu precisava delas.

Quando precisei de um empreiteiro, de repente, lá estava Lorne, que precisava de uma segunda chance. Quando desejei um laço familiar, de repente, surgiu Teddy, precisando da mesma coisa. Quando precisei de amigas, ajuda prática, incentivo e um senso de pertencimento, lá estavam Felicia, Pris, Caroline, Polly e até Happy, cada uma com seu próprio conjunto de necessidades e vazios que o resto de nós ajudava a preencher, cada uma à sua maneira.

Eu nunca tivera um grupo de amigas, ao menos não amigas íntimas. Conhecidas e colegas, sim, mas nunca amigas próximas. Calvin era meu melhor amigo e sempre seria, mas aquele grupo era novidade. Até então eu não havia me dado conta de que precisava delas, mas, um mês depois daquele primeiro jantar, eu não conseguia imaginar minha vida sem elas. Será que sentiam o mesmo? Eu achava que sim. Eu esperava que sim.

À primeira vista, estávamos nos reunindo para trabalhar em nossos artesanatos, mas o que realmente criávamos era um espaço seguro, um lugar onde poderíamos ser verdadeiras umas com as outras. Falando assim, parece uma sessão melosa de terapia em grupo, mas era diferente, mais natural. Não estávamos *tentando* ser conhecidas ou ouvidas ou compreendidas, a coisa apenas acontecia.

No domingo anterior, Teddy tinha me convidado para ir à igreja com ele. Foi diferente de tudo o que eu já havia experimentado antes, nada parecido com os cultos silenciosos e bem estruturados aos quais assisti quando criança, com todos murmurando preces decoradas em uníssono. Todos pareciam muito animados por estarem lá. Sempre que alguém novo entrava pela porta, o rosto dos presentes se iluminava com alegria ao reconhecer a pessoa e todos se reuniam em torno do recém-chegado para cumprimentá-lo com abraços e tapinhas nas costas, como se tivessem se passado sete meses desde o último encontro, em vez de apenas sete dias, e o domingo era o dia pelo qual aguardavam ansiosamente a semana toda. A celebração foi pura espontaneidade. Sempre que alguém, fosse pastor ou paroquiano, compartilhava alguma ideia ou observação, grande ou pequena, a congregação assentia, murmurava, dava um "amém" ou às vezes apenas erguia a mão, como se quisesse ser contado como presente. Levei um tempo para me acostumar, mas gostei da sensação de que todos estavam lá um para o outro, ouvindo com empatia, afirmando com compaixão, totalmente disponíveis uns para os outros.

Era assim que eu me sentia em relação às minhas novas amigas. Ainda estávamos nos conhecendo, mas, quanto mais eu ficava com elas, mais queria estar. Segunda-feira tinha se tornado o meu dia favorito na semana.

Será que Alguém estava tentando me dizer alguma coisa? Parecia possível. Pelo menos até o momento. Mas... e aí? O que vinha a seguir? E se?

Peguei outro novelo de lã, enrolei o fio na agulha, mudando de safira para dente-de-leão. Havia apenas este momento, este dia, este quarto, este ponto, estes pensamentos. Trabalhei em silêncio, enrolando a lã e puxando-a de novo e de novo, adicionando centímetro após centímetro ao cobertor destinado à criança que meu coração estava tão pronto para amar.

A calma me envolveu como uma névoa suave e dei um nó mental em minha memória, para lembrar a mim mesma do timing sob demanda, da inutilidade de se preocupar e da verdade aparentemente contraditória de que, às vezes, a liberdade para ser você mesma só pode ser encontrada ao se conectar a outras pessoas.

Eu precisava escrever tudo isso para Peaches. Um dia ela precisaria saber dessas coisas que levei tanto tempo para aprender.

Capítulo Trinta e Quatro

—Ah, olha só! Outro descanso de panela! Era exatamente o que eu precisava. — Polly tirou meu presente do papel de embrulho e o segurou no alto para que as outras pudessem ver antes de colocá-lo no colo e enxugar as lágrimas dos olhos. — Vocês são ridículas.

Era o último dia da loja de Polly. Happy tinha sugerido que transferíssemos a reunião semanal de artesanato da minha casa para a Sheepish, assim todas poderiam ajudar a empacotar o que restava do considerável estoque. Depois de alguma resistência, Polly, muito agradecida, aceitou nossa ajuda. Ela não sabia que tínhamos decidido transformar a festa de mudança em uma festa surpresa.

Pris e eu fizemos uma pequena investigação, identificamos as dez clientes mais fiéis de Polly e as convidamos para a ocasião. Quando Polly tirou os olhos do caixa alguns minutos antes do horário em que deveria trancar a porta da loja pela última vez e viu quinze amigas entrando com bandejas de comida e presentes, ela começou a chorar. Eram lágrimas boas, lágrimas que vêm depois de muito tempo sendo forte para de repente perceber que não está sozinha. Mas as lágrimas ao abrir os presentes foram *melhores*, do tipo que se mistura à risada incontrolável que surge quando pessoas de quem você gosta a *conhecem* tão bem.

— Vamos ver se eu adivinho — disse ela, enquanto enxugava os olhos e apontava para a pilha de presentes embrulhados. — São *todos* descansos de panela?

Sim, todos eram descansos de panela.

Descansos de panela acolchoados, descansos de panela de tricô, descansos de panela de crochê e até um com pequenas margaridas e vinhas e uma mamangaba torta, bordado por Pris. Como o tempo era curto e algumas de nós ainda éramos iniciantes, o descanso de panela foi o único projeto que consegui pensar que dava para ser concluído antes da festa. Polly podia não ser um gênio financeiro, mas, como professora de artesanato, era um grande sucesso. Eu esperava que receber presentes feitos à mão de suas alunas e amigas a lembrasse disso.

— Bem, eu amei todos — declarou Polly depois de abrir o último. — Pena que eu não sei cozinhar.

— Eu posso ensinar — disse Vera. Ela havia levado um descanso de panela acolchoado cor-de-rosa, verde e branco em formato de abacaxi com uma dobra intricada, além de uma pastinha deliciosa de queijo com alcachofra e couve-frisada. — Passe lá em casa quando quiser, Polly. Posso ensinar tudo o que sei sobre culinária sulista.

— Eu adoraria — disse Polly. — Mas acho que ter um emprego de verdade vai interferir um pouco no meu tempo livre.

— Já encontrou um emprego? — Drucie, cujo descanso de panela branco tricotado com uma xícara de chá azul e um pires verde fazia meu descanso de panela roxo parecer triste em comparação, serviu um copo de ponche e o levou até Polly.

— Aham. Vou ser síndica de um complexo de apartamentos em North Charleston — anunciou Polly. — Vou recolher os aluguéis, acompanhar os pedidos de manutenção e mostrar as residências livres. O salário não é incrível, mas inclui um apartamento de dois quartos de graça. Vou dormir no sofá-cama na sala de estar e usar os quartos para armazenar o estoque até descobrir o que fazer com ele. Espero que caiba isso tudo — disse Polly, lançando um olhar hesitante para a loja superlotada.

— Parece uma boa oportunidade — disse Drucie. — Você já trabalhou com algo parecido antes?

Polly tomou um gole de ponche e balançou a cabeça.

— Nem de perto. Mas estavam precisando de alguém com urgência, então quando eu disse que poderia começar na segunda-feira, eles me chamaram na hora. Por falar nisso... — Polly pôs o copo na mesa, bateu as mãos nas coxas e se levantou. — Tenho que devolver as chaves da loja no domingo antes de começar a trabalhar na segunda. Quem quer encher as caixas?

— Já pensei em tudo. — Pris saiu da sala dos fundos carregando caixas de papelão dobradas e circulou pelo aposento, distribuindo caixas, fita adesiva e pedaços de papel para cada convidada. — Vamos fazer o seguinte. Se todo mundo empacotar pelo menos cinco caixas antes de ir embora, será de grande ajuda. Não temos muito espaço, então tentem ficar na área indicada em seus cartões. Por exemplo, Caroline, você vai empacotar todos os livros de moldes de *quilting* de M a Z, listados por autor, e todos os livros de crochê.

Caroline bateu palmas.

— Perfeito!

— Nada de ficar lendo — avisou Pris, apontando na direção de Caroline e depois acenando da esquerda para a direita para deixar claro que estava falando com todas. — É só para empacotar. Senão não vamos sair daqui nunca.

Caroline se inclinou e sussurrou no ouvido de Happy:

— Que curso ela está estudando mesmo? Dominação Mundial?

— Com habilitação em Intimidação — murmurou Happy. — Não vou ficar surpresa se ela acabar como ditadora de um país de porte médio antes dos 30 anos.

Eu ri alto, e um ronco acompanhou a risada. Caroline deu uma cotovelada nas minhas costelas.

— Alguma dúvida? — Pris me encarava de braços cruzados.

— Não, senhora. — Eu apertei os lábios para conter outro riso.

Pris me lançou um olhar de "não me faça mudar você de lugar" antes de continuar a delinear as diretrizes.

— Quando terminar de empacotar, fechar e rotular com clareza sua caixa com o marcador preto, basta levantar a mão. — Ela levantou o braço bem alto para demonstrar. — Eu vou levar a caixa pronta até a área de separação perto da porta da frente.

Ah, querida Pris. Pris era como a irmã caçula e mandona que nunca tive. Às vezes, eu sentia vontade de dar um peteleco na testa dela só para lembrá-la quem mandava, mas eu a amava mesmo assim. Sem Pris, talvez eu nunca tivesse terminado de organizar a bagunça de Calpurnia. Ou, mesmo que tivesse, não teria sido tão divertido.

Pris terminou de passar as instruções. Fui para o meu posto de batalha, levando minha caixa para uma prateleira de agulhas perto da frente da loja. De acordo com as instruções que Pris havia marcado com itálicos e sublinhados, ao empacotar eu deveria tomar cuidado para "não misturar agulhas de tricô com agulhas de crochê!". O ponto de exclamação talvez tenha sido um pouco exagerado, mas, mesmo assim... bom saber.

Polly, que deveria armazenar toda a lã de alpaca, se aproximou quando Pris não estava olhando e se sentou ao meu lado no chão.

— Ei, Celia — disse ela, inclinando-se para mais perto. — A Pris ainda tem muita coisa para resolver com você? Porque, se ela já tiver terminado com a arrumação, estava pensando em pedir a ela para fazer um bico para mim. Ela parece bem organizada e eu estou precisando de ajuda para arrumar essa bagunça.

— Ah, legal. Fala com ela. Terminamos a limpeza, então ela não está fazendo muita coisa para mim agora. Ela é muito dedicada e superinteligente. Aposto que vai ter ideias para ajudá-la a liquidar parte desse estoque.

— Isso seria ótimo — disse Polly, olhando ao redor para as pilhas de caixas que estavam crescendo rapidamente. — Foi tão maravilhoso todas se juntarem para ajudar, mas... estou me sentindo um pouco sobrecarregada. O que vou fazer com tudo isso?

Eu sorri.

— Bem, eu não ia falar nada até mais tarde, mas pedi para o Lorne vir aqui na sexta para levar todas as caixas e os expositores para o seu novo apartamento. Teddy vai estar de folga nesse dia, então vai poder ajudar também.

— Celia... — Os lábios de Polly se afirmaram em uma linha. — Não posso deixar você fazer isso.

— Eles é que vão fazer o trabalho pesado. Meu único trabalho é fornecer as pizzas.

— Não — disse Polly, balançando a cabeça com força, como um golden retriever saindo de um rio. — Eu compro a pizza. É o mínimo que posso fazer.

Eu a encarei.

— Você sabe quanta pizza esses caras aguentam comer? Só o Teddy consegue devorar duas grandes de pepperoni sozinho. — Polly não sorriu. Eu deixei o tom de brincadeira de lado e fixei os olhos nos dela. — Me deixe ajudar. Eu quero.

Polly olhou para baixo. Eu me inclinei para mais perto, até que meu cabelo caísse para a frente, escondendo meu rosto, e nossas testas estivessem quase se tocando. A sala, as caixas, o zumbido das vozes desapareceram no ruído de fundo. Por um momento, éramos apenas Polly e eu, compartilhando confidências como meninas de 9 anos contando histórias embaixo de uma cabana de cobertor depois da hora de dormir.

— Ai, Celia — sussurrou ela. — Eu me sinto um fracasso.

— Você não é um fracasso — falei. — Esse local não é muito bom, só isso. Começar um negócio do zero é difícil mesmo, Polly. Li uma matéria em algum lugar dizendo que a maioria dos empreendedores de sucesso tem pelo menos três negócios fracassados na carreira.

— Mesmo? Isso é verdade?

Era? Sinceramente, eu não conseguia me lembrar de ter lido tal matéria, mas parecia verdade, e Polly estava infeliz demais, então apenas assenti.

— Olha só para tudo o que você aprendeu — lembrei a ela. — Essa experiência não vai ser em vão. Você vai se sair melhor na próxima vez.

— Próxima vez? — Polly deu uma risadinha de deboche. — Acho que não. A maior lição que aprendi é que aprendi minha lição: ter um negócio não é para mim. Sabe quando foi o meu último dia de folga?

— Na véspera da abertura da loja?

— Exato — respondeu Polly. — Celia, esses caras deveriam estar trabalhando na sua obra, não me ajudando na mudança. Por que isso deveria ser problema seu? Fico feliz que sejamos amigas de novo, mas até o mês passado não nos falávamos fazia vinte anos.

Eu inclinei a cabeça para um lado e afastei o cabelo. Queria ver os olhos dela.

— E isso foi um erro imenso. Eu nunca deveria ter deixado isso acontecer.

— Eu também não — disse Polly.

— Ótimo. — Sorri. — Agora que chegamos a um consenso, vamos começar a recuperar o tempo perdido.

Capítulo Trinta e Cinco

Minha calça já parecia uma pintura de Jackson Pollock, então, quando o nome de Calvin apareceu na tela do meu celular, apenas limpei as mãos na perna, deixando manchas pêssego-tangerina no jeans, e atendi a ligação.

— Nossa, mas faz dias que a gente não se fala… Estava começando a pensar que você tinha sido sugado para dentro de um buraco negro.

— Estava mais para uma batedeira. — Calvin bocejou. — Passei minha primeira noite sem dormir desde a faculdade, mas *A enciclopédia definitiva da confeitaria* finalmente está terminada. E apenas um mês depois do prazo.

— Calvin, isso é incrível! Parabéns. Você deve estar muito orgulhoso.

— Eu juro, Celia, achei que fosse morrer por causa do *zuger kirschtorte*. Talvez eu sinta orgulho mais tarde, depois de dormir uma ou duas semanas. Agora, estou apenas aliviado. Como estão as coisas por aí, docinho?

Deixei o pincel apoiado na borda da lata de tinta e me sentei no chão, cruzando as pernas.

— Estou um caco. Faltam três dias para a visita domiciliar e parece que já pintei uma rodovia até a lua e outra de volta. Que saudade da Pris. E ainda há tanto a fazer. Mas a Polly está de folga hoje, então ela vem ajudar à tarde.

— E o Teddy? Ele não pode ajudar?

— Você já tentou pintar com dois cachorros atrás de você o tempo todo? Além disso, ele está ocupado com o jardim. Os canteiros foram capinados, as cercas, podadas, e as árvores também estão sendo aparadas. Está começando a parecer um legítimo jardim de Charleston, só faltam as flores. Teddy disse que vai plantar algumas depois do trabalho no sábado.

— Quanto mais conheço o Teddy, mais gosto dele.

— Eu também. Essa casa faz mais sentido quando há pessoas nela. E cachorros — falei.

— Pensei que você tivesse dito que os cachorros são invasivos.

— Eu sei, mas também são meio fofos. A Pebbles inventou uma brincadeira em que pega a ponta do papel higiênico com os dentes e desenrola para ver o quão longe consegue chegar antes de o papel se rasgar. Na terça-feira, ela chegou até a porta da frente.

— Que gracinha. Já pensou em fechar a porta do banheiro?

Calvin nunca foi muito fã de cachorros. Eu entendia. Até pouco tempo, eu também não era. Mas há cachorros e cachorros…

— Não seja ranzinza. Escuta só o que o Bug…

— Hã… Celia? Você está ocupada?

Olhei para trás, e Lorne estava parado na porta com uma expressão que eu já tinha visto antes e que nunca significava boas notícias. Quando me sentei e olhei pela janela, vi Brett Fitzwaller entrando no carro e indo embora. Outro que também nunca trazia boas notícias.

— Calvin? Daqui a pouco eu ligo para você.

Encerrei a chamada e me virei para Lorne.

— É muito ruim?

— É — respondeu ele, tirando uma folha de papel amarela do bolso e começando a ler. — A tomada no lavabo está doze centímetros e meio mais perto da torneira do que deveria. O tubo de saída de ar da secadora está quinze centímetros mais longo do que deveria. Ele quer dois detectores de fumaça no sótão em vez de um e um detector adicional no hall de entrada. E — acrescentou Lorne, deixando a folha amarela e a mão caírem — ele disse que as aberturas entre os corrimões do segundo andar têm meio centímetro a mais de largura.

— E isso é verdade?

— Não segundo a minha trena. Nosso inspetor faz seus cálculos de acordo com o sistema de desgraça do Brett, com as medidas calibradas em função do nível de infelicidade que ele deseja infligir em um determinado dia. — Lorne balançou a cabeça, enojado. — Alguma notícia do Trey?

— Ele escreveu uma reclamação para o chefe do Departamento de Obras, mas ainda não teve retorno. — Passei os dedos pelo cabelo, tentando assimilar o que Lorne acabara de me dizer e descobrir como lidar com o problema. — Olha, vamos nos concentrar em terminar a pintura e os azulejos e esperar até depois da visita domiciliar para lidar com o corrimão. Duvido que Anne Dowling vá notar meio centímetro a mais ou a menos, mas um piso sem azulejos é bastante óbvio. Se a parte estética estiver boa, ela não deve reparar no resto. E, se reparar, vamos dizer que a obra ainda não acabou.

— É. — Lorne fez uma pausa e respirou fundo. — Mas tem mais. Red e Slip foram pegos tentando comprar maconha de um policial disfarçado. Voltaram para a prisão. E piora.

Como podia ficar pior do que não ter equipe? Lorne me lançou um olhar sofrido.

— As janelas não estão de acordo com o código.

Pisquei, incrédula.

— Mas como isso é possível, Lorne? Nós não trocamos nenhuma janela. Elas estão aí há mais de cem anos.

— Exatamente! — concordou Lorne, exasperado. — As janelas deveriam estar isentas! Fitzwaller nunca disse um ai sobre as janelas antes. Mas hoje, do nada, ele disse que todas as janelas dos quartos precisam abrir e ser grandes o suficiente para alguém passar por elas.

Eu sabia que Lorne era apenas o mensageiro, mas comecei a discutir com ele mesmo assim, jogando as mãos para o alto em exasperação, dizendo o quanto era insano e injusto nos pegar de surpresa no último minuto. Com certeza eu teria dito muito mais do que isso, algumas palavras bem feias, mas ele me interrompeu com uma notícia que, para minha surpresa, foi ainda pior do que a que ele acabara de me dar.

— Ele disse que você tem que se mudar.

— O quê?! Você não pode estar falando sério.

Lorne assentiu, mostrando que estava.

— Fitzwaller disse que vai revogar o alvará de ocupação até que todas as janelas dos quartos sejam substituídas.

— Mas... — Eu joguei as mãos para cima mais uma vez. — Metade das casas no quarteirão não tem janelas nos quartos que abrem completamente. Ele vai despejar todo mundo?

— Se essas pessoas tiverem que obter um alvará de construção, talvez sim — respondeu Lorne em tom sombrio. — Ah, e ele colocou um cartaz na porta da frente dizendo que a casa não está de acordo com o código de incêndio.

— Ele não pode fazer isso! — gritei. — Anne Dowling vem para a visita domiciliar na segunda-feira. Ela nunca vai me recomendar se achar que moro em um lugar com risco de incêndio! — Comecei a andar de um lado para o outro. — Bem, isso é... isso é...

— Insano — disse Lorne. — Eu sei.

Parei de andar.

— Quanto tempo levaria para substituir as janelas?

— Sozinho? Cada minuto dos próximos três dias e ainda mais. O problema maior é consegui-las. Pode levar algumas semanas para um pedido chegar.

— Nós não *temos* algumas semanas. Ela vem na segunda-feira — falei. — Essa visita é o motivo de estarmos fazendo tudo isso. Você disse isso a Brett?

— Umas cinquenta vezes. Eu implorei, Celia. Até ofereceria um suborno se achasse que adiantaria alguma coisa, mas esse sujeito... — Ele balançou a cabeça e bufou, indignado. — Não tem como eu dar conta de tudo isso antes de segunda-feira, não sem a minha equipe.

A campainha tocou. Gritei para que quem quer que fosse entrasse. Polly apareceu logo depois usando tênis surrados, calça cargo com um rasgo no joelho, uma camiseta preta que dizia FAZER ARTESANATO É MAIS BARATO QUE TERAPIA e uma bandana azul na cabeça.

— Meu traje de pintora — disse ela, afastando as mãos e dando uma voltinha. — *Très chic*, não é?

— Muito — falei, sem nem olhar direito para ela.

Polly franzia a testa.

— O que está acontecendo? Parece que você acabou de receber uma visita da Receita Federal.

— Brett Fitzwaller — falei. — Dá no mesmo.

— Você conhece Brett Fitzwaller? — perguntou Polly, parecendo surpresa.

— Infelizmente, conheço. Ele é o inspetor predial da nossa casa.

— Brett Fitzwaller, magrelo, 20 e poucos anos, pele esquisita, cabelo sebento, atitude deplorável?

— Esse mesmo. O universo não poderia ser cruel o suficiente para ter criado dois — falei. — Como você o conhece?

— Ele é um dos meus inquilinos, péssima pessoa — respondeu Polly, torcendo os lábios numa expressão de nojo. — Sempre estaciona na vaga das outras pessoas. Deixa sacos de lixo no chão ao lado da lixeira, mas nunca os coloca dentro. Põe música alta a qualquer hora do dia ou da noite. Na semana passada, recebi uma ligação de um dos vizinhos dele às duas da manhã querendo que eu tomasse uma providência sobre o barulho. Eu o despejaria se pudesse, mas... — Ela deu de ombros — Não há nada que eu possa fazer. O tio dele é dono do prédio e assina meu contracheque.

— Quem é o tio dele?

— Cabot James.

O pelo dos meus braços se arrepiou.

— Espera aí. Brett Fitzwaller é sobrinho de Cabot James?

— Aham. Cabot é um grande empreiteiro — disse Polly. — É dono do complexo de que eu cuido e de um monte de outras propriedades em Charleston. Você conhece esse cara?

Eu não respondi à pergunta, apenas olhei para Lorne.

— A gente precisa ligar para o seu irmão — falei. — Agora mesmo.

— Eu verifiquei e você está certa — disse Trey. — Brett Fitzwaller com certeza é sobrinho de Cabot James. Ele foi contratado como inspetor predial há pouquíssimo tempo e tem pouca experiência na área. Trabalhou para a Cabot Corporation por cerca de nove meses, mas isso é tudo. Ele estava fazendo um curso para tirar uma certificação de eletricista, mas só completou um semestre.

— Uau — falei. — Eu liguei para você faz o quê? Talvez meia hora? E você já descobriu tudo isso? Você é um detetive e tanto.

— Eu li a página dele no Facebook — disse Trey.

— Gente, mas como podem contratar alguém para ser inspetor predial se a pessoa não tem experiência? Não existe um processo de certificação ou algo assim?

— Sim, mas Fitzwaller pode ter aceitado o emprego com a condição de que teria que passar na prova de certificação em um ano. A mesma coisa acontece com estudantes de direito. Escritórios contratam recém-formados prevendo que eles vão passar no exame da Ordem mais tarde. O que é estranho é deixá-lo fazer inspeções sozinho desde o início. Em geral, eles o colocariam para acompanhar um inspetor mais experiente por alguns meses.

— Tem alguma coisa suspeita acontecendo aqui.

— Não necessariamente — advertiu Trey. — Se o departamento estiver com falta de pessoal, podem, sim, ter dado uma prancheta para o cara e o liberado para inspecionar. Não é inconcebível durante um boom imobiliário. Mas a coisa mais interessante nessa história é o timing. Fitzwaller aceitou o emprego apenas uma semana depois de, segundo a sua alegação, você rejeitar a oferta de Cabot e ele ameaçar você.

— Não estou alegando nada — falei, um pouco irritada por Trey sempre insistir em falar como um advogado. Ele não estava do meu lado? — Eu rejeitei a oferta de Cabot, ele ficou furioso e me ameaçou, disse que eu não sabia com quem estava lidando e que ia me arrepender. Eu não estou inventando, Trey. Aconteceu.

— Eu acredito em você — disse Trey. — Mas havia testemunhas? Alguém mais ouviu essa conversa?

Apertei os lábios e fechei os olhos, visualizando a cafeteria, tentando lembrar onde estávamos sentados naquele dia e se alguém estava por perto. Meus olhos se abriram.

— Teddy! — exclamei. — Isso foi antes de eu saber do nosso parentesco, mas Teddy estava trabalhando naquele dia. Deve ter escutado,

Cabot estava falando bem alto no final. Ele está no trabalho agora, mas vou perguntar a ele assim que chegar em casa.

— Bom. Há mais trabalho a fazer, mas se Teddy se lembrar de Cabot ameaçando você, acho que poderíamos ter um caso bastante convincente de conflito de interesse.

— Ótimo!

— Nem tanto. Porque vai levar semanas, provavelmente meses, antes de conseguirmos alguma decisão, e até lá...

— Anne Dowling já terá vindo e decidido que a Peaches ficará melhor com outra pessoa.

Fechei os olhos e esfreguei a testa, tentando aliviar a dor de cabeça. Tinha trabalhado tanto e batalhado muito para chegar até ali. Tinha vencido a sensação de inutilidade que me acompanhava após o meu casamento fracassado e a de impotência diante dos planos nefastos de um homem ganancioso que roubou meu sustento e minha identidade. Tinha lutado contra o luto, a solidão, a mudança, além de uma série de pequenas batalhas mais comuns — falta de dinheiro, tempo, confiança e coragem. Tinha lutado contra tudo isso e muito mais, com a esperança de ter uma chance de ser feliz. Tinha arriscado tudo por essa chance. E perdido.

— Bem. Acho que...

Eu estava tentando dizer que era hora de jogar a toalha e admitir a derrota, mas não consegui pronunciar as palavras. Não sem chorar. E de que adiantaria fazer isso?

— Celia? Ainda está aí?

Pigarreei para limpar o fundo da garganta e então engoli em seco.

— Sim. Ainda estou aqui.

— O Lorne está com você?

Olhei para Lorne, que estava parado na porta de braços cruzados, ouvindo minha parte da conversa.

— Ele está aqui — respondi.

— Passe o telefone para ele.

Apertei o telefone contra o peito.

— Ele quer falar com você.

— Comigo? — murmurou Lorne.

Sua expressão de descrença era compreensível. Os dois não se falavam desde o dia em que Lorne tinha sido condenado.

Estendi o telefone. Lorne o pegou e colocou junto do ouvido.

— E aí, irmão. O que foi?

Capítulo Trinta e Seis

— Vai ficar mais fácil de alavancar se você segurar mais no alto.

Trey se aproximou por trás de mim, colocou minhas mãos no pé de cabra, apoiando as pernas ao lado das minhas antes de contar até três e me ajudar a empurrar a ferramenta em uma pequena rachadura sob o peitoril, e então se afastou.

— Agora, aperte com força, o mais forte que puder. Vai sair fácil.

O peitoril não saiu "fácil", mas os pregos começaram a se soltar da parede, criando uma abertura maior. Eu enfiei o pé de cabra mais fundo por debaixo do peitoril da janela e empurrei de novo, apoiando-me na ferramenta com todo o peso do meu corpo. Na terceira tentativa, ouvi um rangido e um estalo. A beirada inteira do peitoril da janela de fato saiu com facilidade. Eu dei um passo para trás para apreciar meu trabalho.

— Nossa, isso foi extremamente satisfatório — falei.

— Demolição sempre é. É a melhor ferramenta para o controle da raiva conhecida pelo homem.

— Estou me sentindo poderosa. Posso fazer de novo?

— Fique à vontade.

Bati o pé de cabra o mais forte que pude na moldura da janela, mas mirei um pouco alto demais e acabei quebrando a madeira. Um pedaço voou pelo aposento, aterrissando no chão com um estrondo.

— Ops! Aqui. Talvez seja melhor você assumir — falei, oferecendo o pé de cabra para Trey.

Ele o dispensou com um aceno.

— Não tem problema se quebrar, vai tudo para a caçamba de lixo. Não se preocupe. Você consegue.

Ele deu um passo para trás e cruzou os braços, assistindo. Dessa vez, eu forcei em vez de bater, e depois pus meu peso no pé de cabra. Mais uma vez, a moldura se soltou. Foi ainda mais satisfatório do que da primeira vez, porque eu tinha feito tudo sozinha.

— Bom trabalho — disse Trey. — Agora temos que remover o resto da madeira antiga e fazer o mesmo nos outros cômodos. Não quero retirar as janelas até Lorne e Polly voltarem da loja de material de construção. Tomara que tenham o suficiente em estoque. Se tiverem, provavelmente vai ser uma mistura de estilos e tamanhos.

Eu não sabia bem o que tinha se passado entre os irmãos depois que Trey me pediu para entregar o celular a Lorne, mas algum tipo de trégua tinha sido declarada. Quando vi, Trey estava na minha varanda, usando uma calça jeans desbotada, uma camisa xadrez e um cinto de ferramentas, e os irmãos estavam se falando, ainda que sem emoção alguma e sem reconhecerem que tinham passado anos sem se falar.

Bem estranho. Quer dizer, quando duas mulheres que pararam de se falar decidem fazer uma trégua e cooperar por um bem maior, o trabalho não pode começar sem algum reconhecimento prévio dos males sofridos e infligidos, seguido por desculpas e talvez algumas lágrimas. Dependendo do momento e das circunstâncias, pode haver uma troca de presentes, talvez um brunch comemorativo com arranjos florais e cartões de agradecimento. A roupa suja seria lavada, as reparações seriam feitas e todas seguiriam em frente.

Não era o caso dos irmãos Holcomb. O jeito deles de lidar com o elefante na sala, ao que parecia, era fingir que ele não estava lá. Os dois não se cumprimentaram com um aperto de mão e sequer trocaram um "oi". Em vez disso, iniciaram logo um debate sobre o que precisava ser feito e a maneira mais rápida de isso acontecer. Cinco minutos depois de Trey chegar, ele e eu estávamos indo até o andar de cima para começarmos a demolição enquanto Lorne ia à loja comprar quaisquer janelas que conseguisse encontrar.

— Não estou nem aí se as janelas combinam ou não — falei. — Desde que o inspetor fique satisfeito e ele tire a placa da porta antes de segunda-feira à tarde, por mim tanto faz. Mas você acha mesmo que vamos conseguir a tempo?

— Bem... — Um dar de ombros evasivo transmitiu a dúvida de Trey. — Há muito a ser feito e poucas mãos para fazer. Mas, ganhando ou perdendo, eu me recuso a desistir sem lutar.

Eu sorri.

— Eu sabia que gostava de você. Então, onde aprendeu tudo isso? A trabalhar com reformas, quero dizer?

— Meu pai era empreiteiro. Lorne e eu trabalhamos com ele todos os verões desde o meu oitavo ano. — Trey pegou o pé de cabra, enfiou-o sob a moldura restante e a soltou inteira, depois a chutou para fora do caminho. — Você parece surpresa.

— Eu estou, um pouco. Achei que Lorne era o músculo e você era o cérebro da família. Mas tenho que dizer... — Fiz um gesto indicando seu traje de trabalhador braçal. — Esse visual fica muito melhor em você. Deveria se vestir assim o tempo todo, até no tribunal.

Ele soltou uma risada.

— Ah, é? Conheço alguns juízes que discordariam de você. Além disso, os detectores de metal não gostam muito de cintos de ferramentas. Mas obrigado pelo conselho.

— De nada — falei. — É meio que a minha especialidade. Claro, na minha experiência, conselhos gratuitos em geral valem exatamente o quanto você paga por eles.

— Foi por isso que Deus inventou os advogados. E os honorários.

Trey jogou um pedaço de madeira na direção da lata de lixo com um movimento rápido, como se estivesse fazendo um arremesso no basquete, e sorriu quando acertou o alvo, satisfeito consigo mesmo. Também sorri. Ele estava tão diferente, tão mais relaxado. Desde que nos conhecemos, ele demonstrou ser uma criatura das mais raras: um homem genuinamente bom. Tinha se esforçado para me ajudar e, pelo que pude perceber, para ajudar quase todo mundo que cruzava seu caminho, um defensor dos desfavorecidos, um homem que de fato se recusava a desistir sem lutar. Eu apreciava essa qualidade e o respeitava por isso. Ao mesmo tempo, eu sempre soube que Trey estava se contendo comigo, e isso me incomodava.

Mas hoje era diferente. Ele parecia muito mais aberto e disposto a conversar, pelo menos no começo.

— Quando você parou de trabalhar para seu pai? — perguntei.

— No verão depois da faculdade, quando decidi estudar direito.

— Você sente falta? De trabalhos manuais?

— Às vezes — disse ele. — É bom chegar ao fim de um longo dia e saber que você criou algo concreto, que as pessoas podem tocar, ver e usar. Mas, se eu tivesse que fazer tudo de novo, ainda escolheria o direito. A justiça nem sempre é aplicada com a imparcialidade que deveria, mas a lei é a coisa mais próxima que temos da igualdade.

Comecei a recolher os pedaços de madeira no chão e colocá-los na lata de lixo um por um, tomando o cuidado de evitar os pregos tortos.

— Então você foi estudar direito, e o que aconteceu com Lorne? Ele continuou trabalhando com o seu pai?

— Por um tempo.

Trey se abaixou, começou a juntar várias tábuas e jogá-las na lata de lixo, fazendo com que eu me sentisse uma preguiçosa, embora eu também estivesse me perguntando quando ele havia tomado sua última vacina contra o tétano.

— A empresa foi à falência. A Holcomb Construction funcionou por quase quarenta e sete anos. Foi fundada pelo meu avô, e meu pai assumiu quando ele morreu.

— Depois de tantos anos? Sinto muito. O que aconteceu?

Trey olhou para algo atrás de mim, fungou e tocou o nariz, colocando a mão nos quadris, logo acima do cinto de ferramentas. E, simples assim, a porta se fechou. Pude perceber pela expressão em seu rosto que a conversa estava encerrada e a barreira, erguida outra vez.

— Bem. Acho que vou começar no próximo quarto — disse ele, ainda olhando através de mim. — Seria bom se conseguíssemos tirar a maioria das molduras antes de Lorne e Teddy voltarem. Você se importa de terminar de limpar?

— Trey? Ei, espera um segundo! Eu não estava tentando...

Mas Trey já estava quase fora do quarto, e meu pedido de desculpas foi interrompido pelo som da campainha.

— Você quer ver quem está na porta? — perguntou ele, sem se virar.

Seu tom ríspido e a pergunta em si, uma dispensa que me lembrou muito Steve — que fazia do comportamento passivo-agressivo uma forma de arte —, me irritaram. Não. Eu não queria ir ver quem estava na porta. Eu queria descobrir o que havia acontecido com a empresa do pai dele, entre outras coisas. Por que ele podia conhecer todos os meus segredos, mas se recusava a me contar os dele? Não só era injusto, era desproporcional! Pensei em ir atrás dele e dizer isso, mas então a campainha tocou de novo. Corri para atender.

— Oi, Pris! — Ela estava de pé no alpendre com um engradado de kombucha em uma das mãos e uma garrafa de vinho branco na outra. — Achei que você estivesse na Polly hoje.

— Ela me ligou e me contou o que aconteceu com o inspetor, então liguei para a minha mãe, para Felicia e Caroline. Todas estão vindo ajudar assim que puderem, mas minha mãe tinha que terminar uma apresentação para um novo cliente e Felicia estava no dentista. Caroline foi até a Harris Teeter comprar alguns lanches, mas deve chegar a qualquer momento. — Ela colocou as garrafas na mesa do corredor. — O que você quer que eu faça?

— Você entende de demolição?

— Não. Mas parece algo em que eu seria muito boa.

Capítulo Trinta e Sete

Lorne e Trey estavam em outro cômodo, instalando a moldura da última janela, quando recebi a ligação. O som do martelo e o barulho da serra circular ainda estavam tão altos que tive que apertar o celular contra o ouvido para conseguir ouvir o que Anne estava dizendo. Manter a voz calma e mostrar que eu estava agradavelmente surpresa em vez de nervosa e apavorada exigiu um grande esforço.

— Sim, está ótimo. Aham. Sem problemas. Até logo.

O cômodo não chegava a girar quando eu desliguei, mas meu pulso estava acelerado e me senti tonta. Inspirei fundo, soltei um suspiro e murmurei um palavrão. Pris parou de pintar no meio do movimento.

— Não era o inspetor, certo? — perguntou ela, parecendo nervosa. — Ele só deveria chegar meio-dia.

— Pior — falei. — Era Anne Dowling. E os Cavanaugh.

— Quem são os Cavanaugh?

— A família biológica. A mãe, Becca Cavanaugh e os pais dela. Anne nunca disse nada sobre todos virem. Mas eles vêm. Quero dizer, eles vieram. Estão aqui.

Pris colocou o pincel no chão.

— O quê? Você quer dizer *aqui*? Em Charleston? Você disse que o voo de Anne só chegaria às três.

— Eles pegaram um voo mais cedo. Devem chegar daqui a meia hora. — Coloquei a mão na boca, tentando pensar no que deveria fazer, além de entrar em pânico. Em seguida, percebi que o pânico era a única resposta razoável. Corri para fora e comecei a gritar. — Código azul! Código azul!

Os martelos pararam de martelar. As serras pararam de serrar. Cabeças surgiram de vários cômodos onde o trabalho ainda estava sendo feito. Todos olharam para mim como se eu tivesse enlouquecido, o que era meio verdade.

— Código azul! — gritei de novo.

— Código azul? — Caroline saiu do banheiro, onde estava instalando o último azulejo. — O que isso significa?

— Você não vê televisão? Código azul! Significa que há uma emergência! Os Cavanaugh estão chegando!

Caroline olhou para mim sem entender. Pris apareceu para explicar.

— A advogada, a mãe biológica e os pais dela. Eles chegaram mais cedo e estão vindo do aeroporto. Temos menos de meia hora para limpar tudo e sair. — Ela bateu palmas. — Vamos, gente! Código azul!

Sabe aquelas cenas de filme em que uma heroína de ressaca, que está noiva do cara errado e não consegue se lembrar direito do que aconteceu na noite anterior, cai de repente na cama, avista a silhueta adormecida e seminua do sujeito com quem deveria estar mas não está, só para perceber que houve uma queda de energia durante a noite, seu despertador não tocou e seu noivo vai aparecer em cinco minutos?

Os vinte e cinco minutos seguintes foram basicamente assim.

A única coisa que poderia tornar o cenário pior seria se os cachorros estivessem lá, correndo em círculos e latindo. Felizmente, eu havia mandado Teddy comprar café da manhã para a equipe, então poderia ter sido pior. Mas não muito.

Pris assumiu o comando, gritando instruções, dizendo a todos para enrolarem as lonas, fecharem as latas de tinta e, pelo amor de Deus, tomarem cuidado para não derramar tinta no chão! Mas ninguém estava ouvindo, estava todo mundo ocupado demais.

Heath, que havia tirado o dia de folga para ajudar nesse sprint final, começou a arrancar quilômetros de fita adesiva para pintura da madeira ainda semiúmida, enrolando-a em amontoados do tamanho de bolas de basquete azuis. Happy foi ajudar Caroline a colocar os últimos quatro azulejos do banheiro, depois pegou meu secador de cabelo portátil para tentar secar o rejunte no chão. Felicia assumiu a limpeza da cozinha, jogando fora o acúmulo do fim de semana: caixas vazias de pizza e donuts, embalagens vazias de comida tailandesa para viagem, latas de Coca-Cola e pratos descartáveis, depois seguiu para o restante da casa, limpando freneticamente móveis cobertos de poeira da obra, aspirando o chão e afofando as almofadas do sofá. Lorne e Trey martelaram a última madeira em torno da última janela no quarto do bebê e passaram uma demão de tinta em tempo recorde. Juntas, Polly e eu desmontamos escadas e andaimes e os levamos, junto com as ferramentas, para baixo, até a caminhonete de Lorne, mas Pris nos expulsou antes de terminarmos.

— Polly, vá ajudar Celia a se trocar — disse ela. — Caroline e eu podemos terminar isso.

— Certo. O que você quer que ela vista?

— Eu havia separado o vestido azul com o cardigã branco e as sandálias Huarache. Teddy ia buscar as roupas na lavanderia a seco, mas ele ainda não voltou. — Pris mordeu o lábio e me olhou dos pés à cabeça. — Use a calça branca e a blusa florida verde. Estão no closet.

Pris pegou a escada que Polly estava segurando e saiu em direção às escadas, gritando suas instruções finais enquanto seguia para a caminhonete.

— E as sandálias plataforma de cortiça e o cinto marrom. E brincos. Brincos dourados simples. Estamos querendo um visual de mãe dos subúrbios.

— Entendi! — Polly me pegou pelo cotovelo e começou a me levar para o quarto. — E o cabelo?

— Rabo de cavalo. Não dá tempo de lavar.

— Mas está sujo de tinta. Como eu vou tirar?

— Não sei. Dê um jeito. Eles vão chegar a qualquer minuto!

* * *

Deu tempo, mas por pouco.

Vinte e cinco minutos depois de eu ter anunciado o "código azul", Felicia estava enxotando todo mundo porta afora e conduzindo as mulheres para a casa dela, me deixando sozinha para receber Anne Dowling e os Cavanaugh.

— Ligue assim que eles forem embora, ok? — instruiu Felicia.

Ela me deu um abraço rápido e saiu com o restante do grupo a passos apressados. Trey, Lorne e Heath saíram logo atrás, carregando os últimos equipamentos para a caminhonete. Quando terminaram, Heath atravessou a rua até a casa dele, fazendo um esfuziante sinal de positivo antes de entrar e fechar a porta. Lorne e Trey entraram na caminhonete e saíram cantando pneu.

Segundos depois, um sedã prateado com aquele jeito típico de carro alugado — sem graça e com placas de outro estado — se aproximou pela direção oposta. Eu alisei o cabelo e senti cheiro de removedor de tinta e perfume. Polly tinha passado ambos nos fios salpicados de tinta, o removedor de tinta para limpá-lo e o perfume para disfarçar o cheiro. Não funcionou, mas não havia mais nada a fazer.

Inspirei fundo e murmurei algumas frases motivacionais:

— A casa está pronta e você também. Vai dar tudo certo. Você consegue.

Bem quando eu estava prestes a forçar um sorriso e descer da *piazza* para cumprimentar meus convidados, ouvi um som abafado, mas insistente, de batidas. Olhei para a direita e vi Felicia, Polly e as outras de pé na janela da sala de jantar de Felicia. Caroline bateu na janela e disse algo enquanto Pris gesticulava.

No começo, pensei que estavam tentando me incentivar e fiz um grande sinal de positivo para elas. Então as seis começaram a acenar com as mãos e apontar, seus olhos em pânico e seus lábios se movendo silenciosamente. Era como o jogo de mímica mais frustrante do mundo. Quanto mais apontavam e acenavam, menos ideia eu fazia do que estavam tentando dizer.

Será que meus dentes estavam sujos de batom? Tinha papel higiênico preso no meu sapato? Eu tinha sentado na tinta? Eu não fazia a menor ideia.

O carro alugado parou em frente à casa, e uma placa vermelha chamou minha atenção. Estiquei a mão, arranquei o aviso de risco de incêndio da porta da frente no momento em que Anne e os Cavanaugh saíam do carro. Amassei o cartaz, enfiei-o no bolso e desci os degraus para recebê-los.

— Olá, pessoal. Sejam bem-vindos — falei, abrindo o portão. — Foi difícil achar o caminho até aqui? O centro de Charleston pode ser complicado para quem não é da área, as ruas começam e terminam do nada. Aliás, meu nome é Celia. — Dei uma risada nervosa, percebendo que estava tagarelando, e estendi a mão para cumprimentar Anne Dowling.

Mesmo se eu não a tivesse reconhecido pela foto no site do escritório de advocacia, Anne teria sido fácil de identificar. Ela vestia um terno preto, o mesmo uniforme de advogado de Trey. Mas, ao contrário do terno dele, o de Anne tinha um ótimo caimento. O tecido era de qualidade e obviamente caro. Ela o havia combinado com brincos de pérola, um broche circular com esmeraldas e diamantes e uma pasta de couro preta da Kate Spade.

Parecia uma advogada, sem dúvida. Uma advogada muito bem remunerada. Só de olhar para o sr. e a sra. Cavanaugh, pude ver que eles podiam muito bem arcar com os honorários de Anne Dowling e qualquer outra coisa que quisessem. Nunca me ocorreu que os Cavanaugh fossem abastados, mas, em retrospecto, acho que deveria ter imaginado. Se você pode pagar uma advogada para cuidar de uma adoção particular e atravessar o país para conhecer os pais em potencial, provavelmente não está passando necessidade. Os Cavanaugh sem dúvida não estavam.

Suas roupas eram discretas mas caras, desprovidas de logos ou das últimas tendências, peças simples que nunca saíam de moda, o visual preferido das famílias que têm dinheiro há gerações e que eu havia aprendido a reconhecer durante meus anos em Nova York. Tinham um jeito mais contido e seus corpos na casa dos 50 anos eram bronzeados e firmes daquele jeito que só era possível com personal trainers.

Foi quando me dei conta de que tinha caído na visão de um estereótipo. Sempre que pensava nas famílias com mães solo, eu imaginava pessoas com menos sorte na vida. Por outro lado, a sorte envolve muito mais do que dinheiro.

Becca, uma jovem quieta de olhos verdes com cachos pretos que caíam em cascata pelos ombros e uma barriga proeminente sob um suéter de caxemira cinza, aparentava ser tão bem de vida quanto os pais, mas a expressão em seus olhos me dizia que ela se sentia triste e nada afortunada. Talvez fosse por isso que peguei sua mão primeiro e a cobri com as minhas antes de cumprimentar seus pais.

— Becca, estou muito feliz em conhecê-la. Muito feliz por você estar aqui — falei, voltando-me para ela.

— Obrigada.

Ela deu um sorriso tímido e olhou ao redor, seus olhos parando no resedá em um canto distante do jardim, que, após um começo muito lento, havia feito o favor de florescer na semana anterior.

— Que árvore é aquela? Nunca vi nada parecido.

— Um resedá. Muito comum aqui em Charleston.

— É bonito.

— Estava com um aspecto meio triste até pouco tempo atrás. Tinha algum tipo de fungo esbranquiçado. Mas meu primo Teddy fez a poda e pulverizou algum produto orgânico. Óleo de *neem*? Não tenho certeza, mas deve ser bom, seja lá o que for. A árvore está bem melhor. Teddy é um jardineiro maravilhoso, o que é uma sorte para mim e para o jardim. Antes, eu matava todas as plantas que tiveram a infelicidade de vir parar em minhas mãos.

Fiz uma careta. Becca sorriu, como se ela de repente tivesse se esquecido de ficar triste.

— Eu quero estudar horticultura e paisagismo na faculdade. Fui aceita na Penn State para o semestre de outono, mas... — Ela baixou os olhos e cobriu o volume da barriga de maneira protetora. — Acho que isso vai ter que esperar um pouco.

Anne Dowling deu um passo à frente.

— Talvez devêssemos entrar. Está um calor terrível aqui fora.

— Boa ideia. Leva um tempo para se acostumar com a umidade. Vamos lá para dentro, eu tenho uma jarra enorme de chá gelado prontinha, outra coisa típica de Charleston — falei, com Becca seguindo ao meu lado. — Aposto que você tem muitas perguntas a fazer.

Becca abriu um sorriso tímido.

— Bem, eu sinto que já a conheço. Costumava ler a sua coluna. Uma vez, eu até...

A sra. Cavanaugh apareceu de repente ao meu lado.

— Senhorita Fairchild, é muita gentileza sua. Mas acho que seria melhor se apenas nos mostrasse a casa e pulássemos o chá. Temos um voo para Chicago hoje à tarde, então realmente não temos tempo.

As duas mulheres trocaram um olhar difícil de decifrar. A sra. Cavanaugh encarou a filha, mas Becca foi a primeira a desviar o olhar, virando a cabeça para o lado e depois para baixo. Quando levantou o rosto, a tristeza havia voltado.

Eu não conhecia aquelas pessoas, aquela família. Não podia imaginar como tinham sido os últimos meses para nenhum deles. A sra. Cavanaugh poderia estar tão triste quanto Becca, mas disfarçava melhor. Não devia ser fácil abrir mão de um neto. Eu não conseguia imaginar como ela pôde fazer isso, nem por quê. Não era porque a família não tinha como alimentar outra boca, isso estava claro. Então talvez fosse decisão de Becca? Ela era jovem, inteligente e devia ter grandes planos para o futuro, planos que talvez não incluíssem um bebê. Fazia sentido. Ela poderia ter optado por um aborto, mas decidiu não seguir por esse caminho. Ou talvez tivesse desejado um aborto, mas sua mãe a tivesse pressionado a não fazê-lo. Isso poderia explicar a tensão entre as duas.

Ao longo dos anos, eu tinha me acostumado a pensar que sabia de tudo. Bastava eu ler algumas linhas de uma carta para supor que entendia o que a pessoa fizera no passado e o que deveria fazer no futuro. Se tinha uma coisa que eu havia aprendido depois de mergulhar no passado da minha família, demolindo os mitos sobre quem eram meus parentes e o que tinham vivido, era que eu não tinha bola de cristal para enxergar como era a vida dos outros. Não sabia e não poderia saber o que aquelas mulheres tinham passado, nem entender os eventos e as influências que as tinham levado a este momento e à minha porta.

Assim, lutei contra a vontade de me interpor entre elas, abraçar a jovem Becca, conduzi-la até minha casa e trancar a porta.

— Claro — falei, dando um passo à frente e entrando primeiro. — Vamos começar pelo quarto do bebê.

Capítulo Trinta e Oito

Felicia estalou a língua e encheu meu copo.

— Como você sabe? Você *não* sabe — disse ela, estalando a língua em outro muxoxo. — Você mesma nos contou que ela não disse quase nada.

— Ela mal falou. — Enfiei outro *benne wafer* na boca e o fiz descer com um gole de chá gelado que eu queria que fosse vinho. — O único comentário que ela fez foi que o quarto do bebê parecia pequeno…

— Bobagem! — exclamou Felicia, colocando outro prato de biscoitos na mesa para substituir o que eu quase havia limpado. — Há lugar para um berço, uma cômoda, um trocador e uma cadeira de balanço, e espaço de sobra para brinquedos. Até porque, de quanto espaço um bebê precisa? E também fica ao lado do seu quarto, então você vai ouvir se ele chorar durante a noite.

— Foi o que eu disse a ela.

— E o que ela respondeu?

— Hum.

— Hum? — Os olhos de Felicia se arregalaram por trás dos óculos vermelhos. — Só isso? Só hum?

Suspirei.

— *Hum* parece uma das coisas que a sra. Cavanaugh mais gosta de falar. Mas ela também se deu ao trabalho de apontar que as janelas dos quartos eram de tamanhos e estilos diferentes e que meu cabelo estava cheirando a removedor de tinta.

Polly sugou o ar entre os dentes, o tipo de som que a gente faz quando alguém cai bem na nossa frente e dá para ter certeza de que a pessoa vai ficar com um hematoma.

— Desculpe. Eu achei que o perfume que passei em você disfarçaria o cheiro.

— Não é culpa sua — falei. — E não foi o meu cabelo que me fez perder o controle. A mãe de Becca não gostou de mim desde o primeiro minuto.

— Ah, isso é ridículo — disse Felicia, agitando as mãos.

— Eu sei — falei. — Em geral as pessoas levam dez ou quinze minutos para decidir que me odeiam profundamente.

Enfiei outro biscoito na boca, depois me levantei da mesa da cozinha e abri a geladeira. Nenhum vinho. Felicia, talvez vendo o desânimo em meus ombros caídos, pegou uma garrafa de bourbon em um armário e misturou um pouco em meu chá gelado. Sentei e cobri o rosto com as mãos.

— Todo esse trabalho… para nada — concluí.

Pris colocou a mão no meu ombro.

— Não diz isso. Você não sabe o que vai acontecer. E quanto ao sr. Cavanaugh? E Becca?

— Ele estava quieto. Ela estava quieta. — Dei de ombros. — Todo mundo estava quieto, exceto Anne. Ela fez muitas perguntas sobre a casa, então falei da história e sobre os Fairchild morarem em Charleston desde sempre, insinuando que tenho conexões sociais mais importantes do que de fato tenho. Depois ela perguntou sobre o meu livro inexistente. Eu disse que estava indo muito bem.

— Bem, não é uma completa mentira — argumentou Pris. — Você vive escrevendo em seu diário.

Olhei para ela e tomei um gole do chá agora incrementado. Não parecia necessário explicar a diferença entre escrever um livro e rascunhar em um diário. Mesmo que fosse, a mera menção de todas aquelas cartas a um filho ainda não nascido que agora eu jamais conheceria, muito menos criaria, abriria as comportas para um dilúvio de lágrimas.

— Então a garota não falou nada? — disse Polly, parecendo um pouco angustiada.

— Não, ela falou um pouco. Ela só é mais calada. Mostrei a ela a manta que estou tricotando para Peaches, e ela gostou muito. Também ficou muito intrigada com a história da caverna de lã escondida.

— *É* uma boa história — disse Polly. — Você contou a ela sobre o Teddy e sobre como encontrou as fotos escondidas no piso? Calpurnia e o acúmulo de coisas, e como você se matou de trabalhar, limpando gerações de tralha e reformando o lugar?

Balancei a cabeça.

— Era informação demais, ainda mais com os pais dela escutando tudo, sabe? Eles não pareciam ser o tipo de pessoa que apreciaria aquela história da tia acumuladora maluca enviando mensagens do além.

— Ianques — murmurou Polly.

Nunca fui muito fã dessa coisa de rotular personalidades baseando-se em geografia, mas Polly não estava de todo errada. Qualquer pessoa com uma gota de sangue sulista teria adorado aquela história. Aqui, nos orgulhamos de nossos parentes malucos. Mas o sr. e a sra. Cavanaugh com certeza não eram daqui.

— Becca também gostou do jardim — falei. — Eu contei a ela como estava uma bagunça antes de Teddy começar a trabalhar lá, que ele retirou as ervas daninhas e podou as árvores. Ela ficou curiosa sobre ele, fez algumas perguntas antes de seus pais subirem.

— Parece um bom sinal — comentou Happy.

— Também achei. Até que Teddy de fato apareceu. Com os cachorros. — Deixei a cabeça cair na mesa e gemi.

— Ai, não — murmurou Felicia, colocando a mão na boca. — Eles não...

Ainda de cabeça baixa, olhando para a mesa, assenti exageradamente.

— Sim. Eles pularam em todo mundo, latindo, aquela loucura toda. Teddy estava gritando para que se acalmassem enquanto se apresentava, dizendo o quanto adorava bebês e que tinha sido adotado e estava tudo bem com ele, então Becca não deveria se sentir mal por abrir mão do bebê, porque ele tinha ficado bem e tinha um bom emprego e estava tão animado para ser tio, e então perguntou se ela gostava de café, porque a Bitty and Beau's tem os melhores *lattes* de Charleston e se ela alguma vez fosse lá ele faria um para ela por conta da casa.

— Ai, não — disse Felicia de novo.

— Ai, sim — falei, e ergui a cabeça. — De repente, ele se tornou um tagarela. Para ser sincera, não teria sido tão ruim se não fossem os cachorros. A única vez que vi Becca sorrir de verdade foi quando Teddy começou a conversar com ela. Mas, enquanto isso acontecia, Pebbles decidiu fazer aquele seu truque e pulou nos braços da sra. Cavanaugh. Ela, é claro, não estava esperando por isso, então, em vez de segurá-la, estendeu as mãos para se proteger, perdeu o equilíbrio e caiu para trás no beiral da janela do berçário, e...

Balancei a mão acima da cabeça com um gesto dramático, para que elas adivinhassem o que tinha acontecido. E elas assim fizeram, quase em uníssono.

— Ainda estava molhado? Não!

— Sim! A sra. Cavanaugh caiu de costas na tinta molhada. Quando se levantou, havia uma grande mancha branca na bunda. — Bati a testa na mesa. — Acabou. É o fim. Não tem mais nenhuma chance.

Felicia apertou meu ombro.

— Quando você vai receber uma resposta? — perguntou Pris.

— Anne não me deu uma data certa — falei. — Talvez na semana que vem?

— Ah, bem. Você vai saber quando souber, certo? Até lá...

— Vou ficar em casa esperando a ligação. E bebendo chá.

Tirei a rolha da garrafa de bourbon e servi um pouco mais no meu copo.

— Péssima ideia — disse Polly. — Vai por mim. Não passei quatro anos indo a reuniões dos Alcoólicos Anônimos à toa.

— Não seja tão pessimista. A advogada gostou de você — afirmou Caroline em um tom reconfortante. — Isso deve ajudar.

— Verdade — acrescentou Happy, me incentivando. — Você disse antes que achava que ela estava do seu lado.

— Antes de hoje, eu achava que sim. Agora não tenho tanta certeza. Mas, mesmo que eu esteja errada, não importa. Com certeza é a sra. Cavanaugh quem decide, e a mulher me odeia.

— Pare com isso — disse Caroline. — Você não tem como saber.

Mas eu sabia.

Capítulo Trinta e Nove

Nove dias se passaram desde a visita domiciliar. E nada de telefonema.

Minhas amigas tinham boas intenções. Fizeram o possível para me animar, me distraíram com nossos projetos de artesanato, me ligavam e apareciam para ver como eu estava e, em geral, tentavam me ajudar a manter o controle.

E isso ajudou. Por um tempo.

Mas estava na hora de encarar a realidade, porque passar as noites em claro e os dias olhando para o nada, tendo ataques de pânico toda vez que o celular tocava, não estava funcionando. Nem para mim nem para ninguém. Teddy estava ansioso. Até os cachorros estavam preocupados. Pebbles parou de comer e se recusava a sair do meu lado.

Saber que minha chance de felicidade tinha escapado era terrível, mas *não* saber, a espera, era ainda pior. Eu não estava mais aguentando.

— Eu só não sei o que fazer agora — falei para Calvin enquanto olhava um anúncio de um mestrado on-line no meu laptop. — Sempre planejei voltar para Nova York se as coisas não dessem certo. Mas agora Teddy faz parte da equação. Não posso dizer: "Ei, desculpa, mas as coisas não saíram como eu esperava, então se vira". Ele adora esse lugar. Talvez eu devesse deixar ele ficar com a casa? Ele poderia continuar morando aqui, eu voltaria para Nova York e viria visitar de vez em quando. Mas... por outro lado, voltaria para quê? Minha carreira está estagnada. Não tenho emprego. E, além de você e Simon, não tenho nenhum laço com a cidade. Acho que poderia trabalhar como freelancer. Ou quem sabe voltar a estudar?

— Sabe o que eu acho que você deveria fazer? — perguntou Calvin.

— O quê?

— Marcar uma consulta com um otorrino porque, claramente, você está com problema de audição. — Ele soltou um grunhido. — Celia, pela quinquagésima vez: você. Não. Sabe. *O que* vai acontecer! Então pare de fingir que sabe!

Estiquei o braço, segurando o celular o mais longe possível da orelha, mas ainda conseguia ouvir cada palavra da explosão de Calvin. Ela continuou por um bom tempo.

— Já terminou? — perguntei quando ele enfim respirou.

— Você terminou?

— Calvin, olha só. Eu sei que você está tentando ajudar e eu sou grata por isso. De verdade. Mas não faz sentido eu…

Um som familiar interrompeu minha explicação. Afastei o celular da orelha, olhei para a tela e senti meu estômago se retorcer e meu pulso acelerar.

— Calvin, tenho que desligar. É Anne Dowling ligando.

— Sério? Ah, querida! Não deixe de…

Tocou de novo. Encerrei a chamada de Calvin, respirei fundo e fiz uma prece fervorosa e direta:

— *Por favor*, Deus. — Apertei o botão vermelho. — Alô?

— Oi, Celia. Aqui é Anne Dowling. Agora é um bom momento para conversarmos?

Capítulo Quarenta

Quem eu estava tentando enganar?

Achava que estava preparada para a ligação de Anne, mas, assim que desligamos, eu desabei. A gente sempre pode imaginar as possibilidades e ensaiar mentalmente as respostas, mas há coisas na vida para as quais não há como se preparar, por mais que você tente.

Eu já havia chorado o suficiente para um dia e precisava de tempo para processar, então deixei a ligação de Calvin cair na caixa postal três vezes. Não queria falar com ele até ter certeza de que conseguiria me controlar. Da quarta vez que ele telefonou, respirei fundo, prometi em voz alta que não choraria e quebrei a promessa no momento em que disse alô.

— Ai, docinho. Ai, querida. Eu sinto muito, muito, *muito*. — Ofegante, tentei respirar fundo duas vezes e me recompor, mas o tom choroso que ouvi na voz de Calvin me fez cair em prantos de novo. — Me escute — disse ele quando meu choro diminuiu o suficiente para eu conseguir ouvi-lo. — Eu sei que é difícil, mas vai ficar tudo bem. Você tem que acreditar em mim. Vou pegar o próximo avião para Charleston.

— Não, Calvin — falei, com a voz rouca, lutando para recuperar o fôlego. — Você não precisa fazer isso.

— Não tente ser forte, ok? — disse ele. — Estou indo praí. Não discuta.

Enxuguei os olhos com a manga.

— Não, não. Você não está entendendo.

— Celia, sei que você não quer ser uma...

— Calvin, cala a boca! Não é nada disso. Anne ligou para dizer que Becca me escolheu para ficar com o bebê.

Houve um momento de silêncio. Acho que ele ficou tão chocado quanto eu.

— Calvin, a Peaches é minha! Eu vou ser mãe!

E, com isso, ambos nos debulhamos em lágrimas. Choramos e rimos e comemoramos e falamos ao mesmo tempo e choramos e rimos um pouco mais.

— Viu só? — disse ele. — Os Cavanaugh gostaram de você, afinal. Você sempre acha que consegue ler a mente de todo mundo, mas não é bem assim.

— Ah, não — protestei. — Eu estava certa em relação ao sr. e à sra. Cavanaugh. Eles me detestaram, especialmente a sra. Cavanaugh. E também detestaram Teddy.

— O quê? Quem poderia detestar o Teddy? Foi por causa dos cachorros?

— Não — falei. — Tente de novo.

Um segundo se passou antes que a resposta lhe ocorresse.

— É porque ele tem uma deficiência intelectual? Você está brincando.

— Não estou. Peaches nem imagina como tem sorte de não ter esses dois como avós.

— Mas então por que eles escolheram você para ficar com o bebê?

— Eles não escolheram — expliquei. — Foi a Becca. Ela se mostrou mais forte do que eu imaginava. Houve uma briga na família, por isso que Anne demorou tanto para me ligar. Acho que ela me contou mais do que deveria — falei. — Mas Becca costumava ler "Cara Calpurnia" e tinha a intenção de me escolher desde o início. Ela gostou bastante da casa e do jardim, do Teddy e até dos cachorros. Ao que parece, ela sempre quis ter um cachorro, mas os pais não deixaram. Na verdade, parece que Becca não tinha muito acesso às coisas que realmente queria.

— Pobre menina rica?

— Algo do tipo — falei. — Becca foi criada por babás e mandada para um internato aos 14 anos. Ela quer algo diferente para o bebê, uma casa e uma família de verdade, um bairro onde as pessoas se conhecem. Anne disse que ela ficou muito impressionada ao ver todos os amigos e vizinhos que se uniram para me ajudar com a casa. Ah! E ela adorou eu já estar tricotando uma manta para a Peaches e minhas amigas virem para reuniões de artesanato toda semana. Ela disse aos pais que era isso que queria para o bebê dela, que fosse criado em um lugar onde as pessoas cuidam umas das outras.

— Bem — disse Calvin —, os pais podem ser dois idiotas de mente fechada, mas Becca parece muito inteligente. Peaches será genial. E você, senhorita, vai ser mãe.

— Eu vou!

— Eu sei!

Calvin gritou e comemorou de novo, depois mudou de assunto.

— Precisamos começar a fazer planos, docinho. Há tanto a fazer! O que acha de "Cantigas da Broadway" como tema do chá de bebê? Ou talvez "Bebê Broadway"?

— Calvin, ainda estamos em agosto. O bebê só deve nascer em meados de novembro. A gente precisa mesmo pensar nisso agora?

— Você está brincando? O planejamento de um bom chá de bebê leva meses. Não vou permitir que minha sobrinha de consideração seja recebida no mundo com cupcakes velhos e arranjos de flores de supermercado. Temos que começar agora.

Eu queria rir, mas Calvin estava falando sério. O planejamento do chá de bebê com certeza seria nosso principal assunto nas próximas semanas. No entanto, naquele momento, para minha felicidade, fomos interrompidos.

— Calvin, tem alguém na porta. Preciso atender.

— Tudo bem, mas pense sobre o tema. O que acha de estações de omeletes?

A campainha tocou de novo.

— Calvin, vou desligar agora.

— Está bem — resmungou ele. — Mas ainda não terminamos.

— Tenho certeza de que não.

Encerrei a chamada. A campainha tocou pela terceira vez. Alguém estava sendo muito persistente.

— Já vou! — gritei, e corri para o vestíbulo, sorrindo e pensando em Calvin. O sorriso desapareceu quando abri a porta e vi a expressão de Pris. — O que houve? Vocês e sua mãe não estão brigando de novo, estão?

Ela balançou a cabeça.

— É a Polly. Ela não queria que eu dissesse nada porque ficou com medo de você achar que é culpa sua.

— O que eu vou achar que é culpa minha? — falei. — Vamos, entre e me conte o que aconteceu.

Pris entrou e tirou o gorro de crochê azul da cabeça, passando a mão pelas tranças.

— Trey deve ter conseguido a atenção de alguém na prefeitura. Deu no jornal que há uma investigação sobre corrupção no Departamento de Obras. Não sei direito o que aconteceu, mas a reportagem dizia que o sobrinho do Cabot James foi contratado com quase nenhuma experiência. Brett foi demitido hoje de manhã. Alguém deve ter dito a Cabot James que Polly contou para Trey que Brett é sobrinho dele, porque ele a demitiu. O que significa que ela perdeu o emprego e o apartamento. E James disse que ela tem até segunda-feira de manhã para sair, ou vai sofrer as consequências. Polly não queria que eu contasse, mas eu não podia ficar sem dizer nada. — Pris olhou para mim com olhos suplicantes. — Celia, ela não tem para onde ir.

Capítulo Quarenta e Um

Lorne saltou do caminhão alugado e sorriu ao ver Polly descendo os degraus da *piazza* atrás de mim.

— Polly, meu bem, temos que parar de nos encontrar nessas circunstâncias — disse ele.

Ela sorriu.

— Oi, Lorne. Obrigada pela ajuda. Eu te devo uma, de verdade.

— Deve mesmo. — Ele apoiou a bota na calçada e assentiu de um jeito exagerado. — Você sabia que, em algumas culturas, fazer a mudança de uma mulher duas vezes em dois meses é quase um noivado?

— Nunca ouvi falar disso — disse Polly.

— Bem, nem eu, mas me parece verdadeiro. — Ele piscou para ela e enxugou a testa com as costas da mão. — Nossa, está quente hoje!

Lorne esticou os braços e tirou a camisa de chambray encharcada de suor que estava usando por cima da regata branca. Revirei os olhos. Se ele se esforçasse um pouco mais, conseguiria ser mais óbvio? Porém, óbvio ou não, parecia estar funcionando. As bochechas de Polly estavam coradas, e eu não achava que fosse por causa do calor.

— Vou lá buscar o chá gelado — disse ela, e saiu correndo para dentro de casa.

— Volte logo, meu bem! — Lorne pôs as mãos na cintura, o que fez seus ombros parecerem ainda mais largos.

Fiquei ali parada, balançando a cabeça.

— O que foi? — perguntou Lorne.

— Você precisa flertar com todas as mulheres solteiras que cruzam o seu caminho?

— Só as bonitas — disse ele. — Ei, não é como se você não tivesse tido sua chance, Chefona.

— Pare com isso — falei, sorrindo. Ele era tão criança, como eu poderia ficar brava com ele? — E pare de me chamar de Chefona. Você se ofereceu, lembra?

— Porque eu sou um cara legal. — Ele bateu na lateral do caminhão. — Ei, Ted! Vamos descarregar esse monstro!

Teddy desceu do caminhão. Bug e Pebbles, que estavam deitados na varanda para escapar do calor escaldante de agosto, ficaram em pé em um pulo, desceram os degraus correndo e se atiraram em Teddy, latindo e se contorcendo e basicamente indo à loucura.

— Desculpe — disse Teddy, pegando Pebbles nos braços quando ela pulou. — Mas tenho que trocar de roupa e ir para o trabalho. Meu turno começa ao meio-dia.

— É verdade — comentou Lorne. — Eu tinha esquecido. Não tem problema, Ted. O Trey está vindo me ajudar depois da igreja. Deve chegar a qualquer minuto. Mas obrigado por se oferecer, grandão.

Lorne deu um tapinha nas costas de Teddy, que lhe deu um toca-aqui e se dirigiu para a casa com Pebbles ainda nos braços e Bug em seus calcanhares.

— Trey vai à igreja todo domingo? — perguntei. — Eu o vi uma vez, na St. Philip's, mas foi numa segunda-feira. Havia um homem mais velho com ele, talvez seu avô?

O sorriso de Lorne desapareceu.

— É o nosso pai. Ele teve um derrame há algum tempo. Agora mora em uma casa de repouso, mas o Trey o leva para a igreja sempre que ele quer, o que acontece pelo menos duas vezes por semana.

Eu gostaria de saber mais, porém, se havia algo que eu tinha aprendido nos meses anteriores, era que tentar arrancar informações de um Holcomb, ainda mais quando o assunto fosse família, era um esforço inútil. E, só para o caso de eu não ter entendido, Lorne bateu na lateral do caminhão para indicar que estávamos mudando de assunto, depois foi para a traseira e puxou as alças da porta, que subiu como uma persiana. O interior do caminhão tinha caixas e móveis empilhados do chão ao teto.

— Onde eu coloco, chefe?

— Bem... — Franzi a testa, envergonhada.

Os ombros de Lorne desabaram.

— Não — disse ele, balançando a cabeça. — Não no sótão.

— Não tenho outro lugar para instalar a Polly — falei, afastando as mãos. — Depois que o bebê nascer, só terei um quarto no andar de cima e preciso reservá-lo para os hóspedes. Calvin está vindo para o chá de bebê. Por favor, Lorne. A Polly não tem para onde ir e precisa de espaço para as coisas dela. Se ela não tivesse denunciado Cabot James, o Brett ainda seria nosso inspetor e *eu* é que não teria onde morar.

Lorne gemeu e jogou a cabeça para trás como se estivesse cansado demais para sustentá-la.

— É bom ela ficar aqui por um tempo — disse ele por fim, levantando a cabeça e apontando o dedo. — Porque eu é que não vou fazer a mudança dela de novo.

— Isso vai depender dela. Mas eu disse que ela pode ficar o tempo que quiser.

Lorne rosnou, depois suspirou e deu de ombros, passando da frustração para a resignação.

— Tudo bem. Acho que um lance de escada a mais ou a menos não faz tanta diferença. Mas ainda vamos guardar o estoque e as prateleiras da loja no térreo, certo?

Diante do meu silêncio, Lorne contraiu o maxilar e balançou a cabeça.

— Não, Celia. De jeito nenhum.

A porta de um carro bateu, sinalizando a chegada de Trey. Fazia trinta e seis graus e a umidade relativa do ar estava em noventa e sete por cento, mas lá estava ele com seu terno preto.

— Roupas de igreja — explicou ele quando arqueei as sobrancelhas. — Tenho uma bermuda e uma camiseta no carro. — Ele olhou para o fundo do caminhão e franziu a testa. — Pensei que Pris tinha vendido o estoque.

— Parte dele — disse Lorne. — Mas ainda tem um monte de caixas aqui. E adivinha onde a Celia quer que a gente coloque?

— O que você quer que eu faça?! — gritei, jogando as mãos para o alto de frustração. — A umidade no térreo é terrível, as paredes estão praticamente pingando. A Polly gastou as economias de uma vida inteira no estoque da loja. Não podemos guardar lá embaixo e simplesmente torcer para que não mofe.

— O sótão — disse Lorne, cruzando os braços e olhando para o irmão. — Ela quer que a gente carregue todas essas coisas até o sótão, três lances de escada.

— Ah.

Trey colocou as mãos na cintura e estalou os lábios três vezes. Ao que parecia, esse era o som que todos os Holcomb faziam quando estavam pensando.

— Quem aceita um chá? Espero que gostem bem doce. Fiz sanduíches também. — Polly desceu os degraus com uma bandeja de comida, mas parou quando chegou ao portão. Seus olhos se moveram do rosto de Lorne para o de Trey e depois para o meu. — Ah. Você contou. Desculpa, rapazes, mas é que a área embaixo está tão…

— Espera um segundo. O que é aquilo ali? — perguntou Trey.

Olhei na direção para a qual ele apontava.

— O armarinho do meu bisavô. Mas está vazio há quase cem anos. Teddy tem usado como barracão de jardinagem. Guardou suas ferramentas lá, além de um zilhão de vasos de terracota, todos os da coleção de Calpurnia que não estavam quebrados.

Trey pegou um copo de chá da bandeja de Polly e bebeu metade.

— Hum. Vamos dar uma olhada.

As janelas tinham sido pintadas fazia décadas e havia apenas uma luz funcionando. Quando puxei a cordinha suja que servia como interruptor, a lâmpada fez com que as partículas de poeira e as teias de aranha brilhassem e projetassem sombras nítidas contra as paredes de gesso áspero.

— Está sujo — disse Polly, virando-se em um círculo lento enquanto observava a confusão de ancinhos, pás, mangueiras, vasos e tesouras de poda. — E cheio de insetos, mas ao menos está seco. Você acha que Teddy se importaria se eu colocasse as ferramentas dele no espaço de armazenamento no térreo? A umidade não seria um problema para esses objetos — disse ela, apontando para a bagunça. — Mas se eu limpar um pouco aqui, seria o local perfeito para guardar minhas coisas.

— Ou... talvez uma loja? — sugeri.

Polly começou a balançar a cabeça, mas eu me adiantei antes que ela pudesse dizer alguma coisa, abrindo os braços para indicar o tamanho do aposento.

— Polly, olha só quanto espaço! É perfeito para uma loja. E sabe por quê? Porque foi para isso que foi construído! Pensa bem... Fica bem perto da rua, tem um quartinho nos fundos para servir de escritório e espaço extra de armazenamento. O espaço da loja é grande o suficiente para acomodar todo o seu estoque, com espaço de sobra para aulas. Você tem espaço para pelo menos três mesas na parede de trás perto da janela. E, mais importante, você já tem todo o estoque, um alvará comercial e uma pequena base de clientes. Por que não reabrir a loja aqui mesmo?

Polly não chegou a dizer "Dã", mas a expressão em seu rosto dizia que as objeções deveriam ser óbvias, até para mim.

— Bem, em primeiro lugar — disse ela —, este lugar é uma ruína centenária. Sujo, escuro, infestado de aranhas, tem apenas um ponto de luz funcionando e todos os tipos de problemas que provavelmente não conseguimos ver: cupins, ou um telhado ruim, ou sei lá mais o quê. Deve estar a cinco minutos de desabar na nossa cabeça.

Lorne enfiou o polegar no cinto e esticou o pescoço, examinando o teto e as paredes.

— Me parece que é gesso por cima de blocos de concreto, então nada de cupins ou de mofo. O telhado pode ser outra história, de fato, eu teria que verificar. Exigiria algum trabalho para seguir o código de obras, mas... é viável.

— *Se* eu tivesse dinheiro. Ou vontade. O que não tenho — insistiu Polly. — Por que estamos discutindo isso? Sou uma péssima empresária, lembram? Tive minha chance e estraguei.

— Você não é uma péssima empresária — discordei. — Você tinha uma localização péssima e era inexperiente, mas pense em tudo o que você aprendeu. Você não tem nada a perder ao tentar de novo. Era o seu *sonho*, lembra? Agora você está diante de uma segunda chance. E posso oferecer um aluguel incrível: de graça.

Polly cruzou os braços e crispou os lábios.

— Está bem, está bem — falei. — Não seja tão teimosa. Que tal de graça por um ano? O tempo de você ter uma noção se o negócio deu certo ou não. Dando tudo certo, você pode começar a me pagar um aluguel. Senão, pode fechar a loja e não vai estar em uma situação pior do que a que está agora.

— Só um ano mais velha e duplamente fracassada. — Polly suspirou e fechou os olhos por um momento. — Celia, escute. Eu sou grata pelo que você está tentando fazer. De verdade. Mas, mesmo que dê certo, tem toda a questão do zoneamento. As coisas mudaram desde os tempos do seu bisavô vendendo ternos nos anos 1920, esta é uma área residencial agora.

Trey estava fazendo o que sempre fazia: ficando quieto e sendo imparcial como a Suíça. Eu sabia que ele não havia perdido nada da conversa e tinha suas opiniões, mas, ao contrário de quase todos os homens que já encontrei na vida, ele não as ofereceria a menos que lhe perguntassem, o que… era bom. Também parecia saber o que eu estava pensando antes de eu dizer qualquer coisa, o que também era bom. E meio surpreendente.

— O zoneamento é para uso misto, não é? — perguntei, virando-me para ele. — Happy montou o showroom dela na cocheira, e a Queen Street Grocery está funcionando a apenas algumas quadras daqui.

— Mas a mercearia está isenta por questões históricas — disse Trey. — Eles funcionam desde 1922.

— E daí? O armarinho Fairchild's Fine Haberdashers fez negócios aqui até 1926. Isso não conta?

— Talvez. — Trey se virou para Polly. — Quer que eu faça uma pesquisa?

Polly fechou os olhos de novo, pressionou os dedos na testa e gemeu.

— Isso. É. Uma. Maluquice. Celia. Isso é uma má ideia por uns duzentos motivos diferentes. Mas se você quiser mesmo investigar... — Ela fez uma pausa. — Tudo bem. Fique à vontade.

Lorne pigarreou, e os olhos de Polly se arregalaram.

— O que foi? — interpelou ela.

— Nada — disse Lorne, levantando as mãos para provar sua inocência e me lançando um olhar confuso, como se perguntasse o que tinha acontecido com ela. — Eu só estava me perguntando do que são os sanduíches. Porque se tiverem maionese é melhor a gente comer antes que o sol estrague todos.

Trey e eu trocamos sorrisos. Só Lorne para ir tão direto ao ponto.

Querida Peaches,

É preciso coragem para arriscar perseguir um sonho. Fazer isso de novo após falhar na primeira tentativa requer não apenas coragem sobre-humana, mas também uma suspensão deliberada da lógica.

Mas é o seguinte: quase ninguém consegue alcançar seus sonhos na primeira tentativa. Mesmo que você tropece e caia, mesmo que não faça sentido, é preciso continuar tentando.

Especialmente nesse caso...

Capítulo Quarenta e Dois

Britney Spears estava berrando tão alto que eu podia ouvi-la no momento em que saí do carro e comecei a descarregar as compras, tentando levar todas as oito sacolas para dentro de uma vez.

Quando Calvin contou que havia alugado um carro para usar durante sua visita a Charleston, eu disse a ele que não era necessário. O centro da cidade é quase tão acessível a pé quanto Nova York, e é tão fácil chamar um carro por aplicativo aqui quanto em Manhattan. Além disso, Calvin é um péssimo motorista. Certa vez, fui a uma feira de comidas de rua com ele em Edison e quase não escapei com vida. Os outros motoristas na estrada eram responsáveis, até mesmo pacatos em comparação a ele, o que, se você já dirigiu em Nova Jersey, quer dizer muita coisa. Portanto, eu estava compreensivelmente preocupada em soltar Calvin entre os motoristas da Carolina do Sul, mas minhas preocupações se mostraram infundadas porque, no fim, eu é que acabei ao volante enquanto Calvin ficou responsável apenas por fazer listas.

Menos de vinte pessoas viriam para o chá de bebê, então por que precisávamos de três quilos e meio de bacon, dez dúzias de ovos, um quilo e meio de salmão defumado e seis dúzias de bagels de sabores variados? Isso sem mencionar o arco de balões, o tapete vermelho, os convites personalizados que pareciam ingressos para o teatro e uma máquina de karaokê. O tema era "Bebê Broadway", mas, se Calvin queria mesmo que as pessoas pegassem um microfone e cantassem músicas da Broadway durante a festa, precisaríamos de mais champanhe. Três engradados não seriam suficientes, nem perto disso.

Carreguei as compras até a porta e toquei a campainha. Ninguém respondeu, então me virei de lado, os braços cheios de sacolas, me agachei e virei a maçaneta com o cotovelo antes de empurrar a porta com o quadril. As sacolas estavam mal apoiadas, então segui para a cozinha o mais rápido possível. Antes de chegar ao balcão, quatro laranjas-sanguíneas rolaram de uma sacola. Toda a carga estava começando a escorregar.

— Ei! Alguém pode me ajudar aqui?

Calvin estava parado na pia da cozinha, sacudindo os ombros e puxando a corda do secador de salada no ritmo do baixo, jogando a cabeça para trás e berrando que ele não era tão inocente quando o refrão tocou. Quando gritei de novo, desta vez mais alto, ele parou no meio do berro e avançou, pegando a sacola antes que caísse no chão. Tropecei em direção à bancada e larguei as sacolas com um baque.

— Cuidado! — reclamou Calvin. — Você vai quebrar os ovos!

Eu disse à Alexa para abaixar o volume da música e dei a Calvin um olhar que, se ele fosse uma planta, o teria murchado na mesma hora.

— Sabe a quantas lojas tive que ir para encontrar dez dúzias de ovos orgânicos de galinhas criadas soltas? Cinco. Que ovo pode valer duas horas de procura e sete dólares a dúzia?

— Os orgânicos das galinhas criadas soltas. — Calvin pegou as caixas de ovos nas sacolas e começou a abrir todas, à procura de rachaduras. — Você conseguiu encontrar todo o resto? Carne de caranguejo? Gruyère? Couve-frisada toscana?

— Eu comprei a couve. Não veio com passaporte. — Inspirei. — Que cheiro bom é esse?

Calvin fechou a última caixa de ovos.

— Duas possibilidades. Ou os folhados de pêssego que acabei de colocar no forno, ou o cheiro dos cupcakes deliciosos que Teddy fez e agora está decorando com habilidade e maestria excepcionais. Experimente um.

Calvin pegou um pedaço de um cupcake ainda sem cobertura e o enfiou na minha boca. Ele tinha razão, estava uma delícia. Mary Berry teria ficado orgulhosa.

Teddy estava de pé na ilha da cozinha com Bug e Pebbles sentados a seus pés, alertas e atentos, claramente torcendo para que ele deixasse cair alguma coisa. Fui até o outro lado da ilha e avistei duas bandejas da versão finalizada: cupcakes cobertos com redemoinhos brancos de cobertura de cream cheese, cada um com um botão de rosa de pêssego perfeitamente proporcional no topo. As mãos de Teddy eram firmes e seus olhos estavam atentos enquanto, com todo o cuidado, ele produzia um pequeno botão de rosa com um saco de confeiteiro e usava uma espátula de metal para colocá-lo em cima de um cupcake.

— Ufa! — disse ele. — O último.

— Teddy, estão lindos. Onde você aprendeu a fazer isso?

— Minha mãe fazia bolos de aniversário para todas as crianças do bairro. Usei a receita dela. Tem abacaxi, banana, noz torrada e coco extra.

— Esse homem entende de confeitaria — disse Calvin, baixando a cabeça em respeito. — Teddy, da próxima vez que eu tiver que editar um livro de receitas de confeitaria, posso contratá-lo para testar as receitas?

— Não sei. Depende de quanto você vai pagar — disse Teddy sem nenhum traço de ironia, depois tirou o avental preto simples por cima da cabeça e o colocou no balcão. — Tenho que passear com os cachorros e trocar de roupa. Vou ao cinema com Gloria Jean e Wayne. Você vai ficar bem aqui?

— Sim, sem problemas — disse Calvin. — Eu dou conta. Celia pode me ajudar.

Calvin voltou sua atenção para as compras. Teddy enfiou a mão no bolso de sua calça jeans. Os cachorros ficaram de pé, abanando o rabo, na esperança de que fossem ganhar um petisco. Em vez disso, Teddy tirou um pacote de plástico e o colocou na minha mão.

— O que é isso? — perguntei.

— Tampões para os ouvidos — sussurrou ele. — Gosto do Calvin. Mas seu gosto musical? — Teddy se arrepiou. — Tente fazer ele gostar de Billie Eilish ou até Lady Gaga. Alguém legal.

Eu guardei os tampões no bolso.

— Calvin gosta muito da Britney.

— Sim, percebi — disse Teddy, revirando os olhos de forma exagerada antes de pegar as duas coleiras e ir embora, com os cachorros logo atrás.

Calvin estava usando meu avental — de algodão amarelo com borboletas azuis e vinhas floridas —, então vesti o avental preto simples de Teddy e lavei as mãos.

— Auxiliar de cozinha, pronta para o serviço, chef — falei, em posição de sentido. — O que quer que eu faça?

— Vou te promover a *sous chef*. Por que não termina de lavar a salada e depois massageia a couve-frisada? Eu vou ralar o queijo.

— Massagear a couve?

— Você sabe — disse Calvin, em um tom que sugeria que eu estava fingindo não saber do que ele estava falando. — Com azeite e sal? Para ficar macia?

Calvin me explicou o procedimento que eu desconhecia e depois desembrulhou o gruyère. Assumi seu lugar na pia e coloquei os tampões de ouvido no balcão, onde seriam fáceis de pegar, por via das dúvidas. Calvin gosta de ouvir música alta, mas deixou Britney em segundo plano e, por um tempo, trabalhamos em silêncio.

Às vezes eu guardo frases engraçadas ou observações só para usar com ele, porque fazer Calvin rir parece um prêmio. Mas o verdadeiro teste da amizade, eu acho, é quando você *não* precisa impressionar a outra pessoa, quando ocupar o mesmo espaço sem dizer uma palavra é o lugar onde você mais quer estar.

Terminei de lavar as verduras, depois despejei um pouco de azeite e uma pitada de sal sobre a couve-frisada, pensando em como estava feliz por Calvin ter vindo visitar e como o chá de bebê seria divertido. Calvin continuou ralando o queijo, fazendo uma pausa apenas para retirar os folhados do forno quando o alarme tocou, absorto em quaisquer que fossem seus pensamentos, até que o gruyère estava ralado em uma montanha fofa e a cozinha cheirava como uma loja de fondue. Depois de terminar, ele pegou uma jarra de chá da geladeira lotada, encheu dois copos, me entregou um e disse algo que eu não estava esperando:

— Estou orgulhoso de você.

— Está? Por quê?

Eu estava fazendo um bom trabalho massageando a couve, mas isso não parecia um bom motivo para elogios.

— Porque sim. — Quando o olhei perplexa, Calvin abriu os braços, quase derramando chá. — Por *isto*. Quando fui embora e deixei você aqui cinco meses atrás, eu não tinha certeza de que você conseguiria, mas você conseguiu. A casa está ótima, você está ótima, seus amigos são ótimos. Polly, Teddy e todos os outros. Você se encaixa aqui, Celia. Agora você tem uma vida. Uma vida de verdade.

— E um bebê chegando. — Fiz uma pausa. — Às vezes, mal consigo acreditar.

— Eu sei — disse ele. — Mas não é disso que estou falando. Lembra quando você me contou sobre a ideia da adoção? Você disse que ia se transformar, se tornar uma pessoa melhor. E você fez exatamente isso. Não, eu estou falando sério — disse ele, falando mais alto quando tentei fazer pouco de seu elogio. — Lembra quando você me procurou depois que Steve foi embora? Você estava um caco.

— Quem não fica um caco depois de um divórcio?

— Mas era mais do que isso — disse ele, balançando a cabeça. — Nunca vou me esquecer do dia em que a gente se conheceu, quando você se sentou ao meu lado na cafeteria. Lá estava você, com seu sotaque sulista, tentando ser cosmopolita e esperta. Em um minuto você estava falando sobre a nova exposição no Guggenheim e no instante seguinte você começou uma discussão detalhada e estranhamente sincera sobre por que *A felicidade não se compra* era o melhor filme já feito. E eu estava lá sentado pensando comigo mesmo: "Essa mulher é completamente louca, e eu a adoro". Mas o que mais me impressionou foi quando você começou a falar sobre seus leitores. Você respondia a mensagem de cada pessoa que escrevia para você, quer a carta fosse publicada ou não. Quem faz isso? — perguntou ele, com uma expressão de descrença e admiração. — Eu sei que você vai odiar ouvir isso, docinho, mas, no fundo, você é uma Ativista.

— Para com isso, não sou nada.

— Isso é uma coisa *boa* — rebateu ele. — Cabe todo mundo no seu coração, Celia. Até desconhecidos. A questão é que Steve é o tipo de pessoa que não consegue dividir os holofotes. Ele tinha que ter você por inteiro: toda a sua atenção, todo o seu amor.

Sim, era verdade. O que era bem estúpido, considerando que no fundo ele nunca me amou. Calvin me lançou um olhar intenso, como se estivesse tentando ler meus pensamentos. A próxima frase dele quase me convenceu de que ele tinha conseguido.

— Um dia, Celia Fairchild, vai aparecer alguém que vai amar você do jeito que merece ser amada. Ele não vai ser perfeito, mas será carinhoso e estável, leal, inteligente o bastante para saber o quanto você é incrível, seguro o suficiente para compartilhar você com o mundo e totalmente louco por você. E, se tiver sorte — acrescentou Calvin, levantando as sobrancelhas espessas —, ele até vai ser hétero.

— Bem, seria ótimo.

Eu ri e voltei a massagear a couve. Calvin ficou lá parado, bebericando o chá e me olhando, até que não aguentei mais.

— O que foi?! — gritei finalmente, sacudindo as mãos, espalhando tiras de couve oleosa e salgada, então limpei as mãos engorduradas no avental preto de Teddy. — Por que você não para de me olhar desse jeito?

Calvin estalou a língua nos dentes algumas vezes e sorriu.

— Eu li sua biografia.

— Minha o quê?

— Seu diário — esclareceu ele. — Eu li.

— Calvin! Ninguém deveria ler isso, meu Deus. É particular!

Ele bebeu mais chá e deu de ombros.

— Então não deixe o diário largado por aí, onde hóspedes bisbilhoteiros podem encontrar. Você sabe como sou curioso, Celia.

Sim, eu sabia.

Então talvez uma parte de mim quisesse que ele lesse?

— É fabuloso — disse Calvin, com uma sinceridade que fez com que eu me sentisse ao mesmo tempo satisfeita e nervosa. — Você é uma boa escritora, Celia, ainda melhor do que eu tinha me dado conta. Estou falando sério. É preciso coragem para ser tão vulnerável, para abrir a porta para o passado, atravessar um monte de merda, bater o pé e dizer: "É a isto que vale a pena se agarrar". É por isso que estou orgulhoso de você. Não porque se transformou, mas porque agora é mais você mesma do que nunca. Você ainda é a Celia que tem um coração em que cabe todo mundo, essa doida varrida que eu sempre, sempre vou adorar.

Olhei para o lado por um momento. Não tive opção.

— Calvin LaGuardia, se me fizer chorar, nunca vou te perdoar — falei, com a voz embargada querendo dizer outra coisa.

— Eu sei — respondeu Calvin, entendendo perfeitamente, como os melhores amigos sempre entendem.

Capítulo Quarenta e Três

Sob um arco de balões prateados na frente de um letreiro iluminado com os dizeres NASCE UMA ESTRELA pendurado na lareira, e vestindo uma saia curta de tule cor-de-rosa e uma jaqueta jeans reaproveitada com flores de cactos bordadas à mão na parte superior das costas, Pris estava ainda mais bonita do que o normal.

Quando a música de *Frozen* começou a tocar, ela ergueu sua taça de champanhe, aproximou o microfone da boca, fechou os olhos e jogou a cabeça para trás, cantando que não se importava com o que iam falar, que a tempestade vinha e o frio não ia incomodá-la.

A multidão foi à loucura, gritando, aplaudindo e dizendo amém. Era quase como ir à igreja com Teddy.

— Isso aí, garota! — gritou Caroline, socando o ar.

Polly se pôs de pé num pulo.

— Sim, senhora! Falou e disse!

Até mesmo o sr. Laurens, que surpreendeu a mim e a todos os demais por aceitar o convite que eu enviara só por educação e até trouxe um presente, um macacãozinho com o logotipo da Universidade da Carolina do Sul na frente e as palavras FUTURO FESTEIRO em vermelho nas costas, aplaudiu com aprovação antes de morder seu terceiro cupcake.

Eu me enganara sobre o karaokê. As pessoas estavam curtindo *muito*.

Depois de tomarmos um brunch suntuoso e eu abrir os presentes, Calvin deu início às festividades cantando um dueto com Simon, que havia chegado mais cedo naquela manhã, dando uma passadinha entre um desastre natural e outro. Sua versão cômica de "Anything You Can Do, I Can Do Better" fez todo mundo gargalhar.

Depois disso, todo mundo quis cantar.

Lorne, que até tinha uma voz bonita, deixou de lado as músicas de cinema e o tema "Bebê Broadway" para cantar "God Bless the Broken Road", e ficou flertando com Polly durante a música toda. Beau, que usava uma gravata de penas de pavão e calça azul-turquesa, fez um dueto com Felicia de "I Remember it Well" que deixou todo mundo emocionado. Em seguida, Caroline se pôs de pé depressa, pegou a mão de Happy e a arrastou para cantar "I Could Have Danced All Night". A coreografia de Caroline foi excelente, e o que lhes faltou em afinação as duas compensaram com entusiasmo.

Sim, uma certa quantidade de champanhe foi necessária para diminuir as inibições dos convidados, mas eu achava que poderia ser outra coisa. Quase todos os presentes haviam contribuído para tornar aquela adoção possível. Era nossa casa, nosso bebê, nossa festa. E, dali a algumas semanas, quando eu trouxesse Peaches para casa, essas pessoas seriam a família dela. Acho que é por isso que todos estavam em clima de comemoração, inclusive eu.

Pris apoiou a taça de champanhe na lareira e estendeu a mão para Happy, puxando-a para o palco e passando o braço ao redor do ombro da mãe. Happy cantou o refrão da música de *Frozen* e depois fez um gesto para Felicia, que se levantou e estendeu a mão para Caroline e Polly. Elas pularam e dançaram em volta do microfone como um grupo de garotas dos anos 1960, cantando sobre como estavam livres. Polly me viu de pé mais atrás e fez um gesto para que eu subisse e me juntasse a elas.

Para a minha sorte e a daqueles que teriam sido forçados a me ouvir cantar, a campainha tocou naquele exato momento. Abri os braços, fingi estar triste por perder a diversão e fui atender a porta.

Para ir da sala para o vestíbulo de entrada, precisei passar por cima das pilhas de papel de embrulho amassado e fitas descartadas e me virar de lado para passar pela pequena montanha de presentes que incluíam um carrinho de bebê (com dupla função de assento de carro), de Calvin e Simon; um ursinho de pelúcia da Bitty e Beau, de Teddy; um cavalinho de madeira que Lorne havia construído; uma bolsa de fraldas que Polly havia costurado e enchido de suprimentos; um cachorro de pelúcia de crochê e vários livros sobre maternidade, de Caroline e Heath; um tapetinho acolchoado feito à mão e um monitor de bebê eletrônico, de Felicia e Beau; um berço antigo que Pris e Happy haviam lixado, repintado e decorado elas mesmas; e um bolo de fraldas de Dana Alton, além de um guarda-roupa inteiro de roupas de bebê dos outros vizinhos.

Eu tinha um zilhão de bilhetes de agradecimento para escrever, mas Peaches estaria bem abastecida, o que era um alívio, já que o custo da reforma tinha consumido o orçamento do bebê e mais um pouco. Eu dera as últimas faturas e arquivos a Trey apenas alguns dias antes, para que ele pudesse revisar tudo antes que eu entregasse o último cheque para Lorne. As contas estavam apertadas, mas Teddy e Polly insistiram em pagar aluguel, o que ajudaria um pouco. E talvez eu encontrasse algum trabalho freelancer em algum lugar. Eu daria um jeito, de alguma maneira. Por enquanto, estávamos bem.

A única coisa que Peaches ainda *não* tinha era um cobertor tricotado por sua mãe. Entre ajudar Polly a se instalar no sótão, levar Calvin para passear por Charleston e cuidar dos preparativos para o chá de bebê, não havia sobrado muito tempo para tricotar. Mas a previsão era de que Peaches nascesse dali a um mês. Eu terminaria a tempo de trazê-la para casa do hospital embrulhada em seu novo cobertor feito por sua mãe.

Trey estava atrasado, então supus que a campainha estava anunciando sua chegada. Mas, quando abri a porta, vi Anne Dowling.

— Anne! Você veio, afinal! — Abri os braços e a abracei. — Pensei que você estava ocupada com alguma reunião jurídica.

— E eu estava mesmo — disse ela. — Mas depois de passar cinco horas trabalhando para escrever questões para o próximo exame da Ordem, lembrei que ficar em uma sala de reunião com um monte de advogados é o oposto de diversão e peguei um voo para Charleston. Espero que não se importe de eu estar atrasada. Eu trouxe presentes, por via das dúvidas. — Ela me entregou uma caixa embrulhada. — É uma caneca de prata para bebês. Você pode gravar o nome mais tarde, quando tiver escolhido.

— Ah, Anne, que gentil! Obrigada.

— Você sabe que eu estava torcendo por você desde o início, não sabe? — Eu suspeitava, mas era bom ter certeza. — Você vai ser uma mãe maravilhosa, Celia. Becca fez a escolha certa.

— Como ela está?

Quanto mais nos aproximávamos da data prevista para o parto, mais eu me pegava pensando em Becca. O que ela estaria sentindo naquele momento? Sem dúvida estava pronta para seguir em frente com a vida e os estudos, mas devia ser um momento de muitas emoções. Eu peguei a caneta para escrever algumas vezes, mas, depois de *obrigada, obrigada, obrigada*, o que mais eu podia dizer? Pela primeira vez na vida, não conseguia encontrar as palavras certas. Tinha esperanças de ver Becca após o parto. Se eu pudesse ver o rosto dela, tinha certeza de que as palavras viriam.

— Eu não falo com Becca há um tempo — disse Anne. — Mas a mãe dela mandou uma mensagem dizendo que compraram um apartamento para ela perto do campus. Pelo que entendi, parece que tudo está seguindo conforme o planejado para o início das aulas em janeiro.

— Fico feliz. Aceita um pouco de champanhe? Você chegou bem na hora do karaokê.

Anne balançou a cabeça de maneira solene, daquele jeito bem de advogada.

— Ah, não. Não, não não. Eu não canto. De jeito nenhum. Mas se tiver alguma coisinha para comer... — Ela farejou o ar, parecendo faminta e esperançosa.

— Tem bastante. Eu recomendo a fritada de caranguejo e gruyère. Vem — falei, enquanto conduzia Anne até a sala de jantar —, vamos pegar um prato para você.

A campainha tocou de novo. De onde eu estava, a única coisa que conseguia ver pelo vidro jateado era um braço e um ombro, mas eu reconheceria aquele ombro em qualquer lugar.

— Anne, você me dá licença um instantinho?

— Sem problemas. Vou seguir o cheiro do bacon.

Anne foi em direção à sala de jantar, e eu abri a porta.

— Ei! Eu estava começando a ficar preocupada, achando que tinha acontecido alguma coisa. Não seria uma festa sem você — falei com sinceridade.

Não que Trey fosse exatamente um festeiro — eu não conseguia imaginar nenhuma quantidade de champanhe no mundo que o convencesse a pegar o microfone e cantar alguma coisa —, mas nada daquilo estaria acontecendo sem ele, então ele *precisava* vir à festa. A chegada de Trey era a cereja no bolo de um dia já perfeito.

— Lorne veio?

— Claro. Todo mundo veio. — Fiz uma careta. A expressão de Trey me fez sentir que o urubu estava prestes a pousar no telhado. — O que houve?

Uma nova rodada de aplausos e gritos de incentivo veio da sala de estar. Ouvi o som de um piano e um banjo e soube o que viria a seguir. Depois de dois meses trabalhando com Lorne, eu conhecia os primeiros acordes de todas as músicas do Rascal Flatts. Lorne começou a cantar "My Wish", e a semelhança com Gary LeVox era perturbadora.

Trey passou direto por mim e avançou em direção à sala de estar, a mandíbula firme e os olhos fixos, com passadas tão largas e rápidas que eu não conseguia acompanhá-lo. Cheguei a tempo de vê-lo agarrar Lorne pela gola e puxar o braço como um arremessador se preparando para lançar uma bola rápida.

Houve um estalo abafado quando o punho de Trey atingiu o queixo de Lorne, seguido por suspiros e gritinhos. As pessoas saltaram de seus lugares e tentaram sair do caminho. O microfone descreveu um arco pelo ar e aterrissou no chão com um estrondo amplificado e um chiado ensurdecedor. Lorne caiu para trás e bateu com força no chão, depois ficou deitado, xingando e segurando o queixo.

— Mas que merda é *essa*?

Ele se sentou e abriu a boca algumas vezes, colocando a mão no queixo, depois se apoiou no chão como se fosse se levantar. Mas, quando Trey deu um passo à frente e cerrou o punho outra vez, Lorne pareceu reconsiderar a ideia e ficou onde estava.

— Você sabe muito bem! — gritou Trey. — E se você acha que vou te defender desta vez... é melhor encontrar um advogado, irmãozinho, e rápido. Depois que eu ligar para seu oficial de liberdade condicional e a polícia, você vai voltar para onde merece estar.

Lorne levantou as mãos.

— Ei, eu não sei o que você acha que fiz, mas...

Trey olhou com raiva para o irmão.

— Como pude acreditar que você era capaz de mudar? Se roubou do próprio pai, você roubaria de qualquer um, inclusive da Celia.

O próprio pai? Aquele velho frágil que vi se arrastando ao lado de Trey na igreja naquele dia, o homem que fora dono de uma empresa de construção, que ensinara os filhos a construir casas e teve um derrame, perdendo o negócio... Os crimes que Lorne cometera tinham sido contra o próprio pai? E Trey tinha defendido o irmão mesmo assim?

Não era de se admirar que eles não quisessem tocar no assunto. Longe de entender tudo o que aconteceu entre os dois, a verdade do pouco que eu entendia me atingiu como uma onda gélida, especialmente quando ouvi a acusação de Trey de que o irmão estava roubando de novo. Como era possível?

Pensei em tudo o que Lorne e eu tínhamos passado nas últimas semanas, o trabalho, o suor, o tempo e a dedicação que ele havia investido no trabalho — muito mais do que nós dois esperávamos —, as batalhas que travamos juntos, os contratempos que sofremos e superamos. Eu não conseguia acreditar que Lorne roubaria de mim!

Mas então, quando olhei para o rosto dele, eu soube que *não podia* acreditar nisso. Podia até não conhecer Lorne antes de ser preso, mas eu o conhecia agora. Aquele homem nunca roubaria de mim. Simplesmente não era possível.

— Levanta — ordenou Trey.

Os olhos de Lorne faiscaram enquanto ele se punha de pé às pressas. Trey tirou o paletó e flexionou os joelhos. Os irmãos começaram a se encarar fixamente, com os punhos cerrados, procurando uma oportunidade. Abri caminho através da multidão e me coloquei entre eles, um segundo depois de Lorne desferir um soco e Trey desviar.

— Parem com isso! Os dois!

Trey tensionou os braços e retomou sua posição, mantendo os olhos no irmão mesmo enquanto falava comigo.

— Celia, sai da frente. Ele merece. Eu vi as faturas. Igualzinho da última vez.

Faturas?

Então me lembrei — as estimativas iniciais, os materiais fora de estoque e os orçamentos estourados quando tivemos que substituir algo ou mudar de estratégia, os arquivos que enviei para Trey com as faturas que Lorne me pediu para mandar, não porque estava tentando me enganar, mas porque sabia que Trey não confiava nele.

— Trey, escuta. Você está equivocado. Lorne não...

— Não importa — disse Lorne, balançando a cabeça e olhando feio para Trey. — Isso ia acontecer mais cedo ou mais tarde. Faça o que ele diz, Celia. Saia do caminho.

— Não! Essa é a *minha* casa e a minha festa! E eu não...

Lorne se encolheu e recolheu o punho. Trey se abaixou e avançou. Antes que pudesse fazer contato com o irmão, eu também ataquei, dando um tapa em Trey com toda a minha força. O som nítido da minha mão encontrando o rosto dele foi tão alto que me assustou. Trey também pareceu surpreso. Ele relaxou os punhos e deixou os braços caírem ao lado do corpo.

— Fora daqui! — gritei. — Se vocês querem se espancar até ficarem sem cérebro, fiquem à vontade. Mas vão fazer isso em outro lugar!

Como nenhum dos irmãos se mexeu, Teddy deu um passo à frente, espaçando os pés e colocando as mãos na cintura. Ele parecia ainda maior do que já era.

— Você ouviu o que ela disse, Trey. Essa é a *nossa* casa. Você precisa ir embora.

Polly se aproximou e colocou a mão no meu ombro.

— Lorne, isso vale para você também.

Lorne abriu a boca como se estivesse prestes a alegar sua inocência. Mas, quando Polly cruzou os braços, ele olhou para Trey e apontou a cabeça na direção da porta.

— Vamos embora, Trey.

Trey olhou para o rosto dos presentes como se tivesse acabado de perceber que estavam ali, depois lambeu o lábio inferior. Ele teve a delicadeza de parecer envergonhado, mas, quando tentou falar, levantei a mão para impedi-lo.

— Não quero ouvir nada. Hoje estava sendo um dia muito bom, e você estragou tudo.

— Eu só estava tentando cuidar de você.

— Trey Holcomb, quando eu precisar que alguém cuide de mim, *se* eu precisar que alguém cuide de mim, eu vou pedir, ok? Até lá... — Apontei o dedo em direção à porta.

Trey e Lorne estavam saindo quando Anne entrou. Ela segurava o celular, e parecia ansiosa.

— Celia? Acabei de receber uma mensagem dos Cavanaugh — disse ela. — Becca entrou em trabalho de parto.

Capítulo Quarenta e Quatro

Era fim de setembro, mas pouco depois da meia-noite as nuvens chegaram, o céu relampejou, trovoou e estrondou, abrindo-se para despejar aquele dilúvio que em geral cai nos dias quentes e úmidos de agosto.

Aquela tempestade com trovões parecia um agouro, um sinal. Mas, como eu tinha aprendido nos meses anteriores, sinais podem ser bons, ruins ou apenas evidência de uma imaginação fértil. Com a chuva desabando e as rodas do enorme caminhão à nossa frente jogando cortinas de água no para-brisa que os limpadores eram incapazes de vencer, eu estava ocupada demais tentando nos manter na estrada para contemplar à qual categoria aquele sinal pertencia.

Mesmo sem paradas, a viagem de Charleston até a Filadélfia em geral levava onze horas. Fizemos em dez, parando uma vez para reabastecer e tomar café, uma vez quando eu não conseguia mais segurar o xixi e mais duas vezes quando encostamos no acostamento para trocar de motorista. Anne sugeriu que fôssemos de avião, mas não havia voos até a manhã seguinte, e eu simplesmente não conseguiria esperar tanto. Nós três nos apertamos no carro alugado de Calvin e aceleramos.

Graças mais ao Google Maps do que aos esforços dos pobres limpadores de para-brisa, peguei a saída certa na rodovia, depois dei um cutucão em Calvin. Ele se assustou.

— Já chegamos? — Ele bocejou.

— Quase. Acorde a Anne, por favor.

Calvin estendeu a mão para o banco de trás e tocou no ombro dela. Anne se mexeu e se espreguiçou, fez a mesma pergunta que Calvin e recebeu a mesma resposta. Chegamos ao estacionamento do hospital.

Anne tinha um pequeno guarda-chuva na bolsa, mas eu não podia esperar. Os outros tinham dormido durante a viagem. Eu havia fechado os olhos e tentado ao máximo, contando de cem até zero e tudo o mais, mas o sono não veio. Meu cérebro estava dando voltas e meu corpo bombeava adrenalina. Uma vez libertada daquele limbo automobilístico, toda aquela energia finalmente tinha algum lugar para ir.

Saí correndo pelo estacionamento, sendo atingida pela chuva, saltando por cima das poças, às vezes com sucesso e às vezes não. Quando cheguei à porta, meu cabelo estava pingando, minha calça estava molhada até os joelhos e eu estava sem fôlego.

Corri até o balcão da recepção e me curvei, apoiando as mãos nos joelhos, ofegando e sorvendo ar. O homem atrás do balcão da recepção pareceu preocupado.

— Maternidade? — perguntei, esbaforida, e ele sorriu e apontou para os elevadores.

— Sétimo andar. Primeira à esquerda saindo do elevador.

— Obrigada — falei, ainda ofegante. — Tem mais dois vindo. Homem grande, suéter pêssego. Mulher baixa, terno amarrotado.

— Eu aviso os dois. Boa sorte!

Uma viagem de sete andares no elevador mais lento do mundo me deu tempo de sobra para pensar. Milhares de bebês nascem todos os dias, centenas de milhares, quase todos sem problemas. Eu tinha todos os motivos para acreditar que a Peaches estaria entre eles. Mas ela estava nascendo mais de um mês antes da hora. Seria cedo demais? Será que ela estava grande o suficiente? Será que seus pulmões estavam desenvolvidos?

O elevador parou no terceiro andar, onde ficava o refeitório do hospital. Meia dúzia de pessoas com trajes cirúrgicos entrou. O turno da noite não estava com a menor pressa de voltar ao trabalho. Duas pessoas saíram no quarto andar, outra no quinto. Mais duas saíram no sexto. Finalmente, as portas se abriram. Calvin e Anne estavam lá, conversando com uma mulher alta e grisalha de jaleco branco.

— Onde você estava? — perguntou Calvin.

Olhei feio para ele. Anne me apresentou à mulher de cabelo grisalho, a dra. Gould.

— Becca está ótima — disse a médica. — O colo do útero está completamente apagado e ela está com cinco centímetros de dilatação. O bebê está bem. A frequência cardíaca está forte. Parece estar tudo certo.

— Dez horas de trabalho de parto e ela só está com metade da dilatação? — perguntei. — Não parece muito tempo?

— Não para uma mãe de primeira viagem — respondeu a dra. Gould. — Ainda deve demorar um pouco. Talvez seja melhor vocês encontrarem um hotel para descansar. Podemos ligar quando a Becca estiver prestes a dar à luz.

Balancei a cabeça.

— Não, prefiro ficar aqui.

A médica sorriu.

— Eu já imaginava que você ia dizer isso. Temos uma sala de espera com cadeiras confortáveis e café ruim. Mas talvez você queira ir à sala de parto dizer oi para a Becca?

Anne olhou para mim.

— Os pais dela estão lá.

Entendi o recado. Os Cavanaugh gostavam tanto de mim agora quanto antes. Era melhor evitar um encontro cara a cara.

— Posso aguardar na sala de espera. Um café ruim cairia bem.

— Alguém vai avisá-la assim que nascer. — A médica colocou a mão no meu braço. — Não se preocupe, mamãe. Vamos cuidar bem do seu bebê.

Senti um aperto no peito. Foi a primeira vez que alguém me chamou de mamãe.

Anne foi fazer check-in em um hotel. Depois de alguma discussão, convenci Calvin a fazer o mesmo, mas me recusei a ir com ele.

— Não faz sentido — insisti. — Não vou conseguir dormir.

Por um bom tempo, não consegui mesmo. Mas nem descargas de adrenalina duram para sempre. No meio de um sonho do qual não consigo lembrar direito, algo com Teddy e um bebê esquilo, senti um aperto delicado sacudindo meu ombro.

— Sra. Fairchild?

Abri os olhos, pisquei e me levantei do sofá de vinil. Um jovem de uniforme cirúrgico verde me encarava.

— É senhorita... srta. Fairchild.

— A dra. Gould me pediu para chamar você. Gostaria de ver sua filha?

Eu me levantei de um pulo, passei a mão pelo cabelo bagunçado e peguei minha bolsa.

— Sim. Obrigada. Ela...?

Ele sorriu.

— Ela é perfeita.

Ah, sim. Sim, ela era.

Dez dedos. Dez dedos que seguraram firme quando coloquei um dos meus na palma de sua mão. Uma cabeça cheia de cabelo preto, fino e fofo como plumas. Pequenos lábios de botão de rosa que se abriram quando ela bocejou, revelando uma língua rosa pequenina.

O mais milagroso de tudo eram os dois olhos azul-ardósia que se abriram, piscaram e olharam nos meus quando me inclinei e sussurrei:

— Olá, menininha. Eu sou a Celia. Eu sou sua mamãe.

A enfermeira sorriu para nós.

— E aí, mamãe? O que achou?

Levei um momento para saber o que dizer. Nunca tinha sentido nada assim antes.

— Que essa é a pessoa pela qual esperei a minha vida inteira.

Capítulo Quarenta e Cinco

— Calvin, anda logo! Não quero chegar atrasada.

Calvin passou uma das enormes sacolas de compras da Target para a outra mão, equilibrando o peso, mas não apertou o passo.

— Calma. Você disse que estaria aqui às dez. Só se passaram cinco minutos. Você acha que vão dar o neném para outra pessoa se você se atrasar alguns minutos?

Bem... não. Pelo menos era bem improvável. Mas hoje era o meu primeiro dia inteiro como mãe, e eu queria fazer tudo direito. Se eu chegasse menos do que cem por cento na hora certa, pareceria que estava começando com o pé errado.

Isso porque precisei adiar em uma hora o horário de buscar Peaches porque me esqueci de trazer a cadeirinha de Charleston. Calvin e eu tínhamos esperado do lado de fora de uma Target por quinze minutos até a loja abrir, para podermos comprar uma cadeirinha para o carro, fórmula infantil, fraldas descartáveis e um cobertor de bebê, já que eu não tinha terminado de tricotar o meu. Sim, Peaches tinha nascido prematura, e sim, a viagem até a Filadélfia tinha sido um pouco frenética. É claro que tudo se ajeitaria, mas ter que sair e comprar coisas de última hora estava fazendo eu me sentir despreparada e um pouco sobrecarregada com a perspectiva de ser responsável por um pequeno ser humano.

Não era assim que eu tinha imaginado que começaria.

— Tenho quase certeza de que é assim que toda mãe de primeira viagem se sente — disse Calvin quando compartilhei meus pensamentos com ele.

— Você acha?

— Com certeza. Acho que faz parte.

Era uma ideia estranhamente reconfortante.

— Ah. Bem… que bom.

Fomos direto da recepção para o sétimo andar, e o elevador não parou nenhuma vez, o que me pareceu um bom sinal. Anne estava parada lá quando as portas se abriram. A princípio, pensei que fosse coincidência, que tivéssemos chegado na mesma hora por acaso. Mas algo na expressão dela me fez sentir que havia notícias, e não pareciam boas. Quando os Cavanaugh vieram pelo corredor em direção ao elevador, ela com os olhos vermelhos e ele com um olhar sombrio, essa impressão aumentou.

Ergui o braço para impedir que as portas se fechassem e saí da frente. Os Cavanaugh passaram por mim sem fazer contato visual. Mas, logo antes de as portas se fecharem, a sra. Cavanaugh ergueu o olhar e me encarou com olhos marejados e furiosos.

— Isso é tudo culpa sua.

As portas se fecharam, e eles desapareceram. Troquei olhares ansiosos com Calvin e depois me virei para Anne.

— O que houve? Aconteceu alguma coisa…? — Fiz uma pausa, com medo de dizer o que estava pensando. — Peaches…?

— Está bem — garantiu Anne. — Perfeitamente bem.

Fechei os olhos e soltei o ar que estava prendendo.

— Mas… aconteceu uma coisa. — Anne desviou os olhos dos meus, hesitante — Becca quer falar com você.

Deitada na cama do hospital, vestindo um camisolão de algodão largo, Becca parecia ainda menor e mais vulnerável do que da primeira vez que nos vimos, mas, de alguma forma, mais velha. Talvez estivesse cansada. Ela usou um controle remoto para levantar a cabeceira da cama e se sentar.

Eu disse *oi*, perguntei como ela estava, obtive a resposta esperada e puxei uma cadeira. Meu coração batia forte. Embora tomada por um terrível pressentimento sobre o motivo daquela conversa, jamais poderia ter imaginado o que ela estava prestes a dizer.

— Sei que só nos conhecemos quando fui visitar você em Charleston — disse ela. — Mas, quando descobri que estava grávida, você foi a primeira pessoa para quem contei.

Becca fez uma pausa, talvez esperando que eu compreendesse. Continuei sem entender e, quando franzi a testa, ela continuou:

— Mandei um e-mail para você, para a Cara Calpurnia. Eu disse que era uma estudante do ensino médio que tinha ido a uma festa, bebido demais, dormido com um garoto que mal conhecia e engravidado. Eu disse que não tinha contado aos meus pais ainda, mas que tinha certeza de que eles iriam querer que eu fizesse um aborto e que eu achava que não seria capaz disso. Eu também disse que não achava que estava pronta para ser mãe e perguntei o que deveria fazer. Assinei como Sem Boa Escolha.

Os olhos de Becca começaram a ficar marejados. Ela olhou para o teto e apertou os lábios antes de continuar a história.

— Sinceramente, eu não esperava que você respondesse. Mas alguns dias depois recebi sua mensagem.

Becca estava segurando uma folha de papel amassado e com bordas desgastadas. Ela desdobrou o papel e começou a ler.

Querida Sem Boa Escolha,

Quando eu era um pouco mais velha do que você, meu pai morreu e de repente eu fiquei sozinha no mundo. Eu estava muito triste e também com muito medo. Não achava que estava pronta para ser adulta. De certa forma, eu até tinha razão. É difícil alguém cruzar a fronteira para a idade adulta sentindo-se confiante. Os poucos que o fazem provavelmente não deveriam.

No entanto, mais cedo ou mais tarde, prontos ou não, todos chegam ao momento que você está enfrentando agora, o momento em que têm que decidir. Você vai seguir em frente, tomar sua própria decisão e se responsabilizar por suas próprias escolhas?

Ou vai se refugiar na infância e permitir que outras pessoas escolham por você?

O fato de estar com dificuldade de tomar essa decisão me diz que você provavelmente é mais madura do que pensa. Também me diz que é mais forte do que imagina, forte o suficiente para decidir o que quer sem ceder à influência e à pressão de outras pessoas, e forte o suficiente para sobreviver ao que vier a seguir.

Você me perguntou o que fazer, mas não tenho como dar essa resposta. Ninguém tem, nem seus pais. Mas, se você se acalmar e procurar em seu coração (e somente no seu), sei que fará a escolha certa. Depois de tomar sua decisão, não deixe nada nem ninguém tentar dissuadi-la.

Nada do que vem a seguir será fácil, mas você é forte e capaz. Você consegue, querida. Tenho fé em você.

É uma situação difícil, mas você tem, sim, escolha. E, embora talvez não pareça agora, um dia, talvez daqui a muitos anos, você olhará para trás e verá que, no fim das contas, a escolha certa também foi a melhor escolha.

Que a sua vida seja doce,
Calpurnia

Becca dobrou minha carta e secou os olhos.

— Quando contei para minha mãe que estava grávida, ela ficou calma e foi supercompreensiva, pelo menos a princípio. Minha mãe acredita muito no direito da mulher de escolher continuar ou não uma gravidez. Bem... — Becca deu de ombros com tristeza. — Desde que não seja a filha dela escolhendo se tornar uma mãe solo. Ela não parava de me dizer: "Por que você faria isso consigo mesma, com a gente? Um procedimento rápido e você pode seguir com sua vida. Vai ser como se nunca tivesse acontecido". — Becca fez uma pausa e balançou a cabeça com força. — Mas eu sabia que não seria assim, pelo menos não para mim. Não sei como é para as outras pessoas, mas, para mim, ter esse bebê era a escolha certa, a única escolha. Foi o que eu disse aos meus pais. — Ela soltou um suspiro. — Eles ficaram irados. Disseram que eu estava estragando a minha vida. Disseram que eu estava sendo burra e egoísta. Até me acusaram de engravidar de propósito para tentar chamar a atenção deles. — Ela soltou uma risada amarga. — Até parece. Como se eu não tivesse desistido de fazer isso há muitos anos.

Becca baixou os olhos, olhando para suas mãos e a carta ainda apertada entre os dedos.

— Sempre que eles diziam que eu estava sendo burra e egoísta, sempre que eles me faziam duvidar de mim mesma, eu lia o que você escreveu, a parte sobre eu ser forte e capaz e sobre você ter fé em mim. — Ela ergueu o olhar. Lágrimas escorriam por suas bochechas. Eu também estava chorando. — Era como se você estivesse lá comigo, Celia, me encorajando. Você me deu coragem para fazer a minha escolha e seguir com ela.

— Ah, querida. Eu fico feliz — falei em uma voz rouca.

E ficava mesmo. Mas sabia o que estava por vir. Parecia que meu coração estava prestes a se partir. Becca enxugou as lágrimas com as costas da mão.

— Quando Anne me disse que uma das cartas do "Querida Mãe Biológica" era sua, eu simplesmente... não conseguia acreditar. Parecia um sinal, sabe? Como uma confirmação de que eu estava fazendo a coisa certa.

Ela assentiu e eu também. Mas, como eu sabia muito bem, os sinais nem sempre significam o que você pensa.

— Meus pais queriam escolher uma das outras famílias — disse Becca —, gente com mais dinheiro. Eu disse que os conheceria, só para deixar meus pais felizes, mas eu tinha certeza de que você seria uma boa mãe. E então, depois de conhecer você, ver sua casa, seu bairro, seu primo e seus cachorros malucos... — Ela deu um breve sorriso. — Eu sabia que era verdade. Você seria uma mãe incrível, Celia. A melhor. Mas então... depois de ontem à noite, depois de ver a bebê e segurá--la... eu... — A voz de Becca estava trêmula. Ela fez uma pausa, tentou recuperar o fôlego, encontrar palavras, falhou e começou a soluçar, cobrindo o rosto com as mãos. — Me desculpe, Celia. Eu sinto muito, muito. Eu pensei que seria capaz e eu sei que não é justo, mas... eu não consigo — disse ela, ofegante. — Eu simplesmente não consigo.

Não me lembro de ter levantado. Mas, de alguma forma, lá estava eu, de pé ao lado da cama, envolvendo os ombros curvados e trêmulos da garota com os meus braços, dizendo a única coisa que podia ser dita:
— Eu sei, Becca. Eu sei.

Calvin estava me esperando.

Seus olhos estavam vermelhos e inchados, então eu sabia que ele já tinha adivinhado o que havia acontecido, o que foi um alívio. Não queria dizer as palavras em voz alta, explicar que Becca ia ficar com a bebê e que Peaches não viria para casa comigo, e que os últimos seis meses da minha vida tinham sido um desperdício de tempo, dinheiro e sonhos, uma piada cósmica dolorosa e cruel.

Calvin abriu os braços. Cambaleei para a frente e quase caí em seu abraço. Se ele não estivesse me segurando, eu poderia ter derretido como uma vela, escorregado devagar para o chão e nunca mais me levantado.

Nunca me senti tão cansada, tão derrotada, tão desesperançosa.

Naquela manhã, e na anterior, e na anterior a essa, em uma sucessão que parecia se estender mais longe do que eu me lembrava, a única coisa que me fazia levantar da cama e seguir em frente com os meus dias era a esperança deste dia, o dia em que eu levaria minha filha para casa em meus braços.

E agora?

— O que eu vou fazer, Calvin? Não sei o que fazer.

Ele me afastou um pouco, transferindo meu peso de seu peito para meus próprios pés, e olhou nos meus olhos.

— O que você *quer* fazer, docinho?

A resposta veio na hora.

— Vamos embora. Quero ir para casa.

Capítulo Quarenta e Seis

Polly bateu na porta do meu quarto.

— Você está decente?

Se por "decente" ela queria dizer vestida, a resposta era sim, mais ou menos. Colocar leggings por baixo da camisola que você nem se deu ao trabalho de tirar naquela manhã contava como estar vestida, não? Pelo menos tecnicamente?

— Desculpe por não me despedir de Calvin — disse ela depois de eu acenar para que entrasse —, mas primeiro dia em um novo emprego e tudo mais. — Ela deu de ombros. — Ele chegou bem em casa?

Eu fiz que sim.

— Ele me mandou uma mensagem há algumas horas. Ele estava em um táxi, voltando para casa.

— Que bom — disse Polly. — Foi gentil da parte dele trazer você em casa e depois ficar para te animar.

Depois de sair do hospital, eu disse a Calvin para me deixar no aeroporto, que eu pegaria o primeiro voo para Charleston. Levaria apenas algumas horas para ele chegar em Nova York, mas Calvin insistiu em voltar a Charleston comigo e ficar por uma semana, cozinhando, cuidando de mim e, como Polly disse, tentando me animar. Ele tinha boas intenções, assim como todo mundo, inclusive Polly, então eu me arrastei até me sentar no meio da minha cama e tentei fingir que não queria que ela voltasse para cima e me deixasse sozinha.

— Como foi o trabalho? — perguntei.

— Emocionante! — disse ela, batendo palmas com entusiasmo fingido. — Vendi um bilhão de sanduíches de frango, coloquei novos rolos de papel higiênico em todas as cabines do banheiro e limpei não menos do que três Coca-Colas derramadas. No geral, um primeiro dia memorável no empolgante setor de fast-food! — Ela riu. — Por enquanto está bom. Vai pagar algumas contas até eu encontrar algo melhor ou até descobrirmos se vou mesmo conseguir reabrir a loja. Teve notícias de Trey sobre a questão do zoneamento?

Balancei a cabeça. Não tinha notícias de Trey ou Lorne desde o chá de bebê. Não era surpresa, dado que eu os havia expulsado da festa, e provavelmente era melhor assim. Eu não estava com vontade de ver Trey. Não estava com vontade de ver ninguém, mas Polly se sentou na beirada da cama mesmo assim.

— Então? — perguntou ela num tom animado. — O que você fez hoje? Quer dizer, depois que Calvin foi embora.

A pergunta mais interessante teria sido o que eu não tinha feito. Uma lista parcial incluía: não tomei banho, não vesti roupas de verdade, não fiz a cama e, aliás, nem mesmo saí da cama. Mas eu tinha certeza de que Polly conseguia perceber isso só de me olhar, então abri os braços e dei de ombros para indicar o óbvio.

Polly tirou os sapatos, virou-se para mim e cruzou as pernas. Pela expressão dela eu soube que estava prestes a iniciar uma Conversa Séria. Fechei os olhos por um momento. Não estava com paciência para isso.

— Celia. Eu sei que perder Peaches foi devastador. E sei que você está deprimida. Mas falando sério... — Ela olhou ao redor do quarto, observando a cama desarrumada, as persianas fechadas, o *parfait* de iogurte intocado que Calvin tinha preparado para o meu café da manhã e deixado na minha mesinha de cabeceira antes de se despedir. — Até quando você vai continuar assim?

— Eu não sei. — Olhei para o meu colo e amassei a ponta da camisola no punho. — Eu estou tentando, Polly. De verdade.

— Não. Você não está. — Olhei para ela. A expressão de Polly se transformou naquela testa franzida que surge quando a decepção vira raiva. — Você *não* está tentando, Celia. Você está se lamentando.

E estou ficando louca de preocupação vendo você fazer isso. *Todo mundo* está — disse ela, chegando mais perto do que eu gostaria antes de começar sua lista. — Calvin voltou para casa se sentindo um fracasso porque não conseguiu animar a melhor amiga. Teddy anda todo cabisbaixo pela casa como um cachorrinho que levou uma bronca, e os filhotes estão fazendo o mesmo, porque não entendem o que há de errado com ele. Felicia está tão distraída que queimou a mão ao tirar do forno uma assadeira de *benne wafers* que você nem comeu. Caroline decidiu não ir à conferência em Williamsburg com Heath porque se sentiria culpada por se divertir enquanto você está tão infeliz. Pris e Happy estão brigando de novo. E não durmo há dias porque fico acordada tentando pensar no que dizer para você parar de sentir tanta pena de si mesma! O plano era fazer você entender isso de uma forma menos enfática, mas obviamente não deu certo — disse Polly, parecendo quase tão frustrada consigo mesma quanto comigo. Ela se levantou e começou a andar pelo quarto. — Olha, Celia. Eu sei que isso tudo é difícil e uma grande decepção, mas você tem que se levantar e seguir com a sua vida! Não pode se esconder aqui para sempre, se comportando como se alguém tivesse morrido.

— Você não entende, Polly.

Eu virei o rosto para a parede, não por desespero, mas por amargura e raiva. Polly nunca tivera vontade ter filhos, ela mesma me disse isso. Então como poderia entender o que eu estava sentindo? Ter tudo o que desejei, tê-la em meus braços, acreditando que ela era minha, amá-la e depois perdê-la... Não, Polly não entendia. Ninguém poderia entender.

— É como se ela tivesse morrido.

— Não, *não é*.

Polly parou de andar. O tom determinado em sua voz chamou minha atenção, e eu me virei para olhá-la de novo, esperando ver uma expressão colérica, ouvir palavras raivosas e preparada para responder com minha própria raiva. Mas, em vez de raiva, vi desespero, ouvi a voz suplicante de uma amiga assustada e senti minha própria raiva amolecer um pouco.

— Você não entende, Celia? Como você escreveu aquela carta e ajudou a Becca a ser forte e enfrentar os pais, Peaches está viva e será amada. Por sua causa, essa criança existe. — Ela fez uma pausa, olhando para mim com pesar e compaixão. — Mas o seu sonho morreu, e eu sei bem como é isso.

Ela estava falando sobre ter que fechar a loja, é claro. Polly estava tentando me ajudar, eu sabia, mas não era a mesma coisa. Peaches não era um sonho, era *o* sonho, minha chance de ser feliz.

— E a Sheepish era o meu sonho. Investi tudo o que tinha naquela loja, todo o meu dinheiro, todas as minhas esperanças e meus sonhos. Nunca vou esquecer como me senti na primeira vez que destranquei a porta e virei o letreiro de "aberto" para o lado de fora. Pela primeira vez, senti que estava fazendo algo importante na vida, compartilhando o que mais amava com o mundo, espalhando um pouco de alegria. Sei que era só uma lojinha, um sonho pequeno, mas era meu — afirmou ela, a voz baixando para um sussurro, os olhos vidrados, perdidos em lembranças. — Quando a loja fracassou, senti que eu também tinha fracassado, desperdiçado a minha única chance de conseguir a única coisa que eu queria. Mas foi *você* quem me disse que eu não podia desistir — continuou ela, o olhar voltando a ter foco, sua expressão menos compassiva do que antes. — É por sua causa que eu vou correr o risco de novo. É por sua causa que aceitei um emprego qualquer, que será fácil de largar se Trey conseguir aquela exceção de zoneamento.

Com a voz anasalada, em uma suposta imitação da minha, Polly disse:

— "Você está diante de uma segunda chance." Uma segunda chance de ver minhas esperanças destruídas e meu coração partido de novo. Não estou dizendo que está errada, mas por que as regras são diferentes para você?

— Elas não são — insisti. — Mas é diferente, Polly. Você não vê? — É claro que ela via. O fato de Polly fingir o contrário estava começando a me irritar. — Você pode muito bem abrir outra loja de artesanato. Mas eu não vou conseguir outro bebê.

— Como você sabe disso?

— Ah, Polly, para com isso! Eu simplesmente sei, está bem?

Fui até a cabeceira, tentando colocar o máximo de distância entre nós, e abracei um travesseiro para não jogá-lo nela.

— Você faz ideia de quantas cartas "Querida Mãe Biológica" eu mandei da primeira vez? Sessenta e sete. Sabe quantas mães biológicas responderam? Uma. Becca. E isso só porque ela descobriu que eu era a Cara Calpurnia. Bem, não sou mais a Cara Calpurnia. Agora sou só eu, apenas Celia Fairchild, uma mulher solteira com uma casa grande, sem emprego e sem perspectivas. Não vou ter uma segunda chance. — Fiz uma pausa. — E talvez seja melhor assim. Porque acho que não conseguiria passar por isso de novo, Polly. Eu realmente não conseguiria.

Olhei para o lado e levei a mão à boca. Polly se inclinou, baixando a cabeça para que eu não tivesse escolha a não ser olhar nos olhos dela.

— Me desculpe — disse ela baixinho. — Não era isso que eu queria dizer. Eu sei que você está sofrendo, mas tem uma coisa que preciso falar e não quero que você me leve a mal. — Ela deu um grande suspiro e soltou: — Você sabe que eu te amo, Celia Fairchild. Mas juro, você é a pessoa inteligente mais *burra* que já conheci.

Sequei os olhos e franzi a testa. Não sei o que esperava que ela dissesse, mas com certeza não era isso.

— Estou falando sério — disse Polly, interpretando corretamente minha expressão confusa. — Não entendo como alguém que tem ótimas sacadas sobre as outras pessoas pode ser tão cega em relação a si mesma. Você nunca lê suas colunas? Porque talvez devesse. Encontrei várias na internet esta semana e… — Ela balançou a cabeça e arqueou as sobrancelhas. — Caramba! Tinha muita coisa boa lá.

— Era tudo Calpurnia — falei, recusando o elogio não merecido. — Eu só escrevia o que ela teria dito.

Polly franziu os lábios e balançou a cabeça.

— Não, não vou cair nessa. Eu conheci Calpurnia também, lembra? Ela era uma mulher maravilhosa que amava você e que te ensinou muita coisa… bem, até ela ficar maluca. Mas você não a via desde os 12 anos — argumentou Polly. — Depois disso, você teve que se virar. O nome da Calpurnia estava no título, mas o que vinha depois era tudo seu. Sua voz, sua experiência e, acima de tudo, sua compaixão. É por isso que todas aquelas pessoas estavam dispostas a dividir seus problemas e segredos com você, porque sabiam que você se importava. E essa é você, "apenas Celia" — disse ela, sorrindo e fazendo aspas no ar com os dedos. — Apenas uma mulher boa, honesta e aberta que se preocupa com todos. Eu sei porque testemunho isso todos os dias. Você não consegue se conter na hora de ajudar os outros, Celia. É por isso que todo mundo é louco por você. Incluindo eu.

Polly se sentou ao meu lado, ombro a ombro, as costas apoiadas na cabeceira da cama e os joelhos puxados para junto do peito.

— Você deu muitos bons conselhos em suas colunas, Apenas Celia. Talvez esteja na hora de tentar seguir alguns deles.

Ela se inclinou para o lado, me empurrando de propósito e com força suficiente para que eu tivesse que me apoiar em minha mão para manter o equilíbrio.

— Você acha? — perguntei, sorrindo um pouco. — Qual deles, para começar?

— Bem. Vamos ver... — Polly fez uma pausa, sugando o ar entre os dentes. — Eu me lembro de uma carta que você escreveu para alguém chamado Arrasado em Alvarado, aconselhando-o a se concentrar no que havia ganhado em vez de tudo o que havia perdido. Em outras palavras, você disse para ele dar valor ao que tinha. Mas disse isso de forma mais eloquente.

Será?

Ao longo dos anos, escrevi milhares de cartas. Duvido que alguma delas tivesse algo que os destinatários lá no fundo já não soubessem; eu usava o meu bom senso, que era apenas bom, não ótimo. Mas eu me importava. Talvez se importar já fosse eloquente o suficiente.

— Você agiu bem, Celia. Com Peaches e Becca, com Teddy, com Pris, comigo, com todos nós. E com você também.

Minha testa se franziu enquanto eu tentava entender a última parte. Polly sorriu.

— Será que é tão difícil assim enxergar? Você começou restaurando uma casa, mas acabou criando um lar cheio de pessoas que você ama e que amam você. Não, você não tem uma filha e talvez nunca tenha. Mas tem uma família. — Polly tentou encontrar meus olhos. — Não era isso que você sempre quis? Não era esse o seu sonho desde o início?

Capítulo Quarenta e Sete

Com certeza não sou especialista em tricô. No meu ritmo atual de produtividade, duvido que algum dia seja. Mas não é preciso ser especialista para entender o que as pessoas veem no tricô.

Para início de conversa, há todo o aspecto de "criação", a satisfação que vem de criar algo com as próprias mãos, sem falar na satisfação ainda maior de presentear com essa criação alguém importante para você.

Na manhã seguinte, quando saí do meu quarto, tomei banho e me vesti com roupas de verdade, não tinha vivenciado isso, pelo menos não ainda. Mas algo me dizia que, quando seu coração está cheio demais e seus pensamentos estão tão confusos a ponto de não ser capaz de nomear tudo o que sente, tricotar algo que permitirá que alguém que você ama se sinta aquecido, valorizado e, acima de tudo, presente em seus pensamentos diz o que às vezes as palavras não são capazes de dizer.

E, para pessoas que nem sempre são boas em estar no presente ou em ficar com os próprios pensamentos, o tricô é uma âncora, um peso suave que mantém você no lugar. Era disso que eu precisava mais do que tudo naquele momento: a quietude. Uma âncora.

Fechei a porta da caverna de fios, me acomodei na confortável cadeira de Beebee e continuei de onde tinha parado quase três semanas antes. A noite estava fresca e as janelas estavam abertas para a brisa entrar. Enquanto enrolava o fio nos dedos e trabalhava com as agulhas, acrescentando doze centímetros de fio amarelo ao cobertor de quebra-cabeça de Peaches, mantive a mente vazia, de maneira intencional e segura.

Mas ouvi o zumbido das cigarras, os latidos dos cachorros, passos e fragmentos de conversas dos transeuntes, risadas e música que flutuavam da janela de Caroline até a minha enquanto ela e Heath praticavam passos de rumba, e comecei a cantarolar, dando minha pequena contribuição à grande canção da noite, uma canção chamada pertencimento.

Entrelacei outra cor ao cobertor, azul, sentindo-me calma, segura e pensativa. Pensei na minha mãe e no meu pai, em Beebee e Calpurnia, em Teddy e em mim, e em todos os que vieram antes, as pessoas que compartilhavam o meu sangue e tinham vivido dentro destas paredes. Pensei em Pris, Felicia, Caroline, Happy, Polly e em tudo o que minha amiga dissera. Ela estava certa. Eles também faziam parte disso, deste lugar de pertencimento, desta família que tanto desejei, deste sonho realizado.

E, enquanto eu terminava de tricotar o azul e trazia o fio safira, a última cor, pensei no bebê e em Becca. Deixei as lágrimas caírem uma última vez pelos sonhos perdidos e permiti que elas fossem substituídas por amor e orações, bons desejos e esperanças futuras, fazendo o meu coração crescer linha por linha, desfazendo o amargor ponto por ponto até que o trabalho estivesse pronto e restasse apenas um ponto na agulha.

Eu tinha terminado.

Passei os dedos pelo cobertor, apreciando a maciez, admirando a uniformidade dos pontos e a maneira como as cores se combinavam, cada tom enaltecendo todos os outros. Pensei no último ponto restante e em como tudo havia começado exatamente daquela maneira, com um simples pontinho.

Pensei em começos e fins, no número de vezes que comecei o tricô apenas para cometer um erro na fileira ou deixar cair um ponto, sendo forçada a desfazer o trabalho e começar de novo. E, de uma maneira súbita que me surpreendeu, pensei em Trey.

Ouvi o barulho de uma porta batendo lá embaixo. Teddy e Polly tinham voltado. Ouvi vozes, o som de patas e passos na escada. Teddy enfiou a cabeça no quarto.

— Pegamos algumas pizzas para o jantar, pepperoni e frango com molho buffalo. Quer?

— Parece bom. Desço já, já. Estou quase terminando aqui.

Teddy sorriu e apontou para o cobertor que estava sobre o meu colo.

— Olha só! Ficou bom, não é?

— Sim — falei. — Também acho.

Teddy foi lá para baixo. Cortei o fio e escondi as pontas, coloquei o cobertor dentro de uma caixa grande que já continha os presentes do chá de bebê de que eu não precisava mais e peguei uma caneta e papel.

Queridas Becca e Ella,

Anne me disse que vocês encontraram um apartamento e me passou seu novo endereço. Achei que as roupas e os apetrechos de bebê pudessem ser úteis. Bem... talvez não tanto o macacãozinho da USC, mas um bebê precisa de algo onde cuspir, certo?

Estive pensando muito em vocês ultimamente. Tenho me perguntado como as coisas estão indo. Becca, você tem conseguido dormir? Ella, você está fazendo o possível para deixá-la dormir? (Aliás, Becca, você escolheu um nome ótimo. O nome certo é importante. Ela tem mesmo cara de Ella.)

Junto com as roupas, os brinquedos, os materiais e o cobertor que eu mesma tricotei, estou enviando muito amor e minhas esperanças de que estejam bem e felizes, e que seja sempre assim. Eu sei que você dá conta, Becca. Mas, se precisar de algo, espero que saiba que pode contar comigo. Como fui lembrada há pouco tempo, quer você nasça em uma ou a construa, todo mundo precisa de uma família.

Tudo o que escrevi para você como Calpurnia era e continua sendo verdade. Você fez a escolha certa, a melhor escolha.

Com amor,
Celia

Capítulo Quarenta e Oito

— Ah. Oi, Celia. Polly está em casa?
— Ela acabou de sair para trabalhar.
Trey não poderia ter ficado muito surpreso quando atendi a porta, afinal, era a minha casa. Quando olhei melhor, percebi que seus traços não expressavam surpresa, mas algo mais próximo do desconforto, o tipo de expressão que as pessoas têm quando são jogadas em uma situação com a qual sabem que terão que lidar um dia, mas que esperavam poder evitar.

No dia anterior, para minha surpresa, me peguei pensando nele, imaginando o que faria ou diria se, por alguma estranha coincidência, ele aparecesse à minha porta. Agora ele estava ali e era estranho, além de um pouco assustador. Ser vulnerável, abrir a porta para admitir sentimentos que tentou esconder, é sempre assustador. Mas parecia que eu não era a única me sentindo assim.

Trey mexeu os pés e enfiou os punhos tão fundo nos bolsos do casaco que era um milagre as costuras não se rasgarem... o que poderia até melhorar o traje ou pelo menos servir de incentivo para que ele comprasse um terno novo.

— Certo. Bem. Eu estava passando aqui na vizinhança e achei que ela podia estar em casa. Tenho boas notícias. A cidade decidiu que a antiga loja do seu bisavô está... hã... isenta para fins de zoneamento.

Não respondi. Não que eu estivesse gostando de vê-lo pouco à vontade, mas, até aquele momento, nunca tinha visto Trey parecer nada menos do que seguro de si. Era até cativante essa nova faceta.

Ele pigarreou.

— Mas enfim... Se Polly ainda estiver interessada em reabrir a Sheepish na antiga loja do seu bisavô, ela pode.

— Obrigada. Isso é ótimo, Trey.

— Sim. Achei que ela gostaria de saber. Então. Só quis passar aqui para dar essa notícia.

Ele assentiu, como se estivesse encerrando o assunto, e se virou para ir embora. Senti algo murchar dentro de mim. Mas então, quando chegou ao fim da *piazza*, Trey ergueu a cabeça e endireitou os ombros. A pessoa que se virou para me encarar era o velho Trey, o homem sempre seguro de si ou, pelo menos, seguro do que queria dizer.

— Desculpe. Eu estava mentindo.

— Sobre o zoneamento? — perguntei.

— Não — disse ele. — Isso já está certo. Eles vão mandar as licenças. Eu estava me referindo à parte em que eu disse que queria contar a Polly pessoalmente. A verdade é que vim até aqui na esperança de encontrar você em casa e conversarmos.

— Sobre o que aconteceu no chá de bebê?

Ele assentiu.

— Sim. Entre outras coisas, mas vamos começar por aí. — Trey deu um suspiro, como um nadador se preparando para mergulhar em águas geladas. — Passei completamente dos limites — admitiu ele. — Estraguei sua festa e peço desculpas. Na verdade, não há desculpa para a minha atitude, mas... achei que isto poderia ajudar você a entender.

Ele tirou um pedaço de papel do bolso e o estendeu para mim.

Um bilhete? Ele estava me entregando um bilhete? Olhei para o papel e, em seguida, para ele, franzindo a testa.

— Apenas leia — disse Trey, gesticulando enquanto eu desdobrava o papel.

Querida Celia,

Por favor, desculpe o meu irmão por agir feito um idiota. Não foi só culpa dele, porque mais cedo ou mais tarde essa briga ia acontecer. Mas sinto muito que tenha acontecido durante a sua festa. Trey também sente muito.

Sinceramente,
Lorne

Olhei para ele.

— Você trouxe um bilhete de desculpas? Do seu irmão? — Mesmo com a mão pressionada na boca, não consegui esconder o sorriso. — Isso significa que você e Lorne voltaram a se falar?

— É algo que ainda estamos avaliando — disse Trey. — Temos muito o que conversar.

Nas últimas semanas, eu havia traçado um esboço mental dos acontecimentos que levaram ao rompimento entre Trey e Lorne. Quando as tensões entre irmãos explodiram e a briga começou, pude preencher as lacunas. Mas essa era a primeira vez que Trey compartilhava a história comigo por livre e espontânea vontade, e percebi o quanto ele estava confiando em mim.

— O negócio do meu pai já andava mal das pernas — revelou Trey. — Ele havia passado um orçamento baixo demais para um grande projeto de construção e perdido muito dinheiro, então a empresa poderia ter ido à falência mesmo se Lorne não tivesse desviado dinheiro para sustentar seu vício. E meu pai era fumante de longa data, dois maços por dia, então, de certa forma, o risco de um derrame existia, mas ainda assim eu culpava Lorne por tudo. Eu o defendi no tribunal apenas porque alguém tinha que fazer isso. Mas nunca o perdoei. — Trey balançou a cabeça, e o sofrimento em seus olhos me disse que ele estava quase tão decepcionado consigo mesmo quanto estivera com o irmão. — Sempre disse que acreditava que todos mereciam uma segunda chance. Depois que você expulsou a gente da festa, percebi que isso valia para todos, menos para Lorne. Acreditei no pior dele muito rápido. Eu estava furioso, mas... — Ele fez uma pausa e baixou a cabeça. — Bem, a verdade é que parte de mim ficou quase feliz quando achei que Lorne estava roubando de novo — disse ele. — Eu me senti justificado por sentir tanta raiva e por nunca ter dado a ele uma segunda chance. Meu próprio irmão...

A essa altura, Trey estava falando mais consigo mesmo do que comigo, mas senti vontade de dizer que entendia como é quando nos decepcionamos com pessoas que amamos, o quão difícil pode ser perdoá-las e como eu o admirava por fazer isso e por encarar seus próprios defeitos também. Antes que eu pudesse dizer alguma coisa, Trey voltou a si, parecendo um pouco envergonhado.

— Mas, enfim, me desculpe.

Eu sorri.

— Desculpas aceitas.

Trey enfiou a mão no bolso interno do paletó e tirou um pacote retangular e plano.

— Isso é para você — disse ele. — Um ramo de oliveira.

Ele me fez abrir logo, então arranquei o papel e sorri ao ver o presente. Era uma edição de colecionador de *Meu Papai é Noel*, o original e as duas continuações, em blu-ray.

— Espero que você não tenha esse — disse ele.

Eu tinha, mas não todos em um único volume e não com o material bônus.

— Obrigada. Eu teria perdoado você de qualquer maneira, mas isso é ótimo. De verdade.

Fiz uma pausa e respirei fundo, lembrando-me de estar em minha caverna de lã na noite anterior, pensando em Trey e naquele único ponto, e em como quase toda boa coisa grande começa com uma boa coisa pequena.

— Quer vir assistir comigo? Talvez no fim de semana?

Trey balançou a cabeça. O nó esperançoso que se formara no meu peito caiu para o meu estômago com um baque decepcionado.

— Lorne e eu temos planos para o fim de semana. Meu pai adorava pescar antes do derrame, então vamos alugar um barco, levar nosso pai e ver se conseguimos pegar algumas cavalinhas, talvez alguns tarpões, se tivermos sorte.

— Ah, fico feliz — falei, sincera.

— Mas eu estava pensando que poderíamos sair no próximo fim de semana, quer dizer, se você não estiver ocupada. — Trey enfiou a mão no outro bolso e tirou dois ingressos. — É um show — explicou. — Lorne disse que você ama Rascal Flatts.

Muito engraçado, Lorne.

Com o tempo, suspeitei que poderia aprender a amar Rascal Flatts. Agora que ele tinha começado a confiar em mim, imaginei que poderia levar ainda menos tempo para aprender a amar Trey Holcomb. Já estava quase lá, e isso antes mesmo de ele pressionar os lábios, como se estivesse decidindo o quanto mais deveria dizer, e enfim resolver arriscar:

— A verdade é que já faz alguns anos que eu desisti de procurar um relacionamento, sabe? — disse Trey. — Com a falência, meu pai ficando doente, toda aquela história com Lorne e o trabalho para manter o escritório funcionando, não tenho tido muito tempo para mais nada. Além disso, já saí com muitas mulheres legais, mas nenhuma que me fizesse querer mais do que namorar. Então... — disse ele, dando de ombros — para que me dar ao trabalho? — Sua voz foi ficando rouca enquanto seus olhos castanhos-conhaque encontravam os meus. — Mas você... — disse baixinho. — Celia, eu nunca conheci ninguém como você. E... quanto mais a conheço, mais quero conhecer, e mais quero que você me conheça também. O que estou tentando dizer é que, pela primeira vez em muito tempo, alguém me fez querer mais.

A maneira como ele me olhava, as coisas que dizia, me deixaram sem fôlego. Antes que eu pudesse recuperá-lo, Trey mudou de direção, as palavras saindo atropeladas enquanto ele esclarecia seu ponto:

— É repentino, eu sei, e também sei que estou dizendo muita coisa de uma vez só. Vou entender se você disser não ou se preferir ir devagar, mas pensei que poderia ser uma boa maneira de começar. Ou não. Então... o que acha? Você que sair comigo?

Lá estava ele de novo, seu lado esperançoso, vulnerável e menos seguro de si, que, concluí, não era apenas cativante, mas incrivelmente fofo.

— Bem — falei. — Talvez. Tenho algumas condições.

As sobrancelhas de Trey se ergueram.

— E quais são?

— Primeiro, a gente precisa sair para comprar novos ternos para você. Na verdade, vamos abandonar os ternos — falei, acenando com a mão. — Que tal blazers? E mais calças jeans para os fins de semana? Você fica muito bem de jeans.

— Obrigado por reparar...

— E a segunda condição — falei, interrompendo-o — é que você me dê um beijo.

Por um segundo, Trey pareceu surpreso, então os cantos de sua boca se curvaram num sorriso.

— Entendi. E essas condições devem ser cumpridas em alguma ordem específica?

Balancei a cabeça.

— Fica a seu critério. O que parecer mais urgente para você.

Trey deu um passo em minha direção.

— Bem, nesse caso...

Ele baixou a cabeça devagar, até que seus lábios encontraram os meus. Fechei os olhos, passei os braços em volta de seu pescoço e me aproximei, afundando em seu abraço, percebendo que queria fazer isso havia muito, muito tempo.

Ah, sim. Eu com certeza *poderia aprender a amar Rascal Flatts.*

Capítulo Quarenta e Nove

Depois de tirar meu traje de entrevistas e conferir a correspondência, continuei no jardim, indo em direção à loja, seguindo o som das marteladas e o cheiro de tinta. Polly, carregando uma caixa de papelão vazia, saiu pela porta dos fundos quando que eu estava prestes a entrar.

— Oi! Como foi a entrevista?

Eu balancei a cabeça, e Polly fez uma careta.

— Ah, sinto muito.

— Não tem problema — falei. — Acho que a escrita técnica também não é bem a minha praia.

Isso era verdade. Eu não estava tão decepcionada por não ter conseguido o emprego, mas em algum momento eu precisaria descobrir qual era de fato a minha praia. Estava ficando um pouco cansativo.

Era a segunda vez que uma das minhas entrevistas terminava com a recrutadora pegando uma cópia de uma das minhas colunas antigas e pedindo meu autógrafo. A gerente de RH não estava me considerando para a vaga, ela só queria conhecer a Cara Calpurnia. Sem pensar, comecei a assinar meu nome verdadeiro, e a mulher soltou uma risadinha nervosa e perguntou se eu poderia assinar como Calpurnia. Tinha sido uma perda de tempo.

— Mas — falei para Polly, tirando do bolso a foto que Becca acabara de me enviar — também tenho boas-novas…

Ella, usando uma tiara azul-clara com um laço enorme, estava muito fofa deitada em seu cobertor de quebra-cabeça tricotado.

— Ah… — Polly levou a mão ao peito. — Que fofura. Como ela já pode ter dois meses?

— Não é? Está ficando tão grande. Becca disse que ela já está começando a sustentar a cabeça. É uma menininha muito avançada.

— Claro — disse Polly. — Mas já sabíamos disso.

Guardei a foto no bolso.

— E aí? Como vão as coisas aí dentro? Quando saí, Happy estava dando ordens para todo mundo, Trey e Lorne estavam discutindo sobre a posição das luminárias e Bug tinha derrubado uma lata de tinta.

— Limpamos a tinta — disse Polly —, os dois se entenderam e Happy continua dando ordens para todo mundo. Está ficando bom. Vem dar uma olhada.

Polly jogou a caixa vazia fora e entrou na loja. Eu fui atrás dela, afastando um pedaço de plástico que estava pendurado na porta.

— Minha nossa… — Minha boca se abriu como se eu fosse uma daquelas proprietárias nos programas de decoração que ficam surpresas com a grande revelação do episódio. — Não estou acreditando. Está incrível!

Estava mesmo.

Embora ambas soubéssemos que seria um desafio, quando Polly e eu conversamos sobre a possível data de reabertura, eu a incentivei a tentar inaugurar a loja na sexta-feira depois do Dia de Ação de Graças. Abrir no início oficial da temporada de compras de Natal ajudaria a estabelecer seu negócio e criar uma base sólida rapidamente.

Ao passar mais cedo naquela manhã para dar uma olhada, eu duvidara que a loja estaria pronta no prazo. Mas uma transformação incrível havia acontecido durante a minha ausência. A luz entrava pela vitrine outrora suja e pintada, iluminando as paredes recém-pintadas de branco, deixando o espaço claro, limpo, convidativo e até parecendo maior do que era. Havia muito a ser feito nas próximas quarenta e oito horas, ainda mais porque faríamos uma pausa para celebrar o Dia de Ação de Graças, mas, com todos ajudando, parecia que a Sheepish abriria na data marcada.

Beau, sempre elegante, usava um colete xadrez preto e branco e gravata-borboleta vermelha enquanto abria caixas e entregava novelos de lã a Felicia, que enchia nichos do chão ao teto com um arco-íris de fios macios e coloridos que imploravam para serem tocados. Caroline abastecia colunas expositoras com livros de moldes e instruções, parando para olhar cada um deles antes de colocá-los na categoria correta: tricô, crochê, *quilting*, costura ou miscelânea. Heath estava em pé em uma cadeira, pendurando uma colcha de retalhos azul e coral na parede, um exemplo para a primeira aula que Polly planejava dar na nova loja. Teddy abria mais caixas, organizando uma pequena mas cuidadosamente escolhida seleção de tecidos de algodão brilhantes e modernos em prateleiras. Bug e Pebbles estavam deitados no chão, com as patas debaixo do queixo, seguindo cada movimento de Teddy com seus grandes olhos castanhos. Trey estava em uma escada no meio da sala, pendurando um lustre de cristal da década de 1960 recuperado nas coisas de Calpurnia e que não tinha encontrado um comprador no eBay, mas que agora ficava perfeito no espaço.

Sorri para ele ao passar. Ele sorriu de volta e retribuiu com um beijo no ar destinado apenas a mim, então mexeu as sobrancelhas em um olhar que dizia que mal podia esperar para ficarmos a sós e que sempre me causava as mesmas sensações: excitação, nervosismo e frio na barriga, como da primeira vez que nos beijamos. Eu ficava na expectativa de que essa sensação fosse passar, mas, até agora, isso não tinha acontecido. Estava começando a achar que jamais passaria, o que era maravilhoso.

Levei os dedos aos lábios, devolvendo o beijo de Trey, e fui para a frente da loja para ver como as coisas estavam indo por lá.

Happy, estilosa mas casual com sua camisa branca impecável e calças cigarrete pretas, estava em seu habitat, dando ordens alegremente para Lorne e Slip — recém-saído da cadeia —, instruindo-os sobre onde colocar algumas poltronas de chita confortáveis e bancos com almofadas. A mistura descombinada de móveis de segunda mão dava ao espaço um ar aconchegante, confortável, convidativo, uma mistura que não deveria ficar boa, mas que de alguma maneira ficava.

— Dá para acreditar nisso? — perguntou Polly, aproximando-se de mim e sorrindo. — Quando sonhei em abrir minha própria loja, era exatamente isso o que eu tinha em mente: um espaço moderno e aberto, mas ainda acolhedor. Quer dizer, olha só para isso. — Polly apontou para uma poltrona fofa com estampa Toile de Jouy em verde-sálvia. — Não dá vontade de se acomodar e tricotar alguma coisa? Happy, não sei como agradecer. Eu nunca teria conseguido sozinha.

— Ficou fantástico — falei. — Happy, seu bom gosto é surreal.

Ao verem que o restante do grupo de artesanato se reunira junto à janela da frente, Felicia e Caroline deixaram seus postos de trabalho e se aproximaram.

— Não consigo acreditar na diferença — afirmou Felicia, olhando ao redor da loja e empurrando os óculos vermelhos com brilho para cima do nariz para ver melhor. — Cada peça parece destinada a estar aqui. Happy, querida, ficou *perfeito*.

— Você tem um dom — elogiou Caroline, assentindo para Happy. — De verdade.

— Ah, que isso. — Happy gesticulou para dispensar os elogios, mas pareceu mais do que satisfeita. — Estamos fazendo progresso. Ainda há muito a fazer, mas estamos chegando lá.

— É uma pena não termos champanhe — disse Polly. — Não que eu fosse beber, mas, se tivéssemos, eu brindaria a Happy. A todos. Não vai ser como da última vez, não é? — perguntou ela, olhando para mim com um sorriso ao mesmo tempo ansioso e empolgado, como se estivesse prestes a explodir de pura felicidade.

— Não vai ser como da última vez — tranquilizei-a. — A Sheepish será um grande sucesso. Tenho certeza.

— Eu também — disse Polly. — E tenho que agradecer a todas vocês.

— Que tal um chá gelado? — sugeriu Caroline, apontando para uma jarra em uma mesa próxima. — Não podemos brindar com ele?

— Em Charleston? Com certeza — decretou Felicia, assentindo, e os brilhos em seus óculos reluziram à luz do sol entrando pela janela da frente, lançando um arco-íris cintilante contra a parede branca recém-pintada. — Vamos lá, meninas. Peguem um copo.

Enchemos copos de plástico até a boca com chá gelado e formamos um círculo.

— A vocês — disse Polly, levantando seu copo.

— A nós — corrigi.

— A nós — repetiram todas em coro, depois esvaziaram seus copos.

Polly estava com uma expressão meio chorosa, então passei o braço pelos seus ombros, depois me mexi para o lado, empurrando seu corpo com o meu e a desequilibrando.

— Ei — disse ela, fingindo estar irritada.

— Ei — falei, e mostrei a língua, fazendo Polly rir.

Happy deixou seu copo de lado e bateu palmas para chamar a atenção de todas.

— Ok, já chega. Não temos mais tempo para sororidade, ok? — disse ela. — Ainda temos muito trabalho a fazer.

Happy agitou as mãos, gesticulando para que nos afastássemos. Polly me lançou um olhar que dizia o que eu já estava pensando, que Happy e Pris tinham os mesmos genes, eficientes mas mandões.

— O que eu devo fazer? — perguntei, depois que Happy terminou de dar ordens aos outros. — Organizar prateleiras? Pintar paredes?

Happy franziu a testa, pensando na minha pergunta.

— Já está tão cheio aqui — disse ela, olhando para o relógio de pulso. — Por acaso você estaria disposta a buscar a Pris no aeroporto? Eu tinha planejado fazer isso, mas ... — Ela se inclinou para mais perto e baixou a voz. — Acho melhor eu ficar aqui e supervisionar. Esses rapazes simplesmente não têm noção de equilíbrio e relação espacial.

Lorne, que estava andando de costas enquanto ele e Slip carregavam uma pesada mesa antiga até a frente da loja, largou o seu lado, olhou feio para Happy e então se virou para mim.

— Traga alguma coisa para comer — ordenou ele.

Capítulo Cinquenta

O avião de Pris só pousaria dali a mais de uma hora e, como a paciência de Lorne parecia ter uma relação inversamente proporcional ao seu nível de açúcar no sangue, decidi entrar e preparar alguns sanduíches antes de sair. Pebbles e Bug, que ou entendiam a palavra "comer" ou conseguiam ler mentes, me seguiram e entraram na cozinha, ocupando seus lugares perto da geladeira. Peguei pacotes de presunto, peito de peru, rosbife e vários tipos de queijo, tentando lembrar quem havia pedido qual embutido, quem queria maionese extra ou nenhuma, e se tanto Lorne quanto Slip haviam pedido queijo suíço ou apenas Slip.

— Celia?

— Na cozinha! — gritei, colocando a mostarda no topo da pilha de frios em meus braços, prendendo-a debaixo do queixo antes de levar minha carga até a bancada, quase tropeçando em Bug no caminho. — Lorne? Ainda dá tempo de mudar seu sanduíche — falei, enquanto ouvia o som de passos se aproximando. — Mas diga aos outros que é melhor…

Olhei para cima e arfei de surpresa.

— Calvin?

— Oi, docinho!

— Calvin! Você está aqui! — gritei, empolgada, e corri para abraçá-lo, deixando cair no chão duas fatias de pão, que foram imediatamente devoradas por Bug e Pebbles. — Todo mundo vai amar você ter vindo para a inauguração! Mas por que não me avisou que estava vindo? Eu teria ido buscá-lo no aeroporto.

— Eu queria que fosse uma surpresa — disse Calvin, afrouxando o abraço e me afastando o suficiente para que eu pudesse ver seus olhos. — Quero que você conheça uma pessoa.

Calvin olhou por cima do ombro.

— Pode entrar, Janie!

Uma mulher alta e deslumbrante, de pele negra, grandes olhos castanhos e tranças afro grisalhas que iam até a metade das costas entrou na cozinha e estendeu a mão.

— Olá, Celia. Eu sou Jane Gardiner-Todd. Estava ansiosa para te conhecer.

É mesmo? Por quê? Eu apertei a mão de Jane, mas olhei para Calvin.

— Janie e eu nos conhecemos há muito tempo — explicou ele. — Ela era chef de confeitaria em um restaurante onde trabalhei quando me mudei para Nova York. Muito esperta, ela saiu do mundo da gastronomia, voltou a estudar e acabou conseguindo um emprego como editora na Flagler and Beckwith.

Minhas sobrancelhas se ergueram. A Flagler and Beckwith era uma editora em Nova York. Pequena, mas respeitada. Engoli em seco para acalmar o frenesi no meu peito. O olhar de Jane era calmo e firme, mas o sorriso em seus olhos me disse que ela percebeu minha empolgação. Lendo as dúvidas em minha expressão, ela foi direto ao ponto.

— Eu assumi meu próprio selo há alguns meses — disse Jane. — O que me dá uma grande autonomia para prospectar autores e fechar negócios. No momento, estou em busca de escritoras com uma voz forte e íntima e uma perspectiva única sobre a experiência feminina. Planejo publicar apenas três ou quatro livros por ano. — Ela fez uma pausa. — Celia, eu queria conversar com você sobre a possibilidade de incluir seu livro nesse primeiro grupo de lançamentos.

Abri a boca e depois a fechei de novo, tentando entender o que ela estava dizendo, sem sucesso.

— Meu livro? Mas... eu não tenho livro.

— Você tem, sim — disse Calvin. — Seu diário, as cartas que você escreveu para Peaches.

Fiquei boquiaberta. Como Jane Gardiner-Todd, uma editora de Nova York, poderia ter lido o meu diário? Ele estava guardado lá em cima, escondido na gaveta da minha mesinha de cabeceira. Não escrevia nele desde pouco antes do chá de bebê. Nem o tinha lido desde então. Planejava ler um dia, quando me sentisse um pouco menos sensível, mas ainda não estava pronta.

Vendo a pergunta em meus olhos, Calvin torceu os lábios e se mexeu, desconfortável, encolhendo os ombros, parecendo ao mesmo tempo culpado e orgulhoso de si mesmo.

— Quando estive aqui da última vez, *talvez* eu tenha pegado seu diário, feito uma cópia e enviado para Janie.

— Sem a minha permissão? Calvin! Por que você faria isso?

— Porque *você* nunca iria fazer — retrucou ele, jogando as mãos para o alto em frustração. — É um livro fantástico, Celia. As pessoas deveriam ler.

Calvin abriu um sorriso que devia achar cativante, mas não fiquei muito impressionada. Em primeiro lugar, ele pegou meu diário sem permissão e compartilhou meus pensamentos íntimos com uma estranha. E, em segundo lugar, ele estava fora de si.

— Você não pode estar falando sério — falei. — São apenas algumas cartas para uma bebê que nem é minha. Eu poderia estar escrevendo para um amigo imaginário. De certa forma, era isso que eu estava fazendo. *Não é um livro, Jane* — insisti.

— Você está certa — disse Jane. — Não é um livro ainda. Mas acho que poderia ser.

Eu podia ver só de olhar para ela que Jane era uma pessoa séria, calma e deliberada ao escolher suas palavras, mas também direta, o tipo de mulher que nunca hesitava.

— Celia, o que está acontecendo aqui, eu ter lido o manuscrito de um livro que nem sequer foi enviado diretamente a mim e depois ir conversar com a autora em pessoa… — Jane balançou a cabeça. — Não é assim que o negócio funciona. Toda semana, envio dezenas de cartas de rejeição, muitas vezes para escritores muito talentosos. E *nunca* leio manuscritos não solicitados.

Jane não estava me dizendo nada que eu já não soubesse. Durante meus primeiros dias em Nova York, entre o fracasso como jornalista e o início do meu blog, pensei que poderia tentar escrever romances. Acho que todos os editores em Nova York me rejeitaram, alguns de modo educado e outros nem tanto. Minha empreitada na ficção foi muitíssimo malsucedida, ainda pior do que minha curta carreira jornalística.

— Eu não teria lido seu manuscrito — continuou Jane, lançando um olhar na direção de Calvin —, mas nosso amigo em comum pode ser muito persistente e, quando quer, muito irritante.

Assenti, sabendo bem do que ela estava falando. Calvin estalou a língua e nos lançou um olhar magoado, fingindo estar ofendido.

— Só concordei em dar uma olhada em seu manuscrito para fazer Calvin parar de me perturbar — disse Jane. — Me comprometi a ler só as primeiras dez páginas e o fiz jurar que, se a leitura não me prendesse até lá, ele pararia de me importunar. — Um sorriso se espalhou pelo rosto de Jane. — Celia, você me cativou na terceira página. Depois disso, não consegui mais parar de ler. E, como sou de Charleston e já estava vindo passar o Dia de Ação de Graças com minha irmã, eu disse a Calvin que gostaria de te conhecer. Mas isso não é o protocolo. Editores não aparecem do nada na porta de autores com propostas de publicação. E não é o que estou fazendo agora — esclareceu ela, baixando de leve a cabeça e olhando para mim como um diretor de escola dando uma segunda chance a um aluno delinquente e deixando claro que isso não aconteceria de novo. — Mas acho que valeria a pena o seu tempo e o meu conversarmos sobre essa possibilidade. Como um diário, é uma delícia. Como um livro, vai precisar de algum trabalho. Mas, se estiver disposta a trabalhar duro no texto, acho que poderia ser algo realmente especial. Senti que você estava se contendo em alguns momentos, mas as passagens em que se permitiu ser vulnerável foram muito corajosas, e é esse tipo de escrita que pode mudar vidas. A estrutura, o formato de cartas com memórias misturadas a conselhos de vida é… bem…

Ela fez uma pausa e estreitou os olhos, como se estivesse tentando resolver um problema matemático de cabeça.

— É complicado. Mas também é único e muito íntimo. Acho que podemos fazer uns ajustes, deixar o texto mais redondo, trabalhar no ritmo... — Jane se distraiu e não terminou a frase, então caiu em si e voltou seus olhos honestos e diretos para mim. — E agora me permita ser bem clara, Celia. Não estou oferecendo um contrato para publicar um livro, pelo menos não agora. Estou convidando você a revisar o texto e me enviar para uma segunda leitura. Depois veremos — disse ela, erguendo os ombros de leve. — Mas sei que o material bruto está lá. Se estiver disposta a trabalhar nele, acho que tem chances de criar algo especial, um livro que os leitores vão apreciar e do qual nós duas poderemos nos orgulhar.

Jane olhou para mim, esperando uma resposta, mas eu não sabia o que dizer. Parte de mim ficou tentada, não posso negar. Há alguns anos, eu teria agarrado uma chance dessas, mesmo que, como Jane deixou claro, fosse *apenas* uma chance. Mas minha carreira de escritora parecia algo que acontecera há muito tempo, em uma galáxia distante. Agora eu nem conseguia arrumar um emprego como redatora técnica. Será que eu queria mesmo criar expectativas, apenas para sofrer mais uma rejeição? A resposta era não. Mesmo assim, a empolgação estava lá, fraca, mas inconfundivelmente presente.

— Não sei, Jane. Não sei se sou esse tipo de escritora. Sou só uma colunista. Ou era.

— Talento é talento, não importa o formato — contra-argumentou Jane. — E talento você tem. Eu era uma grande fã da "Cara Calpurnia", costumava ler no metrô todas as manhãs.

A empolgação foi sendo substituída por um decepcionante choque de realidade. De repente, tudo fez sentido: Jane estava querendo ganhar dinheiro em cima do nome de alguém que eu costumava ser. Tipo quando a gerente de RH me pediu um autógrafo.

— Jane, foi um prazer conhecê-la — falei, estendendo a mão. — Tenho certeza de que você é uma editora fantástica, mas sinto muito. Eu não posso fazer isso.

Jane franziu a testa. Não devia estar acostumada a ser rejeitada.

— Celia, entendo que isso tenha vindo do nada. Mas, se eu não achasse que está à altura, não estaria falando com você.

— Não, não é isso — falei. — Eu só *não posso*.

— Por que não?

— Porque abri mão dos direitos do meu nome de colunista. Não tenho permissão para publicar nada como Cara Calpurnia agora — falei. — Nem colunas, nem livros. Nada.

A expressão de confusão de Jane se transformou em um sorriso.

— Celia, a única coisa em que estou interessada é no seu talento. Não me importo com o nome que você usa para escrever.

— Então você está *mesmo* falando sério — falei, perplexa, mal acreditando que isso fosse possível. — Não importa se o nome Cara Calpurnia não vai aparecer na capa. Você gostaria que eu escrevesse...

— Como você mesma — disse Jane. — Como Celia Fairchild.

— Apenas Celia?

Jane assentiu, e a empolgação voltou. Eu olhei para Calvin, que estava com sua cara de "eu falei", depois me virei para Jane.

— Está bem — falei por fim, mais para mim mesma do que para qualquer outra pessoa. — Está bem. Isso eu posso fazer.

Capítulo Cinquenta e Um

*F*iquei em minha escrivaninha até muito depois da meia-noite, escrevendo sem parar, saboreando a clareza de pensamento que vem quando a casa está silenciosa e as vozes se calam, e acordei bem depois das dez, despertada pelos aromas de canela e maçã assando.

— Por que ninguém me acordou? — perguntei quando cheguei à cozinha e encontrei Calvin, Teddy e Pris, todos de avental e trabalhando no jantar de Ação de Graças. — Eu falei que iria ajudar.

— De jeito nenhum — disse Calvin, apontando o aplicador de temperos para mim e balançando a cabeça. — Pris me contou tudo sobre o fiasco com o pato. Você não vai chegar a menos de quinze metros deste peru ou de qualquer outra comida.

Quando Calvin voltou sua atenção para o peru, enfiando uma pequena montanha de recheio na enorme cavidade da ave, eu olhei feio para Pris, que estava descascando batatas. Ela não me defendeu nem negou sua traição, mas teve a decência de parecer envergonhada.

— Está tudo bem, Celia. Você estava cansada e nós temos tudo sob controle. Felicia e Beau vão trazer pãezinhos caseiros e salada ambrosia. Caroline e Heath vão trazer uma salada verde e molho de cranberry caseiro. Polly e Lorne estão terminando algumas coisas na loja. Trey vai buscar o pai, comprar sacos de gelo no caminho e estará aqui por volta da uma da tarde. Quanto ao resto — disse Pris, gesticulando com o descascador de batatas —, está tudo encaminhado. Calvin está cuidando do peru, eu vou fazer as batatas e a caçarola de vagem gratinada e Teddy vai assar as tortas.

— A de maçã já está pronta e acabei de colocar a de abóbora no forno — disse Teddy enquanto abria uma massa. — Pecã e batata-doce são as próximas.

— Mas vocês têm que me deixar fazer algo — protestei. — É a *minha* cozinha.

— É, mas é o nosso jantar — retrucou Calvin. — E o Dia de Ação de Graças só acontece uma vez por ano. Não vou arriscar.

— Está bem — resmunguei. — Eu arrumo a mesa.

Pris balançou a cabeça.

— Minha mãe já cuidou disso quando trouxe os arranjos de flores.

— Você vai amar — disse Calvin, entusiasmado. — Crisântemos, milenramas, cardos e dálias do tamanho de pratos. São fabulosas!

Coloquei as mãos na cintura, jurando em silêncio que nunca mais dormiria até tarde.

— Bem, isso é ridículo. Deve haver *alguma coisa* que eu possa fazer para ajudar.

Teddy olhou para cima.

— Você poderia levar a Pebbles para passear? Bug está dormindo, mas a Pebbles fica entrando aqui toda hora e está me deixando louco.

— Tudo bem — falei, pegando uma coleira no gancho.

Um cachorro te dá uma desculpa para estar praticamente em qualquer lugar, mas eu não precisava de uma desculpa para visitar o cemitério da igreja de St.Philip's. De madrugada, depois de fechar a caneta e ir para a cama, eu tinha decidido voltar lá. Havia coisas a serem ditas.

O outono em Charleston é diferente do outono em Nova York. O céu é azul e limpo em vez de cinza. O ar é fresco em vez de frio, o suficiente para um suéter, mas suave como um carinho, especialmente quando a brisa sopra, agitando as folhas em forma de coração das olaias, espalhando uma chuva de ouro amarelo para guiar seus passos, como uma daminha em um casamento de outono.

A terra cobrindo o túmulo de Calpurnia já havia se assentado. A grama estava nivelada, um carpete verde denso e esponjoso, sem manchas de marrom desgastado ou sinais de sementes. Mas bem à direita da lápide, talvez a cerca de trinta centímetros da cruz de mármore branco, avistei um círculo de terra nua, recentemente mexida. Teddy plantara um tubérculo lá algumas semanas antes. Na primavera, se tudo der certo, uma peônia rosa e brilhante florescerá para suavizar a dureza do mármore e informar aos passantes que a mulher descansando sob a terra era bem lembrada e amada.

"Bem. Não foi nada", dissera Teddy, dando de ombros quando elogiei sua gentileza. "Eu queria agradecer a ela por nunca se esquecer e por me trazer de volta para casa."

Peguei as flores que trouxera comigo — crisântemos, cardos e milenramas que havia tirado dos dois arranjos imensos que Happy deixara em cima da mesa — e as coloquei no vaso em forma de cone ao pé do túmulo, acrescentando meus agradecimentos. Agradeci a Calpurnia por me criar, por nunca se esquecer, por me trazer para casa. Prometi que sempre viveria bem, sempre me lembraria, sempre cuidaria da minha família, a com laços de sangue e a que escolhi. E eu disse que voltaria por vontade própria e com frequência.

— Afinal, tia Cal, as melhores pessoas estão aqui.

Fiz um barulho de beijo para avisar a Pebbles que era hora de irmos. Ela abanou o rabo e foi na frente, seguindo a trilha como se já soubesse para onde eu queria ir e depois se deitou no chão quando chegamos, com o focinho apoiado nas patas, observando e esperando com toda a paciência enquanto eu colocava mais três ramos de flores em três outros túmulos.

Diante da lápide de meu pai, era mais difícil saber o que dizer, até mesmo saber o que pensar, mas acredito que com o tempo vou chegar nesse ponto, e sei que estarei em paz. O amor é complicado. A transformação leva tempo.

Enquanto me afastava e caminhava de volta para casa, a brisa agitou os galhos da olaia. As árvores antigas e robustas de Charleston soltavam corações dourados que caíam sobre mim como uma bênção, e eu sabia que a minha transformação havia começado.

Agradecimentos

Meus sinceros agradecimentos a...

Lucia Macro, minha editora na William Morrow, por ter a imaginação para ver o que Celia poderia ser, por suas sacadas que tornaram a história de Celia melhor e pelo tratamento respeitoso e humano de uma escritora estressada no meio de várias crises familiares.

Liza Dawson, minha agente literária, que desperta o melhor de mim, nunca pega leve e se envolve tanto (no bom sentido) que se tornou impossível conceber o processo de escrita sem ela.

Asanté Simons, editora assistente na William Morrow, por manter as engrenagens funcionando, o processo encaminhado e a escritora trabalhando (mais ou menos) dentro do prazo.

Elizabeth e John Walsh, minha irmã e meu cunhado, por revisarem o texto e fazerem as primeiras leituras muito além do que o dever pede, e por suportarem corajosamente os altos e baixos dos humores de uma escritora, suas indecisões e seus desabafos.

Brad, meu marido, que odeia quando eu agradeço a ele, mas que vai ter que aguentar mesmo assim, porque eu não conseguiria fazer isso (ou qualquer coisa mais significativa) sem sua fé, seu amor, seu apoio inabalável e suas ocasionais reclamações bem-intencionadas.

Meus leitores fiéis, que estão sempre em meus pensamentos enquanto escrevo e são a razão pela qual continuo fazendo este trabalho que tanto amo.

Este livro foi impresso em 2024, pela Vozes, para a Harlequin.
O papel do miolo é avena 70g/m² e o da capa é cartão 250g/m².